·青少版经典名著书库·

绿山墙的安妮

[加]露西·蒙哥马利 著　爱德少儿编委会 编译

爱德少儿编委会

主　编：童　丹
副主编：陈慧颖
编　委：安　心　代成妙　杜佳晨　高敬华
　　　　姜　月　刘国华　路　远　谭蓉平
　　　　唐　倩　田海燕　任仕之　余小溪
　　　　余信鹏　张重庆　张凤娟　张　云
　　　　张运旭　钟孟捷　朱梦雨

浙江人民美术出版社

图书在版编目（CIP）数据

绿山墙的安妮 /（加）露西·蒙哥马利著；爱德少儿编委会编译. — 杭州：浙江人民美术出版社，2021.6
（青少版经典名著书库）
ISBN 978-7-5340-8745-5

Ⅰ. ①绿… Ⅱ. ①露… ②爱… Ⅲ. ①儿童小说－长篇小说－加拿大－现代 Ⅳ. ①I711.84

中国版本图书馆 CIP 数据核字（2021）第 061768 号

责任编辑：程　璐
责任校对：雷　芳
装帧设计：爱德少儿
责任印制：陈柏荣

青少版经典名著书库
绿山墙的安妮　[加] 露西·蒙哥马利　著　爱德少儿编委会　编译
出版发行　浙江人民美术出版社
地　　址：杭州市体育场路 347 号
经　　销：全国各地新华书店
制　　版：湖北省爱德森森文化传播有限公司
印　　刷：湖北鄂南新华印刷包装股份有限公司
版　　次：2021 年 6 月第 1 版
印　　次：2021 年 6 月第 1 次印刷
开　　本：710mm × 990mm　1/16
印　　张：19
字　　数：280 千字
书　　号：ISBN 978-7-5340-8745-5
定　　价：28.00 元

如发现印装质量问题，影响阅读，请与承印厂联系调换。

前 言

《绿山墙的安妮》是一部甜蜜的描写儿童生活的小说,也是一本可以让家长、老师和孩子都能从中获得感悟的心灵读物。加拿大女作家蒙哥马利以清新流畅、生动幽默的笔触,讲述了一个叫安妮的小女孩从小到大的成长经历。

在爱德华王子岛上生活着一对兄妹马修与玛丽拉,他们本想从孤儿院里领养一个男孩做帮手,却因为同情阴差阳错地收养了一个名叫安妮的女孩儿,可就是这个有着丰富想象力和夸张语言的小姑娘,给这对兄妹带来了春天般的生机。

故事情节一波三折,引人入胜,马修和玛丽拉兄妹对安妮发自肺腑的疼爱和无私的付出,感人至深;而安妮纯真善良、热爱生活、坚强乐观的形象更让人掩卷难忘。作者塑造了女主人公安妮阳光般美好的性格,书中对大自然以及乡村生活的诗意描摹也令人神往。

虽然安妮从小失去父母,被孤儿院收养,可是她并没有成为一个性格孤僻的小孩,而是整天沉浸在自己美丽的梦幻和想象中。她想象自己也许是一个国王的女儿,被海盗偷了出来;看到镜子中的身影,就想象那是另外一个被魔法困住的小姑娘;听到山谷中传来的回声,就想象那是一个叫维奥莱达的喜欢重复她说话的好朋友。

在她的想象中,顽皮的小溪在冰雪覆盖下欢笑;如果玫瑰会说话,一定会给我们讲很多有趣的故事;她还把自己的影子和回声想象成两个知心朋友,向她们诉说心事……看着安妮的那些天真而充满着美好梦想的话与想象,你会感觉你进入了一个奇妙而甜蜜的童话世界,感受到前所未有的神奇与快乐。

　　安妮还是一个热爱生活的孩子，她对周围的世界，对大自然的一花一草，一树一木，都充满了爱心。她对亲人、朋友、同学和师长，都怀着一颗善良、纯洁、热忱的心。尽管有时候因为她那丰富的想象力使她闹出了一些天真的笑话，可她却一如既往。她对学习知识有着一股狂热的劲头。那种积极向上、拼搏奋斗的精神令人感动。

　　安妮是一个梦想家，但凭借着自己的努力，她将一个个梦想都变成了现实。总之，这个活泼可爱的小女孩感动着一代又一代的小读者，而"红头发安妮"也成了孩子们心目中的偶像。

目录
CONTENTS

第一章　　蕾切尔·林德太太大吃一惊 …………………… 1

第二章　　马修·卡斯伯特大吃一惊 ……………………… 9

第三章　　玛丽拉·卡斯伯特大吃一惊 …………………… 23

第四章　　绿山墙的早晨 …………………………………… 30

第五章　　安妮的身世 ……………………………………… 37

第六章　　玛丽拉下了决心 ………………………………… 43

第七章　　安妮的祈祷 ……………………………………… 49

第八章　　安妮的教育开始了 ……………………………… 53

第九章　　蕾切尔·林德太太惊恐万状 …………………… 62

第十章　　安妮道歉 ………………………………………… 70

第十一章　安妮对主日学校的印象 ………………………… 78

第十二章　郑重的誓言 ……………………………………… 83

第十三章　期待的乐趣 ……………………………………… 90

第十四章　安妮认错 ………………………………………… 95

第十五章　学校风波 ………………………………………… 105

第十六章　下午茶风波 ……………………………………… 120

第十七章　新的生活乐趣 …………………………………… 131

第十八章	大救星安妮	137
第十九章	音乐会,闯祸和认错	147
第二十章	自讨苦吃	160
第二十一章	一种新调料	167
第二十二章	为尊严受苦	178
第二十三章	准备音乐会	185
第二十四章	马修非要灯笼袖不可	190
第二十五章	成立故事俱乐部	200
第二十六章	自负与烦恼	208
第二十七章	不幸的百合姑娘	215
第二十八章	女王学校预考班	223
第二十九章	人生的转折点	234
第三十章	录取名单公布了	241
第三十一章	饭店音乐会	249
第三十二章	女王学校的姑娘	259
第三十三章	女王学校的冬天	266
第三十四章	荣誉和梦想	271
第三十五章	死神降临	278
第三十六章	峰回路转	285

《绿山墙的安妮》读后感　　293

参考答案　　295

第一章

蕾切尔·林德太太大吃一惊

M 名师导读

平静的埃文利地区就要发生一件新鲜事了——这当然逃不过洞察一切的蕾切尔·林德太太的眼睛——她最先发现端倪，也最先知晓一切，那么，这个令蕾切尔太太大吃一惊的消息到底是什么呢？

蕾切尔·林德太太住的地方恰好是在埃文利大道与小山谷的交会之处。小山谷桤木环绕，花儿遍野，一条小溪潺潺流过。<u>小溪发源于老卡斯伯特家附近的森林，上游迂回湍急，有着不为人知的小潭瀑布，不过到了林德山谷，它已经变得平静、规矩，因为即使是一条小河，在流经蕾切尔·林德太太门前时也要端庄有礼。</u>【写作借鉴：环境描写，暗示出蕾切尔·林德太太是一个刻板而保守的人，喜欢一切处于井井有条的状态。】也许它也意识到蕾切尔太太正坐在窗前，用她那犀利的目光注视着过往的一切，包括小溪、孩子在内。如果她看到什么古怪或者不合时宜的事，她就会追根究底弄个明白，否则就会心神不安。

埃文利和其他地方都有很多这样的人：他们特别爱关心别人的事，自己的事倒没管好。蕾切尔太太可不这样，她有本事两头不耽误。她是个很会当家的主妇，家务活总是做得干净利落，她"主持"着缝纫社，帮忙办主日学校；她还是教堂劝助会和外国使团附属机构的顶梁柱。虽然如此，蕾切尔夫人总有足够的时间一连几小时坐在厨房的窗前织"棉纱"被——她都缝了十六条了，说起这个，埃文利的主妇们就肃然起敬——同时敏锐

绿山墙的安妮

地注视着这条穿过山谷、蜿蜒爬上陡峭的红色山岳的大路。埃文利是一个伸入圣劳伦斯湾的三角形半岛，两面环水，每个出入此地的人都必须经过这条山路，因而他们都不知不觉地落入蕾切尔太太那洞察秋毫[形容人目光敏锐,任何细小的事物都能看得很清楚]的视线。

六月初的一个下午，蕾切尔太太正坐在窗前。阳光洒进窗户，温暖而明亮。屋外坡地上的果园盛开着白里透粉的花朵，仿佛新娘羞涩的脸庞。蜂群穿过花丛，嗡嗡轻唱。托马斯·林德——一个温顺的小个子，埃文利人叫他"蕾切尔·林德的丈夫"——正在谷仓远处的山地上播种晚萝卜，马修·卡斯伯特也该在绿山墙那边的大片红色溪滩地上种萝卜了。蕾切尔太太之所以知道这个，是因为昨天晚上她在卡莫迪的威廉·布莱尔商店里听见马修对彼得·莫里森说他打算第二天下午种晚萝卜。当然，是彼得先问了他，马修·卡斯伯特一辈子都没主动跟人说过话。【名师点睛:幽默的语言——暗示了马修是一个低调又老实内向的人,很不善于与人打交道。】

可是下午三点半，马修·卡斯伯特却在这儿出现了，在这繁忙的日子里，他悠闲地驶过谷地爬上山坡，而且他还穿着最好的套装，戴着雪白的硬领，显然是要离开埃文利；他还赶着马车，套上了栗色的母马，这说明他要出远门。那么，马修·卡斯伯特要去哪儿？又要去干什么呢？

要是本地别的什么人，蕾切尔太太也许只要很快地想一下就能猜个八九不离十。可是马修很少出门，一定是发生了什么不寻常的急事，他是个非常腼腆的人，很不愿意和陌生人打交道或是去什么他不得不去的地方。马修穿戴整齐，系着雪白的硬领，驾着马车，这可不是常有的事。蕾切尔太太琢磨了半天也猜不出头绪。【写作借鉴:为下文情节的发展做铺垫,到底是什么样的事情,使得马修如此重视呢？】她这个下午的好时光也因此被破坏了。

"下午茶后我得去绿山墙那边问问玛丽拉他要去哪儿，去干什么。"蕾切尔太太最后决定，"这个时候他一般不进城，他又从不串门，要是他的萝卜种子用完了,他也用不着穿戴这样整齐,而且赶着马车去买。要是去请医生,他会赶得再快些。昨晚一定发生了什么事他才会上路的。我可真糊涂了,就是这么回事。要是我弄不清马修今天到底为什么出了远门,我是一分钟也不会安宁的。"

下午茶后,蕾切尔太太就出发了,她不用走很远的路,马修·卡斯伯特住的那所高大、不规则的果木环绕的房子离林德山谷只有不到四分之一英里的上坡路。当然,那长长的小径使路程远多了。马修的父亲,也和马修一样腼腆和沉默寡言,在修建宅基时虽没有隐退到树林里,可也是尽可能地远离其他人。绿山墙就建在他开垦的那片地的最外沿,一直到今天。所有其他埃文利人都在大路两旁毗邻而居,而从大路上很难看到绿山墙。蕾切尔太太从不把在这种地方生活叫作生活。

"这不过是活着,如此而已。"她一边说一边走在两旁尽是野玫瑰丛、车辙很深、杂草丛生的小路上。"难怪马修和玛丽拉都有点古怪,孤孤单单地住在这种远离人烟的地方。【名师点睛:以偏僻的环境映衬马修和玛丽拉兄妹俩与常人不同的性格,他们喜欢过远离人群的生活。】光是树木可不能做伴儿,不过请老天作证,要是能,树倒是够多的。我倒宁愿看看人。当然啦,他们看起来很满足,不过我想他们是习惯了。人能习惯任何事,甚至包括被吊死,就像爱尔兰人说的那样。"

这样念叨着,蕾切尔太太出了小路,走进绿山墙的后院。院子里葱绿、整齐、有条不紊。一边是高大岸然的柳树,一边是端正刻板的钻天杨。连一节草梗或一块石头也看不到,要是有,蕾切尔太太就会看到的。她暗想玛丽拉·卡斯伯特打扫院子一定像打扫房间一样勤,就是把饭菜摆在地上也不用怕沾上灰。【名师点睛:虽然兄妹二人"孤独"地生活,但一切都是干净整齐的。】

蕾切尔太太轻快地敲了敲厨房门,听到应答后就走了进去。绿山墙的厨房是个令人愉快的地方——或者说要不是过分干净,多少有些像一间闲置的客厅,它是会令人愉快的。房间东西两面都有窗子。六月里一

▶ 绿山墙的安妮

片明媚的阳光透过对着后院的西窗洒进屋内，藤蔓掩映的东窗外，可以看到左边果园里雪白的樱花树摇曳生姿，小溪边的山谷中白桦亭亭玉立。玛丽拉就坐在东窗下，她坐着的时候，总是对阳光有些不信任，她觉得对于这个该认真对待的世界，阳光太摇摇摆摆、不负责任了。现在她就坐在这儿织着毛线活儿，身后已经摆好了桌子准备用晚餐。

蕾切尔太太还没等关好门，就已经在脑子里记录下了桌上所有的东西。桌上摆了三只盘子，那就是说玛丽拉正等着什么人和马修一起回家用餐，但是菜只是家常菜，而且只有酸苹果酱和一种蛋糕，这说明来客并非贵客。【写作借鉴：环境描写，为下文即将发生的事情设置悬念或埋下伏笔，到底是谁要来呢？】可为什么马修要戴着硬领赶着母马呢？蕾切尔太太对平静而毫不神秘的绿山墙里这个不寻常的谜感到晕头转向了。

"晚上好，蕾切尔。"玛丽拉轻快地说，"今儿晚上天气不错，对吧？快坐下，家里人都好吧？"

玛丽拉·卡斯伯特和蕾切尔太太之间的关系可以说是一种长久的友谊，因为没有其他合适的名称，虽然——或许也正是因为她们是如此迥(jiǒng)然不同[形容差别很大，一点也不相同]。

玛丽拉是个又高又瘦的女人，棱角分明。夹着几缕灰白的黑发总是在脑后盘成一个硬硬的小髻，用两个钢丝卡子别住。【写作借鉴：肖像描写，朴素无华的打扮突出玛丽拉严谨刻板的形象。】她看上去像个经历不多、谨慎刻板的人，实际上她也的确如此，不过她的嘴巴或多或少是个补救，如果嘴再长得稍稍丰满一点，那么看上去也许有点幽默感。

"都挺好，"蕾切尔太太答道，"不过我倒有点儿为你担心呢，因为我今天看见马修出门，我想他可能是去找医生。"

玛丽拉会意地一笑。她料到蕾切尔太太会来，她知道这位邻居看到马修无缘无故地出门一定会忍不住好奇的。

"噢，不，我挺好的，只是昨天头痛得厉害。"她说，"马修去布莱特河了。我们从新斯科舍的一家孤儿院领养了个小男孩儿，他今晚坐火车

来。"【名师点睛:"神秘"事件终于揭晓,接下来,蕾切尔太太会有怎样的反应呢?】

要是玛丽拉说马修去布莱特河和一只澳大利亚袋鼠会面,蕾切尔太太也不会如此惊奇。实际上她吃惊得五秒钟没说出话来。玛丽拉是绝不会跟她开玩笑的,可是蕾切尔太太几乎不得不这样想了。

"真的吗,玛丽拉?"当她回过神来又开口问道。

"当然啦。"玛丽拉说,好像从新斯科舍的孤儿院领养个孩子并不是什么闻所未闻的新鲜事,而是像在任何一个管理良好的埃文利农场上春耕一样寻常。

蕾切尔太太觉得她仿佛当头挨了一棒,脑子里出现了一连串惊叹号。一个男孩子!玛丽拉和马修·卡斯伯特!还是从孤儿院!哎呀,世界一定是颠倒了!从此以后她再也不会对任何事感到惊奇了!再也不会了!

"你怎么竟有这种想法?"她不赞成地问道。

这事没征求过她的意见就干了,当然得反对。

"喔,这事我们已经考虑了一阵子了——实际上是整整一冬天了。"玛丽拉答道,"圣诞节前,有一天,亚历山大·斯潘塞夫人上这儿来说她春天要去霍普顿的孤儿院领养个女孩儿。她表妹住在霍普顿,斯潘塞夫人去看过她,对那儿的情况很了解。因此我和马修从那子后就断断续续地商量来着。我们想领养个男孩,马修岁数越来越大了,你知道——他六十了——不像以前那样精力充沛了,他的心脏也老是找麻烦。你也知道要雇个帮手有多难,除了那些愚蠢的半大不小的法国男孩儿,简直什么人也找不到。【名师点睛:从玛丽拉的言谈中,我们得知兄妹俩领养孤儿的原因。】如果你当真找了一个人管你的事,教会他做一些活,他就又拣高枝儿去龙虾肉罐头厂或是去美国了。起先马修想要个英国老家的男孩儿,可我直截了当[形容言语行动等简单明了、不绕弯子]地拒绝了。'他们也许并不坏——我也不是说他们不好——可我不要伦敦街头的流

5

绿山墙的安妮

浪儿。'我说,'至少得是个土生土长的。不管我们领养谁都有一定风险,可我们要是领养个土生土长的加拿大人我才觉得安心些,晚上睡觉也踏实点。'所以后来我们就决定请斯潘塞夫人在领小女孩儿的时候帮我们挑一个。上星期我们听说她要去,就让罗伯特·斯潘塞的亲戚给她捎了个信儿,让她给我们带回一个十岁或十一岁的伶俐漂亮的小男孩儿。我们认为这个年龄最合适——能帮忙干点家务活,又来得及教养好。我们打算给他良好的家庭和教育。<u>今天我们收到亚历山大·斯潘塞夫人的电报——是邮差从车站带过来的——说他们坐今晚五点半的车回来,所以马修就到布莱特河接站去了。</u>【写作借鉴:呼应前文,照应前面的伏笔内容,交代马修出门的原因。】斯潘塞夫人会让他在那儿下车,她自己得接着坐到白沙滩站。"

蕾切尔太太总以自己的直言不讳为骄傲,她调整了一下对这个惊人的新闻的态度,开始发表感想了。

"唉,玛丽拉,我就直说了。我觉得你干了极其愚蠢的事——一件冒险的事。你不知道你会领养个什么人。你领一个陌生的孩子进你的房子、你的家,而对他这个人、他的脾气、他父母的情况、他可能变成什么样都一无所知。哎呀,就在上星期我在报上看见岛西边有对夫妇从孤儿院领养了个男孩儿,那孩子夜里把房子烧了——是故意纵火,玛丽拉!几乎把那对夫妇烧焦在床上。我还知道一件事,有个收养的男孩儿总是嘬鸡蛋吃——他们没法儿让他改。要是你问过我对这事的意见——可你没有,玛丽拉——我就会说看在上帝分儿上想也不要想这种事,就是这么回事!"

<u>这种费力不讨好的劝告似乎既没惹恼也没吓坏玛丽拉,她仍然平静地织着毛线活儿。</u>【名师点睛:玛丽拉是一个冷静理性的人,而领养孤儿的事是一个成熟的决定。】

"我不否认你说得有点道理,蕾切尔。我自己也怀疑过,可马修特别坚决。我能看出来,所以我让步了。马修很少这样坚决地要干什么事,所以一碰上这种时候,我总觉得我应该让步。说到冒险,一个人在这世上做

的每件事几乎都得冒险。要是碰上了，人们自己生养孩子也有危险——他们并不是都能长好。再说新斯科舍离咱们岛很近，这和从英国或美国领个孩子不同，他不会和我们区别很大。"

"唉，但愿最后一切如意。"蕾切尔太太的声调明显地表示出她疑虑重重，"不过要是他放火烧了绿山墙或是往井里投马钱子碱[一种有毒物质，来自于马钱子和相关植物]，可别说我没提醒过你——我听说过在新布伦斯威克有个孤儿院的孩子就是这么干的，那家人在可怕的痛苦中死去了，只不过那一回是个女孩儿。"

"嗨，我们可没要女孩儿。"玛丽拉说，她好像觉得只有女人才会往井里投毒，不必对男孩子担心。"我做梦也没想过要抚养个女孩儿。我真不明白为什么亚历山大·斯潘塞夫人会要个女孩儿。不过，要是她心血来潮，就算收养整个孤儿院的孩子，她也不会打怵(chù)[指对某人、物或事感到害怕或有畏难情绪]的。"

蕾切尔太太本想等马修带着他那个收养的孤儿回家后再走，可是一想到至少要等整整两个钟头，她就决定还是上罗伯特·贝尔家去告诉他们这个消息。这一定会成为独一无二的轰动新闻，而蕾切尔太太最爱制造轰动新闻。【名师点睛：蕾切尔太太的想法和行为十分滑稽，体现出她是个多嘴好事之人。】所以她就告辞了。这多少让玛丽拉如释重负，因为她觉得自己的疑虑和担忧在蕾切尔太太悲观态度的影响下又在复活。

"哎呀，事情竟然会这样！"当蕾切尔太太安然走上小路时大声说道，"真好像在做梦。唉，我真为那个可怜的孩子难过，确确实实。马修和玛丽拉对孩子一无所知，他们指望他比他自己的爷爷更明智，更稳当，可是他有没有爷爷还难说呢。不管怎么说，想到绿山墙要有个孩子了就叫人觉得不可思议。那儿从没有过孩子，房子盖好时马修和玛丽拉都是大人了——如果他们也做过小孩子，看他们那样子真叫人难以相信。【名师点睛：设置悬念，蕾切尔太太不敢相信两个从没有带过孩子的人竟然要收养一个孤儿，而孤儿的出现会给绿山墙带来什么呢？】幸好我不是

7

▶ 绿山墙的安妮

那孩子。天哪,可是我可怜他,就是这么回事。"

蕾切尔太太感慨万分地对着野玫瑰花丛述说着。如果此刻她看到正在布莱特河站耐心等待的那个孩子,她的怜悯(mǐn)[哀怜、同情]会更深更切!

Z 知识考点

1.蕾切尔·林德太太的家住在_____大道与小山谷的交会之处。当天晚上,蕾切尔太太离开绿山墙后,去了_____家。

2.判断题。蕾切尔太太在回家的路上遇到了玛丽拉家收养的小女孩。(   )

3.马修兄妹为什么要领养一个男孩?

_____
_____
_____

Y 阅读与思考

1.蕾切尔太太是一个什么样的人?

2.蕾切尔太太对于"收养孩子"的看法是怎样的?

第二章

马修·卡斯伯特大吃一惊

M 名师导读

马修先生郑重其事地去火车站接新来的小男孩儿,可到了火车站才发现,车站里只有一个小女孩儿在等待着他,这让他不知所措。好在,马修先生是个善良的人,他最终决定将小女孩儿带上马车,带回绿山墙……

马修·卡斯伯特赶着那匹栗色母马,不紧不慢,悠闲自在地走在通往布莱特河的路上。一万三千米长的路途上景色宜人,道路两旁是小巧整洁的农舍,马车时而穿过一片冷杉林,时而穿过野梅花笼罩的山谷。<u>空气里弥漫着苹果园飘来的甜香,草地缓缓地斜铺向远方,地平线上飘浮着灰紫色的雾霭,这时小鸟尽情歌唱,仿佛这是一年中仅有的一个夏日。</u>【写作借鉴:情景交融,美好的环境映衬着马修轻松愉快的心情。】

马修喜欢这样由着自己的性子驾车赶路,不过他可不喜欢向路上的女人们点头致意。在爱德华王子岛你得向路上遇到的每一个人点头致意,无论你认不认识他。

除了玛丽拉和蕾切尔太太,马修害怕其他所有女人。他总觉得这些神秘莫测的女人在暗地里嘲笑他,使他感到不舒服。这想法也许并不算错,因为他看上去是挺怪的:<u>笨重的身子,铁灰色的长头发一直垂到俯屈的肩膀上,浓密柔软的棕色胡子,他从二十岁起就留着这胡子了。</u>【写作借鉴:肖像描写,马修的打扮也说明他是一位刻板而内向的人。】

绿山墙的安妮

其实他二十岁的模样和现在六十岁差不多，只是当时没有这般白发苍苍罢了。

等他到了布莱特河站，根本就没有火车的影子。他以为到得太早了，就把马拴在布莱特河小旅店的院子里，然后朝车站走去。长长的月台上空荡荡的，只能看到一个小女孩儿在月台尽头的一堆木瓦板上坐着。马修几乎没有注意那是个女孩儿，就侧着身子匆匆地从她面前走过去，连看都没看她一眼。如果他看她一眼，就不难发现她神情十分严肃，而且充满期待。她正盼着什么人或是什么事，而除了坐等以外她没有别的办法，于是她就全神贯注[全部精神集中在一点上]地等待着。

马修遇到了站长，他正在锁售票处的门，准备回家吃晚饭，马修问他五点半的火车是不是快到站了。

"五点半的火车半个钟头前就开走了。"站长很快地答道，"不过给你留下一位乘客，就是那个小女孩儿。她正在那边的木瓦板上坐着呢。刚才我让她到女士候车室里等，可她一本正经地告诉我，说她喜欢待在外面，还说'这里更有想象空间'。【写作借鉴：侧面描写，这个小女孩似乎是一个非常奇怪又有性格的孩子。】可真是个怪里怪气的小人儿啊。"

"可我要接的不是女孩儿啊。"马修不动声色地说道，"我来接一个男孩儿，他应该在这儿的。说好了是亚历山大·斯潘塞夫人从新斯科舍给我带来的。"

站长吹了声口哨。

"我猜也许是出了什么岔(chà)子[事件、活动进行中发生的麻烦]吧。"他说，"斯潘塞夫人和那个女孩儿一块儿下了火车，就把她交给我了。她说你和你妹妹把她从孤儿院接出来，打算收养她，还说你过一会儿就来接她。我就知道这么多——我这儿可没藏着什么别的孤儿。"

"这就怪了。"马修无奈地说，心想这会儿要是玛丽拉在跟前就好了，她会知道该怎么办的。

"嗨，你还是问问那个孩子吧。"站长漫不经心地说了一句，"我敢说她准能讲明白——她可是能说会道着呢,准没错。也许孤儿院没有你想要的男孩儿吧。"

这时站长觉得饿了,就快步走开了。可是不幸的马修却得走到一个女孩——一个陌生的女孩——一个孤女跟前,还得问她为什么不是个男孩儿,这可比去虎口拔牙还让他为难。马修转过身子,缓缓地向那女孩儿走去,心里暗暗叫苦。

自从马修从她跟前走过,那女孩儿就一直望着他,这时候她还盯着他。【写作借鉴:细节描写,小女孩或许已经明白了一切,她聪明又敏感。】马修没朝她看,即便看了也未必会看清楚她的长相,可旁人会看到这样的情景:

孩子约莫十一岁,身穿一件黄褐色的棉绒裙子,又短又小,十分难看。她戴了顶褪色的棕色平顶小草帽,背后垂着两条粗粗的火红的发辫。苍白而瘦削的小脸上长满了雀斑,嘴巴和眼睛很大,一对眸子随着光线和心情而变化,有时是绿色的,有时又变成灰色。

一般人也就能看到这么多,更仔细的人还能发现她尖尖的下巴很引人注目,大眼睛很有精气神儿,嘴唇线条柔和,表情丰富,额头宽阔饱满。总之明眼人一望便知这个无家可归的小女孩儿绝不是什么普通人物。【写作借鉴:肖像描写,小女孩虽然其貌不扬,但眼神中透露着灵气,为后文的情节发展做好铺垫。】可笑的是腼腆的马修·卡斯伯特已经有点怵她了。

马修倒是不必劳神先开口,这孩子一看他是朝她走过来的,就立刻站起身,一只又黑又瘦的小手握住一只毛毡提包的把手。这只包破破烂烂,样式陈旧,另一只手朝他伸了过来。

"您大概就是绿山墙的马修·卡斯伯特先生吧?"她问道,嗓音格外清晰甜美,"很高兴见到您。刚才我都开始担心您不来接我了,我正想是什么事把您耽搁了。我都打算好了,要是您今晚不来接我,我就顺着这条路,走到拐弯的地方,爬到那棵野樱桃树上待一夜。我一点儿都不害

▶ 绿山墙的安妮

怕,想想看,月光下,一棵野樱桃树上,我躺在白色的花丛中睡着了,这有多美呀!您可以想象自己是在一个大理石筑成的大厅里,是吧?况且即使您今晚不来,明天一早也肯定会来接我的。"

马修笨拙地握着那只骨瘦如柴的小手,刹那间他知道自己该怎么办了。他不能对这个满眼期待的孩子说有人把事情弄错了,这话还是等带她回家后让玛丽拉去说吧。不管怎么阴差阳错,他总不能把这孩子一个人丢在布莱特河不管,询问也好,解释也罢。不妨等他安全返回绿山墙再说。

"对不起,我来晚了。"他不好意思地说,"来吧,马在那边院子里,把你的包给我。"

"啊,我拿得动。"孩子愉快地说,"这包不沉,我所有的财产都在里面了,可是并不沉。如果不这么拿着,提手就会掉下来——还是我来拎着吧,我知道这里面的窍门。【名师点睛:小女孩的这番话打动了马修,为后文他极力劝说妹妹留下她做了铺垫。】这包真太旧了。噢,虽然在野樱桃树上睡一觉也不错,可您来了我还是很高兴。我们要赶很长的路吗?斯潘塞夫人说有一万三千米。我真高兴,我喜欢坐马车。噢,能和您住在一起,成为您家的一员,真是太棒了。我还从来没有真正做过哪家的成员呢!孤儿院里糟透了,我只在那儿待了四个月就够烦的了。我想您没当过孤儿,也没在孤儿院里待过,所以您不可能知道那是什么滋味。那地方糟糕到您都想象不到的地步。斯潘塞夫人说我这样讲话太刻薄,但我也不是有意这么说的。看来不知不觉地就出口伤人真是太容易了,是吗?要知道,他们,那些孤儿院的人,还是不错的。但那儿就是没什么想象空间,只能从那些孤儿身上想象出些东西来。想象他们的事情是很有意思的。【名师点睛:小女孩非常看重"想象空间",可见她是一个天真烂漫的孩子。】你可以想象坐在你身边的小女孩儿其实是名门闺秀,还是婴儿的时候就被残忍的保姆从她父母身边偷走了,可保姆没来得及在临死前说出真相。夜里我常常睁着眼睛躺在床上想这些事儿,因为白天

12

没空。也许就是因为这样我才这么瘦——我是不是瘦得吓人？我身上全是骨头，一点儿肉都没有。我总喜欢把自己想得漂漂亮亮，胖胖乎乎的，胖得连胳膊肘上都有小窝窝。"

说到这里她停了下来，这会儿他们已经走到马车跟前，她也讲得气喘吁(xū)吁[指人劳累到极点时的状态]了。她没有再说话，马车驶出村子，顺着陡峭的小山坡奔驰而下，路面开得很深，土质松软，两边的陡坡高出他们头部几英尺，上面点缀着花儿盛开的野樱桃树和亭亭玉立的白桦树。

孩子伸出手，折下一枝擦着车身的野梅。

"真太美了！您看从陡坡上斜伸出来的那棵树，镶了白边的那棵，您看它像什么？"她问道。

"这个，我想不出来。"马修说。

"嗨，当然是新娘子了——一个穿着洁白的礼服，戴着薄薄的面纱的新娘子。虽然我还没见过新娘子，可我能想出她的模样。我就不指望自己做新娘了。我长得这么难看，没人愿意娶我的——除非是个外国传教士。我想外国传教士应该不会太挑剔他的新娘吧。可我真的希望自己有一天也会有一件白裙子。这是我的最大愿望。我就是喜欢漂亮衣服。可我这辈子还没有过呢——这就更让人想有一件，对吗？那样的话我就会想象自己穿戴得很华丽了。早上离开孤儿院的时候，我只能穿这件旧得不成样子的棉绒裙子，我觉得真丢人。您知道吗，孤儿院里所有的孩子都穿这种衣服。去年冬天霍普顿的一个商人给孤儿院捐了近三百米棉绒布。有人说他是卖不掉才捐出来的，我倒宁愿相信他是发了善心，您说呢？【写作借鉴：对比修辞，众人的想法与小女孩的想法相比，表现出小女孩内心的善意和感恩。】在火车上，我觉得每个人都在看我，可怜我。我就又想象起来，我想象着自己穿着一件顶漂亮的浅蓝色裙子，绸子做的——要想就得想些值得想的东西——戴着顶宽大的帽子，上面插满了花朵和抖动的羽毛，还戴了块金表，一双儿童手套，穿着靴子。这

13

▶ 绿山墙的安妮

样一想,我马上就又高兴起来,非常兴奋地享受了旅途的快乐,坐船的时候我一点儿都不晕。斯潘塞夫人也没晕船。要在平时她可不行。她说在船上得一直看着我,怕我掉下水去,忙得没工夫晕船。【名师点睛:语言幽默,也可看出小女孩是一个活泼好动,对一切新鲜事物都充满了好奇心的人。】她说从未见过比我更能疯的人。其实我跑来跑去也算是做了件好事,斯潘塞夫人不是都没空晕船了吗?我只不过想看看船上的每样东西,谁知道还有没有机会坐船呢?看,这里的樱桃树更多,全都开花了!这个岛是开花最多的地方,我已经开始喜欢上它了,能住在这儿真太好了。我过去常听人说爱德华王子岛是世界上最美丽的地方,那时我常想象自己就住在这儿,可我没料到真会有这么一天!梦想成真,真让人高兴,是吧?瞧那些红颜色的小路多奇怪!在夏洛特敦上车后,车窗外就开始掠过红颜色的路。我问斯潘塞夫人它们怎么会变红的,她说她不知道,还说让我可怜可怜她,别再问她问题了。她说我已经问了差不多一千个啦!可能是吧,可是不提问题怎么能把事情弄明白呢?到底是什么把小路变成红色的呢?"

"这个吗,我不知道。"马修说。【名师点睛:小女孩的能说会道与马修的木讷寡言形成鲜明的对比,情节设置富有趣味。】

"呃,以后会弄明白的。想各种各样将来才会弄明白的事不是很好吗?光是活着就很开心——这世界太有趣了!如果我们什么事都懂,世界就不会这么有意思了,是吗?那样就没什么想象空间了,对吗?我是不是说得太多了?大家总嫌我话多。是不是我不讲话才好?您让我不说,我就不说。我下了决心就一定能做到,虽然这挺难的。"

马修正听得津津有味,这倒是大大出乎他自己的意料。【名师点睛:马修已经暗暗喜欢并接纳了这个天真烂漫的小女孩。】和大多数寡言少语的人一样,马修喜欢和健谈的人待在一起,他们滔滔不绝地讲话,而不指望马修费力说什么。可他从没想到自己会喜欢跟一个小姑娘待在一起。凭良心,女人就够让人心烦的了,小女孩儿就更不用说了。他顶讨

14

厌她们见到他时的那副模样：用眼角斜瞥着他，胆怯地侧身从他身旁溜走，那样子仿佛如果她们敢说一个字，他就会一口把她们吞下去似的。那就是埃文利典型的有教养的小姑娘的举动。但是这个满脸雀斑的小家伙却与众不同，尽管他觉得自己反应迟钝，很难跟上她活跃的思维，可他感到自己"有点喜欢她滔滔不绝地说话"。于是他就像平时那样腼(miǎn)腆(tiǎn)[害羞，不自然]地说：

"呃，你高兴说就说吧，没关系。"

"噢，太好了！我就知道咱俩会合得来的。想说就说，没人说小孩子不该多讲话，可真痛快呀！以前我一多说话，就总是有人用这句话翻来覆去地教训我。大家还总笑话我，因为我说大话。可如果你有大事要说，就得说大话，这难道不对吗？"

"这个吗，好像有点儿道理。"马修说。

"斯潘塞夫人说我的舌头一定两头都悬着，其实并不是这么回事——我舌头的一头固定得好好的。斯潘塞夫人说您住的地方叫绿山墙，我仔细向她打听了。她说那房子周围全是树。这样就更好了，我就是喜欢树。【名师点睛：小女孩喜欢绿山墙的环境，可是"绿山墙"会接纳她吗？】孤儿院周围根本没什么树，院子前面只有几棵细细的小树苗，还用刷得白白的笼子样的东西圈起来。这些小树苗看上去就像孤儿似的，真的很像。过去我一看到它们就想哭。我常对它们说：'唉，可怜的小东西！要是你们长在林子里，周围有别的树做伴，脚下长满小苔藓和铃兰花，小溪从身边流过，鸟儿在你们的枝头歌唱，你们就能长高，对吗？可在这儿你们就长不大了。小树苗，我知道你们心里的滋味。'【名师点睛：小女孩对小树苗的哀怜也是她自己凄惨孤独处境的写照。】今天离开它们时我还挺伤心呢。人总是喜欢这样的小东西，是吗？绿山墙附近有小溪吗？我忘了问斯潘塞夫人了。"

"有啊，有，房子边上就有一条。"

"太巧了！住在小溪边一直是我的一个梦想，但我从没想到这会变

绿山墙的安妮

成真的。梦想不是总能变成现实,对吗?可是梦想成真有多好啊!我已经差不多非常快活了,可实际上我还有烦心的事,因为——您看,这是什么颜色?"【名师点睛:此处破折号表示话题的改变。】

她忽然从她瘦削的肩后抓过一根油亮的长辫子,把它举到马修眼前。在判断女人头发颜色上,马修并不在行,可对于这孩子头发的颜色,没什么可犹疑的。

"是红色的,对吧?"他说。

孩子手一松,辫子落回背后,她叹了口气,这深深的叹息,好像发自肺腑,仿佛要吐尽这些年积蓄的所有悲哀。

"是红色的,没错。"她黯(àn)然[情绪低落、心情沮丧的样子]地说,"现在您知道我为什么不会非常快活了吧?谁长一头红头发都不能非常快活。其他事——像什么满脸雀斑啦,绿眼珠啦,瘦得皮包骨啦,我都不怎么伤心,我可以想象它们不存在。我可以想象我有玫瑰花瓣一样的肤色和可爱的紫罗兰色的亮眼睛,可我却不能把红头发想得没有了。我使劲儿想,心里说:'现在我有一头美丽的黑发,乌油油的。'可是我始终清楚我的头发是红彤彤的。我伤心极了,这是我一生的悲哀。我读过一本小说,书里面的女孩儿也有个一生的悲哀,可那不是红头发。她的头发从白石膏般的额头弯弯曲曲地披到身后,是纯粹的金黄色。我一直不明白什么是白石膏般的额头,您能告诉我吗?"

"这个,我恐怕不知道。"马修说,他有些头晕。这感觉他从前也有过,当时他还是个莽撞的小伙子,他们出去野餐,另一个男孩怂(sǒng)恿(yǒng)[从旁劝说鼓动别人去做某事]他骑旋转木马。

"唉,不管那是什么,一定是个好词,因为她实在美得超凡脱俗。您想过美得超凡脱俗是什么样吗?"

"这个,我没想过。"马修坦率地承认。

"我想过,常常想。如果要您挑,您挑哪一样——是选择超凡脱俗的美丽呢,绝顶的聪明呢,还是天使般的善良?"

"这个,我——我真不知道。"

"我也不知道,我总也决定不了要哪一样。其实选哪样都无所谓,我大概哪种人都成不了。反正我是绝不能像天使一样善良了,斯潘塞夫人说——噢,卡斯伯特先生!噢,卡斯伯特先生!噢,卡斯伯特先生!"【写作借鉴:反复的修辞手法,说明小女孩实在太喜欢"林荫道"上的风景了。】

这后面几句自然不是斯潘塞夫人说过的话,也不是孩子翻到车子下面去了,或是马修有什么惊人之举。他们只不过是刚转了个弯来到了"林荫道"上。

纽布里奇人称为"林荫道"的,其实是一条大约四五百米长的笔直大道。多年前一个古怪的老农在路两旁栽了很多苹果树,如今这些树已经枝繁叶茂,雪白芳香的花朵缀满枝头,在路的上方架起一道长长的凉棚。枝叶下面,夜已降下紫色的帷幕,放眼远望,涂抹着落日余晖的天空光芒四射,好似大教堂长廊顶端美妙的圆花窗子。

这美丽的景色似乎把孩子惊呆了,她一句话也说不出来。她身子向车后仰着,两只瘦瘦的小手紧握在胸前,欣喜地仰望着头顶壮观的白花穹顶。【写作借鉴:细节描写,小女孩已经不由自主地陶醉于这风景之中。】就是他们走完了这段路,沿着长长的斜坡驶向纽布里奇的时候,她还是纹丝不动,一言不发,仍然着迷地凝视着西天落日,不知看到了多少壮丽的幻象划过闪闪发光的天幕。他们默默地穿过熙熙攘攘的小村庄纽布里奇,村里的狗朝他们叫个不停,小男孩们嗷嗷地冲他们起哄,大人们也透过窗户好奇地瞅着他们。又走了大约五千米,孩子还是没有开口。很显然,她能滔滔不绝地讲话,也能安安静静地待上好一会儿。

"我想你又累又饿了吧。"马修终于大起胆子问了一句。她这么长时间缄默不语,他只能想出这么一个原因。"我们这就到家了,只有一千多米了。"

她深深地叹了口气,从沉思中清醒过来,目光蒙眬地望着他,仿佛刚才在星星的指引下飘游到很远的地方去了。

▶ 绿山墙的安妮

"噢，卡斯伯特先生，"她低声道，"我们刚才路过的那个地方——满眼都是白花的地方——叫什么名字？"

"呃，你说的是林荫道吧。"马修着实想了想才说，"那是个漂亮的地方。"

"漂亮？啊，漂亮可不是个合适的词。美丽也不行，形容这个地方都不够。是美丽绝伦，对，是美丽绝伦。我还是头一次看到这样美的地方呢，想象不出来比这更美的地方了。这真让我这儿满足了。"——她将一只手放在胸口——"它让我这里奇怪地疼，可这是让人快活的疼。您也像这样疼过吗，卡斯伯特先生？"

"呃，我确实记不得了。"

"我可疼过好多次。我一看到无比美丽的东西就会这样。可他们不该把那么可爱的地方叫林荫道，这名字一点也显不出它的美丽。应该叫它——让我想想看——雪径通幽。【名师点睛：小女孩陶醉于林荫道的美景，还为它取了一个极富浪漫色彩和诗意的名字。】这个名字有想象力吧？我要是不喜欢一个地方或者一个人的名字，我就常常给他们取新名字，而且就一直这么叫他们。孤儿院里有个孩子叫赫普吉巴·詹金斯。可我想象她叫罗莎丽娅·德芙艾。别人把那地方叫林荫道，随他们去，但是我要一直叫它'雪径通幽'。我们真的离家只有一千多米了吗？我又高兴又难过。这一路太愉快了，每当美好的事情快结束时，我都很难受。【名师点睛：与美丽绝伦的风景分别了，小女孩也从幻想中醒来，她觉得难受，照应上文"她深深地叹了口气"，解释她叹气的原因。】更好的事也许会随之而来，但谁能肯定呢？往往是随之而来的并不比先前的好，反正这是我的经验。可想到要回家了还是让人高兴。知道吗，我从记事起就没有过真正的家。一想到要有真正的家了，我心里又愉快地疼了。啊，真太好了！"【名师点睛：小女孩充满童真，她极度渴望拥有一个属于自己的家，一个真正的家。】

他们已经翻过了一座山顶，山下是个池塘，狭长蜿蜒，看上去就像一条河。一座小桥拦腰横跨池塘的两岸，地势较低的一端有一块琥珀色的沙丘将池水环绕,把它与外面深蓝色的海湾隔开,桥与沙丘之间的水面上异彩纷呈,橘黄、玫瑰红和茸茸绿,它们在梦幻般地渐变,真是神奇极了,还有一些色彩捉摸不定,叫不出名字。桥的这一边,池塘的上游伸入冷杉和枫树林中,半透明的池水掩映在摇曳的树影之中。野梅树不时从岸上斜逸出来,像一位通体洁白的姑娘踮着脚尖在看自己的倩影。池塘源头的沼泽地里传来青蛙清晰、深情、甜美的合唱声。一座小灰房子从远处山坡的白色苹果园旁边微微露了出来,虽然天还不太黑,却有两线灯光从窗子里射出来。

"那是巴里池塘。"马修说。

"噢,我也不喜欢这个名字。我要叫它——让我想想——波光湖,嗯,这个名字才合适。我知道这个名字合适,因为我又激动了。每当我想起一个特别合适的名字,我就会心情激动。有什么事让您激动过吗?"

马修仔细想了想。

"嗯,有。看到从黄瓜地翻出难看的白色虫蛹的时候,我就有些激动。我讨厌它们的长相。"

"嗯,我想这不完全是同一种激动,您说呢?虫蛹和波光粼粼[波光明净,指水波被阳光照射到的样子]的湖水之间没有什么更多的联系,是吗?可是人们为什么把它叫作巴里池塘呢?"

"我想是因为巴里先生住在那座房子里吧,那地方叫果园坡。要不是那一大丛灌木挡着,你可以从这儿看到绿山墙了。【名师点睛:马修先生的话预示着小女孩期盼已久的绿山墙已经不远了。】可我们得过了桥,转过弯才能到,大约还有两百多米。"

"巴里先生家有小女孩儿吗?噢,可别太小——跟我差不多大就行。"

"他有个十一岁左右的女儿,叫戴安娜。"

"噢!"她长长地吸了口气,"多么可爱的名字啊!"

"呃,我不知道。在我看,这名字似乎有点可怕的异教徒味道。叫简、玛丽或是别的什么合适的名字多好。戴安娜出生的时候,正好有个

▶ 绿山墙的安妮

小学校长住在她家,她家里人让他为她取名,他就叫她戴安娜。"

"要是我出生的时候,身边也有个那样的小学校长就好了。噢,我们要过桥了。我要闭紧眼睛。我总是害怕过桥,我总是忍不住要想,我们刚到桥中间,桥忽然像折刀一样折起来,我们一下子被夹在中间,所以我总要闭上眼睛。但是我又总是不得不睁开眼睛,尽管我觉得我们快到桥中间了。因为你瞧,如果桥真的折了起来,我想亲眼看到它折。【名师点睛:小女孩的古怪的幻想充分体现了儿童天真无邪的性情。】它还会发出好听的隆隆响声!我最喜欢听这声音了。世界上有这么多可爱的东西,多好啊!好了,我们过桥了。我要回头看看。晚安,亲爱的波光湖。我总是对自己喜欢的东西道晚安,就像对人一样,我想它们会喜欢的。瞧,湖水像是在对我笑呢。"

马车上了山坡,转了个弯,马修说:

"我们快到家了,绿山墙就在——"【名师点睛:此处破折号表示马修先生的话被兴奋的小女孩打断了。】

"噢,别说,"她气喘吁吁地打断他,一把抓住他高高扬起的胳膊,闭上眼睛,这样就看不到他的手势了,"让我猜猜看,我肯定能猜对。"

她睁开眼睛四下望望,他们正在一个小山丘顶上。太阳落下去有一会儿了,但在柔和的余晖中四周景物依然清晰可辨。西边黑色的教堂尖顶耸入金黄色的天空,下面是一个小山谷,远处是一道长长的慢慢隆起的山坡,山坡上面零星散落着小巧整齐的农舍。孩子的目光扫视着那些小房子,充满激情和渴望。最后她缓缓朝左边的一座房子望去,这座房子离路较远,和浸在暮光中的周围树林里根深叶茂的大树一起泛着白光。农舍上方,一碧如洗的西南天空上有一颗硕大的水晶般洁白的明星闪闪发光,就像一盏指路的希望之灯。【名师点睛:农舍上方的"希望之灯",既昭示着新家的方向,也照亮了小女孩未来之路。】

"就是这座,对不对?"她指着那房子说。

马修愉快地用缰绳在马背上抽了一下。

"嗯,你猜对了。我想斯潘塞夫人给你形容过,你才认得出来。"

"她没有——真的没有。她说的大多是其他地方的事。以前我根本就不知道它会是什么样,可一看到它,我立刻就有了家的感觉。噢,我真像是在做梦。【名师点睛:天真的小女孩终于来到了自己的家门前,她幸福地以为自己是在做梦,这也为马修不忍她离去埋下伏笔。】知道吗,我今天掐了自己那么多次,我的胳膊肘以上一定又青又紫了。每过一会儿我就有一种可怕的感觉,我非常担心这一切都是梦。于是我就掐自己,看是不是在做梦,可我刚才突然想到,就算是在做梦,就做吧,做得越久越好,所以我就不掐了。可这一切的的确确是真的,我们快到家了。"

她无比欣喜地叹了口气,又沉默起来。马修不安地动了动身子,想到反正是玛丽拉而不是自己去告诉这个在世上无依无靠的孤儿,她并不属于这个渴望已久的家,他心里又好受了一些。他们穿过林德山谷。天色已经很暗了,但是暮色并没有挡住蕾切尔太太的视线,她从窗前的有利位置上看着他们上了山坡,驶进通向绿山墙长长的小路。到了房子跟前,马修突然不知为什么害怕起来,他怕真相大白。【名师点睛:马修的害怕,为后文他极力留下小女孩做了铺垫。】他并不是为玛丽拉或者为自己考虑,也不是想这个差错可能会给他们带来什么麻烦,他是在想小姑娘该多么失望啊。一想到她眼中希望的亮光黯淡下去,他就感到不安,好像他要当谋杀案里的帮凶——这感觉和他不得不宰杀一只羊羔、牛犊或者别的什么无辜的小生灵时的感觉一模一样。

他们走进院子时天已经很黑了,院子周围的杨树叶发出绸缎般唰唰的响声。

"听,树在说梦话,"马修把她抱到地上时她轻声说,"它们一定在做好梦呢。"

然后她紧紧提着装有"她全部财产"的毡包,跟着马修走进屋子。

▶ 绿山墙的安妮

Z 知识考点

1.马修的头发是_____色的,下巴上长着浓密柔软的_____色胡子。这是他从_____岁起就开始留的胡子,一直保持到了六十岁。

2.马修最先将马拴在布莱特河小旅店的(　　)里。

A.院子　　　　B.马棚　　　　C.花园

3.在马修带小女孩回家的路上,作者为什么多次描写四周的环境?

_____

_____

_____

Y 阅读与思考

1.火车站的站长对小女孩的印象怎样?

2.作者是如何描述小女孩的外貌的?

第三章

玛丽拉·卡斯伯特大吃一惊

M 名师导读

> 该面对的总该会来。马修将安妮带到了妹妹玛丽拉面前。面对一个意料之外的"小流浪儿",玛丽拉抱怨不已,她实在不想收留这个小女孩,但马修似乎不这样想……

<u>马修一开门,玛丽拉便脚步轻快地迎上前来。</u>【名师点睛:此刻,不知情的玛丽拉脚步轻快,满怀期盼,可是当她知道真相时,又会做何反应呢?】但是,当她的目光落到面前这个穿着难看的硬邦邦的衣服,梳着长长的红辫子,有一双热切明亮的眼睛的小怪物身上时,她惊愕得一下子停了下来。

"马修·卡斯伯特,这是谁呀?"她嚷道,"我们要的男孩儿哪儿去了?"

"那儿一个男孩儿也没有,只有她。"马修沮丧地说。

他对孩子点了点头,这才想起来他还没问她叫什么呢。

"没有男孩儿!不对,肯定有个男孩儿。"玛丽拉坚持说,"我们给斯潘塞夫人捎话叫她带个男孩儿来的。"

<u>"可是她没有,她把她给带来了,我问过车站站长了。我只能把她带回家,不管差错出在哪儿,总不能把她扔在那里不管。"</u>【名师点睛:不善言辞的马修不知道如何应付妹妹的一连串盘问,但他有一副好心肠。】

"喔哟,真糟糕透了!"玛丽拉喊了起来。

他俩说话时,小孩儿一直没吱声,她看看这个,瞧瞧那个,脸上兴奋

绿山墙的安妮

的光晕全部消失了。突然间,她好像一下子明白了他们在谈些什么,她把那个宝贝毛毡提包扔到地上,向前跨了一步,双手紧紧握在一起。

"你们不想要我!"她大叫起来,"你们不想要我,就因为我不是男孩儿!我早该想到的。从来没人真正愿意要我。我早该知道这一切都太美好了,不会持续多久。我早该想到没人会真的想要我。噢,我该怎么办呀?我要哭啦!"

她的确哭了。她一屁股坐到桌边的椅子上,双臂放在桌子上,把脸往里一埋,便号啕大哭起来。玛丽拉和马修隔着炉子互相看了看,对她的这一举动很不满意。他们俩谁也不知道该说什么或者做什么,最后玛丽拉为打破僵局犹犹豫豫地说:

"好了,好了,没必要为这点儿事这么哭啊。"【名师点睛:玛丽拉虽然心有不满,但面对一个女孩的哭泣,她还是心有不忍。】

"不,有必要!"那孩子立刻抬起头来,满脸泪水,嘴唇颤动着,"如果您是个孤儿,到了一个您认为将成为您的家的地方却发现因为您不是男孩儿,他们根本不想要您,您也会哭的。噢,这是我碰到的最可悲的事儿了!"【名师点睛:路上的安妮有多么兴奋,此时的安妮便有多么悲伤,难怪她哭得那么难过。】

玛丽拉毫无表情的脸上现出一丝勉强的笑意,这微笑由于长久未用,显得呆板僵硬。"好了,别再哭了。我们今天晚上不会赶你走的。在我们把事情弄清之前,你还得留在这儿。你叫什么名字?"

孩子犹豫了一下。"请您叫我科黛拉,行吗?"她热切地说。

"叫你科黛拉?这是你的名字吗?"

"不,不是,确切地说,这不是我的名字。但是我喜欢别人叫我科黛拉,这名字文雅极了。"

"我不明白你到底是什么意思。如果你不叫科黛拉,你叫什么?"

"安妮·雪利,"她极不情愿地支吾道,"噢,不管怎样,请务必叫我科黛拉吧,我只在这儿待一会儿,怎么称呼我对您来说都无所谓,是不是?

【名师点睛：此刻的安妮似乎已经做好了随时离开绿山墙的准备。】安妮这名字一点都不浪漫。"

"什么浪漫不浪漫的！"玛丽拉毫不留情地说，"安妮是个很普通、很好听的名字，你完全没有必要为它难为情。"

"不，我不是为它感到难为情。"安妮解释说，"只不过我更喜欢科黛拉。我经常想象我的名字是科黛拉——至少这几年一直这么想。小时候我曾经想过我的名字叫格拉婷，但是现在我更喜欢科黛拉这个名字。如果您能叫我带有'女'字旁的安妮，不叫我科黛拉我也愿意。"

"这字怎么写有什么关系？"玛丽拉边拿起茶壶边问道，脸上又浮现出一丝呆板僵硬的微笑。【写作借鉴：细节描写，安妮非常可爱，以至于古板的玛丽拉已经被她逗笑了两次。】

"哟，这里的差别可大着哩，带'女'字旁看起来舒服多了。您听见一个名字的时候，是不是会在脑子里看见它，就像它已经写出来了似的？我会的。'安尼'看上去糟糕透了，而'安妮'却蛮顺眼的。"

"那么好吧，带有'女'字旁的安妮，你能告诉我们怎么出的差错吗？我们捎信给斯潘塞夫人让她给我们带个男孩儿，孤儿院里没有男孩儿吗？"

"噢，不。那儿男孩儿多得是，但是斯潘塞夫人非常明确地说您要一个十一岁左右的女孩儿。院里的女主管说她认为我挺合适，您不知道我有多高兴啊。昨天我兴奋得一晚上都没睡着。嗯，"她转向马修，带着责备的口吻说，"您在车站干吗不告诉我你们不想要我，干吗不把我留在那儿呢？如果我没见'雪径通幽'和'波光湖'，我也不会这么难过。"

"她到底在说些什么？"玛丽拉盯着马修问。

"她——她是指我们在路上聊的东西。"马修急促地说，"玛丽拉，我出去把马圈起来。我回来前把晚饭准备好。"【名师点睛：马修的逃避不仅是他木讷寡言的表现，更有不忍心见到安妮的梦想破碎的痛苦神情的原因。】

"除了你，斯潘塞夫人还带别人了吗？"马修出去后玛丽拉又接着问道。

▶ 绿山墙的安妮

"她自己收养了莉莉·琼斯。莉莉只有五岁,长得很漂亮,有一头栗褐色的头发。如果我也长得很漂亮,也有一头栗褐色的头发,您会把我留下来吗?"

"不会的。我们想要个男孩儿帮马修干农活,女孩儿对我们一点用处都没有。你把帽子摘下来,我把它和你的包一起放到门厅里的桌子上去。"

安妮顺从地摘下帽子。马修不一会儿就回来了,于是他们坐下开始吃晚饭。可安妮什么也吃不下。她徒劳地啃了一点儿黄油面包,尝了尝她盘子旁边的扇形小玻璃碟子里的酸苹果酱,实际上她还是几乎什么都没有吃。【名师点睛:安妮的悲伤心情大大地影响了她的食欲,令人可怜。】

"你根本没吃什么东西。"玛丽拉严厉地说,两眼盯着安妮,好像不吃东西是个严重的错误。

安妮叹了口气。

"我吃不下,我现在非常绝望。您非常绝望的时候,能吃得下饭吗?"

"我说不好,我从来没有绝望过。"玛丽拉回答说。

"真的吗?那么,您有没有想象过很绝望会是什么样?"

"没有,从来没想过。"

"那我想您不会明白它是怎么一回事的。那真是一种让人很不舒服的感觉。你想吃饭的时候,正好有块东西堵在你的嗓子眼里让你什么都咽不下去,连巧克力糖都咽不下。两年前我吃过一块巧克力糖,真是太好吃了。从那以后,我经常梦见我有好多好多巧克力糖,可是我总是在刚要张嘴吃的时候醒过来。但愿您别因为我不吃东西生气,每样饭菜都挺好的,可我就是吃不下。"【名师点睛:安妮非常懂事,她能清楚地表达自己的感觉,又知道照顾玛丽拉的情绪。】

"我想她是累了,"马修说,从马厩回来后他没吭过一声,"玛丽拉,最好送她上床睡觉吧。"

玛丽拉一直在想该把安妮安顿在哪儿。她倒是给他们盼着的男孩儿在厨房准备了个睡椅。虽然那里干净整洁,但不管怎么说,让个女孩儿家睡在那儿好像不太合适。【名师点睛：玛丽拉虽然很不满意安妮，但她也是善良的人，她为安妮安排了一间不错的房间。】而客房给这个小流浪儿住又显得太奢侈了，那就只剩下楼上东侧的那间屋子了。玛丽拉点了支蜡烛，叫安妮跟着，安妮没精打采地跟在后面，穿过门厅时，她顺手拿走了放在桌子上的帽子和毡包。厅里干净得让人害怕，作为安妮睡房的小房间看上去更干净。

玛丽拉把蜡烛放在一张三条腿的三角桌上，铺好被褥。

"你有睡衣吧？"她问道。

安妮点了点头。

"嗯，我有两件，是孤儿院女管家给我做的，很小很小。孤儿院里从来都没有足够的东西给大家分，所以衣服都做得很小——至少在像我们那样的穷孤儿院是这样的。我讨厌窄窄巴巴的睡衣，但是穿着它也能像穿着领口有花边的漂亮的拖地长睡衣一样做梦的。这倒是一种安慰。"
【名师点睛：安妮是一个懂得如何在困苦生活中安慰自己的孩子。】

"好了，快点儿脱衣上床，几分钟后我来取蜡烛。我可不敢让你吹灭它，你很可能把这儿点着了。"

玛丽拉走了以后，安妮愁闷地向四周看了看。雪白的墙壁空空荡荡，一点饰物都没有，安妮觉得它们也一定在为自己光秃秃的样子而难过呢。地板上也没有什么东西，只在中间有一块圆的草编席子，安妮以前从来没见过这玩意儿。房间的一角是一张高高的老式床，床四周各立着一根低矮的黑床柱。房间的另一角就是前面提到过的那张三角桌，桌上摆着个厚厚的红丝绒针插，看上去硬得能把最爱冒险的针尖折弯。桌子上方挂着一块二十厘米长、十五厘米宽的小镜子。窗户在桌子和床之间，上面横挂着一条雪白的棉纱荷叶边，窗户的对面是脸盆架。整个房间有种难以名状的刻板的气息，直渗到安妮的骨髓里去，使她不寒而栗。她抽噎了一下，迅速脱掉衣服，换上小睡衣，跳上床，脸朝下埋在枕头里，把被子拽过来拉过头顶。玛丽拉上楼来取蜡烛时看到安妮的

▶ 绿山墙的安妮

小衣服东一件西一件地乱扔在地上，只有床的颤动说明这屋里除了她以外还有个人。

她不紧不慢地把安妮的衣服拾了起来，有条理地放在一张端端正正的黄椅子上，然后她拿起蜡烛，走到床边。

"晚安。"她不太自然但是很和蔼地说。

安妮苍白的脸庞和大大的眼睛突然从被子底下冒了出来。

"您知道对我来说这无疑是最糟糕的一个夜晚，怎么还能说晚安呢？"她责备地说。【名师点睛：玛丽拉内心有所松动，可安妮的表现令人哭笑不得，这似乎预示着兄妹俩刻板的生活即将发生改变了。】

然后她又钻进被子底下不见了。

玛丽拉慢慢走下楼来到厨房，开始洗晚饭的碗碟。马修在抽烟——这是他心情烦乱的明显标志。他很少抽烟，因为玛丽拉极力反对，认为那是个很不卫生的习惯，但有时候，在某种情况下，他觉得他不得不抽，这时，玛丽拉就只能睁一只眼闭一只眼，她知道每个有血有肉的人都需要用某种方式来发泄情绪。

"哼，瞧这事办得多糟！"她怒气冲冲地说，"这都是因为我们只是捎话而没有亲自去。罗伯特·斯潘塞的亲戚一定是把话传错了。明天咱俩一定得有一个赶车去见斯潘塞夫人。这个小姑娘还得送回孤儿院。"

"是的，我想是这样的吧。"马修略带迟疑地说。【写作借鉴：语言、细节描写，马修的"迟疑"暗示了他并不是非常同意玛丽拉的提议。】

"你想是这样的吧！难道你不认为我们该这样做吗？"

"好了，听我说，玛丽拉，她确实是个很可爱的小家伙。她一直以为她会被收留在这儿，把她再送回去，实在有点遗憾。"

"马修·卡斯伯特，你不是在说你认为我们该把她留下来吧！"

即使马修说他愿意头朝下站着，玛丽拉恐怕也不会更惊讶的。"嗯，不，我想不是——不完全是，"马修结结巴巴地说，他已经被逼得非把自己的意思解释清楚不可了，"我想——谁也不会希望我们把她留下来。"

"我想是这样。她对我们有什么用呢？"

"我们也许会对她有用。"马修突然出人意料地说。【名师点睛：马修的反应真让人意外，这才是他最真实的想法。】

"马修·卡斯伯特，我相信那小孩儿一定给你施了魔法！我可以清清楚楚地看出来你想留下她。"

"嗯，她确实是个有趣的小家伙。"马修坚持道，"你该听听她从车站回来的路上说的那些话。"

"哦，她说话倒是伶牙俐齿的，这一点我一眼就能看出来，可这帮不了她什么忙。我不喜欢总有这么多话说的小孩儿，即使我想要，也不会挑她这样的。她身上有些东西我搞不懂。【名师点睛：对于一向刻板的玛丽拉来说，安妮脑子里天真烂漫的幻想是她不能理解的一部分。】不行，她从哪儿来还得回哪儿去。"

"我可以雇一个法国小工帮我，"马修说，"她可以给你做伴儿。"

"我没伴儿没关系，"玛丽拉十分干脆地说，"我不会让她留下来的。"

"嗯，好吧，就按你说的办，玛丽拉，"马修说着站起身来，把烟斗放在一边，"我要上床睡觉了。"

马修去睡觉了，玛丽拉把碗碟收好也上了床，她的眉头紧锁着。而在楼上的东侧房里，一个孤独的心灵渴求温暖的孩子也呜咽着进入了梦乡。【名师点睛：兄妹的争论结束了，明天，安妮将要面对的到底是什么呢？】

▶ 绿山墙的安妮

第四章
绿山墙的早晨

M 名师导读

新的一天开始了,绿山墙的早晨风景如画,但安妮并不贪图享受,因为她认为短暂的拥有会让她变得更加痛苦,而玛丽拉到底会如何安排她呢?

安妮一觉醒来天已经大亮了,她翻身坐起,眯缝着眼睛向窗口望去,一束明媚的阳光正由那儿直射进来。窗外,一些白色的羽毛状的东西在微风中摇曳着,时而露出一点缝隙来让人窥见蔚蓝色的天空。

安妮一时记不起她身在何处了。她先是心头一喜,好像想起什么愉快的事,随后可怕的记忆把她拉回到现实中来,这里是绿山墙呀!【名师点睛:绿山墙的清晨实在太美了,这使安妮陶醉其中,但片刻过后,她又回到了冰冷的现实中。】因为她不是男孩儿,他们不想收留她!

可是,现在是早晨,而且,对了,窗外有一棵正在盛开的樱桃树。她一下从床上蹦到地下,跑到窗边,拉起吊窗——这东西艰难地、吱吱嘎嘎地掀了起来,好像已经很久没有打开了,这倒符合事实。它一旦被拉上去就会牢牢地卡在那里,根本用不着拿什么东西撑着。

安妮扑通一声跪下来,放眼望去,尽情欣赏这清晨的美景,她的眼睛兴奋得发亮。呀,这一切真是太美了! 这真是个可爱的地方! 想想吧,她却不能在这儿待下去! 她愿意想象一直生活在这儿,这里有足够的空间来让她想象。【名师点睛:安妮的愿望能实现吗? 我们拭目以待。】

30

窗外有一棵巨大的樱桃树,它靠房子那么近,枝条时而轻敲几下屋墙。树上开满了花,几乎把所有的叶子都遮住了。房子的两边各有一个大果园,分别种着苹果和樱桃,所有树上都开着花,树下的草丛中点缀着星星点点的蒲公英。下面花园里的紫丁香也开得正盛,迷人的香味随着晨风直飘进窗口。

花园的下面是一片长满茂盛的苜蓿草的坡地。坡脚下的山谷中,小溪涓涓流淌,几十棵白桦树精神饱满地伸展着腰肢,树下多半生长着蕨(jué)菜[一种植物,幼嫩的叶芽可以食用]、苔藓、地衣之类的可爱的小植物。坡地旁边是座小山,上面云杉、冷杉葱绿繁茂,山中有一道隘口,从那儿可以看到一座小灰房子山墙的边缘,她在波光湖的另一边就看到过。

向左望去是大马厩(jiù)[马棚],越过马厩和那片缓缓下斜的绿色田野可以隐约看见闪闪发亮的蓝蓝的海水。安妮那双爱美的眼睛停留在每一处景致上,贪婪地把这一切都收入眼底,这个可怜的孩子,她在生活中见过的不可爱的地方太多了,而这里的一切却可以与她曾经梦想过的任何东西相媲(pì)美[比美]。

她跪在那里,除了眼前的美景,似乎什么都不存在了,忽然,一只手搭在她肩上,把她吓了一跳。玛丽拉早就进来了,这个正在做梦的小人儿一点都没察觉。

"你该把衣服穿好。"她干巴巴地说。

玛丽拉实在不知道该怎样和这个小家伙交谈,因此她的话听起来干巴巴的,实际上她并不是故意这样。

安妮站起身来,深深吸了口气。

"噢,这一切太美了!"她说,手臂一挥表明她指的是外面那个美好的世界。

"这棵树长得不小,"玛丽拉说,"花开得也多,但果子结得却不怎么样——个头小还有虫子。"

"噢,我不是单指这棵树,当然啦,它蛮可爱的——对了,是那种绚丽

绿山墙的安妮

多姿的可爱,它开花好像就是要告诉大家它很可爱。不过我指的是所有的一切,花园、果园、小溪和小树林,整个美丽可爱的世界。在这种早晨,您不觉得您深爱着这个世界吗?我能听见小溪一路欢笑着流到这里。您注意到过小溪是一种多么快乐的东西吗?它们总是在欢笑。即便在冬天我也能听见它们在冰层底下嬉笑的声音。我真高兴绿山墙有条小溪。也许您觉得既然您不打算留下我,这些对我就无关紧要了,其实不是的。即便我再也不会见到它了,我也会一直记得绿山墙有条小溪的。如果这儿没有小溪。我就会被一种不舒服的感觉折磨着,总是想这儿应该有。今天早晨我不再绝望了。我从来不会在早晨感到绝望的。我们有清晨,这难道不是件美妙的事吗?【名师点睛:安妮是一个聪明有悟性的孩子,她懂得在绝望中安慰自己,并能快速走出来。】可是我觉得很伤心。我刚才一直在想象着您要的就是我,而且我可以在这儿永远地住下去。梦在继续的时候是个很大的安慰,但是你总得停下来,这是最糟糕的了,很让人伤心。"

"你最好穿好衣服下楼去,别再胡思乱想了。"玛丽拉一插进去话就马上说,"早饭早好了。你先洗脸梳好头发,窗户就开着吧,把被子叠好放回床脚,尽量利索点。"

显然,如果必要的话,安妮可以做得很利索。你瞧,她不到十分钟就下楼来了,衣服穿得整整齐齐,辫子编好了,脸也洗过了。她对自己挺满意的,自认为完全达到了玛丽拉的要求。而实际上,她忘了把被子放回原处。【名师点睛:孤儿院的生活早就把安妮锻炼成一个自立自强的孩子了——虽然她还有一点马虎。】

"今天早晨我饿极了。"她一边在玛丽拉给她预备的椅子上坐好一边宣布说,"这个世界似乎不再像昨晚那样是一片狂风怒号的野地了。今天早晨阳光明媚,我真高兴。【名师点睛:天性活泼的安妮似乎给这个沉闷的家带来了一丝新空气,兄妹俩似乎已经习惯了安妮的"吵闹"。】不过我也挺喜欢下雨的早晨。各种各样的早晨都很有趣,你们不这样想吗?

你不知道这一天中将发生什么,让人很有想象空间。但是我很高兴今天没下雨,因为一个人在晴天更容易快乐起来,忍受痛苦。我觉得我有许多要忍受的事。你在书中读到痛苦、悲伤之类的东西,然后想象你自己勇敢地承受了这一切,这是很开心的。但是如果你自己真的遇到了这些痛苦和磨难,就不那么有意思了,对吗?"

"你发发慈悲闭上嘴吧。"玛丽拉说,"一个小女孩儿,你说得实在太多了。"

听到这话,安妮乖乖地完全闭上嘴一句话也不说了,她长时间的沉默使玛丽拉感觉很不安,好像她面前有个十分不自然的东西。马修也一声不吭——但是至少这是很自然的——于是这顿早餐便吃得非常沉闷。

安妮越来越心不在焉,她机械地吃着东西,那双大眼睛直勾勾地盯着窗外的天空,却好像什么也没看见,这使得玛丽拉更不安了,她心里有种异样的感觉,觉得这小怪孩儿的身体可能还在桌边坐着,可是思维早驾着想象的翅膀,飞到遥远的美妙仙境里去了。谁愿意身边有这么个孩子呢?

但是马修想留下她,真不可思议!玛丽拉觉察到他今天早晨还像昨晚一样强烈地要收留她,而且不会改变想法。马修就是这样——他的脑子里一旦钻进什么念头,他会一声不吭地以让人惊叹的倔劲儿抓住它不放——这倔劲儿在他一声不吭时要比他说话时多十倍的效力。

吃完饭,安妮终于从幻想中回来了,主动要求洗碗。

"你能洗干净吗?"玛丽拉很不信任地问。

"能。不过我更擅长看孩子,这方面我有很多经验,可惜您这儿没有小孩儿让我来看。"

"我觉得现在我不会想照顾更多的孩子了。老实说,你一个就已经够成问题的了,我还不知道怎么安排你呢。【名师点睛:玛丽拉似乎也在不知不觉中考虑起如何安排安妮往后的生活了。】马修实在蠢极了。"

"我倒觉得他挺可爱的。"安妮用责备的口吻说,"他那么有同情心,他不在乎我话多——他看上去好像还挺喜欢听我说话。我一见到他就

绿山墙的安妮

觉得我们俩很投缘。"

"你们俩都够古怪的了，如果这就是你所说的投缘的话。"玛丽拉不屑地说，"好吧，我可以让你洗碗，你得多放点热水并且保证把碗擦干。今天上午我有许多事要做，因为下午我要赶车到白沙滩去见斯潘塞夫人。你跟我去，我们要商量把你怎么办。你洗完碗以后上楼去把你的床收拾好。"

玛丽拉在一旁严密监视，发现安妮还挺会洗碗的。不过后来她收拾床的时候就没那么利落了，这是因为她从来没学过怎样铺羽绒褥套，不过她还算是把它铺平弄好了。然后玛丽拉打发她到外面去玩，告诉她可以玩到吃午饭再回来。

安妮飞跑向门口，她的眼睛发亮，满脸喜悦，可刚刚到门口她一下子停住了，转过身来回到桌边坐下。她脸上的光晕和神采像有人给喷了灭火剂一样完全消失了。【名师点睛：安妮能够亲身体会绿山墙的美景，她自然是高兴的，但她一想到马上就要失去这一切了，她又变得郁郁寡欢了。】

"你又怎么了？"玛丽拉问。

"我不敢出去。"安妮说，那语气好像一个烈士要舍弃掉人世间所有的欢乐，"如果我不能待在绿山墙，那我再爱它也没用。如果我到外面去与那些树木、花草，还有果园、小溪熟悉起来，我会忍不住爱上这一切的。现在让我离开这里已经够难的了，我不想把事情弄得更难。我真想到外面去——它们好像都在呼唤我：'安妮，安妮，到我们这儿来吧。安妮，安妮，我们需要小伙伴。'——但是我最好还是别出去。如果你不得不与它们分开，还是别爱上它们为好，对吗？可是要让自己不爱上它们实在太难了，是不是？这就是为什么我以为会在这儿住下去时那么高兴的原因。那时我想，现在我可以有这么多东西来爱了，而且没有什么会阻拦我。可是那短短的一场梦已经结束了，现在我只有屈从于命运了，所以我觉得我还是不出去为好，我怕心里又躁动不安。请问窗台上的那盆天竺葵叫什么名字？"【名师点睛：安妮觉得自己要走了，但她还是喜欢这里的，她打算将这里的一切都记在心里。】

"那是盆有苹果香味的天竺葵。"

"噢,我不是指那种名字。我指的是您自己给它取的名字。您没给它取过名字吗?那么我可以给它取个名字吗?我要叫它——让我想想——邦妮怎么样——我在这儿的时候可以叫它邦妮吗?噢,就让我这么叫它吧!"

"噢,老天!我不在乎你怎么叫它,可是给天竺葵取个名字究竟有什么意义呢?"

"噢,是这样的,即使是天竺葵,我也希望它们能有个名字。这使它们和人更相像了。您知道吗,我们要是把天竺葵就叫天竺葵,不给它另取个名字,它会伤心的。您不喜欢人们一直就叫您女人吧。对,我就叫它邦妮了。我今天早晨还给卧室窗外的樱桃树取了个名字。它那么洁白,所以我叫它白雪皇后。当然啦,树上的花儿不会一直开下去的,可是我们可以想象它老是鲜花盛开,不对吗?"

"我这辈子还没见到过或者听说过另一个和她一样的人呢。"玛丽拉嘟囔着下地窖取土豆去了,"马修说得对,她是有点意思。【名师点睛:短暂的接触,玛丽拉也被安妮所吸引,她真是一个与众不同的女孩。】我觉得自己也在猜想着她下一句到底会说些什么了。她也会在我身上施加魔力的。她已经把马修迷住了,他出门时的表情等于重复昨晚上他的话和他的那些暗示。我真希望他能像别的男人一样把话说出来,这样别人就能反驳他,跟他讲道理。可是遇到一个用表情说话的人,你又能怎么样呢?"

玛丽拉从地窖上来,发现安妮手托腮帮,眼望天空,又到她那幻想世界里漫游去了。玛丽拉也没管她,便忙活去了,午饭早早地准备好了。

"我想我今天下午可以用一下母马和小马车吧,马修?"玛丽拉问。

马修点了点头,若有所思地看着安妮。【名师点睛:马修预料到玛丽拉要干什么,他心中有话要说。】玛丽拉截住他的目光,一字一句地说:

"我要赶车到白沙滩去把这件事处理了,我带安妮一起去。斯潘塞夫人可能安排立刻把她送回新斯科舍去。我先把你的下午茶准备好,我

35

▶ 绿山墙的安妮

会及早赶回来挤牛奶。"

马修还是一声不吭,玛丽拉觉得白费了半天口舌。再没有比从不还嘴的男人更令人恼火的了——要是个不会还嘴的女人倒还不错。

马修准时把那匹栗色母马套到小马车上,玛丽拉和安妮准备出发了。马修给她们打开院门,她们慢慢地赶车往外走时,他好像没有特意对着谁似的说:

"克利克来的小杰里·伯特今天早晨来了,我告诉他我今年夏天可能雇他。"【写作借鉴:语言描写,马修的话表明,他已经开始按照自己的计划执行了,他要留下安妮。】

玛丽拉没搭理他,她用鞭子狠狠地抽了那匹倒霉的栗马一下。肥胖的母马从来没受过这种虐待,立即扬开四蹄沿着小路狂奔起来。马车上下颠簸,这时玛丽拉回头看了一眼,只见那个令人恼火的马修斜靠在大门上,若有所思地望着她们。

Z 知识考点

1.安妮的全名是_____;初到绿山墙的安妮,一共带了_____件睡衣;在她房间的窗外是一棵巨大的_____。

2.判断题。安妮虽然有自己的名字,但她觉得自己的名字一点也不浪漫。(   )

3.对于没能领回来一个小男孩的错误,马修的补救办法是?
_____
_____
_____

Y 阅读与思考

1.初到绿山墙的安妮,对玛丽拉给她安排的房间有什么印象?

2.玛丽拉认为安妮身上她"搞不懂"的东西是什么?

第五章

安妮的身世

M 名师导读

在送安妮去斯潘塞夫人家的路上,安妮向玛丽拉讲述了自己悲惨的身世和长久以来的寄人篱下的生活,这种流浪儿一般的日子深深地打动了玛丽拉,她对安妮的态度似乎有所转变……

"您知道吗,"安妮坦诚地说,"我已经想好了要好好享受这次旅行。如果你一定要让什么事变成乐事,你差不多就总能做到,这是我的经验。当然,你必须要下定决心。旅途中我不会想回孤儿院的事,我只打算想这趟旅行。啊,看那儿,那儿有一朵小小的早开的野玫瑰!多可爱呀!不是吗?您不觉得它为自己是一朵玫瑰而感到高兴吗?要是玫瑰自己能说话该有多好啊!我肯定它们能告诉我们非常美好的事情。【名师点睛:用善良热忱的眼睛看待世界,自然会收获善良和美好。】难道粉红色不是世界上最迷人的颜色吗?我喜欢粉红色,但是我不能穿粉红色衣服。红头发的人不能穿粉红色衣服,想都不能想。您知道有什么人小时候头发是红的,可是长大以后变成别的颜色了?"

"没有,我从没听说过,"玛丽拉冷冰冰地说,"而且我认为这种事也不可能发生在你身上。"

安妮叹了口气。

"唉,又一个希望破灭了。我的一生就是埋葬希望的墓地。这句话是我在一本书里看到的,每次我失望的时候就说上几遍来安慰自己。"

▶ 绿山墙的安妮

【名师点睛:虽然长在孤儿院,但安妮是一个爱看书的孩子,她那么多的幻想一定是受了书的启发。】

"我看不出这安慰有什么用。"玛丽拉说。

"啊,因为这句话听起来很美很浪漫,好像我就是书中的女主人公。您知道,我是多么喜欢浪漫的事情啊,一个埋葬着许多希望的墓地简直太浪漫了,想象不出比这更浪漫的事了,是不是?我很高兴我也有件浪漫的事情。今天我们过不过'波光湖'?"

"要是你所谓的'波光湖'是指巴里家的池塘,我们不往那边去,我们顺海岸小道走。"

"海岸小道听起来很美,"安妮充满幻想地说,"它是不是和它的名字一样美?您一说'海岸小道',我脑子里就出现一幅画面,就那么快!白沙滩也是个不错的名字,不过我更喜欢埃文利。埃文利是个很可爱的名字,听起来像音乐一样。我们离白沙滩有多远?"

"八千米,既然你一定要说个不停,你不如说点儿有用的,讲讲你知道的关于自己的情况吧。"【名师点睛:玛丽拉主动问起安妮的身世,一方面是为了打发时间,另一方面也是她对安妮产生了兴趣的表现。】

"噢,我知道的关于自己的情况其实不值得一提。"安妮热切地说,"要是您让我讲讲我对自己的想象,您会觉得有意思得多。"

"不,我可不想听什么你的想象,就实话实说吧,从头开始说。你在哪儿出生,多大了?"

"我今年三月就已经满十一岁了。"安妮说,她轻叹一声,只好实话实说了,"我出生在新斯科舍的博灵布鲁克。我父亲叫瓦尔特·雪利,是博灵布鲁克高中的教师。我母亲叫伯莎·雪利。【名师点睛:通过安妮的介绍,我们对安妮的身世有了初步的了解。】瓦尔特和伯莎,很可爱的名字,不是吗?我很高兴我父母有这么可爱的名字。要是有个名字叫——嗯,比如叫杰迪代亚的父亲那就太没面子了,是不是?"

"我想一个人只要行为端正,他叫什么倒无关紧要。"玛丽拉说,她觉

得有必要灌输一种良好有益的道德观。【名师点睛：玛丽拉在无意识的情况下已经开始用教育的口吻对安妮说话了。】

"嗯，我不知道，"安妮似乎若有所思，"我在一本书里读过，一朵叫任何其他名字的玫瑰也会一样芳香，可我总不相信。我不相信要是把玫瑰叫作蓟草或是臭菘，它也会一样美好。我想要是我父亲叫杰迪代亚，他也可能一样是个好人，可我肯定这会是个不幸。噢，我母亲也是高中老师，当然她和父亲结婚以后就辞职了。照顾好丈夫这个责任就足够重大了。托玛斯太太说他们简直是一对小孩儿，而且穷得叮当响。他们住在博灵布鲁克一所小小的黄色房子里。我从没见过那所房子，可是我已经想象过成千上万次了。客厅窗外垂吊着金银花，前庭里栽着紫丁香，一进院门就看见山谷百合，我想一定是这样的。对了，每个窗子都挂上棉布窗帘，棉布窗帘使整所房子充满情调。我就是在那所房子里出生的。托玛斯太太说我是她见过的最难看的婴儿，我非常瘦小，除了眼睛简直没人样，可我妈妈认为我完美无缺。我认为一位母亲会比一个干粗活的穷女人做出更合适的判断，是不是？我很高兴她对我还算满意，要是我让她失望了，我会很伤心的——因为没多久她就过世了，您知道。我才三个月大她就得热病死了。我真希望她能活到我能记得起叫她'妈妈'的时候。我觉得叫'妈妈'真是非常甜蜜，是不是？四天后爸爸也得热病死了。我成了孤儿，邻居们也不知道该拿我怎么办，托玛斯太太这么说的。【名师点睛：安妮的身世非常可怜，打动了玛丽拉，也打动了读者。】您瞧，那时候就没人想要我，我好像命该如此。爸爸妈妈都是从很远的地方来的，而且谁都知道他们在世上没什么亲戚。最后托玛斯太太说她愿意收留我，虽然她很穷，还有一个酒鬼丈夫。她亲手把我带大。为什么被亲手带大的孩子该比别人都好些呢？您知道吗？每次我一淘气，托玛斯太太就会生气地说她亲手带大的孩子怎么会这么讨厌。

"托玛斯夫妇从博灵布鲁克搬到了马丽斯维尔，八岁以前我一直和他们住在一起。我帮他们看孩子——有四个比我小——我跟您说，他们

绿山墙的安妮

可不是好带的。【写作借鉴：照应前文，解释了安妮为什么会说她更擅长带孩子的原因。】后来托玛斯先生被火车轧死了，他母亲愿意让托玛斯太太和孩子们和她一起过，可是她不要我。托玛斯太太说她也不知道拿我怎么办了。后来住在河上游的哈蒙德太太来说她愿意收留我，因为我会带孩子，我就跟她到河上游住在树桩子围起来的一小块垦地上。那是个很偏僻的地方，要不是我想象力丰富，我敢说我根本不可能在那儿住下去。哈蒙德先生在那儿经营了个小锯木厂。哈蒙德太太有八个孩子，有三对是双胞胎。我还比较喜欢孩子，可是一连三对双胞胎太让人受不了了。最后一对双胞胎降生时我就很坚决地对哈蒙德太太直说了。我那会儿随身带着他们，总是累得要命。

"我在河上游和哈蒙德太太住了两年多。后来哈蒙德先生死了，哈蒙德太太支撑不了这个家。她把孩子分送给亲戚，自己去了美国。我只好去了霍普顿的孤儿院，因为没人愿意收留我。孤儿院也不想要我，他们说那儿已经够挤的了。可他们不得不收留我，斯潘塞夫人来的时候我在那儿已经待了四个月了。"

安妮说完又叹了口气，这次是如释重负。显然她不愿谈论她在一个不想要她的世界里的经历。

"你上过学吗？"玛丽拉问道，她赶着栗色母马拐到了海岸小道上。【名师点睛：玛丽拉已经被安妮的身世吸引了，她太可怜了，她竟不自觉地关心起她来。】

"没怎么上过，我住在托玛斯太太家的最后一年上过一阵儿。搬到河上游以后离学校太远了，冬天不能走着上学，夏天学校又放假，我只能春秋去。当然，我在孤儿院上过学。我书读得不错，我还会背很多诗——'霍恩林登之役''弗洛登之后的爱丁堡''莱茵河上的宾根'，大段大段的'湖上仙女'，还有詹姆斯·汤姆森的'四季'中的大部分。您喜不喜欢能带给你一种震撼的诗？《第五册文选》里有一篇'波兰的陷落'，充满了紧张和刺激。当然我还没学到第五册——我只学到第四册——不过高年级女生总是把她们的书借给我看。"【名师点睛：安妮的"书读得不错"，一方面因为她聪明；另一方则透露出她是一个热爱读书、渴求知识的孩子。】

"那些女人——托玛斯太太和哈蒙德太太——对你好吗？"玛丽拉问，从眼角瞥着安妮。

"嗯——"安妮支吾着，她敏感的小脸突然涨得通红，眉梢上显出尴尬，"嗯，她们是打算——我知道她们是打算对我尽可能地善良亲切。要是人家本意是对你好，你不会很在意她们不是总对你那么好。她们自己也有一大堆烦心事，您知道。您瞧，有个酒鬼丈夫是很让人难以忍受的，一连生三对双胞胎一定也很让人难以忍受，您说是吗？可我肯定她们是打算对我好的。"

玛丽拉没再问什么。安妮出神地望着海岸小道，沉默起来，玛丽拉陷入沉思，心不在焉地赶着栗色马。她心中突然升起了对这个孩子的怜悯。她曾经过着一种多么缺乏爱的生活啊——生活里只有劳苦、贫困，没人关心她。玛丽拉非常精明，她能够从安妮的身世里听出弦外之音，察觉真相。【名师点睛：安妮对生活感恩的态度打动了玛丽拉，她相信安妮是一个善良的好孩子。】怪不得有个真正的家的希望使她如此兴高采烈，真遗憾不得不送她回去。要是她——玛丽拉，听任了马修的怪想法而让她留下来，那会怎么样呢？他的主意是定了的，而且这孩子好像还不错，可以调教。

"她的话太多，"玛丽拉想，"不过可以教她改掉这个毛病，而且她也不说粗话，挺文明的，很可能她父母都很有教养。"【名师点睛：玛丽拉的思想发生转变，她甚至开始挖掘安妮的优点了。】

海岸小道林木繁茂，荒凉僻静。小道右边密布着矮小的冷杉，长年与海湾吹来的厉风搏斗并没有磨损它们的气概。左边是陡峭的红砂岩悬崖，有些地方弯进来使小道变得很窄，栗色马走得很稳，稍差一点儿的马就会使驾车人提心吊胆。悬崖下面是一堆堆海浪冲蚀的岩石或铺满细沙的海湾，沙中镶嵌着鹅卵石，好像是大海的珍宝。岩石与海湾之外，

▶ 绿山墙的安妮

蔚蓝的大海微光闪烁,海面上海鸥翱翔,羽翼在阳光下闪着银光。

"大海是多么奇妙啊!"安妮说,她从长久的沉默中醒来,双目圆睁,"我住在马丽斯维尔时,有一次托玛斯先生雇了一辆快运马车,带大家到十英里外的海边玩了一天。我享受了那一天的每一刻,虽然我得不停地照看着孩子。以后几年我总在美梦里一次次重温那一天。不过这儿的海岸比马丽斯维尔的海岸更美,那些海鸥多么壮观!您想不想做一只海鸥?我想我愿意——就是说如果我不能做人的话。每天在太阳升起时醒来,扑向海面,在蔚蓝的大海上飞上一整天,到夜晚再飞回巢,您不认为这很美好吗?噢,我简直可以想象出我是在这样做呢。请问前面那幢大房子是什么地方?"

"那是白沙滩旅馆,柯克先生经营的。不过旺季还没到,夏天总有很多美国人去那儿,他们认为这片海岸不错。"

"我就怕是斯潘塞夫人家。"安妮悲哀地说,"我不想去那儿。不管怎么说,到了那儿就好像一切都完了。"【名师点睛:安妮虽然接受了被送走的命运,但她心里并不是真的想离开绿山墙。她会被送走吗?】

第六章

玛丽拉下了决心

M 名师导读

　　玛丽拉不想要安妮,而此刻恰好有一位迫切需要安妮的人,这就是刁钻刻薄的布莱维特太太;玛丽拉目睹了布莱维特太太的精明和刻薄以及安妮可怜无助的神情,她最终下了决心……

　　但她们还是按时到了那儿。斯潘塞夫人住在白沙滩湾的一幢黄色的大房子里,她出来开门的时候,慈祥的面庞上交织着欢迎和诧异。【名师点睛:斯潘塞夫人的脸上为什么会出现"诧异"的神情呢?这其中有什么内情吗?】

　　"哎呀,"她喊道,"真没想到今天你们会来,不过我很高兴见到你们。把马牵进来吗? 安妮,最近好吗?"

　　"要多好有多好,谢谢您。"安妮回答,脸上没有一点儿笑容,像花蔫了似的。【名师点睛:"像花蔫了似的"写出了安妮的内心并不如她嘴上说的那么好,她很泄气。】

　　"我想我们在这儿待会儿,让马歇歇。"玛丽拉说,"我已经答应了马修早些回家。是这样,斯潘塞夫人,出了点奇怪的差错,我是过来弄弄清楚的。我们,我和马修,请人捎过话,让您从孤儿院给我们领个男孩儿过来,我们让您哥哥罗伯特告诉您,我们想要一个十岁或十一岁的男孩儿。"

　　"玛丽拉·卡斯伯特,不是这么回事吧!"斯潘塞夫人不安地说,"哦,罗伯特叫他女儿南希送信来说您想要个女孩儿——是这样吧,弗洛拉·

绿山墙的安妮

简？"【写作借鉴：照应前文，看来这其中真的发生了误会，斯潘塞夫人还以为他们要的是女孩呢！】她问走出来站在台阶上的女儿。

"她确实是这么说的，卡斯伯特小姐。"弗洛拉·简认真地证实道。

"我非常抱歉。"斯潘塞夫人说，"这太糟了，可是你瞧，卡斯伯特小姐，这肯定不是我的错。我尽力去找，还以为是照着你们的意思办的呢。南希真是个毛躁丫头，我常常得为了她的粗心大意教训她。"

"是我们自己的错。"玛丽拉忍让地说，"我们应该亲自来告诉你，不应该把这么重要的事通过口信传给你。不管怎样，错已经出了，现在只有把它纠正过来。我们能不能把这个孩子送回孤儿院去？我想他们会接受她的，是吧？"【名师点睛：玛丽拉虽然要送走安妮，但她又对安妮的未来感到担忧。】

"我想没问题，"斯潘塞夫人若有所思地说，"可我想不必送回去了。昨天彼得·布莱维特太太来我这里说她真该早点让我从孤儿院给她领个女孩儿来做帮手。彼得太太可有一大家子人呢，你知道她很难找着人帮她。安妮对她正合适，这一定是天意！"

玛丽拉好像并不觉得天意与这事有多大关系，她可以借这个出人意料的好机会把这个不受欢迎的孤儿打发走，可她并不感激这个机会。

她只是见过彼得·布莱维特太太，并没有打过交道。那是个一脸精明相的小个子女人，瘦得皮包骨头。不过她却听过关于她的传闻："不光自己拼命干活儿还逼别人拼命干活儿。"——人们如此评价她，被她解雇的女佣们常讲些耸人听闻的故事，说她的脾气坏、吝啬，家里还养了一群举止粗鲁、吵吵闹闹的孩子。一想到安妮要去受这种人的虐待，玛丽拉良心上有些不安。【名师点睛：玛丽拉虽然嘴上厉害，但她心地善良，她不忍心将安妮送到一个刻薄的女人家中。】

"噢，我进屋去，咱们好好商量一下吧。"她说。

"这会儿从小路上过来的不正是彼得太太吗！"斯潘塞夫人叫道，赶忙招呼客人穿过门厅走进客厅，客厅里面寒气袭人，好像外面的空气费了好大劲儿才从严严实实的墨绿色窗帘中透过来,已经一丝温暖都不剩了。【名师点睛:室内环境寒冷沉闷,看来接下来的会面将是令人不快的。】"问题马上就能解决了,这真是运气。你坐扶手椅吧,卡斯伯特小姐。安妮,你坐在长矮凳上,别扭来扭去的。把你们的帽子给我。弗洛拉·简去烧壶水。下午好啊,布莱维特太太,我们正说你来得真巧呢。我给你们两位介绍一下。这位是布莱维特太太,这位是卡斯伯特小姐。对不起,等我一下。我忘了告诉弗洛拉·简把面包从烤箱里拿出来了。"

斯潘塞夫人拉开窗帘快步出去了。安妮一言不发地坐在长凳上,双手紧握在一起,放在腿上,呆呆地盯着布莱维特太太。难道她们要把她交到这个相貌严厉、目光犀利的女人手里吗?她觉得嗓子眼被一团东西堵住了,眼睛也刺痛得难受,安妮开始担心自己快要忍不住流泪了。【名师点睛:布莱维特太太一副凶狠的长相,让安妮感到不安,而她惶惶不安的样子也激起了玛丽拉的同情和怜悯。】这时斯潘塞夫人回来了,满脸喜色,得意扬扬。她能够想办法迅速解决所有难题,不管是身体的、内心的,还是精神上的。

"布莱维特太太,这个小女孩儿似乎被领错了。"她说,"我一直以为卡斯伯特先生和卡斯伯特小姐想要收养个女孩儿,话也的确是这么传给我的。可他们好像想要的是男孩儿。如果你现在还是昨天的想法,我想这女孩儿对你正合适。"

布莱维特太太从头到脚飞快地打量着安妮。

"你叫什么名字?多大了?"她问道。

"安妮·雪利,"孩子退缩着支吾道,再不敢提什么拼写名字的事了,"我十一岁了。"

"哈!你看着没什么肉,可倒还挺结实。说不定又瘦又结实最好不过了。好了,如果我收下你,你可得做个好孩子,你知道,要听话、机灵、懂礼貌。我希望你别白吃我的饭,这点不能搞错。嗯,我想我就把她从你那儿接走吧,卡斯伯特小姐。我家的小娃娃脾气太大,整天侍候他可

▶ 绿山墙的安妮

把我累坏了。如果你愿意,我现在就可以带她回家。"

玛丽拉望了安妮一眼,看到孩子苍白的小脸上那无言的痛苦,她的心软了,那痛苦的表情是可怜无助的小动物发现自己又落入刚刚逃离的陷阱时才有的。玛丽拉不安地想,要是她不理睬那求助的神情,它会让她的心至死不得安宁。再说她也不喜欢布莱维特太太。把一个敏感的、神经高度紧张的孩子交给这样一个女人!不行,她承担不了这样做的责任。

"唔,我没想好,"【写作借鉴:语言描写,玛丽拉的实在不忍心将安妮交给这样刻薄的人手里,她终于做出了决定。】她慢吞吞地说,"我没有说我和马修已经决定不收养她了。实际上马修倒是有意留下她。我今天只是过来看看这事到底是怎么搞错的。我想我还是先带她回家和马修仔细商量一下再说吧。我觉得我不应该不先和他商量就做决定。要是我们决定不收养她,明天晚上我们就把她给你带去或是找人送去。如果我没送她去,你就知道她留在我家了。你看这样好吗?布莱维特太太?"

"我看也只能这么办了。"布莱维特太太不友好地说。

玛丽拉说话的时候,安妮的脸上逐渐露出了光芒。先前那种绝望的神情消失了,接着是希望带来的淡淡的红晕,她的眼睛像两颗晨星,深邃而明亮,像完全变了个人似的。【名师点睛:安妮觉得自己得救了,她太激动了,整个人完全变了一个样儿。】过了一会儿,斯潘塞夫人和布莱维特太太出去取布莱维特太太要借的食谱,安妮一下子从座位上跳起来,穿过屋子扑向玛丽拉。

"噢,卡斯伯特小姐,您刚才真的说过您也许能让我留在绿山墙吗?"她气喘吁吁地低声问道,好像声音一大就会破坏这美好的可能性似的,"您是真的说了吗?还是只不过是我的想象?"

"安妮,如果你分不清什么是真实的、什么是想象的话,我看你最好还是学着控制一下你的想象力。"玛丽拉生气地说,"对,你听到了我是那么说的,可没再说别的。事情还没定呢,也许最后我们还是决定让布莱维特太太收留你。她当然比我们更需要你。"

46

"我宁可回孤儿院也不住在她家。"安妮激动地说,"她看上去像个——像个螺丝钻。"【名师点睛:安妮的比喻形象极了,传神地刻画出布莱维特太太尖酸刻薄的样子。】

玛丽拉忍住了没有笑,因为她觉得安妮说出这种话来应该受到责备。

"像你这样的小姑娘这么说一位陌生的女士应该觉得害臊。"她严肃地说,"回到你的座位上去,闭上嘴巴,安静待会儿,像个好姑娘的样子。"

"您让我干什么,我就干什么,只要您收留我。"安妮说着顺从地回到她的长凳上去了。

那天晚上她们回到绿山墙的时候,马修在小路上迎着她们。【名师点睛:马修早早地等在路口,说明他早已料到玛丽拉会做出这样的决定。】玛丽拉老远就看到他走来走去,早就猜到他的心思了。见她到底还是带安妮回来了,他放下心来,这点玛丽拉从他脸上看了出来,而且也早就料到了。可是一直到他俩一起在牲口棚后的院子里挤牛奶的时候,她才和他说起这件事。她简单地讲了一下安妮的身世和与斯潘塞夫人见面的结果。

"我连自己喜欢的狗都不愿意交给那个叫布莱维特的女人。"马修说,语调里有股少有的活力。

"我也不喜欢她那样子。"玛丽拉也承认,"可是,马修,要么她收留安妮,要么我们收留她。既然看上去你挺想留她,我想我也愿意——也只好愿意,我一直在琢磨收留她的事,现在开始有点儿觉得可以了。这可能是一种责任,我从来没带过孩子,尤其是小女孩儿,我敢说我会弄得一团糟。但是我会尽力去做的。马修,就我来说,她可以留下来。"

马修腼腆的脸上闪着快乐的光彩。【名师点睛:"快乐的光彩"其实已经泄露了马修的内心,甚至不需要用语言来补充了。】

"嗯,玛丽拉,我就知道你会想通的。"他说,"她是个挺有意思的小家伙。"

"说她是个有用的小家伙才对。"玛丽拉反驳道,"我是要把她培养得有点用。马修,你记着,我怎么管教孩子你都别管。没结过婚的女人也

▶ 绿山墙的安妮

许不懂怎么带孩子,可总比没结过婚的男人强。所以你还是别插手,让我来管她。等我失败了你再来管也不迟。"

"得了,得了,玛丽拉,你想怎么办就怎么办吧。"马修下了保证,"只要尽量对她好一点,别把她惯坏了就行。我觉得她是那种人,只要你能让她喜欢上你,你对她怎么着都行。"

玛丽拉哼了一声,表示她对马修关于女人的见解不屑一顾。她提起桶朝牛奶房走去。

"今晚我不告诉她,她可以留下来。"她一边用撇奶油的盆子过滤牛奶,一边想着,"她会兴奋得一夜都合不上眼的。玛丽拉·卡斯伯特,这下你可没有退路啦!你料想过有一天你会收养一个孤女吗?这就够出人意料的了。可是更让人想不到的是马修促成了这件事,他可一贯害怕小姑娘的啊。不管怎样,我们已经决定试验一下,结果如何只有天知道了。"【名师点睛:是呀,两个没有抚育孩子经验的人,会带给安妮和自己什么样的结果呢?真令人期待。】

Z 知识考点

1.安妮的亲生父亲的职业是一名_____;今年三月,安妮就要年满_____岁了。成为孤儿后,她曾经被_____太太收养。

2.判断题。安妮的父母结婚后,母亲便辞去了教师的工作。(　　)

3.安妮的家庭背景是怎么样的?

_____

_____

_____

Y 阅读与思考

1.安妮如何评价托玛斯太太这个人?

2.玛丽拉为什么决定留下安妮?

第七章

安妮的祈祷

M 名师导读

尽管有些波折,但安妮终究还是回到了绿山墙,这让安妮兴奋不已,也让等待的马修露出了笑容,他甚至也变得话多起来。到了晚上,安妮在做祷告时,终于说出了她最大的愿望……

晚上玛丽拉送安妮上床睡觉时严厉地说:

"哎,安妮,昨晚我发现你把衣服脱下来扔得满地都是,这是个很不卫生的习惯。我绝不允许你这样不爱整洁。今天把脱下来的每件衣服都叠整齐,放到椅子上。我最不喜欢不爱整洁的小姑娘了。"【名师点睛:虽然没有明确说明,但玛丽拉已经开始管教安妮了。】

"我昨天晚上难过极了,根本没想衣服的事。"安妮说,"今晚我会叠整齐的。在孤儿院他们总是要我们这样做,只是有一半时候我忘了叠,我总是急着上床,好静静地想事情。"【名师点睛:安妮是一个热爱思考的孩子,她特别珍惜睡前的一段时间,因为她可以自由地思考一切。】

"你要是待在这儿,就得长点记性。"玛丽拉警告安妮,"嗯,这还差不多。现在做祈祷,然后去睡吧。"

"我从来不做祈祷。"安妮说。

玛丽拉大吃了一惊。

"什么,安妮,你说什么?从来没人教你做祈祷吗?上帝一向要求小姑娘做祈祷。安妮,你知道不知道上帝是谁?"

▶ 绿山墙的安妮

安妮立即流利地答道:"上帝是一个神灵,他是无限的,永恒持久的,他身上蕴藏着智慧、力量、崇高、正义,还有善良和真理。"

玛丽拉松了口气。

"这么说你还真知道点儿,感谢上帝!你还不完全是异教徒。你从哪儿学的这些?"

"嗯,在孤儿院的主日学校。他们教我们所有的教义问答,我很喜欢学。有些话妙极了,'他是无限的、永恒持久的',多美妙呀!那么深沉悠远——就像是一架大风琴在演奏。我想还不能说这就是诗,但是听起来真像诗,是吗?"

"我们不是在谈诗歌,安妮——我们在谈做祈祷。【名师点睛:安妮和玛丽拉是两种不同的人,安妮浪漫爱幻想,而玛丽拉是个精明的"现实主义者"。】你知不知道每天晚上不做祈祷是件很糟糕的事?恐怕你是个坏孩子吧。"

"要是您也长着红头发,您就会发现做坏孩子比做好孩子容易得多。"安妮不满地说,"没长红头发的人当然不知道什么叫麻烦。托玛斯太太告诉我上帝是有意把我的头发弄成红色的,从那以后我就再也不在乎上帝了。【名师点睛:安妮是一个敢于反抗的孩子,她不畏惧权威。】反正每天晚上我都累得要死,根本就不想做祈祷。您别指望照看双胞胎的人做什么祈祷。哎,说真的,您想他们能做得到吗?"

玛丽拉决定必须马上对安妮进行宗教教育,这事显然不能再耽搁了。

"安妮,在我这儿你必须做祈祷。"

"好的,没问题,如果您要我做的话。"安妮兴高采烈地表示赞同,"我每件事都会照您的意思办。不过这次您得告诉我说些什么。一会儿我上床后会想出真正好的祈祷词,以后就总得这么说了。现在我慢慢觉得那会很好玩儿的。"

"你得跪下。"玛丽拉很不自在地说。

安妮跪在玛丽拉膝前,庄严地抬头望着她。

"为什么人们一定要跪着祈祷呢？跟您说吧,要是我真的想祈祷的话,我就一个人走进一片广阔的田野,或是走进森林的最深处,抬头仰望天空——向上——向上——向上——仰望那美丽蔚蓝的天空,那蔚蓝色好像没有尽头。这样我就会觉得真是在祈祷。【名师点睛:安妮认为,真的祈祷是发自内心的,而不是流于形式的,她是一个有自己想法的女孩。】好了,我准备好了,我该说些什么呢？"

玛丽拉感觉更不自在了。她本想教安妮小孩子们常说的那些,像"现在我躺下睡了"。但是,正如前面说过的,她多少有些幽默感,或者干脆说她待人接物还是有分寸感的。蓦(mò)地[表示出乎意料。令人感到意外],她意识到那简短的祈祷词对于穿着白色睡袍跪在母亲膝边祈祷的孩子是神圣的,可是对这个满脸雀斑的怪孩子却一点儿都不适合,她从不知道,也不在乎上帝的慈爱,因为上帝的慈爱是由人传递的,可是在人间她没有享受过爱。

"安妮,你大了,可以自己祈祷了,"她终于说,"感谢上帝给你的赐福,谦恭地祈求上帝赐给你想要的东西。"【名师点睛:玛丽拉理解安妮的处境,她没有强迫安妮按照自己的命令执行。】

"好吧,我尽力去做。"

安妮做了保证,她把脸埋在玛丽拉双膝间,"无限仁慈的上帝——牧师在教堂里都这么说,所以我猜自己做祈祷时也可以这么说,是吧？"她突然停下来,抬起头问,马上又伏下身,"无限仁慈的上帝,感谢您赐给我'雪径通幽'和'波光湖',还有'邦妮'和'白雪皇后'。非常非常感谢您。我现在能想到的您赐给我的幸福就这么多了。至于我想要的东西,那太多了,要花好多时间才能说完,所以我就只说两件最重要的:请您让我留在绿山墙吧,等我长大后请我变好看点儿。永远尊敬您的安妮·雪利。

"完了,我说得都对吗？"安妮一边着急地问玛丽拉一边站起来,"要是多给我些时间好好想想,我能说得更完美。"

51

▶ 绿山墙的安妮

玛丽拉明白了安妮不是不虔诚,而是由于不懂宗教才做出这么奇怪的祈祷的,她也因为了解了这个孩子才没有被她那奇怪的祈祷词而吓昏。【名师点睛:玛丽拉的教育理念是正确的,她懂得从孩子的角度出发,去理解她。】她给安妮盖好被子,暗暗发誓明天一定得教这孩子祈祷词。她拿起蜡烛准备离开,却听到安妮叫她。

"我现在刚想起来。我应该说'阿门'而不是'尊敬您的'——就像牧师们那样。是不是?我给忘了,但是我想祈祷总得以某种形式结尾,所以就自己加了一句,您觉得这有关系吗?"

"我——我想没关系。"玛丽拉说,"快睡吧,乖乖的。晚安。"

"我今晚可以安心地道晚安了。"安妮边说边舒舒服服地蜷缩在枕头里睡了。【名师点睛:风波结束了,安妮要开始安稳的生活了。】

玛丽拉回到厨房,把蜡烛在桌上放稳,双眼紧盯着马修。

"马修·卡斯伯特,现在是该有人收养那个孩子并且教育她了,她快成异教徒了。你信不信今晚是她一生第一次做祈祷?明天我们让人到牧师家借本《黎明丛书》来,对,就这么办。等我给她做几件合适的衣服,她就得去上主日学校。我看得忙活一阵子了。好吧,好吧,人活一辈子不可能不遇上点儿麻烦,我从前一直过着非常轻松的日子,该是有麻烦的时候了,我想我只有尽力而为了。"

第八章

安妮的教育开始了

> **M 名师导读**
>
> 安妮在绿山墙的新生活开始了,虽然她总是滔滔不绝地发表着自己的观点,但玛丽拉并没有严厉地打断她,她总有自己的方式教育安妮。与此同时,古板的房间里似乎也被安妮带来了一些新的生机……

玛丽拉直到第二天下午才告诉安妮她可以留在绿山墙,之所以这么晚说,玛丽拉有她的理由。第二天整个上午,玛丽拉给这孩子分配了各种活计,在她跑前跑后忙碌的时候仔细观察她。到了晌午,她得出如下结论:安妮很聪明也很听话,愿意干活儿而且学得挺快,看来她最大的毛病就是在想某件事的时候会掉进梦想里去,完全忘掉了手边的活儿,只有旁人一声断喝或者闯了祸才能把她从梦里拽回来。

安妮洗完了午饭的碗碟,突然来到玛丽拉面前,脸上带着绝望的、准备接受最坏结果的表情。她瘦小的身体从头到脚在颤抖,脸涨得通红,眼睛瞪得溜圆,几乎变得黯然无光。【名师点睛:安妮实在是太渴望留在绿山墙了,因此,在她等待结果的过程中,她才会表现得如此战栗不安。】她两只手紧紧地握在一起,用哀求的口吻说:

"噢,求求您了,卡斯伯特小姐,您告诉我,你们到底打不打算把我送走,行吗?整个一上午我竭力让自己耐心等待,可是我真受不了再这么悬着了,这滋味太难受了。求求您告诉我吧。"

"你还没有按我的要求在干净的热水中清洗抹布呢。"玛丽拉不动声

▶ 绿山墙的安妮

色地说,"先别问问题,安妮,快去做事吧。"【名师点睛:玛丽拉没有直接给她否定的答案,其实早已决定留下她了。】

安妮去了。她洗好抹布后回来,重新用她那哀求的目光盯着玛丽拉的脸。

"是这样的,"玛丽拉说道,她已经找不出任何借口拖延她对安妮的解释了,"我想我也该告诉你了,我和马修决定收留你——也就是说,如果你能努力做个好孩子并且讨人喜欢的话。怎么了,孩子,到底怎么回事?"

"我哭了。"安妮用困惑的语调说,"我也想不出为什么,我高兴得不能再高兴了。噢,高兴这个词用在这儿一点都不合适。'雪径通幽'和樱桃树上的花簇令我高兴——可现在!噢,这不仅仅是高兴,我觉得自己真幸福。我会努力做个好孩子的。我想这并不容易,因为托玛斯太太总说我已经坏得无可救药了。不过,我会尽自己最大的努力。可是您能告诉我,我为什么会哭吗?"

"我想是因为你太兴奋,太激动了。"玛丽拉说,流露出她对安妮的做法很不赞成,"坐到那张椅子上去,让自己平静下来。我觉得你太爱哭也太爱笑了。是的,你可以留在这儿了,我们会尽量对你好的。你得上学,可是还有半个月就放假了,现在去没什么意思。等九月份开学再去吧。"

"我怎么称呼您呢?"安妮问道,"我一直叫您卡斯伯特小姐吗?我可以叫您玛丽拉姑妈吗?"【名师点睛:安妮在兴奋之际不忘称呼玛丽拉,她真的很想和玛丽拉一家成为亲人。】

"不,你叫我玛丽拉就行了。我不习惯别人叫我卡斯伯特小姐,这称呼让我紧张。"

"可是直接叫您玛丽拉太不尊敬了。"安妮提出异议。

"我想如果你说话很有礼貌,就没有什么不尊敬的。"【名师点睛:玛丽拉一向是一个"实用主义者",她从来不是一个虚伪浮夸的人。】埃文利的每个人,不管大人小孩都叫我玛丽拉,只有牧师除外。他叫我卡斯伯特小姐——当他能想起我名字的时候。"

"我很喜欢叫您玛丽拉姑妈。"安妮充满憧憬地说,"我从来没有过姑妈或者别的什么亲戚——连个祖母、外婆都没有。叫您姑妈我就觉得自己好像真的属于您了。我不能叫您玛丽拉姑妈吗?"

"不能。我不是你的姑妈,我认为不能用不属于某个人的名字来称呼他。"

"可是我们可以想象您是我的姑妈。"【名师点睛:玛丽拉若是"姑妈"的话,那么马修就可能是安妮的爸爸了,足见安妮对马修的喜爱之情。】

"我想象不出来。"玛丽拉冷冷地说。

"难道您从来不把真实情况想象成另外一种样子吗?"安妮睁大了眼睛问道。

"从不。"

"噢!"安妮深深地吸了口气,"噢,玛丽拉小姐,您失去了多少东西呀!"【名师点睛:诚然,一个没有想象力的人的精神世界是多么的贫乏无味啊!】

"我认为不该把真实情况想象成另外一种样子。"玛丽拉反驳说,"当上帝把我们安排在某种环境中时,他不想让我们把它想没了。这倒给我提了个醒。你到起居室去,安妮——把脚擦干净,别把苍蝇放进去——把壁炉台上那张画片给我拿来,上面印有主祷文。你要利用今天下午空余的时间把它背下来,我可不想再听见像昨天晚上那样的祈祷了。"

"我的祷词很别扭吧。"安妮抱歉地说,"可是您知道我从来没有练习过,您实在不能期望一个人在她第一次祈祷的时候就说得很好,对吧?就像我跟您保证的那样,我上床以后想出了一套完美的祈祷词,它像牧师的祈祷词那样长而且充满了诗意。可是您相信吗,我今天早晨醒来时一个词也想不起来了,恐怕我再也想不出那么好的祈祷词了。不管怎么说,第二次想出来的东西总是没有第一次那么美好,您注意过这一点吗?"

"倒有一点需要你注意,安妮。我让你去做什么事儿,我是希望你立刻照我说的去做,而不是一动不动地站在那儿动嘴皮子。快按我的要求

▶ **绿山墙的安妮**

去做吧。"

　　安妮马上向客厅那边的起居室走去，却没有回来。玛丽拉等了十分钟，就放下手里的针线活板着脸也去了起居室。她发现安妮站在挂在两扇窗户间墙壁上的一幅画前一动也不动，她的两只小手钩着背在身后，小脸仰着，亮晶晶的眼睛里充满幻想。窗外的阳光穿透苹果树和密密匝匝的藤蔓，变成白色、绿色，斑斑驳驳洒在这个全神贯注的小人儿的身上，给她罩上了一层有点儿神秘的光晕。【名师点睛：看来安妮再一次陷入了幻想之中，而"神秘的光晕"似乎暗示着此刻的安妮仿佛一个小天使一般。】

　　"安妮，你又在想什么呢？"玛丽拉严厉地质问道。

　　安妮一下子惊醒了。

　　"那个，"她说，指着那张画——一张名叫"上帝赐福给孩子"的生动的彩色石印画，"我正在想我是他们中的一个——我是那个穿蓝衣服的小女孩儿，独自一个人站在墙角，好像她不属于任何人，就像我一样。她看上去很孤独，很难过，您不这么觉得吗？我猜她一定既没有爸爸也没有妈妈，但是她也想得到上帝的赐福，于是她悄悄地、羞答答地走过来站在人群外面，希望没人会注意她——除了万能的上帝以外。我肯定我知道她的感觉，她一定心跳得很厉害，手冰凉，就像我问您我可不可以留在这儿时一样。她怕上帝不会注意到她，可是上帝很可能注意到她了，您说呢？我在努力把这一切想象出来——她一点儿一点儿向前蹭，直到离上帝很近了，然后上帝会看着她，把手放在她的头上，噢，一股幸福的暖流流遍她的全身！只是画家不要把上帝画得这样满脸忧伤就好了。如果您留心，您就会发现上帝的画都是这样。但是我觉得他不该看上去这么难过，不然的话小孩子们会害怕他的。"

　　"安妮，"玛丽拉说道，奇怪自己怎么没早打断她的话，"你不该这么说，这是不虔诚的——很不虔诚。"【名师点睛：玛丽拉没有打断安妮的"胡思乱想"，说明她也被安妮的内心世界所打动了。】

安妮的眼神很惊异。

"为什么？我觉得我已经虔诚得不能再虔诚了。我保证我不是有意对上帝不敬的。"

"好了，我也想你不会的——但是这么随便地谈论这种事听起来总不太好。另外，安妮，我让你去拿什么东西，你该立刻把它拿过来而不该站在画面前出神。你得记住这一点，拿上那张画片马上到厨房去。好了，坐在屋角那儿把祈祷词背下来。"

安妮把卡片竖起来，靠在一个装满苹果花的罐子上，花是安妮拿进来装饰餐桌的。玛丽拉早就斜眼瞟过那个装饰物了，但是她什么也没说。【名师点睛：单调的房间里开始有装饰物了，这个家就要因安妮而发生改变了。】安妮用手托着下巴，认真地学了几分钟。

"我喜欢这个祈祷词，"她最后宣布说，"它很美。我以前听到过——孤儿院主日学校的学监给我们念过一次，但是那时我一点都不喜欢它。他嗓音太哑了，而且他祈祷时语气很悲哀。我担保他准把祈祷当作一件讨厌的事。这祈祷词并不是诗，可是它给我的感觉却跟诗歌给我的感觉一样。'我们天堂中的主啊。您的名字是那么神圣'。真像一段音乐一样。噢，您能想到让我学这个我真太高兴了，玛丽拉——小姐。"

"得了，快闭上你的嘴好好背吧。"玛丽拉简单地说。

安妮把插满了苹果花的罐子斜过来，在粉色杯形花苞上轻轻吻了一下，然后便又孜(zī)孜不倦[意为工作或学习勤奋不知疲倦]地学了一会儿。

"玛丽拉，"过了片刻她问道，"您觉得我会在埃文利交个知心朋友吗？"

"一个——一个什么朋友？"

"一个知心朋友——就是亲密的朋友，您知道——一个知音，我可以对她吐露真心话。我一直梦想着能遇见这样一个人。我从来没想过会真的遇见她，不过我许多美好的梦都一下子成为现实了，所以，也许这个梦也会的。您觉得可能吗？"

"戴安娜·巴里住在果园坡那边，她和你差不多大，是个很招人喜欢

▶ 绿山墙的安妮

的小姑娘，她回来后也许会成为你的小伙伴的。【写作借鉴：侧面描写，玛丽拉的话从侧面烘托出戴安娜是一个很好的姑娘。】她现在去卡莫迪她姑妈家了。可是你得注意表现好点，巴里太太是个很挑剔的女人，她不会允许戴安娜与任何表现不好的小姑娘玩的。"

安妮透过那一束苹果花看着玛丽拉，眼中显露出极大的兴趣。

"戴安娜长得什么样？她的头发不是红色的，对吧？噢，我希望不是。我自己有一头红发就够糟糕的了，我绝对不能忍受我的知心朋友也这样。"

"戴安娜长得很漂亮，黑眼睛，黑头发，脸蛋红扑扑的。她很聪明很乖，这要比长得好看重要得多。"【名师点睛：玛丽拉总是在潜移默化中传授给安妮一些重要的人生真理。】

玛丽拉喜欢道义，就像《爱丽丝漫游奇境记》中的公爵夫人那样喜欢教训人。她坚信对正在成长的孩子说的每句话都应该带有一条道理。

可是安妮却没全听进去，她把道义抛在一边，而只对面前那些能让人高兴的东西感兴趣。

"噢，她长得很漂亮，我太高兴了。一个人自己长得漂亮是最好的了——这对我来说不可能的了——其次就是有一个漂亮的知心朋友。我住在托玛斯太太家的时候，她的起居室里有个带玻璃门的书柜。柜里一本书也没有，托玛斯太太把她最好的瓷器和果酱放在里面——如果她有剩果酱的话。有扇玻璃门碎了，托玛斯先生有一天晚上多喝了几盅酒把它给打破了。另一扇是好的，我以前曾经把我在上面的影子假想成住在里面的另一个小女孩儿。我给她取了个名字叫凯蒂·莫里斯，我们俩亲密无间。我常常跟她一聊就是一小时，特别是星期天，什么事都跟她说。凯蒂那时是我生活中的安慰。【名师点睛：安妮过去的生活实在清苦，她太渴望有一个知心朋友了。】我们俩常假想那个书柜被人施了魔法，要是我知道咒语就能打开门，一步跨进凯蒂·莫里斯住的房间里去，而不是托玛斯太太放果酱和瓷器的书柜。然后凯蒂·莫里斯会拉着我的手，把我领到一个

58

仙境里去,那里鲜花盛开,阳光明媚,仙女成群,我们会永远快乐地生活在那里。后来我要去哈蒙德太太那儿,不得不与凯蒂·莫里斯分别,我的心都碎了。她也很难受,我知道,因为她隔着玻璃门与我吻别的时候,她哭了。哈蒙德太太家里没有书柜。不过就在小河上游离她家不远的地方有个狭长的绿色小山谷,那里有世界上最美妙的回声,它会重复你所说的每一个字,即使你的声音不大也没关系。于是我想象那是个叫维奥莱达的小姑娘,我们是非常要好的朋友,您知道,我几乎像爱凯蒂·莫里斯一样爱她——不完全一样,但是差不多。去孤儿院的头一天晚上我对维奥莱达说再见,噢,她也对我说再见,声音那么那么悲哀。我心里老惦记着她,所以,就算孤儿院里有想象空间,我也没有心思再想象出个知心朋友来了。"

"我看没有想象空间也挺好。"玛丽拉干巴巴地说,"我不赞成你这种举动,你好像有点相信你自己想象出来的东西。有个活生生的朋友可以帮你把这些怪念头从脑子里赶出去,这对你有好处。【名师点睛:虽然玛丽拉没有孩子,但她也明白对于一个孩子来说,一个朋友是多么重要。】不过你可别让巴里太太听见你谈论凯蒂·莫里斯或者维奥莱达,否则她会以为你在瞎编。"

"嗯,我不会的。我不会对什么人都讲起她们的——与她们的回忆太珍贵了,不能跟谁都说。但是我觉得我愿意让您知道她们。【名师点睛:安妮把自己的秘密说给玛丽拉,她已经把玛丽拉当作最亲密的人了。】噢,看哪,有一只大蜜蜂从一朵苹果花里跃出来了。想想吧,那是个多可爱的住处呀——苹果花里!当风轻轻摇动它时,在那里甜甜入睡该多美呀!如果我不是一个小姑娘的话,我想我愿意做只蜜蜂住在花朵中间。"

"昨天你还想变成海鸥呢。"玛丽拉哼了一声,"我看你太心猿意马[形容心里东想西想,安静不下来]了。我让你背诵那些祷词,别再说话,可是好像只要有人听你讲,你就不可能闭上嘴。干脆上你自己的房间去背吧。"

绿山墙的安妮

"噢,我现在差不多全都背下来了——就差最后一行了。"

"哦,行了,照我说的去做。回到你房间去把它背得滚瓜烂熟,待在那儿等我喊你帮我准备下午茶再下来。"

"我能把这些苹果花拿去跟我做伴儿吗?"安妮恳求道。

"不行,你不愿意你的房间乱七八糟地堆着花吧,你压根儿就该把它们留在树上。"

"我也的确有点儿这种想法。"安妮说,"我有点儿觉得我不该把它们摘下来缩短它们可爱的生命——如果我是苹果花,我不会愿意被摘下来的。【名师点睛:安妮把苹果花摘下来,内心是矛盾的,既兴奋,又觉得伤害了苹果花。她是一个善良的孩子。】但是那种诱惑是不可抗拒的。您遇到不可抗拒的诱惑会怎么办呢?"

"安妮,你没听见我让你到你自己房间里去吗?"

安妮叹了口气,回到东侧房,坐在窗前的椅子上。

"好啦——这祈祷词我都记住了。我上楼的时候记下了最后那句话。现在我要想象这个房间里有一些东西,要让它们永远保持在想象里。地上铺着块织有粉红色玫瑰花的割绒地毯,窗上挂着粉红色丝绸窗帘,墙上挂着金银线织锦挂毯,家具是红木做的。我从来没见过红木,可是这个词听起来非常豪华。床榻上放着许多华丽的丝制靠垫,有粉红色的、蓝色的、深红色的和金色的,我姿势优雅地斜靠在床上。我可以在墙上挂着的大镜子中看到自己的样子。我高大威严,穿着白色宽花边的长袍,胸前挂着珍珠十字架,头发上也戴着珍珠。我的头发像午夜的天空一样漆黑,而肤色则象牙般洁白无瑕。我的名字叫科黛拉·菲茨杰拉德小姐。不行,这不行——我不能叫这个名字,听起来不像是真的。"

她蹦蹦跳跳地跑到小镜子前面,向里面盯着看。镜中尖尖的长满雀斑的脸和严肃的灰眼睛也盯着她。

"你只不过是绿山墙的安妮。"她一本正经地说,"每当我努力把自己想成科黛拉小姐的时候,我就看见了你,就像你现在看着我一样。不过绿山墙的安妮要比无家可归的安妮强上几百倍,对不对?"

她向前探着身子,温柔地吻了吻镜中的影子,然后走到开着的窗前。

【名师点睛:安妮懂得知足,她在任何环境中都能迅速发现美好的事物。】

"下午好,亲爱的白雪皇后。下午好,山谷中亲爱的白桦树。下午好,小山上亲爱的灰房子。我不知道戴安娜会不会成为我的知心朋友。我希望她会的,我非常非常爱她。但是我一定永远不能完全忘掉凯蒂·莫里斯和维奥莱达。如果我忘了她们,她们会很伤心的,我可不愿意伤任何人的心,即使是书柜小女孩儿或者是回声小姑娘的心。我一定要记住她们并且每天送给她们一个吻。"

安妮举起手指向樱花丛外送去了两个飞吻,然后双手托着小脸,又到白日梦的海洋中悠闲自在地漫游去了。

Z 知识考点

1. 安妮在祈祷时,说出的两件最重要的愿望是_____、变得好看点儿;另外,安妮很想称呼玛丽拉小姐为_____。

2. 判断题。玛丽拉一直没有告诉安妮她可以留在绿山墙。(　　)

3. 当玛丽拉决定留下安妮时,安妮的情绪有哪些变化?

_____

_____

_____

Y 阅读与思考

1. 玛丽拉为什么决定把安妮带回绿山墙?

2. 回到绿山墙当晚,玛丽拉为什么没有直接告诉安妮"她可以留下"的消息?

绿山墙的安妮

第九章
蕾切尔·林德太太惊恐万状

M 名师导读

多嘴好事的蕾切尔终于从一场流感中走了出来,她迫不及待地来到绿山墙打探消息,不过她的粗鲁无礼刺痛了安妮,而安妮也毫不客气地给予反击,这让蕾切尔太太感到难堪,不过玛丽拉却有点想笑。

在蕾切尔·林德太太前来巡视以前,安妮已经在绿山墙住了两星期了。公平地说,这不能怪蕾切尔太太。自从她上次来绿山墙以后,一场不合季节的严重流行性感冒使这位好太太不得不待在家里。蕾切尔太太不常生病,而且她很明显地瞧不起爱生病的人。但是她断定流行性感冒与世间其他疾病不同,只能被看成一种特殊的天灾。【名师点睛:对于发生在自己身上的不幸,蕾切尔太太总能找到借口,而对于别人身上的不幸,却只能收到她的"白眼"。】医生刚一允许她出门,她就跑到绿山墙来了,她简直无法按捺对马修和玛丽拉收养的孤儿的好奇心,关于这个孩子的各种传说和猜测已经传遍了埃文利。

安妮充分利用了这两周除睡觉以外的每一刻。她已经熟知了这片土地上的每一棵树、每一丛灌木。她发现一条小路在苹果园脚下伸展,蜿蜒而上穿越一片树林,她探寻到小路的尽头,一路上是变幻莫测的溪流和小桥,低矮的冷杉和如盖的野樱,角落里密布着蕨菜,还有枫树与花楸林中枝枝杈杈的旁道。

她和山谷中流淌的清泉交上了朋友——那美妙的泉水幽深、清澈、冰凉,周围是光滑的红色砂岩,泉边巨大的掌形水蕨密密层层,不远处有一座横跨小溪的木桥。【名师点睛:在戴安娜还没有回来之前,安妮已经自行寻觅到一个"可爱又可靠"的朋友了,这就是山谷中的清泉。】

这座小桥引导着安妮欢快地攀越不远处一座被林木覆盖的山丘,山中挺拔茂密的冷杉和云杉之下幽光闪闪,花儿只有一丛丛娇嫩的"铃兰花"——树林中最羞涩芬芳的花朵和一些淡淡的、梦幻般的七瓣莲,它们像是去年花儿的灵魂。蛛丝在树丛中泛着银丝般的微光,冷杉树枝和花穗似乎在友好地交谈。

所有这些令人欣喜若狂的探险旅行都是在安妮被允许出来玩的零零散散的半小时里进行的,安妮对马修和玛丽拉讲了她的发现,他们都似乎有些漠然。当然马修并没抱怨什么,他一言不发听着她的讲述,脸上露出快活的笑容,而玛丽拉也允许这种"闲聊",直到她发现自己也开始着了迷,才立即打断她,不客气地让她闭嘴。

蕾切尔太太到来时,安妮正在果园里,芳草萋萋,夕阳如血,安妮随意地徜徉其间,所以那位好太太有绝好的机会充分讨论她的病症。她如此兴趣盎然地描述着每一阵痛苦,每一次脉搏的跳动,连玛丽拉都觉得流行性感冒也必定有它的好处了。所有的细节都已经叙述完了,蕾切尔太太才说了她来访的真正原因。【名师点睛:蕾切尔太太不仅喜欢打探别人的隐私,也乐于主动分享自己的隐私。】

"我听到关于你和马修的一些让人吃惊的事情。"

"我不认为你会比我更吃惊。"玛丽拉说,"我正慢慢恢复平静呢。"

"出了这种差错太糟糕了。"蕾切尔太太同情地说,"你们不能送她回去吗?"

"我想我们能,但是我们决定不这么做。马修喜欢上她了,而且我必须承认我也喜欢她——虽然我也承认她有她的毛病。这所房子似乎已经和以前不一样了,她真是个聪明的小家伙。"【名师点睛:玛丽拉已经喜欢上安妮了,对玛丽拉的语言描写体现了安妮的活泼可爱,能把快乐的

▶ **绿山墙的安妮**

情绪传递给绿山墙的每一个人。】

玛丽拉说的话比她开始想说的要多,因为她看出来蕾切尔太太不赞同的神情。

"你可挑了份不轻的担子,"这位太太闷闷不乐地说,"尤其是你根本没有带孩子的经验。我想你不大了解她或者她真正的秉性,很难猜想那样的孩子会变成什么样。不过我肯定不是想扫你的兴,玛丽拉。"

"我不觉得扫兴,"玛丽拉干脆地答道,"我要是决心干一件事就决不动摇。我猜你愿意见见安妮,我叫她进来。"

一会儿安妮就跑了进来,果园里的漫步使她的脸庞兴奋得发亮。可是,当她发现家里来了位不速之客时,羞怯得不知所措,便停下了脚步。她穿着那件从孤儿院里带来的紧绷绷的短小的棉绒裙,裙下细长的双腿显得更长了,她的雀斑比以前更多更突出了,因为没戴帽子,头发被风吹得乱七八糟,而且看着比平时更红了。

"嗯,他们不是因为你的长相才挑中你的,这毫无疑问。"蕾切尔·林德太太加重语气评论道。蕾切尔太太是那种令人愉快、颇有人缘的人,她总以自己能够直抒胸臆,不卑不亢而自豪。

蕾切尔·林德太太又说:"她干巴瘦,太不好看了,玛丽拉。过来,孩子,让我看看你。天地良心,谁见过这么多的雀斑?头发红得像胡萝卜!喂,过来,孩子。"【名师点睛:蕾切尔太太的话刺伤了安妮,她真是一个没有分寸,没有礼貌的人。】

安妮"过来"了,不过不完全像蕾切尔太太期望的那样走到她身边。她一跃跨过厨房地板就到了蕾切尔太太面前,她的脸气得通红,嘴唇发抖,瘦瘦的身子从头到脚都在打颤。

"我恨你,"她哽咽着喊道,使劲跺着脚,"我恨你,我恨你——我恨你——"每一声仇恨的宣言都伴随着更猛烈的跺脚,"你怎么敢说我干巴瘦,不好看?你怎么敢说我长雀斑、红头发?你是个粗鲁、无礼、冷酷的女人!"【名师点睛:蕾切尔太太的话实在是太伤人了,但安妮对她的评

价似乎也是一针见血的。】

"安妮！"玛丽拉惊叫道。

但是安妮仍然毫不畏惧地面对着蕾切尔太太，头高昂着，满眼怒火，双拳紧握，身上散发出一股股冲天的怒气。

"你怎么能这样说我？"她激动地重复着，"你愿不愿意别人这样说你？你难道愿意别人说你又胖又蠢、丝毫没有想象力？我才不管这么说会不会伤害你的感情呢！我倒希望会。你甚至比托玛斯太太的醉鬼丈夫更深地伤害了我的感情。我永远不会原谅你，永远不，永远不！"

咚！咚！她跺着脚。

"谁见过这么大的脾气！"惊愕万分的蕾切尔太太叫道。【名师点睛：显然，蕾切尔太太并没有反思自己的错误，反而认为安妮无缘无故地发脾气。】

"安妮，回你的房间去，我没去叫你，你就待在那儿。"玛丽拉说。她费了半天劲儿才说出话来。

安妮大哭着冲向门厅，摔上厅门，震得屋外门廊墙壁上的锡罐发出同情的格格声。她像旋风一样飞跑着穿过门厅上了楼。随后楼上传来一声闷响，说明东侧房的房门也是同样被狠狠摔上的。

"唉，抚养这样的孩子可不值得羡慕，玛丽拉。"蕾切尔太太极其严肃地说。

玛丽拉本想说些道歉或者批评安妮的话，可是她说出来的话使自己也感到吃惊，甚至过后都一直感到吃惊。

"你不该挖苦她的长相，蕾切尔。"【名师点睛：虽然安妮令玛丽拉"丢了面子"，但她知道安妮并没有错。】

"玛丽拉·卡斯伯特，你不会在她发了这么可怕的一通脾气后，还护着她吧？"蕾切尔太太愤怒地质问。

"不，"玛丽拉缓缓说道，"我并不是替她找借口，她是很没规矩，我会好好说说她。可我们得体谅她，从来没人教过她什么是对什么是错。而

绿山墙的安妮

你对她也未免太不客气了,蕾切尔。"玛丽拉忍不住添上了最后那句话,虽然她对自己的话又吃了一惊。蕾切尔太太霍地站了起来,显然她的尊严受到了冒犯。

"好吧,我看我从今以后说话得十分小心了,玛丽拉,既然我们首先得考虑这个来历不明的孤儿的细腻感情。噢,不,我没生气——你别担心。我太替你难过了,根本没工夫生气。那个孩子会给你添麻烦的。不过要是你听我劝——我想你不会。虽然我带大过十个孩子,还埋葬了两个——你该用根儿粗点儿的桦木条来'说说她'。我认为对这种孩子,只有这才是最有效的语言。【名师点睛:蕾切尔太太虽然有很多孩子,但她根本不懂得尊重孩子,也不会教育孩子,只会动粗。】我看她的脾气跟她的红头发倒相配。好了,再见,玛丽拉。我希望你会跟往常一样来看我,不过要是我可能还会遭到这样的羞辱,你就别指望我来看你了。这可是我从来没有碰到过的事!"

说着,蕾切尔太太就冲出门走了——要是一个走路总是摇摇摆摆的胖女人也能说是冲出去的话——而玛丽拉则表情异常严肃地向东侧房走去。【写作借鉴:动作描写,一连串的动作写出了蕾切尔太太为人处世的某些陋习——能看到别人的丑陋,却看不到自己的丑陋。】

上楼时她不安地想:该怎么办呢?对刚刚演出的这一幕她感到非常沮丧。真不走运,安妮干吗偏偏是在蕾切尔·林德太太面前发了这么大一通脾气!玛丽拉觉得很没面子,甚至比发现安妮性格上的这个大缺陷还难过,她突然不安地意识到这一点,觉得不该这样想。该怎么惩罚安妮呢!那个关于桦木条的好心的建议——其有效性蕾切尔太太自己的孩子可能已经痛苦地证明过了——玛丽拉并不以为然。她不认为她会打孩子,不,得想个别的办法让安妮彻底认识到她的罪过有多大。【名师点睛:玛丽拉并不认同蕾切尔太太那一套,她相信道德教化的力量。】

玛丽拉发现安妮正趴在床上痛哭不已,全然不顾沾满泥巴的靴子蹭在干净的床罩上。

"安妮!"她不慌不忙地说。

没有回答。

"安妮!"口气严厉了些,"马上坐起来,听着,我有些话不能不说。"

安妮局促不安地从床上爬起来,僵硬地坐在床边的椅子上,脸庞浮肿,布满泪痕,两眼固执地盯着地板。【名师点睛:此刻的安妮难过得无以复加,但她也知道自己的表现让玛丽拉丢了面子,因而很局促。】

"这样才对,安妮!你难道不为自己的行为感到惭愧吗?"

"她没有权利说我丑,说我红头发。"安妮反驳道,语气软了下来却又毫不屈服。

"你没有权利大发脾气,还那样跟她说话,安妮。我真替你害臊——实实在在替你害臊。我本指望你在林德太太面前能举止得体,可你却让我丢尽了脸。我真不明白为什么林德太太说你红头发、不好看,你就那样大发脾气。你自己也常这么说呀。"

"噢,自己说和别人说可大不一样。"安妮哭喊道,"也许你自己心里明白是怎么回事,可你总忍不住希望别人别这么想。我想您一定认为我脾气太坏,可我也没办法。她说那些话的时候,一股无名火就直冲上来堵在我胸口,我不能不对她发火。"

"唉,我必须说你可是充分暴露了自己,林德太太可算有了关于你的好故事可以到处去讲了——而且她也肯定会讲的。【名师点睛:玛丽拉也不希望蕾切尔太太到处传播安妮的坏话。】你发这么大的脾气太可怕了,安妮。"

"可是想想看要是有人当着您的面说您皮包骨头,丑陋不堪,您会有什么感觉?"安妮热泪盈盈地哀求道。

一件往事一下涌入玛丽拉的脑海中。她还是个小孩子的时候,有一次听到一位阿姨对另一个人谈论她说:"真可惜她是这么个黑不溜秋、毫不起眼的小家伙。"这句话刺痛了她很长时间。

"我不是说我认为林德太太对你说那些话是完全对的,安妮。"她承

▶ 绿山墙的安妮

认道,语调变得柔和了,"蕾切尔说话太直,但是这不能成为你如此失礼的借口。【名师点睛:玛丽拉有过和安妮同样的经历,所以她理解安妮,所以她用温柔的语调教导安妮做一个有礼貌的人。】她是位陌生人,上了年纪,还是我的客人——因为这三条,你就该尊重她。可你却粗鲁无礼,所以"——玛丽拉灵机一动,有了个惩罚她的办法——"你必须去找她,对她说你为你的坏脾气感到非常抱歉,并且请求她原谅你。"

"我永远也不会这样做。"安妮断然而阴郁地说,"您可以随便怎么惩罚我,玛丽拉,您可以把我关在有很多毒蛇癞蛤蟆的阴暗潮湿的地牢里,只给我面包和水,我不会抱怨的。可我不能去请求林德太太原谅。"【名师点睛:安妮非常倔强,但也说明林德太太的话真的刺痛了一个小女孩的心了。】

"我们可没有把人关在阴暗潮湿的地牢里的习惯,"玛丽拉一本正经地说,"再说埃文利也没有什么地牢。但是你必须向林德太太道歉。你就待在这房间里,直到你告诉我愿意这么做。"

"那我就不得不永远待在这儿,"安妮伤心地说,"因为我不能告诉林德太太我对自己说的话感到抱歉。我怎么能那么说呢?我并不感到抱歉呀。我很抱歉我让您心烦了,可我很高兴我对她说的话,真痛快。我不觉得抱歉就不能说抱歉,是不是?我甚至都想象不出来感到抱歉。"

"也许到早晨你的想象力会更好使些。"玛丽拉说着,站起身来准备离开,"你有一晚上的时间反省你的行为,这会使你头脑更清楚些。你说过要是我们把你留在绿山墙,你会努力做个好孩子,可是我得说,今晚上发生的事可跟你保证的不一样。"

说完这最后一句让本来就心潮起伏的安妮更为不安的话后,玛丽拉下楼去了厨房,她感到心烦意乱。她像生安妮的气一样生自己的气,因为她一想起蕾切尔太太目瞪口呆的样子,就不由得发笑,她有个该受到谴责的欲望——大笑一场。【名师点睛:看来玛丽拉早已受够了多嘴的蕾切尔,所以,她才又生气又想笑。】

Z 知识考点

1. 安妮在绿山墙交到的第一个朋友是_____。当_____太太来看望她时,二人之间爆发了冲突,_____来劝安妮要给客人道歉。

2. 判断题。在蕾切尔太太没有到达绿山墙之前,关于安妮的传说已经传遍了埃文利。(　　)

3. 面对蕾切尔太太的粗鲁无礼,安妮的反应是怎么样的?玛丽拉的态度如何?

_____
_____
_____

Y 阅读与思考

1. 马修兄妹为什么没有再次将安妮送回孤儿院?
2. 蕾切尔太太是如何评价安妮的?

绿山墙的安妮

第十章

安妮道歉

M 名师导读

为了让安妮反省自己的错误，玛丽拉将她关在房间里不准出来；这可急坏了马修，为了让安妮能早点下楼吃饭，他亲自去劝慰她，好在，安妮早已醒悟了，她愿意为了马修去道歉……

关于这件事，玛丽拉那天晚上对马修只字未提。可是第二天早晨安妮还是那样毫不悔改，玛丽拉就不得不对马修解释为什么她没来吃早饭了。她给马修讲述了事情的全部经过，竭力想让他觉得安妮真是太无法无天了。

"蕾切尔·林德挨骂也是好事，她是个爱管闲事的老饶舌妇。"马修安慰起玛丽拉来。【名师点睛：马修的话，流露出他长久以来对蕾切尔太太的不满。】

"马修·卡斯伯特，你太让我吃惊了。你知道安妮的行为是很恶劣的，可是还护着她！我想你接下去该说她根本就不应该受到惩罚了吧。"

"噢，不——那也不是。"马修不安地说，"我想她应该受点儿惩罚，但是别对她太严厉了，玛丽拉。你想想从来就没人教过她什么是对什么是错，你——你会给她东西吃，是吧？"【名师点睛：马修对安妮的关心，透露出他心中那种"沉默"的慈爱。】

"你什么时候听说过我用饿肚子来教人学好的？"玛丽拉十分气愤地质问，"她会按时吃饭的，我会亲自把饭给她端上去。但是除非她愿意去向林德太太道歉,否则她就得一直待在楼上。就这么定了,马修。"

早、中、晚饭都默默地吃过了——因为安妮还是顽固不化。每顿饭后玛丽拉都端着一个盛得满满的托盘上楼到东侧房去,过一会儿又把盘子端下来,盘里的东西没有明显地减少。马修忧心忡忡地看着玛丽拉最后一次端下来的托盘,安妮到底吃东西了吗?

傍晚,玛丽拉到后面的牧场去赶牛回家,马修一直在马厩附近一边溜达一边密切注视着,这时他像贼一样溜进屋,蹑手蹑脚上了楼。一般来说,马修只在厨房和门厅旁边他睡觉的小卧室之间活动,牧师偶尔来喝茶时,他也会鼓起勇气、很不自在地到客厅或者起居室里去坐坐。但是自从有一年春天他帮玛丽拉给那间客房贴上壁纸,他就再也没到他自家房子的楼上来过,算起来已经有四年了。

<u>他踮着脚尖顺着走廊走,在东侧房门前站了好几分钟才鼓起勇气用手指在门上轻轻敲了几下,然后推开一条缝偷偷向里面张望。</u>【名师点睛:马修实在担心安妮,所以他居然偷偷地走到了安妮的房间来关心她,这可是他几年都没曾来过的楼上。】

安妮正坐在窗前的黄椅子上,惆怅地望着外面的花园。她看上去又小又可怜,马修的心收紧了。他轻轻关上门,踮着脚尖走到她身边。

"安妮,"他低声说,好像害怕被人偷听到,"你怎么样,安妮?"

安妮无力地笑了笑。

"还好,我想象了很多事情,这能帮我打发时间。当然,我很孤单,但是还是能够适应的。"

<u>安妮又笑了笑,她要勇敢地面对她面前漫长孤独的囚禁生活。</u>【名师点睛:安妮的表现说明她已经下定决心不去给蕾切尔太太道歉了,她坚信自己没错。】

马修想起来他得赶快把他此行要说的话说出来,不能再耽搁了,以免玛丽拉提前回来发现他。

<u>"哦,是这样的,安妮,你不觉得你该把那事办了,让它结束吗?"</u>他

▶ **绿山墙的安妮**

低声说,"你迟早得那么做,你知道,因为玛丽拉是个极端顽固的女人——极端顽固。安妮,听我说,快把那事办了,让它结束吧。"【名师点睛:马修非常了解玛丽拉的脾气,他也非常担心安妮的身体,所以,他想让这一切快点结束——这是他能想到的唯一的办法了。】

"您是指向林德太太道歉吗?"

"对——道歉——就是这个词。"马修急切地说,"就是说,让事情了结吧,我就是要说这个意思。"

"我想我可以为了您去这么做。"【名师点睛:安妮不是一个冥顽不灵的孩子,她有善心,懂得自我检讨,并且她愿意为了马修去向蕾切尔太太道歉。】安妮若有所思地说,"说我很抱歉,这倒一点也不假,因为我现在确实后悔了。我昨天晚上一点都不后悔。我气疯了,整个晚上都在发疯,这我很清楚,因为我晚上醒了三次,每一次都满腔怒火。但是今天早晨一切都结束了,我的脾气全消了——留下的是一种可怕的虚弱。我为自己害臊,可是我不能想象到林德太太那儿去把这些告诉她,那太丢脸了。我下定决心宁愿永远关在这儿也不去丢那个脸。可是——我愿意为您做任何事——如果您真想让我——"

"呃,当然了。楼下没有你太冷清了。快去把事情了结了吧——这才是好孩子。"

"好吧,"安妮顺从地说,"玛丽拉一回来我就告诉她我后悔了。"

"这就对了——这就对了,安妮,可别告诉玛丽拉我说过什么,她也许会以为我插手这事了,我发过誓不干涉的。"

"野马也不会把这个秘密从我这儿拽走的。"安妮一本正经地发誓,"不管怎么说,野马怎么会把秘密从一个人那儿拽走呢?"

可是这时马修已经走了,他被自己的成功吓坏了。他急匆匆地逃到牧马场最偏远的角落里,以免玛丽拉对他的行为产生怀疑。玛丽拉呢,一回来,便又惊又喜地听见一个哀愁的声音从楼梯栏杆处传过来,"玛丽拉。"

"什么事?"她一边问一边走进了门厅。

"我很抱歉那天发脾气说了些粗鲁的话,我愿意去向林德太太道歉。"

"很好,"玛丽拉简短地回答,没有显露出她这下可放了心。她一直在想,如果安妮不让步,她到底该怎么办?"挤完牛奶我领你去。"【名师点睛:安妮让步了,玛丽拉总算放心了。从马修和玛丽拉的一系列表现来看,这一对兄妹都是不善言辞、不喜欢表露内心的人。】

于是,挤完牛奶以后,玛丽拉和安妮便去了林德太太家,前者腰板挺直,兴致勃勃,后者耷拉着脑袋,满脸沮丧。可是刚走了一半的路,安妮的丧气劲儿像被施了魔法一样不翼而飞了,她抬起头,脚步变得轻快起来。她盯着西天落日,浑身上下都憋着股兴奋劲儿。【名师点睛:在玛丽拉的眼中,才一会儿的工夫,安妮的表现就判若两人,她到底在想什么呢?】玛丽拉很不以为然地观察着她的变化:这可不是谦恭的悔罪表现,安妮不宜这个样子去见怒气冲冲的林德太太。

"你想什么呢,安妮?"她厉声问道。

"我在想象对林德太太说的话呢。"安妮梦呓般地回答。

玛丽拉这才满意——或者本该满意。可是她总是觉得惩罚安妮的计划没有完全执行。安妮不应该这么心驰神往、喜气洋洋的。

安妮的兴奋劲儿一直持续到她们见到林德太太,她正在厨房窗边织毛线。安妮飞扬的神采消失了,她满脸歉疚,一个字都没说便"扑通"一声双膝跪倒在林德太太面前,把她吓了一大跳,然后伸出双手乞求道:

"噢,林德太太,我实在抱歉极了。"她用有点颤抖的声音说,"我根本无法表达我的悔恨,噢,不,即使我把一本词典的词都用上也不能。您一定要尽量想象这一点。我对您十分不敬,而且我还给亲爱的朋友——马修和玛丽拉脸上抹了黑,是他们把我留在了绿山墙,虽然我不是男孩儿。我是个很讨厌的不受欢迎的坏孩子,我该受惩罚并且永远被值得尊敬的人拒之门外。就因为您说了真话我就大发脾气,我真太可恶了。您说的是真话,您的话句句属实。我的头发是红色的,我满脸雀斑,瘦骨嶙(lín)

73

绿山墙的安妮

岣(xún)[形容瘦得像皮包骨一样],长得很丑。我对您说的也是真话,可是我不应该那么说。噢,林德太太,请您,请您原谅我吧。如果您不原谅我,我会痛苦一辈子的。对于一个可怜的小孤女,即使她脾气不好,您也不会愿意让她终身痛苦的,是吗?哦,我肯定您不会的。请说您原谅我吧,林德太太。"【名师点睛:安妮非常聪明,她知道林德太太是一个爱面子、虚荣的人,因此她故意用这种方式请求她的原谅。】

安妮两手紧紧握在一起,低下头去等待宣判。

她的真诚毋庸置疑——从她说的每个字每句话中都听得出来,玛丽拉和林德太太都听出来了。可是前者惊愕地意识到安妮实际上正在享受着被极度羞辱的痛苦——她正在为自己彻彻底底的谦卑而高兴呢。那么她自己一度自诩为有益的惩罚跑到哪儿去了?安妮已经把它变成了一种纯粹的乐趣。

心地善良、头脑简单的林德太太倒没有明白这一点,她只觉得安妮已经做了诚心诚意的道歉,所有的怨恨都从她心头消失了,就算她有些好管闲事吧,她心地还是很善良的。

"好了,好了,快起来吧,孩子,"她热情地说,"我当然原谅你了。不管怎么说,我想我也太让你难堪了。可我这个人说话就是直来直去的,你千万别介意,就是这么回事。不能否认,你的头发是红得厉害,可我以前认识一个女孩——事实上还跟她一路上过学呢——她年轻的时候头发简直跟你的一样红,可她长大以后,头发颜色变深了,变成了十分漂亮的赤褐色。【名师点睛:安妮长大后,头发也会变成赤褐色吗?留待后文揭晓。】如果你的头发也变成那种颜色,我也一点儿不会奇怪的——一点儿也不会。"

"噢,林德太太!"安妮站起身来,长长地吸了口气,"您给了我希望,我会一直把您当作我的恩人。噢,我只要想到长大后头发会变成美丽的赤褐色,就可以忍受一切苦难。如果一个人有美丽的赤褐色头发,她就很容易做个好人,您不这样认为吗?您和玛丽拉聊天的时候,我可以去您的花园,坐在苹果树下的那张长凳子上吗?那儿有非常广阔的想象空间。"

"天地良心,行,快去吧,孩子。如果你喜欢,你可以在角落里采一大把白色六月百合花。"

安妮刚出去关上门,林德太太就马上站起来把灯点上。

"她真是个奇怪的小东西。坐这把椅子,玛丽拉,这把比你坐的那把舒服点儿,那把是我给小雇工预备的。真的,她真是个奇怪的孩子,不过她毕竟还真有点儿招人喜欢。你和马修把她留下来,我不再像以前那么奇怪了——也不那么为你难过了。她也许会有出息的。当然啦,她的表达方式很特别——有点儿太——嗯,太动听了,你明白吧,不过她现在和有教养的人生活在一起,也许会改掉这个毛病的。还有,我想她性子挺急的,不过这也有一点好处,急脾气的孩子发了火也就没事了,不太会耍花招糊弄人,我最怵的就是满脑子鬼点子的孩子,就是这么回事。总而言之,玛丽拉,我有点喜欢上她了。"

玛丽拉起身告辞时,安妮从果园甜美的暮色中跑出来,手里捧着一把白色的水仙花。

"我这个歉道得很好,是吧?"她们走在回家的路上,安妮骄傲地说,"我想我既然非道歉不可,还不如把它做到最好。"

"你做得不错,够好的了。"这是玛丽拉下的评语。玛丽拉发现自己一想起刚才的情景就忍不住想笑,她对此很吃惊。【写作借鉴:语言描写,玛丽拉的话说明她对安妮的表现是非常满意的。】她还有种很不安的感觉,她觉得应该责怪安妮道歉道得那么完美,可是,那该多荒唐啊!她与内心的感觉达成妥协,严肃地说道:

"我希望你以后不必再做这样的道歉。我希望你能控制住脾气,安妮。"

"如果没人挖苦我的长相,控制脾气并不太难,"安妮边说边叹了口气,"在别的事上我没这么容易发火,可我实在烦透了别人对我的头发评头论足,这能让我火冒三丈。您觉得我长大以后头发真会变成漂亮的赤

▶ 绿山墙的安妮

褐色吗？"

"你不应该太注意外表，安妮。你恐怕太自负了。"

"我知道自己长得不好看还怎么能自负呢？"安妮反驳说，"我喜欢美丽的东西，我不愿意照镜子发现里面的人一点儿也不美丽，那使我很悲伤——就跟我看见丑陋的东西时的感觉一样。我为它惋惜，因为它不美丽。"

"心美始为美。"【名师点睛：玛丽拉有着良好的教养和正确的世界观。这句谚语至今仍有重要的教育意义。】玛丽拉用了句谚语。

"以前也有人跟我说过这话，可是我不太相信，"安妮一边怀疑地说，一边闻了闻她的水仙花，"噢，这些花多香啊！林德太太能把它们送给我真是太好了。现在我不反感林德太太了。道歉并且得到原谅会让人感到舒畅的，是吗？今天晚上的星星多明亮啊！如果您能住在星星上，您会选择哪一颗？我选那边黑魆(xū)魆[形容黑乎乎的]的山顶上方那颗又大又明亮的。"

"安妮，闭上嘴吧。"玛丽拉说，为了跟上安妮变化多端的思路，她累得筋疲力尽了。

安妮在拐到通向绿山墙的小路之前没再说话。游丝般的微风吹拂过来迎接她们，还带来被露水打湿的新生蕨菜的芳香。远处树影中有一线令人愉快的灯光从绿山墙的厨房窗口透出来。安妮突然靠近了玛丽拉，把她的小手伸进她结实的手掌里。【写作借鉴：细节描写，安妮已经完完全全地有了安全感，她把玛丽拉当作自己的母亲一般地依赖着。】

"能回家而且知道那是属于自己的家，这真太好了，"她说，"我已经爱上绿山墙了，以前我从来没爱过任何地方，没有哪儿像家似的。噢，玛丽拉，我真幸福。我现在就可以做祈祷而且一点儿不会觉得有什么困难。"

当那双纤细的小手碰到她的手时，玛丽拉心中涌起一股温暖幸福的感觉——也许是她已错过的那种母性的悸动吧。这种她所不熟悉的甜蜜的感觉使她很不安，她赶忙给安妮传授一条道义，以此来安定自己的情绪,使它恢复到正常的平静状态。

"如果你做个好孩子,你就会永远幸福,安妮,而且根本不会觉得说祈祷词有什么难的。"

"说祈祷词和祈祷不完全一样。"安妮沉思着说,"我要想象我是在树梢上吹拂着的风。如果我对树厌倦了,我就想象自己去温柔地拂动这边的蕨菜——然后我会飘向林德太太的花园,让那里的花儿跳起舞来——然后我一下子冲到苜(mù)蓿(xu)[一种多年生开花植物]地那边去——然后我要掠过波光湖,让湖水泛起粼粼波光。噢,风里面的想象空间实在太大了,我这会儿不想说话了,玛丽拉。"

"那我得谢天谢地!"玛丽拉着实松了口气。

Z 知识考点

1.马修在_____才得知安妮与蕾切尔之间的事。在_____的劝说下,安妮决定向蕾切尔太太道歉。

2.判断题。马修居然为了安慰劝导安妮,趁玛丽拉不在家的时候亲自来安妮的房间劝说她。(　　)

3.当玛丽拉把安妮与蕾切尔太太之间的冲突讲给马修时,马修的反应说明了什么?

_____

_____

_____

Y 阅读与思考

1.马修为什么要劝说安妮去道歉?

2.安妮为什么接受了马修的劝告?

绿山墙的安妮

第十一章

安妮对主日学校的印象

M 名师导读

在玛丽拉的安排下,安妮要到主日学校去上课了,因为一些原因,没人能将安妮带到学校,不过勇敢的安妮竟然自己找到了学校,在上课的过程中,安妮很快就发现,这里的老师都不是她的"知音"……

"哎,你觉得怎么样?"玛丽拉说。

安妮站在东侧房里,神情严肃地看着摊在床上的三件新连衣裙。一件是烟色方格布的,这是去年夏天玛丽拉从小贩那儿买来的,因为它看着很耐用;一件是黑白格棉缎料的,是玛丽拉冬天在廉价柜台买的;还有一件是死板难看的印花蓝布做的,是她这星期在卡莫迪的一家商店买的。

这些都是她自己裁制的,式样都差不多——裙摆和裙腰都很一般,两者紧紧缝在一起,袖子也一样平常,而且瘦得不能再瘦了。

"我会想象着喜欢这些衣服。"安妮平静地说。【名师点睛:"平静"证明安妮并不喜欢这些衣服;安妮是一个活泼的人,她讨厌一切刻板的东西。】

"我不要你去想象。"玛丽拉生气了,"哼,我看得出你不喜欢!这些衣服有什么不好?不都是干净整齐、崭新崭新的?"

"是。"

"那你为什么不喜欢?"

"这些衣服都——都不——漂亮。"安妮不情愿地说。

"漂亮!"玛丽拉嗤(chī)之以鼻[用鼻子轻蔑地哼气,表示瞧不起,用于对错误言行的蔑视]，"我可没费神给你做什么漂亮衣服。我不赞成纵容虚荣心，安妮，这点我得跟你说清楚。这些衣服都挺好，又实用又经穿，没什么花哨玩意儿，你今年夏天就穿这些。到时候你就穿这件烟色方格裙和这件蓝色印花裙去上学。棉缎的这件你去教堂和上主日学校穿。我希望你能保持整洁，别扯坏了。我以为你穿过那些紧绷绷的棉绒衣服，差不多有件衣服你都会很感激的。"

"噢，我是很感激的，"安妮辩解道，"可是要是——要是您只做一件灯笼袖的，我就会更感激的。现在灯笼袖最时髦了，要是能穿上一件有灯笼袖的裙子，我会非常激动的，玛丽拉。"【名师点睛：贫穷的安妮也有着对美的追求，她是一个懂得审美的孩子。】

"嗯，那你只好别激动了，我可没多余的布料浪费在灯笼袖上。不管怎么说，我觉得灯笼袖看起来很可笑，我喜欢朴素实用的衣服。"

"如果别人都穿灯笼袖，我宁可模样可笑也不愿意自己一个人穿朴素实用的衣服。"安妮悲哀地坚持道。【名师点睛：安妮不仅有独特的审美，她还是一个坚持自我、不盲从的女孩。】

"就知道你会这么说！好了，把这些衣服好好挂进你的衣橱，然后坐下来看看主日学校的功课。我替你向贝尔先生要了份季刊读本，你明天就去主日学校。"玛丽拉边说边怒气冲冲地下楼去了。

安妮双手握在一起看着那些衣服。

"我真希望能有一件白色灯笼袖的衣服。"安妮闷闷不乐地低声说，"我为此祈祷过，可我并没抱太大希望。我本来也没以为上帝会有时间关心一个孤儿的裙子，我知道这事只能指望玛丽拉。噢，幸好我可以把其中一件想象成一件雪白的薄纱裙，镶着美丽的花边，有三层灯笼袖。"

第二天早晨，玛丽拉觉得头又要剧痛了，她不能跟安妮一起去主日学校了。

"你只能自己去找林德太太了，安妮。"她说，"她会关照你进合适的班级的。嗯，记住要规规矩矩的，一定要听完布道，请林德太太带你到咱

79

▶ 绿山墙的安妮

们的座位去。这一分钱给你去募捐用。别盯着别人,别老坐不住。【名师点睛:玛丽拉对安妮的叮嘱非常细心,她总是担心安妮会做出什么"出格"的事来。】我可等着你回来给我讲一遍课文呢。"

　　安妮穿戴整齐地出发了,她穿着那件死板的黑白格棉缎裙子,长短正好,这下谁也不会说安妮的衣服太紧巴了,可这式样使得她瘦瘦的身躯一棱一角都很突出。她戴着簇新的平顶小草帽,草帽看上去很光滑,式样也极平常,这也让安妮很失望,她私下里幻想的帽子是有彩带和花朵装饰的。不过,安妮还没走上大路,第二个愿望就实现了,她沿着小路走到半道,忽然看见一片怒放的金凤花和野玫瑰在风中摇曳,便立即采了一大把编成一个大花环装饰在帽子上。不管别人怎么看,她自己对这效果很满意,她快活地跑上大路,骄傲地昂着她那满是粉红金黄饰品的脑袋。

　　安妮到林德太太家时,发现这位太太已经走了,于是她毫不畏惧地独自向教堂走去。【名师点睛:人生地不熟的安妮真是勇敢,她竟然独自走去教堂。】在教堂的门廊里她看到一群小姑娘,几乎都穿着白色、蓝色或者粉红色的裙子,打扮得漂漂亮亮的。她们都好奇地盯着这个头饰特别的陌生孩子。埃文利的女孩们都听说了关于安妮的奇异故事。林德太太说她脾气很坏,在绿山墙做小工的杰里·伯特说她总是自言自语,要不就是和树木花草说话,疯疯癫癫的。她们打量着她,用季刊读本遮掩着脸悄悄议论,始终没人上前表示友好。课前练习做完以后,安妮发现她是在罗杰森小姐的班上。

　　罗杰森小姐人到中年,在主日学校教了二十年课了。她的教学法就是按季刊读本上的问题提问,然后越过书页严厉地看着她认为该回答问题的女孩儿。【名师点睛:罗杰森小姐的教学方式古板无趣,毫无生机。】她常常这样看安妮,多亏了玛丽拉的训练,安妮才能够迅速地回答上来,至于她对问题或是答案是否真的明白,这倒可能真是个问题。

　　安妮觉得她不喜欢罗杰森小姐,感到很难受。班里别的女孩子都穿灯笼袖的裙子,她觉得没有灯笼袖的日子真没意思。

"哎,你觉得主日学校怎么样？"安妮回家的时候玛丽拉很想知道。安妮的花环已经枯萎了,被她扔在了小道上,所以玛丽拉一点儿都不知道花环的事。

"我一点儿也不喜欢,太可怕了。"

"安妮·雪利！"玛丽拉责备道。

安妮长叹一声坐在摇椅上,在邦妮的一片叶子上亲了亲,又对盛开的倒挂金钟挥了挥手。

"我不在的时候,它们大概很寂寞。"她解释道,"现在说说主日学校吧。我很规矩,就照您说的那样。林德太太先走了,我就自己去了。我和好多别的女孩儿一起进了教堂,做课前练习时我坐在角落里一个靠窗的位子上。贝尔先生祈祷了很久,要不是我靠窗坐,不等他说完我就得烦死了。【名师点睛:主日学校的每一位老师都是死板的,枯燥的教学方式只能令人烦躁。】不过这窗子正好对着波光湖,我就盯着湖水想象各种壮丽的景物。"

"你不该那样,应该听着贝尔先生祈祷。"

"可他又不是对我说话,"安妮不服气地说,"他是对上帝说话,而且他好像对此也不大感兴趣。【名师点睛:讽刺了一些所谓的"信徒"的虚伪,他们把"祈祷"当作一种表演,只是弄虚作假而已。】我想他是觉得上帝太遥远,祈祷也没什么用。不过我自己也做了会儿祈祷。湖边生长着长长的一排白桦,阳光从树枝间穿过,洒下来,洒下来,直到湖水深处。噢,玛丽拉,真像个美丽的梦！它让我激动不已,我就说:'我为此而感谢您,上帝。'说了两三遍。"

"但愿你没大声说。"玛丽拉担心地说。

"噢,没有,悄悄说的。最后贝尔先生总算说完了,他们让我去罗杰森小姐的班上,班里还有九个女孩儿,她们的衣服都是灯笼袖的。我努力想象我的也是灯笼袖,可我想象不出来。我怎么会想象不出来呢？我

81

▶ 绿山墙的安妮

自己在东侧房时这再容易不过了,可坐在真穿灯笼袖的人中间这太难了。"

"你不该在主日学校里想你的袖子,你该注意听课。我希望你把功课都弄懂了。"

"噢,我懂,我回答了好多问题呢。罗杰森小姐问了我一大堆问题。我觉得只有她一个人提问不公平,我有好多问题想问她,可我又不想问,因为我想她不是我的知音。【名师点睛:安妮是一个热爱思考,对一切充满好奇的人,古板的罗杰森小姐自然不可能成为她的知音。】然后所有其他女孩儿都背诵了一段圣经韵律译文。她问我会不会背,我说不会,不过要是她愿意,我可以背诵'主人坟前的狗',是《第三册皇家文选》上的。这不是真正的宗教诗歌,可它这么忧伤,也可以算是宗教诗歌吧。她说不行,她让我看看第十九段译文,为下星期日做准备。后来我在教堂里读了读这一段,真是太美了。其中有两行让我特别激动:'虽然惨遭杀戮的骑兵队轰然倒下,我不知道'骑兵队'和'米甸'是怎么回事,不过听起来特别富有悲剧色彩。我真盼着下星期日早点儿到,我好背诵。我会花整整一星期的时间练习的。下课以后因为林德太太离得太远,罗杰森小姐领我到您的座位上去了。我尽可能一动不动地坐着,经文是《启示录》第三章第二、第三节。文章太长了。我要是牧师,会选一篇短小精悍的。布道也长得要命。我想牧师是想让布道和经文长度相当。我觉得牧师这人没有一点趣味,他的毛病似乎是缺乏想象力。我没怎么听他的,而是浮想联翩,想着那些最最令人吃惊的事情。"

玛丽拉无奈地觉得这些话都该遭到严厉谴责,可她又很犹豫,因为安妮有些话是不可否认的事实。【名师点睛:对于安妮的抱怨,虽然玛丽拉没有表态,但她内心是认同的,看来她是安妮的一个知音。】特别是关于牧师的布道和贝尔先生的祈祷的那些话,其实也是她自己多年来深埋心底的想法,只是从没说出来。在她看来,她那些秘而不宣的意见差不多突然全由这个直言不讳、不受重视的小家伙用责备的语气给说出来了。

第十二章

郑重的誓言

M 名师导读

因为安妮把花环戴在头上,她又遭到了玛丽拉的批评。不过玛丽拉为了"补偿"安妮,决心去巴里太太那给她借一副裙样,还介绍戴安娜给她认识,这下,安妮终于有朋友了。

到了下一个礼拜五,玛丽拉才听说花环草帽的事。从林德太太家回来后,她叫安妮说清楚。

"安妮,蕾切尔太太说上礼拜天你去教堂的时候,用玫瑰花和金凤花把帽子弄得怪里怪气的。你怎么想起搞这种名堂的? 当时你一定挺美的吧!"

"噢,我知道粉色和黄色对我不合适。"安妮开了口。

"胡说八道! 我是说你竟然把花插到帽子上,不是说颜色,真够丢人现眼的。你这孩子真让人头疼!"

"我不明白为什么把花插在帽子上就可笑,而别在衣服上就不可笑。"安妮辩解说,"那天好多女孩儿衣服上都别着花,这有什么区别呢?"【名师点睛:安妮并不明白她的"与众不同"是一件多么惊世骇俗的事。她认为她和别人只是选择不同而已,没有对错之分。】

可是这个有说服力的事实并不能把玛丽拉引入"歧途"。

"安妮,不要这样顶嘴。你这么干太蠢了。别让我在这种事上再抓到你的小辫子。蕾切尔太太说她见到你打扮成那副怪样子进来,恨不得

83

绿山墙的安妮

钻到地缝里去。她没有及时找到机会挨你近点让你把花摘掉。她说大家议论得可难听了。【名师点睛：林德太太的话未必没有添油加醋，但周围人对安妮的打扮肯定是议论纷纷的。】他们肯定觉得我让你那副打扮出门一定是昏了头了。"

泪水涌上安妮的眼睛。她说："噢，对不起。我从没想过您会介意。玫瑰花和金凤花又香又漂亮，我想它们插在帽子上一定特别好看。好多女孩儿都在帽子上插假花。恐怕我会是个特别让您讨厌的人。也许您最好还是把我送回孤儿院吧。那样会很糟糕。我想我会受不了那个地方的，我很可能得肺结核的。您瞧，我这么瘦，可那总比让您讨厌好一些。"【名师点睛：安妮知道玛丽拉是个善良的人，所以，她才敢对玛丽拉撒娇、"装可怜"。】

"胡说，"玛丽拉说，她恼火自己怎么把孩子弄哭了，"我肯定不会送你回孤儿院的，我只要你和别的女孩子一样就行，别总是在人前出丑。别再哭了！我给你带了点儿好消息：今天下午戴安娜·巴里回来了，一会儿我去巴里太太那儿看看能不能借个裙样，要是你愿意，你可以跟我去认识一下戴安娜。"【名师点睛：玛丽拉已经非常宠爱安妮了，她舍不得安妮走，还要为安妮再缝制一件理想的连衣裙。】

安妮一下子跳起来，双手握在一起，小脸儿上还挂着晶莹的泪珠，她手里缝着的针线活儿也掉到了地板上。

"噢，玛丽拉，我好怕——真的，这会儿我真的害怕了。要是她不喜欢我怎么办？那将是我一生中最可悲的失望！"

"唉，别太激动了。我真希望你别用这么严肃的字眼，小孩子说这种词太滑稽了。我想戴安娜会很喜欢你的，你倒要当心她的妈妈。如果她妈妈不喜欢你，那戴安娜再喜欢你也没用。要是她知道了你冲林德太太发脾气，在帽子上插满金凤花去教堂，我可不知道她会怎么看你。你一定要有礼貌，乖乖的，不要再说出让人吃惊的话。天哪，这孩子怎么发起抖来了呢！"

安妮是在发抖。她面色苍白、神情紧张。【写作借鉴：细节描写，透露出安妮的紧张和激动，她太想有一个朋友了。】

"噢，玛丽拉，去见一个你希望成为你知心朋友的姑娘，可她妈妈很可能不喜欢你，您要是我，您也会激动的。"她边说边忙着去拿帽子。

她们抄近路过了小河，穿过山上的杉树林，来到果园坡。玛丽拉上前敲门，巴里太太应声出来打开厨房门。巴里太太个子高高的，黑眼睛，黑头发，嘴唇透着股坚毅劲。她对自己的孩子是管教得出了名的严格。

"你好啊，玛丽拉！快进来！我想这就是收养的小姑娘吧？"巴里太太热情地招呼她们。

"对，她叫安妮·雪利。"玛丽拉答道。

"'妮'字写的时候带'女'字旁。"安妮喘着气说，她尽管又兴奋又胆怯，可仍然决定把这件她认为的要紧事讲清楚。

不知是没听到还是没听懂安妮的话，巴里太太只是和她握了握手，温和地说了句：

"你好吗？"

"我身体很好，只是精神有些紧张，谢谢您，夫人。"安妮郑重地回答。然后她朝玛丽拉低声说："玛丽拉，我没说什么让人吃惊的话，是吧？"【名师点睛：安妮紧张激动的样子十分滑稽，她的"耳语"更令人捧腹。】这耳语谁都听得到。

戴安娜正坐在沙发上看书，看到客人进来，便放下了书。她是个非常漂亮的小女孩儿，有着和她妈妈一样的黑眼睛、黑头发，脸蛋儿红扑扑的，神情愉悦，这是她从父亲那里继承的。

"这是我女儿戴安娜，"巴里太太介绍说，"戴安娜，你可以带安妮去花园里看看你的花，这比你眼睛总盯着书本好。她太爱看书了。"孩子们走出去后，巴里太太对玛丽拉说："可我没法儿让她不看，她爸爸总是给她撑腰。她老是钻在书堆里，能有个小伙伴和她一起玩儿我挺高兴——或许这样她会多到外面玩会儿。"【名师点睛：看来戴安娜也是一个需要

85

▶ 绿山墙的安妮

朋友的女孩,这两个女孩会成为好朋友吗?】

夕阳柔和的余晖透过西面深色的老杉林洒遍整个花园,安妮和戴安娜站在那儿,中间隔着一丛盛开的卷丹花羞涩地瞧着对方。

巴里家的花园里花草遍地。要在平时安妮一定会高兴得不得了,可是今天她正担心自己的命运呢。【名师点睛:近在眼前的风景都视而不见,看来安妮确实非常紧张。】花园被巨大的老柳树和高高的杉树环绕着,树荫里丛生着喜欢阴凉的花草。园中的小路修得整整齐齐,拐弯处均成直角,用蛤壳镶了边,看去好似纵横交错的潮湿的红缎带,被小路隔开的一个个花坛里,老派的鲜花竞相开放。有粉红的桂竹香,华贵的红牡丹,馥郁的白水仙,浑身是刺、香甜的苏格兰玫瑰;还有粉红、蓝色和白色的耧(lóu)斗菜,淡紫色的肥皂草;一丛丛老人蒿,薏(yì)草和薄荷;紫色的兰花,黄水仙,以及一簇簇美丽芳香、枝叶纤细而柔软的白色三叶草,麝香蔷薇洁白的花朵中喷射出火红的花蕊,恰似红色闪电。在这个花园里,阳光久久不愿离去,蜜蜂嗡嗡欢唱,风儿满足地踯躅(zhí zhú),拂得枝叶沙沙作响。

"噢,戴安娜,"安妮终于开口了,她双手紧握着,声音小得几乎听不到,"你觉得——嗯,你觉得你能喜欢我,并且做我的知心朋友吗?"【名师点睛:安妮非常紧张,平时的"伶牙俐齿"都不见了,结结巴巴的样子显得非常可爱。】

戴安娜笑了,她总是不笑不开口的。

"噢,我想我会的。"她坦率地说,"你到绿山墙来住,我太高兴了。能有人和我一块儿玩儿真好。这附近没有可以与我玩儿的女孩儿,我又没有跟我差不多大的姐妹。"

"你愿不愿发誓永远永远做我的知心朋友?"安妮热切地问。

戴安娜好像吓了一跳。【名师点睛:安妮又开始"暴露"她的"古怪"了。】

"为什么要这样,发誓赌咒是很可怕的坏事儿。"她语气里带着责备。

"噢,不,我说的发誓可不一样。你知道吗,发誓有两种。"

"可我只听说过一种。"戴安娜将信将疑。

"真的还有一种。哦,根本不是坏事。只不过是郑重的起誓许诺而已。"

"噢,这样我倒不反对,"戴安娜赞同道,舒了口气,"怎么起誓呢?"

"我们必须拉起手来——就这样,"安妮严肃地说,"本来应该把手放在流水上面的,我们就把这条小路当流水吧。我先发誓。我郑重起誓,我对我的好朋友戴安娜·巴里的忠诚与日月同在。好了,你来说,换上我的名字。"

戴安娜重复了一遍"誓词",笑个不停,然后说:

"安妮,你真是个怪孩子,以前我就听说你很怪,可我觉得我会很喜欢你的。"【名师点睛:对于安妮这样的"怪孩子"来说,只有真正懂得安妮的人才能喜欢她,成为她的朋友。】

玛丽拉和安妮回家的时候,戴安娜一直把她们送到小木桥边。两个小姑娘一路上你拉着我、我拉着你。在河边分手时她俩一再保证,第二天下午要一起玩儿。

她们穿过绿山墙花园时,玛丽拉问:"喂,你觉得戴安娜是你的知音吗?"【名师点睛:戴安娜是一个安静的女孩,而安妮刚好相反,所以,玛丽拉是带着一种怀疑和调侃的心态来向安妮提问的。】

"噢,是的。"安妮感叹着,她沉浸在幸福中,全然不觉玛丽拉话中有刺儿。"噢,玛丽拉,我现在是爱德华王子岛上最幸福的女孩儿了。我向您保证今晚祈祷时我会很虔诚的。【名师点睛:安妮终于实现了自己的愿望,她终于有朋友了,当然感觉幸福。】明天我和戴安娜要到威廉·贝尔先生的小桦树林里盖座游戏室,能把堆在柴房里的碎瓷器片给我吗?戴安娜是二月出生的,我是三月生的,您不觉得这是个很奇怪的巧合吗?戴安娜要借我一本书看,她说那书很精彩,特让人激动。她还要带我去看树林深处的长野百合花的地方。您不觉得戴安娜的眼睛很深情吗?我要是也长着深情的眼睛该多好。戴安娜还要教我一首歌,歌名叫'榛树谷中的奈丽'。她还要送我一幅画挂在我的房间里,她说那是幅很美

绿山墙的安妮

的画——一个穿着浅蓝色丝裙的美丽夫人。画是一个缝纫机商人送她的。我要是也有点儿东西送给戴安娜就好了。我比她高两厘米多,可她却比我胖得多,她说她想瘦些,因为那样更优雅,可是她这么说恐怕只是为了安慰我。哪天我们还要去海边拾贝壳。我们决定把木桥下边的泉水叫'树神泡泡泉'。这个名字很高雅,是吗?我读过一个故事,里面的那口泉就叫这个名字。我想树神应该是个成年的仙女。"

"好了,我只希望你别说得太多,把戴安娜烦死。"玛丽拉说,"安妮,你在做任何安排的时候都得记住这一点,不能把全部或者大部分时间花在玩儿上。你得干活儿,而且必须先干完活儿才能玩儿。"

安妮心中本来就充满喜悦,马修的到来更让安妮的喜悦从心中溢了出来。马修刚从卡莫迪的商店回来,他不好意思地从衣兜里掏出个小纸包,递给安妮,还恳求地看了看玛丽拉。

"我听你说喜欢吃巧克力糖,我就买了一些。"马修说。【名师点睛:马修总是用一种看似"笨拙"的方式来表达他对安妮的关爱。】

"哼,"玛丽拉鼻子里哼了一声,"会把牙齿和胃口吃坏的。行了,行了,孩子,别这么愁眉苦脸的。既然马修给你买回来了,你就吃吧。他应该给你买薄荷糖,薄荷糖对身体更有好处。别把糖一下子都吃了,会腻住的。"

"噢,我不会都吃的,真的不会的。"安妮急忙说,"玛丽拉,今晚我就吃一块。我能给戴安娜半包巧克力吗?要是分给她一些,我那半包会和一包一样好吃的。能送给戴安娜点儿东西我真高兴。"【名师点睛:第一次收到如此美味的礼物,安妮却首先想到分给戴安娜一半,足见她的大方和对友谊的重视。】安妮回到她的小屋后,玛丽拉说:"我得承认,这个孩子并不小气,我最讨厌的就是吝啬的小孩,她不这样我很高兴。天啊,她才来了三个星期,可是我觉得她好像一直都住在这儿。我简直无法想象她不在这儿是什么样子。噢,马修,别做出那副'我早跟你说过'的样子,一个女人做出这副样子就够烦人的了,男人这样根本让人无法忍受。我绝对承认,我很高兴把这孩子留下来,我越来越喜欢她了,可是,马修·卡斯伯特,你也别翻老账。"

知识考点

1.玛丽拉为安妮缝制了_____件新连衣裙。开学第一天,安妮便独自去上学,她的老师是_____小姐。上课前,在教堂里做祷告的人是_____先生。

2.玛丽拉准备去(　　)家借一个裙样回来。
A.蕾切尔太太家　　　B.布莱维特家　　　C.巴里太太家

3.为什么贝尔先生祈祷时,学生们都感到很烦躁?
_____
_____
_____

阅读与思考

1.安妮如何评价贝尔老师的?
2.玛丽拉得知"草帽事件"后,是如何教育安妮的?

绿山墙的安妮

第十三章

期待的乐趣

M 名师导读

安妮和戴安娜成为朋友后，二人互补的性格使她们相处得愉快极了，以至于安妮面临着晚回家又被玛丽拉批评的危险，好在玛丽拉很宠她并没有过分责怪她。但最近的安妮又有了新的期待……

"安妮这会儿该回来做针线活儿了。"玛丽拉自言自语道，她瞟了一眼钟，然后走了出去。这是八月里一个金黄色的下午，万物似乎都在燥热中昏昏欲睡。"她和戴安娜一起玩儿，超过了我的规定半个小时了，这会儿她又坐在木头堆上跟马修喋喋不休地聊开了，其实她心里很清楚该干活儿了。当然马修又像个大傻瓜似的在听她说呢。我从来没有见过这么糊涂的男人，显然她越能说，说得越离奇，他就越爱听。安妮·雪利，现在马上进来，听见了吗？"【名师点睛："马上"以及对安妮的全名的称呼，都体现了玛丽拉的气愤。】

玛丽拉在西窗上敲了几下，安妮从院子里飞跑进来，眼睛闪着光，脸颊微红，发亮的头发披散着，在脑后一泻而下。

"噢，玛丽拉，"她气喘吁吁地大叫，"下周主日学校要举行野餐会——在哈蒙·安德鲁斯先生家的空地上，就在波光湖旁边。学监贝尔太太和蕾切尔·林德太太要做冰激凌——想想吧，玛丽拉——冰激凌！噢，玛丽拉，我可以去吗？"

"还是请你看看钟吧，安妮，我叫你几点回来？"

"两点——可是野餐会多棒呀,玛丽拉,我可以去吗?噢,我从来没有参加过野餐会——我曾经梦见过,但是我从来没——"【写作借鉴:安妮断断续续的话语体现了她对参加野餐会的迫切渴望。】

"对,我是告诉你两点回来,现在是差一刻三点了,我想知道你为什么不听我的话,安妮。"

"噢,我想听您的话来着,玛丽拉,非常想。可是您不知道,旷野那儿有多好玩儿。后来,当然啦,我得把野餐会的事告诉马修,他真是个善解人意的听众。我去行吗?"

"你得学会抵抗那个什么旷野的诱惑,我告诉你什么时候回来你就得什么时候回来,而不是半个小时以后。路上你也用不着停下来与什么善解人意的听众聊天。至于野餐会吗,你当然可以去,你是主日学校的学生,如果别的小孩儿都去,我是不会不让你去的。"【名师点睛:虽然安妮犯了错误,但玛丽拉没有迁怒于她,依然答应了她的合理请求。】

"可是——可是,"安妮支吾着,"戴安娜说每个人必须带一篮吃的东西,我不会做吃的,这您知道,玛丽拉。嗯——嗯——我不太在乎穿没有灯笼袖的衣服去参加野餐会,但是,如果空着手去,我就会觉得太丢人了。自打戴安娜告诉我这事,我就发上愁了。"

"好了,你不用再发愁了,我可以给你烤一篮子吃的。"

"噢,我亲爱的玛丽拉,噢,您对我太好了。噢,我太感激您了。"

说完这一连串"噢",安妮一头扑进玛丽拉怀里,狂喜地亲吻她灰黄色的面颊。这是玛丽拉一生中头一次有小孩儿的嘴唇主动来亲吻她的脸颊,那种甜滋滋的悸动又一次涌遍她全身。她心里非常喜欢安妮激动的亲吻,也许正因为这样,她才唐突地说:【名师点睛:安妮的到来给玛丽拉带来了一种前所未有的体验——一种只有母亲才能享有的爱。】

"好了,好了,别再瞎亲了,我宁愿见你好好按我的要求去做。至于做吃的吗,我想这些天该教教你了。可是你太毛躁,安妮,我一直在等着你变得心平气和些、稳重些,然后我再开始教你。做饭的时候,你可得全

91

▶ 绿山墙的安妮

神贯注,不能中途停下来胡思乱想。现在去把你的碎布片拿来,下午茶以前你得缝出个方块来。"

"我不喜欢缝布片。"安妮一边不高兴地说,一边找出她的针线笸(pǒ)箩,叹着气在一小堆红色、白色的菱形方块前坐下来,"我觉得有几种针线活还有点意思,可是缝碎布片一点想象空间都没有,只是把一小块和另一小块缝在一起,根本弄不出名堂来。但是我当然还是愿意当绿山墙缝布片的安妮,而不是当其他什么地方除了玩儿什么事也不做的安妮。要是缝布片的时间能过得像我和戴安娜一起玩儿的时间那么快就好了。噢,我们在一起真是快乐极了,玛丽拉。想象大多数都得由我来做,我只是在这方面很在行,其他任何方面戴安娜都棒极了。【名师点睛:看来安妮和戴安娜是一对在方方面面都有互补性的好朋友。】您知道小河那边咱们家和巴里家场地之间的那一小块地吧,那是威廉·贝尔先生家的地方。就在这块地的角落里长了一圈白桦树——那是最罗曼蒂克的地方了,玛丽拉,我和戴安娜就在那儿过家家。我们给它取了个名字叫旷野。这名字很有诗意吧?向您保证,我是花了好长时间才想出来的呢。我差不多一晚上没睡着觉才想出这个名字,就在我差点睡着的那一刻,好像有了灵感,这名字就蹦出来了。戴安娜听到这个名字后欣喜若狂。【名师点睛:在想象力方面,戴安娜是十分佩服安妮的。】我们把我们的家修得很漂亮,您得去看看,玛丽拉——是吧?我们摆了几块长满苔藓的大石头当凳子,在树中间搭了几块板子做架子。我们把所有的盘子都摆在架子上面。当然啦,这些盘子都是碎的,但是可以把它们想象成完整无损的,这再容易不过了。还有一片碎盘子,上面摆了红的、黄的常青藤枝,美极了。我们把它放在起居室里。在那儿我们还有块彩色玻璃呢,它像梦境一样美好,是戴安娜在她家鸡舍后面的小树林里发现的。这块玻璃五颜六色的,就像是还没变大的小彩虹,戴安娜的妈妈告诉她那是从他们家原来的一盏挂灯上掉下来的。不过把它想象成仙女们有一天晚上开舞会时丢下的更好,所以我们叫它仙女玻璃。马修要给我们做张桌子。噢,我们给巴里家田野里的那个小圆池塘也取了个名字叫柳树塘,我是从戴安娜借给我的一本书中看到这个名字的。那真是本让人激动的书,玛丽拉。女主人公有五个情人。我有一个就满意了,您呢?女主人公长得很漂亮,经历了很多磨难。她动不动就昏过去,我也想能昏过去,您呢,玛丽拉?那可真浪漫。可是我虽然这么瘦,身体倒还真不错。不过我相信我会长胖的。您觉得我会吗?我每天早晨起来都看看胳膊肘那儿有没有小窝窝长出来。戴安娜要有件新的半长袖衣服,她要穿这件衣服去参加野餐会。噢,我真希望下星期三是个好天。如果有什么事使我不能参加野餐会,我肯定受不了那种失望的。我想我会挺过去,但是我肯定那将是一种终生的苦痛。就算我今后能参加一百次野餐会也不能弥补这一次。他们还要在波光湖里划船呢——还有冰激凌,我告诉过您了。我从来没尝过冰激凌,戴安娜试着给我解释它是什么东西,但是我想冰激凌是一种想象不出来的东西。"

"安妮,你已经说了整整十分钟了,"玛丽拉说,"现在,就算试试看吧,看你能不能十分钟不说话。"【名师点睛:这个场面非常搞笑,一边是喋喋不休的安妮,一边是终于逮到机会阻止她的玛丽拉。】

安妮像玛丽拉要求的那样十分钟没说话。但是这一周剩下的几天里,她嘴里念叨的是野餐会,脑子里想的是野餐会,甚至做的梦也是野餐会。星期六下起雨来了,她焦躁不安起来,生怕雨一直下到下周三。玛丽拉只好让她用碎布片又缝了块方块,借此来稳定她的情绪。

星期天从教堂回来的路上,安妮偷偷地对玛丽拉说,当牧师在布道台上宣布野餐会的事儿时,她兴奋得全身发冷。【名师点睛:"全身发冷"写出了安妮濒临极致的激动状态,她对野餐会期待已久。】

"玛丽拉,我背上一阵阵发抖!直到那一刻我才真正相信确实是要开野餐会了。我老怕一切都只是我想象出来的,可是牧师在布道台上说的事,你得相信是真的。"

"你的愿望太强烈了安妮。"玛丽拉叹了口气说道,"我怕今后你生活

▶ 绿山墙的安妮

里会有很多很多失望的。"

"噢，玛丽拉，对事物的期待就是快乐的一半呀。"安妮叫道，"有些东西本身你可能得不到，可是什么也挡不住你去享受期待的乐趣。林德太太说：'无所求的人永远幸福，因为他们永远不失望。'但是我觉得无所求比失望更糟糕。"【名师点睛：安妮身上有一种积极乐观的精神，她根本不怕失望，是一个内心强大的女孩。】

玛丽拉那天同往常一样戴着紫水晶胸针去了教堂。她总是戴紫水晶胸针去教堂，她觉得不戴这枚胸针是对上帝大为不敬——就像忘了带《圣经》或募捐的零钱一样。那枚紫水晶胸针是玛丽拉最珍爱的东西。那是做海员的舅舅送给她母亲的，她母亲又传给了她。它的样式古老，呈椭圆形，里面装有她母亲的一绺(liǔ)头发，周围有一圈上等紫水晶。玛丽拉对宝石不太在行，她不知道这些紫水晶有多贵重，不过她觉得这些水晶很漂亮，总是满心欢喜地感到它们在她颈项处褐缎子外套上发出紫色的微光，虽然她自己看不到。

安妮第一次看见这枚胸针喜欢羡慕得不得了。

"噢，玛丽拉，这枚胸针真是美丽极了。我真不知道您戴着它的时候还怎么能集中精力听布道和祈祷呢？我可不能，我知道。我想紫水晶太可爱了，它们就像过去我想象中的钻石一样。很久很久以前，我还没见过钻石，我在书中读到过，就想象它们会是什么样子。我想它们该是漂亮晶莹的紫色宝石。有一天我在一位太太的戒指上看到了一颗真钻石，我失望得哭了。当然啦，它很漂亮，但不是我想的那种样子。玛丽拉，您能让我拿一下这枚胸针吗？您说紫水晶会不会是鲜艳的紫罗兰的灵魂？"【名师点睛：安妮丝毫不掩饰她对这枚紫水晶胸针的喜爱。她与这枚紫水晶胸针之间会发生怎样的故事呢？】

第十四章

安妮认错

> **M 名师导读**
>
> 玛丽拉的紫水晶胸针是妈妈留给她的,有着非凡的意义;但就在安妮参加野餐会的前一天,紫水晶胸针却不见了。玛丽拉不得不把安妮列为怀疑对象,真相是什么呢? 安妮还能准时参加野餐会吗?

野餐会之前的那个星期一的傍晚。玛丽拉焦虑地从楼上她的房间里下来。

"安妮!"玛丽拉叫道,安妮正在一尘不染的桌子边剥豌豆,嘴里哼唱着"榛树谷中的奈丽",那劲头儿和神情无愧于戴安娜的指导。【名师点睛:一边劳动,一边嘴里还哼着歌,可见安妮心情之兴奋。】"你看见我的紫水晶胸针了吗? 我记得昨天晚上我从教堂回来后把它别在针插上了,可现在哪儿都找不着了。"

"我——我,今天下午您去劝助会时见过。"安妮慢吞吞地说,"我路过您的房间,看见它在针插上,我就进去瞧了瞧。"

"你动它了吗?"玛丽拉厉声说。【写作借鉴:语言、神态描写。"厉声"体现了玛丽拉的情绪非常激动。】

"动——动了。"安妮承认,"我把它拿起来别在胸前,只是想戴上看看好不好看。"

"你没有权利那么做。一个小姑娘乱动别人东西是很不应该的。首先你不应该进我的房间,其次你不应该随便乱动不属于你的胸针。你把

95

▶ 绿山墙的安妮

它放哪儿了？"

"噢，我把它放回梳妆台上了，我戴了没有一分钟。真的，我没想乱动您的东西，玛丽拉。我不知道进您的房间试试那枚胸针是不对的，但是现在我知道了这样做不对，以后再也不会那么做了。这是我的一个优点，我绝不会重犯以前犯过的错误。"

"你没把它放回去。"玛丽拉说，"梳妆台上根本没有胸针，你是把它拿走了还是怎么着了，安妮。"【名师点睛：不停地质问，足见玛丽拉的急迫，以及她对那枚胸针的看重。】

"我确实放回去了，"安妮着急地说——在玛丽拉看来她有点唐突无礼——"我不记得是把它插回到针插上了还是放到瓷盘里了，但是我肯定放回去了。"

"我再回去看看。"玛丽拉说，她决意不冤枉人，"如果你把胸针放回去了，它应该还在那儿。如果它不在那儿，我就知道你没放回去，就这么回事！"【名师点睛：此刻的玛丽拉还保持着理智，但她已经非常生气了。】

玛丽拉回到她的房间，仔细找了一遍，不仅看了梳妆台，还查找了她觉得可能会放胸针的所有地方。但胸针还是没找到，她回到了厨房。

"安妮，胸针不见了。根据你自己说的，你是最后一个动过它的。哎，你把它弄到哪儿去了？马上说实话，你是不是把它拿出去弄丢了？"

"没有，我没有。"安妮严肃地说，直直地迎着玛丽拉的怒视，"我根本没把它拿出您的房间，这是真的——就是把我送上断头台，我也这么说——虽然我不太明白断头台是什么东西。就是这样，玛丽拉。"

安妮的这句"就是这样"只是想强调自己的保证，可是玛丽拉把它当作反抗的表现了。

"我知道你在对我说谎，安妮，"她尖刻地说，"我知道你在说谎。听着，要是你不想说实话，就什么也别说了。回你自己的房间去，不认错就别下来。"【名师点睛：没找到胸针的玛丽拉变得很武断，她认为安妮在撒谎。】

"我把豌豆带上去吗?"安妮顺从地说。

"不必了,我可以自己剥。按我说的做吧。"

安妮走了以后,玛丽拉心绪烦乱地开始忙晚上的活儿。她很担心她那宝贝胸针,如果安妮把它弄丢了该怎么办呢?谁都能看出是她拿走了,她还不承认,这孩子多可恶啊!表面上还装得那么无辜!

"真希望什么都没有发生。"玛丽拉一边心神不安地剥豌豆一边想,"当然了,我知道她不是要把它偷走或者怎么着,她只想拿去玩玩儿或者丰富一下她的想象。一定是她把它拿走了,这一点很清楚,因为照她讲的,在我今天晚上上去之前,房间里除了她再没进去过别人。现在胸针不见了,这再清楚不过了。我想她是把东西弄丢了,怕受惩罚不敢承认。想想她居然说谎,这真令人震惊。这比她脾气暴可要严重多了。家里有个你都不能信任的孩子实在是件可怕的事。狡猾、不诚实——这些现在都露出马脚来了,我觉得这比丢了胸针更让我难受。如果她说了实话,我也不会这么难受的。"【名师点睛:玛丽拉的内心把安妮当作自己的孩子一般看待,她不希望安妮是一个品质不好的孩子。】

这天晚上玛丽拉好几次回到房间找胸针,但是都没找着。睡觉前她去了趟东侧房也一无所获,安妮坚持说她不知道胸针的事儿,而玛丽拉则是铁了心地认定她知道。

她第二天早晨把这事儿告诉了马修。马修惊惶失措又疑惑不解,他不能立刻失去对安妮的信任,但又不得不承认现在的情形对安妮不利。

"你肯定那玩意儿没掉到梳妆台后面吗?"这是他能提出的唯一建议。【名师点睛:马修的建议说明他并不相信安妮会做出那种事情。】

"我已经把梳妆台挪开了,还抽出了所有的抽屉,把每一个角落都搜遍了。"玛丽拉十分肯定地回答,"胸针不见了,那孩子把它拿走了还说谎。这是明摆着的丑恶事实,马修·卡斯伯特,我们还是面对现实吧。"

"嗯,那你要怎么办呢?"马修沮丧地问,心里暗自庆幸幸好是玛丽拉而不是他自己来解决这事。【名师点睛:即使安妮是有"嫌疑"的,但马修依

> 绿山墙的安妮

然不愿面对。】这一次他可不想插手了。

"她得待在楼上,直到她承认为止。"玛丽拉严厉地说,她想起上一次用这种办法就成功了,"然后我们再商量怎么办。如果她能说出来她把胸针弄到哪儿去了,我们也许能找到它。但不管怎么说,这次得好好治治她,马修。"

"嗯,对。你是得惩治她。"马修一边伸手去拿帽子一边说,"记住,我跟这事无关,你自己以前叫我离远点儿的。"

玛丽拉感到孤立无援,她甚至都不能向林德太太讨主意。【名师点睛:玛丽拉不想把安妮的"丑事"传扬出去,她非常在意安妮的名声。】她板着脸上楼进了东侧房,出来时表情更加严肃了。安妮坚决拒绝坦白交代,一口咬定她没拿胸针。这孩子显然一直在哭,玛丽拉感到心里一酸,但是她咬牙忍住了。到了晚上,用她自己的话来说,她累得"筋疲力尽"了。

"你给我待在这间屋子里,直到认错才算完,安妮。你得把这件事想好了。"她坚决地说。

"可是野餐是在明天呀,玛丽拉,"安妮叫道,"您不会不让我去的,对吗?您下午会放我出去的,是不是?然后我会高高兴兴待在这儿,您叫我待多久都行。可是我一定得去参加野餐。"

"你要是不认错,就不能去野餐,哪儿也不能去,安妮。"

"噢,玛丽拉!"安妮急促地喊道。

可是玛丽拉已经走出房间,把门关上了。

星期三早晨阳光明媚,好像专门为野餐会"定做的"。鸟儿在绿山墙周围欢唱,花园里百合花的阵阵幽香随着无影无形的清风从每扇门窗溜进来,像赐福的神灵一样在门厅和房间里漫游。山谷中的白桦快乐地挥动着手臂,像是在等待安妮每天早晨都要从东侧房发出的问候。【名师点睛:如此风和日丽的一天,真是举办野餐会的好日子,但此刻的安妮心情却恰好相反,她根本无心欣赏这美景。】可安妮这时没在窗口。玛丽拉给她端早饭上来,发现这孩子端端正正地坐在床上,脸色苍白,表情坚

定,她紧抿着嘴唇,眼睛发亮。【名师点睛:安妮的表情是痛苦的,她是不是受到了冤枉呢?】

"玛丽拉,我准备承认错误。"

"哦!"玛丽拉放下托盘。她的方法又一次成功了。但是这成功使她感到苦涩,"那让我听听你怎么说吧,安妮。"

"我拿了那枚紫水晶胸针。"安妮说,她像是在背书,"您说的一点儿没错,我是把它拿走了。我进您房间的时候没打算拿走它,但是它看上去真是漂亮极了,玛丽拉,我把它别在胸襟上,我被一种难以抗拒的诱惑攫住了。我想象着如果我把它带到旷野去,假扮成科黛拉·菲茨杰拉德夫人,该有多棒呀。如果我戴着一枚真的紫水晶胸针,那把自己想象成科黛拉夫人就容易多了。我和戴安娜曾经用蔷薇果串过项链,但是和紫水晶比起来,蔷薇果算得上什么呢?于是我就把胸针拿走了。我想我可以在您回来之前把它放回去。我在路上逛来逛去磨蹭了半天,在路过波光湖桥的时候,我把胸针摘下来打算再看一眼。噢,在阳光下它是那么光彩夺目!然后,当我斜倚在桥栏杆上时,它突然从我手指间滑下去了——就这样——掉下去——掉下去——掉下去,一路闪着紫色的光芒,永远沉到波光湖底去了。我只能说这么多了,玛丽拉。"

玛丽拉感到她的心头又腾地冒起一股火。这孩子拿了她珍贵的紫水晶胸针,把它弄丢了,可现在她平静地坐在那儿复述着每一个细节,居然一点儿不觉得内疚和后悔。【名师点睛:安妮如此平静地叙说自己的"作案经历"。】

"安妮,这糟透了。"她尽量平静地说,"你是我听说过的最可恶的孩子。"

"是的,我想我是吧。"安妮平静地表示同意,"我知道我应该受到惩罚。应该由您来惩罚我,玛丽拉。您能现在就惩罚我吗?因为我想轻松愉快地去参加野餐会。"【名师点睛:此刻,野餐会是安妮生命中最重要的事情,只要能够参加,安妮愿意接受一切惩罚。】

"野餐!不准!今天你不准去参加什么野餐,安妮·雪利。这就是

> 绿山墙的安妮

对你的惩罚。对于你所做的事,这点儿惩罚还差得远呢!"

"不去参加野餐!"安妮跳起来一把抓住玛丽拉的手,"可是你答应过我可以去的!噢,玛丽拉,我一定要去野餐,我就是为了这个才认错的!【名师点睛:安妮乖乖认错,只是为了能够按时参加野餐会,这说明,她并没有拿走胸针。】除了去野餐,您怎么惩罚我都行。哦,玛丽拉,求求您,让我去吧。想想冰激凌吧!您知道我可能再也没有机会吃到冰激凌了!"

玛丽拉毫不留情地甩开安妮紧紧抓住她的手。

"你不用求我,安妮。你不许去参加野餐,就这么定了。不许去,什么也别说了。"

安妮意识到玛丽拉不会改变主意了。她两手紧紧握在一起,发出一声尖叫,然后一头栽到床上,她彻底绝望了,大哭着,在床上打滚儿。

"我的老天爷!"玛丽拉呼吸急促地喊道,她快步走了出去,"我想这孩子发疯了。长点儿脑筋的孩子都不会像她这样。如果她没疯,她就是坏透了。唉,天哪,恐怕蕾切尔一开始就是对的。但是既然我已经上了贼船,就不能回头了。"

那天整个上午都死气沉沉的。玛丽拉使劲儿干活儿,没什么事可干了,她就把走廊的地板和牛奶房的架子都擦洗了一遍。其实架子和走廊都没有必要清洗——可是玛丽拉还是要擦。然后她又出去用耙子耙院子。

做好午饭,玛丽拉站在楼梯口叫安妮。一张满是泪水的脸露出来,从栏杆处悲痛欲绝地向下望着。【名师点睛:此刻的安妮已经不抱一丝希望了,她悲痛欲绝。】

"下来吃饭,安妮。"

"我不想吃,玛丽拉。"安妮哽咽着说,"我什么也吃不下去。我的心已经碎了。我想您以后会因为伤了我的心而受到良心的谴责的,可是我原谅您,您觉得后悔的时候别忘了我原谅您了。【名师点睛:安妮的"提前原谅"再次暗示她是被冤枉的。】可您现在千万别让我吃什么东西,尤其是青菜煮肉。当一个人正处在痛苦之中,青菜煮肉实在太不罗曼蒂克了。"

玛丽拉气哼哼地回到厨房,向马修倾诉了她的苦恼,马修呢,早已被自己的是非感和对安妮不该有的同情折磨得痛苦不堪了。

"嗯,她是不该偷拿你的胸针,玛丽拉,更不该撒谎。"他承认道,满脸忧伤地盯着面前那盘一点儿都不罗曼蒂克的青菜煮肉,好像他与安妮一样,认为在情感出现危机的时候吃这菜很不合适。"可是她还是个小孩子——一个很好玩儿的小孩子。你不觉得她那么想去参加野餐,而你不让她去有点儿太残酷了吗?"【名师点睛:在马修的眼里,一枚胸针的价值已经比不上安妮的快乐了。】

"马修·卡斯伯特,你太让我吃惊了。我想我太轻饶她了。她一点儿也没意识到她到底有多坏——这最让我担心了。如果她真感到后悔,事情也不会这么糟。你好像也没意识到这一点;你一直在为她找理由——我能看出来。"

"嗯,她还是个小孩儿嘛。"马修无力地重复了一句,"你得给她留点儿余地,玛丽拉。你知道以前从来没人教育过她。"

"那好吧,她现在正在受教育。"玛丽拉反驳道。

即使这句话没有说服马修,他也无话可说了。那顿饭吃得很沉闷,只有雇来的那个小工杰里·伯特还是乐呵呵的,以至于玛丽拉狠狠地认为他的高兴是对她的侮辱。

玛丽拉洗完碗,发上做面包用的面团,喂了鸡,想起来她最好的那条黑透孔围巾裂了条缝,她是星期一下午从妇女劝助会回来摘围巾时发现的,她要把它缝好。

围巾装在她衣柜中的一个盒子里。当玛丽拉把它拿出来时,阳光穿过窗户四周密密的藤蔓照射在挂在围巾上的一个什么东西上面——它晶莹剔透,发出紫色的光芒。玛丽拉喘息着一把把它抓住。是那枚紫水晶胸针,钩在围巾的一根线上!【名师点睛:真相大白,安妮被冤枉了,玛

▶ 绿山墙的安妮

【丽拉该怎么办呢？】

"心肝宝贝儿，"玛丽拉不知所措地说，"这是怎么回事？我还以为胸针掉到巴里家的池塘里去了，它却好好地在这儿呢。那小姑娘怎么说她偷拿了还把它弄丢了呢？我敢说我相信绿山墙出了鬼了。我现在想起来了，星期一下午我摘掉围巾在梳妆台上放了一下，我猜胸针不知怎么地就钩上去了。天哪！"

玛丽拉拿着胸针来到东侧房。安妮刚才哭得很伤心，这会儿正垂头丧气地在窗边坐着。

"安妮·雪利，"玛丽拉严肃地说，"我刚刚发现我的胸针在黑围巾上挂着呢。现在我想知道今天早晨你前言不搭后语说的那些是什么意思。"

"哦，您说了您要把我关在这儿，直到我认错为止。"安妮疲惫地答道，"所以我决定认错，因为我非得去参加野餐不可。我昨天晚上上床后想出了一套认错的话，还尽量编得有趣。我背了一遍又一遍，把它牢牢记住了。可是您还是不让我去野餐，我的一番苦心全都白费了。"【名师点睛：自己的冤屈解除了，但安妮并没有反过来责怪玛丽拉，她是一个善良又大度的孩子。】

玛丽拉不禁笑了起来，可是她心里很过意不去。

"安妮，你真是没治了！不过是我错了——我现在明白了。我知道你从来不撒谎，我不该不相信你的话。当然了，你为自己没做的事认错赔礼也是不对的——这么做很不应该，但是，是我逼你这么做的。所以，如果你肯原谅我的话，安妮，我也原谅你，咱们就扯平了。好了，准备去参加野餐吧。"

安妮像火箭似的窜了起来。【名师点睛："火箭似的窜"起来，生动地表现出了安妮的激动与兴奋。】

"噢，玛丽拉，现在不晚吗？"

"不晚，现在才两点钟。他们肯定还没聚齐呢，还得过一个小时他们才会开始吃下午茶。你快去洗脸、梳头，穿上那件花格裙子。我给你把篮子装好，家里有好多烤好的东西。我让杰里把马套好送你去野餐的地方。"

"噢，玛丽拉，"安妮欢叫着飞跑向脸盆架，"五分钟前我还那么痛苦，我希望我从来没来过这世上，现在让我跟小天使换个位置我都不干！"

【名师点睛：只不过五分钟的差别，安妮的心情却发生了天翻地覆的变化，这是儿童才有的天真无邪。】

那天晚上，安妮虽然累得精疲力竭，但是满心欢喜地回到了绿山墙，她那快活劲儿简直无法描述。

"噢，玛丽拉，我今天玩儿得真带劲儿。带劲儿是我今天新学的词儿，我听见玛丽·艾丽丝·贝尔这么说来着。这词儿特别有表现力吧？一切都可爱极了。【名师点睛：野餐后的玛丽尽兴而归，而她的"演讲"才刚刚开始。】下午茶香极了，然后哈蒙·安德鲁斯先生带我们坐船在波光湖上兜了一圈——一次六个人。简·安德鲁斯差点儿掉下去，她探着身子去摘水仙花。如果不是安德鲁斯先生在那一刹那一把抓住她的腰带，她就掉下去了，还可能被淹死了呢。我真希望出这事的是我，差点儿被淹死实在太罗曼蒂克了，以后就有个耸人听闻的故事可讲了。我们还吃了冰激凌。我真想不出用什么词来形容那冰激凌。玛丽拉，我向你保证那味道棒极了。"

那天晚上，玛丽拉一边补袜子一边把事情的前前后后讲给马修。

"我愿意承认我犯了个错误，"她坦率地说，"可我吸取了教训。一想起安妮'认错'我就想笑，我知道不该笑，因为那都是她编的瞎话，不过这瞎话不像其他谎话那么糟糕。况且不管怎么说，这都是我的错。这孩子有些地方真让人捉摸不透。但是我相信她以后会有出息的。【名师点睛：玛丽拉从安妮的人品判断，她将来会是一个有所作为的孩子。】有一件事可以肯定，哪家有了她都不会闷得慌了。"

▶ 绿山墙的安妮

Z 知识考点

1.野餐会将在下个星期_____举办;但在星期一的傍晚,玛丽拉的_____却不见了;最后,是_____将丢失的物品找到了。

2.玛丽拉丢了东西,怎么也找不到,她只好把这件事告诉(　　)。

　A. 蕾切尔太太　　　　B. 马修　　　C. 戴安娜

3.当牧师宣布野餐会的消息时,安妮为什么兴奋得全身发冷?

_____

_____

_____

Y 阅读与思考

1.安妮为什么要承认错误?

2.那枚紫水晶胸针到底丢在哪里了?

第十五章
学校风波

M 名师导读

"紫水晶胸针"风波刚刚过去,安妮在学校里又惹出了"麻烦事儿"。而这次,她的麻烦可不小,还遭到了老师的羞辱,以至于她做出了退学的决定。这一切都是怎么回事呢?

"天气多好呀!"安妮说着,深深吸了一口气,"在这种天气里只要活着不就是挺好的吗?有的人还没出生,来不及感受这一天呢,我真可怜他们。当然他们也会赶上好天气,可永远没机会享受今天了。更妙的是能沿着这样可爱的一条路去上学,不是吗?"

"的确比走大路好多了,大路上又脏又热。"【名师点睛:安妮和戴安娜结伴上学,她们选择了一条没有人走,但是风景优美的小路。】戴安娜很认真地说,她瞥着饭篮,心里计算着要是把篮子里三个美味多汁的山莓酱馅饼分给十个姑娘,每人能吃上几口。

埃文利学校的小姑娘总是分享她们的午饭,要是谁自己独吞了三个山莓酱馅饼,或者哪怕只和她最好的朋友分吃,就会被永远说成是"特别小气"。可要是十个姑娘分这三个馅饼,每人分得的只够逗馋虫儿的。

安妮和戴安娜上学走的那条路的确很美,安妮觉得简直无法把漫步其中想象得更美了。要是走大路就不会这么浪漫了,要说浪漫的话,走"情人径""柳树塘""紫罗兰谷"和"白桦道"也很浪漫。【名师点睛:安妮真是一个富有想象力的孩子,这些美好的名字只有她能想出来。】

105

绿山墙的安妮

"情人径"自绿山墙果园脚下向上伸入树林中,一直通到卡斯伯特农场尽头。牛群沿着这条道被赶到后面的牧场去,冬天,木头也是沿着这条路被拖回家的。安妮到绿山墙不足一个月就给它取了名字叫"情人径"。

"并不是真有恋人从那儿走过,"她对玛丽拉解释,"可是我和戴安娜正在读一本极妙的书,里面有一条'情人径',所以我们也想有一条。这名字很美,您不觉得吗?多浪漫!简直想象得出恋人在那条小路上漫步,您知道。我喜欢那条小路,因为在那儿你可以自言自语,没人会说你发疯。"【名师点睛:安妮的天真烂漫,是很多世俗的人所不能理解的。】

安妮早上一个人上路,沿着"情人径"走到小河边,在那儿与戴安娜会合,两位姑娘在枝叶如盖的枫树下沿着小路走到一座独木桥。"枫树真热情,"安妮说,"它们总是沙沙作响,和你说悄悄话。"然后她们步出小径,穿过贝尔先生家后面的田野和"柳树塘"。过了"柳树塘"就是"紫罗兰谷",那是安德鲁·贝尔先生家树影婆娑的大片树林中的一小块葱茏的凹地。"现在那儿当然没有紫罗兰了,"安妮对玛丽拉说,"不过戴安娜说春天那儿有成千上万朵紫罗兰。噢,玛丽拉!您就不能想象您看到它们了吗?这简直叫我喘不上气来了。我叫它'紫罗兰谷'。戴安娜说我总取些异想天开的地名,还说这方面谁也比不上我。能在某个方面表现出聪明才智来挺不错的,不是吗?不过'白桦道'是戴安娜取的名。她想这么叫,我就随她便了。不过我肯定能想出个更富有诗意的名字,准比平平淡淡的'白桦道'要强,谁都能想出那么个名字。"【名师点睛:安妮聪明又富于幻想,但她并不霸道,戴安娜的名字取得不是最好的,但安妮依然接受了。】不过白桦道真是世界上最美的地方之一,玛丽拉。"

的确如此。别说安妮,其他人在踏上这条小路时也会这么想。这条小路狭窄曲折,直穿贝尔先生家的树林,而后蜿蜒攀上绵延的山丘。树林中,阳光从一道又一道翠绿的屏障筛落下来,滤得像钻石心一样纯净无瑕。【名师点睛:白桦道是个风景如画的地方,但只有懂得欣赏的人才

<u>能发现它的美。</u>】细嫩的白桦树沿途都是,树干洁白,枝条柔软。路旁长满蕨菜、七瓣莲、野百合以及一簇簇鲜红的鼠李。空中弥漫着令人愉快的芬芳气息,可以听到枝头上鸟儿悦耳的鸣啭,风儿擦过林梢的低语朗笑。如果你保持安静,时而会看到一只野兔蹦蹦跳跳地穿过小路——不过安妮和戴安娜是难得安静一会儿的。小路在山谷处和大路会合,登上遍植云杉的山丘就到学校了。

埃文利学校是一座粉刷成白色的建筑,屋檐低矮,窗户宽大。室内老式的掀盖课桌又好用,又结实。桌面刻满了姓名的缩写和信手涂鸦,都是在此就读的三届学生们的作品。校舍和大路有段距离,校舍后面有一片灰蒙蒙的冷杉树林和一条小溪。孩子们早晨都把牛奶瓶放在小溪中,这样到午饭时牛奶就会又凉又甜。

九月的第一天玛丽拉目送安妮去上学时心里着实不安,安妮是个古怪的孩子,她怎么能和其他孩子和睦相处呢?上课的时候她到底怎样才能管住自己不说话呢?

<u>不过情形比玛丽拉担心的要好,安妮晚上回来的时候兴高采烈的。</u>【名师点睛:这体现了安妮是一个天真善良的孩子,懂得如何与人相处。】

"我想我会喜欢这儿的学校的。"她宣布,"不过我觉得教师不怎么样。他总在卷他的小胡子,还朝柏莉西·安德鲁斯挤眉弄眼。你知道,柏莉西是个大姑娘了,她十六岁了,正准备参加明年夏洛特敦女王学校的入学考试。蒂利·博尔特说老师一门心思地迷上她了。她的肤色很好,一头棕色的卷发梳理得很高雅。她坐在后面的长椅上,他大部分时间也坐在那儿——他说是给她讲解功课,不过鲁比·吉利斯说她看见他在柏莉西的石板上写了些什么,柏莉西看完脸红得像个糖萝卜,还咪咪地笑,鲁比·吉利斯说她不相信这和功课有什么关系。"

<u>"安妮·雪利,别让我听你再这样说你的老师。"玛丽拉严厉地说,"你上学可不是为了批评老师的。我想他肯定能教给你些什么,你的任务就是学习。我要你现在就明白你不应该回家来就编他的故事,我不支</u>

107

绿山墙的安妮

持你这样做，我希望你是个好姑娘。"【名师点睛：玛丽拉是个严肃又正经的人，她希望安妮能够专心学习知识。】

"实际上我是的，"安妮轻松地说，"事情也不像您想象得那样糟。我和戴安娜坐在一起，我们的座位正靠着窗户，可以看到波光湖。学校里有很多不错的女孩子，午饭时大家一起玩儿，可带劲儿了，有这么多小姑娘和我一起玩儿真太好了。不过，我当然最喜欢戴安娜，永远最喜欢她。我比其他人都差得太远了，他们都读到第五册了，可我只读到第四册。我觉得这真丢人。不过我很快就发现他们的想象力都不如我。今天我们上了阅读、地理、加拿大历史和听写。菲利普斯先生说我的拼写真差劲儿，他举起我的石板让每个人都能看到，错的地方全都标出来了。我觉得很丢面子，玛丽拉，我还以为他会对陌生人客气些呢。鲁比·吉利斯给了我一个苹果，索菲娅·斯隆借给我一张可爱的粉红色卡片，上面写着：'我可以送你回家吗？'明天我就还给她。蒂利·博尔特让我戴了一下午她的珍珠戒指。我能不能把阁楼上的旧针插上的珍珠拆几粒下来给自己做个戒指？还有，噢，玛丽拉，简·安德鲁斯对我说明尼·麦克弗森告诉她，她听见柏莉西·安德鲁斯对萨拉·吉利斯说我的鼻子很漂亮。【名师点睛：安妮虽然是一个新来的，但是她已经很受同学们的欢迎了。】玛丽拉，这是我一生中听到的第一声赞美，您一定想象不出这给了我一种多么奇妙的感觉。玛丽拉，我的鼻子真的长得很漂亮吗？我知道您会跟我说实话的。"

"还不错。"玛丽拉简洁地说。她暗自觉得安妮的鼻子非常漂亮，不过她可不想这样对她说。

这是三周前的事，到目前一切都还顺利。现在，在这个清新的九月的早晨，安妮和戴安娜欢快地走在白桦道上，她们真是埃文利两个最快活的小姑娘。

"我想吉尔伯特·布莱思今天会来上学。"戴安娜说，"他到新不伦瑞克看他的表兄妹去了，去了整整一夏天，星期六晚上才回来。他特别英俊,安妮。他总爱捉弄女孩子,他简直把我们折腾死了。"

戴安娜的语气透露出她倒宁愿被吉尔伯特·布莱思折腾死。

"吉尔伯特·布莱思?"安妮说,"是不是和朱莉娅·贝尔的名字一起写在走廊墙上,上面写着大字'注意'的那个?"

"对,"戴安娜说,晃了晃脑袋,"不过我肯定他并不太喜欢朱莉娅·贝尔。我听他说过他是从她脸上的雀斑学的九九表。"

"噢,别跟我提雀斑,"安妮央求道,"我长了这么多雀斑,我不爱听这话。【名师点睛:安妮会不会因为脸上的雀斑而遭到吉尔伯特的嘲笑呢?】不过我的确认为在墙上写出注意某男生某女生实在是再傻不过了,我倒真想看看谁敢把我的名字和男生的写在一起。不过,当然啦,"她急忙添上一句,"没人会去写的。"

安妮叹了口气。她并不希望她的名字被写在墙上,可是一点这样的危险也没有也真有点寒碜。

"胡说!"戴安娜说,她那乌黑的眼睛和光滑的辫子早就搅乱了埃文利男孩儿们的心,她的名字常常引人注目地出现在走廊的墙上。"这不过是开玩笑罢了。而且你也别太肯定你的名字不会写在上面。查利·斯隆全然迷上你了,他告诉他妈妈——注意,是他妈妈——说你是学校里最聪明的女孩儿,这比只是漂亮要好多了。"【名师点睛:安妮被人所喜欢,不仅是她的外表,更因为她的聪明。】

"不,才不是呢。"安妮女人气十足地说,"我宁愿漂亮而不是聪明,而且我讨厌查利·斯隆,我受不了男孩子长着一双凸眼睛。要是有人把我和他的名字写在一起,我永远不会缓过劲儿来的,戴安娜·巴里。不过能在班里拔尖儿的确不错。"

"今天起吉尔伯特就上你们班了,"戴安娜说,"他一直都在班里拔尖儿,我告诉你。虽然他快十四岁了,可是才读到第四册。四年前他父亲病了,不得不去艾伯塔养病,吉尔伯特就跟他父亲一起去了。他们在那儿待了三年,回来以前吉尔伯特没怎么念书。今后你会发现要拔尖儿也

109

▶ 绿山墙的安妮

不大容易了,安妮。"

"我很高兴。"安妮马上说,"总在一群九岁、十岁的孩子中拔尖儿也没什么可骄傲的。昨天我站起来拼写'沸腾'这个词,乔西·派伊领了先,听清楚啊,她偷看书了,菲利普斯先生没看见——他正看柏莉西·安德鲁斯呢——可我看见了。我就轻蔑地冷冷扫了她一眼,她满脸通红,最后还是拼错了。"【名师点睛:安妮是个勇敢的孩子,她敢于蔑视丑恶现象。】

"派伊家的女孩到处骗人。"戴安娜愤愤地说,她们此时正翻过大路的护栏。"格蒂·派伊昨天居然把她的牛奶瓶放在我的老地方上了,你干过这种事吗?我现在都不跟她说话了。"

趁菲利普斯先生到教室后面听柏莉西·安德鲁斯念拉丁文,戴安娜对安妮悄悄说:"你边上隔着过道就是吉尔伯特·布莱思,安妮。你瞧瞧,他是不是很英俊?"

安妮看过去。那个吉尔伯特·布莱思正全神贯注地偷偷把坐在他前面的鲁比·吉利斯的黄色大辫子用别针别在椅背上,安妮正好可以好好观察他。【写作借鉴:照应前文,吉尔伯特果然是个爱作弄人的男孩。】他是个高个子男孩儿,棕色卷发,顽皮的淡褐色眼睛,嘴角总挂着戏弄的微笑。正在这时,鲁比·吉利斯站起来去问老师算术题,她叫了一声,跌坐在椅子上,以为自己的头发一定是被连根拔掉了。大家都看着她,菲利普斯先生更是严厉地盯着她,她哭了起来。吉尔伯特已经把别针偷偷拿下来了,他正装出一副世上最严肃的面孔读他的历史书。可是等骚乱平息下来后,他看看安妮,非常滑稽地挤了挤眼。

"我觉得你的吉尔伯特·布莱思的确很英俊,"安妮对戴安娜悄悄说,"可我觉得他太无礼了,朝一个陌生女孩儿挤眼是很不礼貌的。"

早上的事还不算什么,直到下午,麻烦事儿才真正发生了。【名师点睛:"麻烦事儿"是什么呢?是否与安妮有关呢?】

菲利普斯先生在后面的角落里给柏莉西·安德鲁斯讲解一道代数

110

题,他根本不管其他的存在,爱干什么就干什么,有的吃苹果,有的小声说话,有的在石板上画画,还有的赶着拴在线上的蛐蛐在过道里来回跑。

吉尔伯特·布莱思则试图让安妮·雪利看自己,却总不成功,因为此刻安妮不但忘了吉尔伯特·布莱思的存在,而且对埃文利学校的任何其他学生和学校本身的存在都忘记了。她两手托着腮,眼睛凝视着西窗外碧波粼粼的波光湖,思绪飞到了遥远迷人的梦幻之乡,除了美妙幻景,她什么也听不到,什么也看不见了。

吉尔伯特·布莱思从来用不着主动去吸引女孩子的注意,更不习惯于碰壁了。她,这个长着红头发、尖下巴和一双与埃文利学校其他女生都不同的大眼睛的雪利,也应该跟其他女孩一样看着他才对。

吉尔伯特跨过过道,抓起安妮的红辫子梢,向外拉出老长,尖声低语道:"胡萝卜!胡萝卜!"【名师点睛:吉尔伯特给安妮取的"绰号",不过是想引起安妮的注意而已。】

安妮盯着他,眼里闪着复仇的火焰!

她不只是盯着他。她跳了起来,美好的幻想都破碎了。她愤怒地瞥了吉尔伯特一眼,眼中愤怒的火花迅速化为愤怒的泪水。

"你这个卑鄙可恨的家伙!"她激动地叫道,"你竟敢这么说我!"

然后——啪!安妮举起石板向吉尔伯特头上拍去,把它拍裂——是石板,不是脑袋——成两半了。

埃文利学校的学生总爱看热闹,这回更是特别过瘾,大家都狂叫着。戴安娜简直喘不过气来了。鲁比·吉利斯本来就神经兮兮的,这时哭了起来。汤米·斯隆目瞪口呆地望着这场面,任凭他的蛐蛐跑了个精光。【名师点睛:安妮大胆地反抗,引发了班级里的混乱。】

菲利普斯先生大步走了过来,他的手重重地落在安妮的肩上。

"安妮·雪利,这是怎么回事?"他怒气冲冲地问。

安妮没有回答,想让她当着全体学生的面说自己被人叫作"胡萝卜",这要求也太过分了。倒是吉尔伯特勇敢地答道:

111

▶ 绿山墙的安妮

"是我的错,菲利普斯先生,我逗她来着。"【名师点睛:虽然吉尔伯特一向调皮,但他还是一个善良的孩子,敢于承认错误。】

菲利普斯先生没有理睬吉尔伯特。

"我很遗憾看到我的学生脾气这么暴躁,报复心这么强。"他的语气十分严肃,似乎只要是他的学生,就该把一切不良情感从那幼小不完善的凡人心态中根除掉。"安妮,去站到黑板前面的平台上,给我站到放学。"

安妮宁可挨鞭子也不愿受这种惩罚,这使她敏感的心灵如遭鞭挞颤抖不已。她服从了,面色苍白,表情固执。菲利普斯先生拿起粉笔在她头上方的黑板上写道:

安尼·雪利脾气暴躁,安尼·雪利必须学会克制脾气。

然后大声读了出来,连初级班不识字的学生也都明白了。【名师点睛:谁也没想到善良勇敢的安妮的名字也上了黑板,还是因为这样的一件事。】

下午放学前安妮就站在那儿,头顶上是评论她的文字。她没有哭,也没耷拉着头。怒火仍在她胸中燃烧,这使她能够忍受遭受羞辱的剧痛。无论是对戴安娜同情的注视、查利·斯隆愤怒的示意或是乔西·派伊恶意的微笑。她都同样报以怨恨的目光和涨红的脸颊。至于吉尔伯特·布莱思,她连看都不看他一眼。她永远也不会再看他一眼!她永远也不会和他说话!

放学后,安妮跨出教室,红红的脑袋扬得高高的。在走廊上吉尔伯特·布莱思试图拦住她。

"我非常抱歉,我不该拿你的头发开玩笑,安妮。"他悔恨地低声说,"我是真心的。好了,别再生气了。"【名师点睛:吉尔伯特一再道歉,看来他是真的认识到了自己的错误了。】

安妮轻蔑地快步走了过去,仿佛没有听见他的话。"噢,安妮你怎么能这样呢?"在她们回家的路上戴安娜叹道,半是责备半是羡慕。戴安娜觉得她绝不会拒绝吉尔伯特的恳求。

"我永远也不会原谅吉尔伯特·布莱思。"安妮坚定地说,"还有菲利普斯先生写我的名字还漏掉了'女'字旁,我的心都凉了,戴安娜!"

戴安娜一点儿也不明白安妮的意思,可她知道她的话很可怕。

"你千万别在意吉尔伯特拿你的头发开玩笑。"戴安娜安慰道,"唉,他跟所有的女生都开玩笑。他还因为我的头发太黑而嘲笑我呢,他喊我乌鸦喊了有十几遍了,我以前还从没听他为什么事道过歉呢。"

"叫人乌鸦和叫人胡萝卜有天壤之别。"安妮严肃地说,"吉尔伯特·布莱思极度地伤害了我的感情,戴安娜。"

倘若没有别的事情发生,这事也许很快就被淡忘了,不会再引起什么麻烦。可是事情一旦发生了,就很可能无休止。【名师点睛:埃文利学校还要发生什么"麻烦事儿"呢?真令人担心。】

埃文利的学生们中午常常翻过小山,穿过贝尔先生的大牧场,到他家的云杉林中采树胶果。在那儿他们可以监视埃本·赖特的房子,菲利普斯老师在那儿搭伙。一见到菲利普斯先生从那儿出来,他们就往学校跑。可是这段路比顺着赖特门前的路走要长三倍,所以尽管他们跑得上气不接下气,也总是要迟到三分钟左右。

第二天菲利普斯先生又突发改革奇想,在他回去吃午饭前宣布道,他希望他回来的时候看到所有学生都各就各位,谁迟到就罚谁。【名师点睛:交代事件的背景原因,为后文的"冲突"做铺垫。】

所有男生和一些女生照旧去了贝尔先生的云杉林。本来只是想待很短时间,"摘口吃的"就行了,可是云杉树林太迷人了,金黄的树胶果又那么可口,他们采摘着,游逛着。和往常一样,是爬到一棵古老的云杉树顶上的吉米·格洛弗大喊一声"老师出来了",他们这才意识到时间的飞逝。

女生们在地上玩,所以最先往回跑,总算及时赶回了学校,连一秒钟也没剩下。男生们得匆忙爬下树来,就晚了一些。最后往回跑的是安妮,她根本没有采树胶果,而是在树林尽头齐腰深的欧洲蕨中快乐地漫

113

▶ 绿山墙的安妮

步,轻轻地哼唱着,头上戴着野百合花冠,仿佛她是幻境中的旷野仙子。不过安妮跑得像鹿一样快,结果她顽童似的在校门口追上了那些男生,在菲利普斯先生挂帽子的当儿,和他们一起冲进了教室。

菲利普斯先生短暂的改革激情已经退潮了,他可不愿自找麻烦去惩罚十几个学生,可是他也得做点什么表示言而有信。他环顾四周想找个替罪羊,结果发现了安妮。安妮已经坐在座位上,大口大口喘着气,早忘掉她头上的百合花冠已经歪到了耳边,使她显得仪容不整,特别淘气。【名师点睛:"大口大口喘着气""百合花冠已经歪到了耳边"这一切都能看得出刚才安妮跑得有多么匆忙。】

"安妮·雪利,既然你似乎很喜欢和男孩子待在一起,今天下午我们就满足你的这个爱好。"他嘲弄道,"把头上的花儿拿掉,和吉尔伯特·布莱思坐在一起。"

别的男生哧哧地窃笑。戴安娜因为同情而面色苍白,她从安妮的头发上摘下了花环,捏了捏她的手。安妮盯着老师,仿佛变成了石头。

"你听见我的话了吗,安妮?"菲利普斯先生厉声质问。

"听见了,先生。"安妮缓缓说道,"可我想您不是认真的。"【名师点睛:面对老师的"羞辱",安妮并没有默默承受,而是勇敢地说出自己的不满。】

"我当然是认真的!"——仍旧是嘲讽的怪腔调,所有的学生都痛恨这腔调,安妮更是如此。他的话触人痛处。"立即照我说的做。"

有一阵子,安妮似乎打算违命。然而意识到这事无补,她傲慢地站了起来,跨过过道,坐在吉尔伯特·布莱思旁边,头埋在手臂里趴在桌上。她低下头的时候,鲁比·吉利斯瞥见她的脸,放学回家的路上她对别人说她"简直从没见过这样一张脸——这么苍白,布满了可怕的小红点儿"。

对安妮来说,这是世界末日。从十几个同样犯了错误的学生中被挑出来受罚就够倒霉了,更糟的是还要和一个男生坐一起,而这个男生偏偏是吉尔伯特·布莱思,这等于雪上加霜,让人无法忍受。安妮觉得她无法忍受这一切,努力是没有用的。她全身都受着羞愧、愤怒和耻辱的煎熬。【写作借鉴:夸张修辞,形象地表明了安妮此刻的糟糕心情。】

起初别的学生都观望着,私语着,窃笑着,用胳膊肘互相捅着,可是安妮总不抬头,而吉尔伯特只顾做分数题,似乎全身心都投入进去了,于是他们也就很快各干各的事,忘掉了安妮。菲利普斯先生宣布下历史课后,安妮本该走的,但是她没动,而菲利普斯先生上课前一直在写"献给普丽西拉"中的诗句,此时还在想某种固定的韵律,把安妮全忘了。有一次趁没人注意,吉尔伯特从桌子里拿出一块上面印着"你很可爱"几个金字的粉红色心形糖块,偷偷塞进安妮的臂弯下。安妮抬起了头,小心翼翼地用指尖拈起糖块,扔到地上,用鞋跟碾碎,然后恢复了原来的姿势,瞧都不瞧吉尔伯特一眼。

放学后安妮走回自己的课桌,引人注目地拿出里面所有的东西:书籍、纸簿、钢笔、墨水、圣约书、算术书,整整齐齐地摆在摔裂了的石板上。

"你把这些东西都带回家干吗,安妮?"她们刚走上大路,戴安娜就急着想知道,在这之前她没敢问。【名师点睛:看来安妮已经做出了一个新的决定,她打算退学了。】

"我不再来上学了。"安妮说。

戴安娜倒吸一口冷气,盯着安妮,看她说的是不是真话。

"玛丽拉会让你待在家里吗?"她问。

"她让也得让,不让也得让。"安妮说,"我再不去学校见那个人了。"

【名师点睛:这句话表明了安妮强烈的决心,这个惩罚对她来说是莫大的羞辱。】

"噢,安妮!"戴安娜看上去好像快哭了,"我真觉得你太自私了。我该怎么办哪?菲利普斯先生会让我跟可恶的格蒂·派伊坐在一起——我知道他会的,因为她现在一个人坐着。来上学吧,安妮。"

"戴安娜,我愿为你做世上几乎所有的事情,"安妮沮丧地说,"只要

▶ 绿山墙的安妮

对你有好处,把我扯碎都行。可这件事不成,求求你别说了,你让我心烦意乱。"

"想想你会失去的一切乐趣吧,"戴安娜悲叹道,"我们就要在小溪边造一所最可爱的新房子了,下星期我们要打球了,你还从来没打过球呢,安妮。【名师点睛:连这些最美好的事情也不能打动安妮了,她心意已决了。】那真是特别令人兴奋。我们还要学一首新歌——简·安德鲁斯正在练习呢。下星期艾丽斯·安德鲁斯会带来一本新的《潘西故事书》,我们要在小溪边一章一章地朗读。你也知道,你是特别喜欢朗读的呀,安妮。"

这些一点儿也没打动安妮,她已经下定决心了,她不会再去学校见菲利普斯先生了,她到家后就是这样跟玛丽拉说的。

"胡说!"玛丽拉说。

"根本不是胡说。"安妮说,她严肃而责备的目光紧盯着玛丽拉,"您难道不明白吗?我受到了侮辱。"

"胡说什么!你明天照常去上学。"

"噢,不,"安妮轻轻地摇摇头,"我不去,玛丽拉。我在家自学,我会尽量表现得好的。只要可能,我会一直不吱声的,可我肯定不会再去学校了。"

从安妮的小脸上玛丽拉看到一种特别不屈不挠的固执神情,她明白要说服她很困难,只能明智地决定暂时不再提此事。【名师点睛:安妮是一个倔强的孩子,但她并不是不讲理的,这个惩罚对她来说实在是不公平,所以她才如此坚持。】

"我今晚下山和蕾切尔商量一下,"她想,"现在和安妮讲理也没用。她太激动了,我知道她特认死理儿。从安妮的话里听得出菲利普斯先生做事情也够武断的,可是这么跟她说可不行。我只要和蕾切尔太太谈谈就行了。她的十个孩子都上过学,她该有些办法。【名师点睛:面对激动的安妮,玛丽拉并没有一味强迫她服从,而是积极地去讨教经验。】到这会儿,她也该都听说了。"

玛丽拉发现林德太太正像往常一样，愉快地起劲儿织着被子。

"我想你知道我为什么来找你。"她有点儿不好意思地说。

蕾切尔太太点了点头。

"我想是为安妮在学校捣乱的事吧。"她说，"蒂利·博尔特放学后顺路到我家来跟我说了。"

"我不知道该拿她怎么办了。"玛丽拉说，"她声称不再回学校了。我从没见过有哪个孩子这么激动。从她一上学我就知道她会惹麻烦的，我知道事情绝不会这么顺当。她太敏感了。蕾切尔，你看怎么办呢？"

"嗯，既然你问我，玛丽拉，"林德太太亲切地说——林德太太非常喜欢别人征求她的意见——"<u>我是你的话，我就先顺着她一阵子，这就是我的法子。我认为是菲利普斯先生的错。</u>【名师点睛：连蕾切尔太太都站在安妮这一边，可见菲利普斯先生的处理方式是多么的武断。】当然你知道，这么对孩子说是不行的，而且昨天他因为她发脾气惩罚她当然是对的。可今天就不一样，其他迟到的孩子也该和安妮一样受罚，就是这么回事。而且我不主张罚女孩和男孩坐在一起，这不正派。<u>蒂利·博尔特生气极了，她始终站在安妮一边，她还说所有的学生都站在安妮一边。安妮看样子在学生中很有点儿人缘。</u>【名师点睛：同学们也都站在安妮这边，一方面说明老师做得不好，另一方面也说明了安妮是个受欢迎的孩子。】我从没想到她会和大家相处得这么好。"

"那你是真的认为我最好让她待在家里了？"玛丽拉诧异地问。

"对，就是说，不再跟她提上学的事，直到她自己提出来。管保没错，玛丽拉，一个星期左右她就会冷静下来，主动要回学校了。就是这么回事。可是如果你逼着她马上回学校，天知道她又会有什么怪念头，发什么牛脾气，她会惹更多麻烦的。我看用不着大惊小怪的。在目前的情况下，她就是不上学也不会落下很多功课。菲利普斯先生当老师太不够格了，他根本维持不了秩序。就是这么回事。他不管那些小孩子，把时间都花在那些准备考女王学校的高年级学生身上。要是他叔父不是校董，

117

▶ 绿山墙的安妮

他根本不可能在学校再待一年。他叔父简直是唯一管事的校董,另外两个校董都让他牵着鼻子走,就是这么回事。我真不知道这个岛上的教育会发展成什么样。"

蕾切尔太太摇了摇头,简直就是在说只有她是这个省教育系统的头头,状况才会大为改观。

玛丽拉听从了蕾切尔太太的意见,没跟安妮提起去上学的事儿。安妮在家自习功课、干家务或是在秋日清冷的紫色暮霭中和戴安娜一起做游戏。但是每当她在路上或是在主日学校里遇见吉尔伯特·布莱思的时候,她就冷冷地和他擦肩而过,一脸鄙视的神情,丝毫不为他明显的祈求和意愿所打动,就连戴安娜的努力调解也不起作用。【名师点睛:安妮是一个勇敢的孩子,她敢爱敢恨,就算吉尔伯特不断道歉,也难以消除她的恨意。】显然安妮是下定决心要恨吉尔伯特一辈子了。

然而,她恨吉尔伯特有多深,她爱戴安娜就有多深,她以全部的爱心去爱戴安娜,在她那小小的感情丰富的内心里,爱憎都十分强烈。一天傍晚,玛丽拉从果园里摘了一篮苹果回来,发现安妮独自坐在东窗下,在黄昏的微光中痛哭。

"这是怎么啦,安妮?"她问道。

"是为了戴安娜,"安妮剧烈地抽泣道,"玛丽拉,我非常爱戴安娜。没有她我活不下去。可我很清楚等我们长大了,戴安娜就会结婚,就会离我而去。噢,我该怎么办呢?我恨她丈夫——我恨死他了。我都想象出来了——婚礼和所有的事情——戴安娜穿着雪白的礼服,戴着面纱,看上去像是美丽端庄的女王;而我是伴娘,也穿着漂亮衣服,带灯笼袖的,脸上挂着微笑,心却碎了。然后和戴安娜说再见——"说到这儿安妮完全垮了,哭得更伤心了。

玛丽拉赶忙转过身去,想隐藏她的笑脸,可是没成功,她跌坐在身边的一张椅子上,爆发出一阵尽情的大笑,这可是很少有的事儿,以至于马修走过院子时吃惊地停下了脚步。以前他什么时候听见玛丽拉这样大

笑过?【名师点睛:安妮的到来,确实给绿山墙带来了极大的变化,就连一向刻板的玛丽拉也变得跟从前不一样了。】

"唉,安妮·雪利,"玛丽拉一止住笑就说,"要是你一定要自寻烦恼,发发慈悲,就想想眼前的烦人事吧。我想你确实是富有想象力,一点不错。"

知识考点

1.埃文利学校是一座_____色建筑;学校里有很多孩子,他们性格各异:课堂上作弊的孩子是_____;而为安妮起绰号的孩子叫作_____。

2.柏莉西·安德鲁斯是一个(　　)岁的大姑娘了。
A. 17　　　　B. 18　　　　C. 16

3.为什么吉尔伯特一再道歉,但安妮却不理他?

_____
_____
_____

阅读与思考

1.安妮为什么把上学路过的那条道叫作"情人径"?

2.安妮为什么会讨厌吉尔伯特?

▶ 绿山墙的安妮

第十六章

下午茶风波

M 名师导读

在玛丽拉的建议下，安妮邀请戴安娜来到自己家中品尝下午茶。安妮热情极了，但因某些误会，戴安娜却喝醉了，而这又引起了一出新的闹剧……

绿山墙的十月美丽动人，山谷中的桦树变得灿如黄金，果园后的枫林则深红似火，小路边的野樱桃树换上了它们最迷人的深红色和铜绿色相间的秋装，割过青草的牧场沐浴在灿烂的阳光下。

安妮陶醉在这五彩的世界中。【名师点睛：绿山墙的景色果然优美，令人如痴如醉，就连读者也被这里的美好所感染。】

"嘿，玛丽拉，"一个星期六的早晨，她抱了一大把美丽的树枝欢叫着跑进屋，"我真高兴我生活在有十月份的世界里。如果我们从九月直接跳到十一月，那可就坏了，不是吗？看这些枫树枝吧，它们难道不让您怦然心动——激动好几次吗？我要用它们来装点我的房间。"

"什么乱七八糟的东西。"玛丽拉说，她的审美意识看来没有明显增强，"你从外面弄来的这些东西把房间搞得乱糟糟的，安妮，卧室可是用来睡觉的。"

"嗯，可也是用来做梦的呀，玛丽拉。您知道睡在放了美丽东西的房间里可以做好多好梦。我这就去把这些枝条插到那只旧的蓝罐子里，摆在桌子上。"【名师点睛：安妮和玛丽拉对生活有着截然不同的理解和向往。】

"那你得小心别把叶子掉得满楼梯都是,我今天下午要去卡莫迪参加劝助会的一个会,安妮,可能天黑了才会回来。你得给马修和杰里做晚饭,记住别像上次那样都上了饭桌才想起来泡茶。"

"我真不该忘,"安妮歉疚地说,"可是那天下午我绞尽脑汁想给紫罗兰谷取个名字,就把别的事都忘了。马修真是个好人,他一点儿都没怪我。他自己把茶沏上,还说等一会儿没什么关系。我们等茶的时候,我给他讲了个好听的童话故事,他一点儿都没觉得等的时间长。那个童话故事美极了,玛丽拉,可是我把结尾给忘了,就自己编了一个,马修说他听不出来我是从哪儿开始编的。"

"安妮,即便你要半夜起来吃饭,马修也不会有意见的。可是这次你可得当心着点儿。还有——我真不知道我做的是不是对的——这样你可能会更昏头了——你可以请戴安娜过来跟你玩一下午,在这儿吃下午茶。"【写作借鉴:玛丽拉建议安妮邀请戴安娜来家里吃下午茶,但她很担心出什么岔子,为后文情节埋下伏笔。】

"噢,玛丽拉!"安妮两手握在一起,"妙极了!您毕竟是有想象力的,否则您绝不会想到那正是我梦寐以求的事。太棒了,我可以当回大人了。【名师点睛:经过一段时间的相处和磨合,安妮已经逐渐融入这个新的家庭,成为这个家庭的一分子了。】我有伴儿的时候,不用担心会忘了沏茶。哦,玛丽拉,我可以用那套玫瑰花茶具吗?"

"不行,绝对不行。玫瑰花茶具!哼,你还想要什么?你知道除了牧师或劝助会的人来,我从来不用那套茶具的。你就用那套褐色的旧茶具。你可以打开那个小黄罐,里面有樱桃酱。那东西现在也该吃了——我想它差不多好了。你可以切点儿水果蛋糕,吃点儿饼干和小脆饼。"

"我现在就能想象得出我坐在桌子上倒茶的样子,"安妮一边说一边欣喜地闭上眼睛,"还要问问戴安娜要不要加糖!我知道她从不加糖,可是我当然得像什么都不知道似的问她。然后劝她再吃一块水果蛋糕或者再尝点儿果酱。噢,玛丽拉,想想就已经美妙极了,她来了我能带她到

121

> 绿山墙的安妮

客房挂帽子,然后再到客厅坐会儿吗?"

"不行。你和你的客人去起居室就行了。对了,还有那天晚上教堂联欢会剩下的半瓶木莓甜酒,在起居室柜橱的第二格上。你和戴安娜如果喜欢,下午可以喝点儿,还可以就着饼干。【名师点睛:正是这"无关紧要"的甜酒,引起了后面的风波。】我敢说马修很晚才会回来吃下午茶,他正忙着装车拉土豆呢。"

安妮飞跑着穿过山谷和树神泡泡泉,上了长着云杉的小路,来到果园坡,邀请戴安娜去吃下午茶。【名师点睛:"飞跑着"写出了安妮的急切和兴奋之情。】于是,在玛丽拉刚赶着车去了卡莫迪后,戴安娜就来了。她穿着她第二漂亮的衣服,看上去很得体,很像应邀去喝茶的样子。平时,她总是直接跑进厨房,连门也不敲,可这次她规规矩矩地敲了敲大门。安妮也一本正经地打开门,她也穿着她第二漂亮的那套衣服,两个小姑娘像模像样地握手寒暄,好像是初次见面。在这种极不自然的严肃气氛中,戴安娜被带到东侧房挂好帽子,然后又在起居室里端端正正地坐了十分钟。

"你母亲还好吧?"安妮礼貌地问道,就好像那天早晨她没看见巴里太太蛮健康蛮精神地摘苹果似的。【名师点睛:两个孩子一本正经的举动和寒暄,令人发笑,但也体现了她们对这次聚会的重视。】

"她很好,谢谢你。我想卡斯伯特先生今天下午拉土豆去百合沙滩了,是吧?"戴安娜问道,实际上那天早晨她就是搭马修的马车去的哈蒙·安德鲁斯先生家。

"是的。我们今年土豆收成不错,我希望你父亲的土豆收成也很好。"

"还好,谢谢。你们已经摘了很多苹果吗?"

"噢,摘了不少。"安妮答道,她这会儿忘了要注意风度,一下子跳了起来,"咱们去果园摘点儿苹果吧,戴安娜。玛丽拉说我们可以把树上剩下的全吃光。玛丽拉很大方,她说我们下午茶可以吃水果蛋糕和樱桃酱。不过告诉客人你要给他们吃什么可不太礼貌,所以我不会告诉你玛丽拉让我们喝什么的。我只想告诉你它的名字是木什么甜什么,是鲜红色的。我喜欢鲜红色的饮料,你呢?它比任何别的颜色的饮料要好喝一倍。"【名师点睛:安妮"无意"的隐瞒,为后文的情节设置了铺垫。】

　　果园里好玩儿极了,树枝沉甸甸的,被果子压得快弯到了地上。两个小姑娘大半个下午都泡在园子里。她们坐在一个杂草丛生的角落里,那里的绿色没有受到霜降的影响,秋日柔和的阳光暖融融地照在她们身上,她们尽情地吃着苹果,聊着天。戴安娜要告诉安妮学校里的好多事。她不得不跟格蒂·派伊坐在一起,她一点儿都不愿意,格蒂的铅笔老是咯吱咯吱地响,使戴安娜不寒而栗。克利克来的玛丽·乔给了鲁比·吉利斯一块有魔力的鹅卵石,你信不信,鲁比用它把身上的疣都消掉了。你得用鹅卵石磨身上的疣,然后再在新月的时候,把它抛过左肩,这样疣就会全部消失。查利·斯隆和艾姆·怀特的名字被一起写在走廊的墙上了,艾姆·怀特气得火冒三丈;萨姆·博尔特在课堂上跟菲利普斯先生顶嘴,菲利普斯先生抽了他一顿,后来萨姆的爸爸到学校来,威胁菲利普斯老师说看他再敢碰他孩子一个手指头;马蒂·安德鲁斯有一条新的红头巾和一条带流苏的蓝披肩,她戴头巾的劲头儿可真让人恶心;利齐·赖特不跟玛米·威尔逊说话了,因为玛米·威尔逊的大姐击败了利齐·赖特的大姐,把她男朋友抢走了。大家都很想念安妮,希望她能回到学校来,还有吉尔伯特·布莱思——可是安妮不想知道吉尔伯特·布莱思的事儿,【名师点睛:"校园风波"过去有一段时间了,但安妮依然不能原谅吉尔伯特。】她一下子蹦起来说她们该进屋去喝点儿木莓甜酒了。

　　安妮看了看食品室的第二层架子,可是上面根本没有木莓甜酒。她在最顶层架子的里头找到了它。安妮把酒放在托盘里端到桌子上,还带了个平底酒杯过来。

　　"好了,请随便用吧,戴安娜。"她斯斯文文地说,"我这会儿觉得一点儿也不想喝,吃了这么多苹果,我似乎什么也不想吃了。"

123

▶ 绿山墙的安妮

戴安娜给自己倒了一满杯，欢喜地看着那明亮的红色，文雅地轻轻咂了一口。

"这木莓甜酒实在棒极了，安妮。"她说，"我以前从来不知道木莓甜酒这么好喝。"【名师点睛：因为觉得甜酒好喝，所以，戴安娜不自觉地就多喝了几杯。】

"你喜欢我真高兴，你随便喝吧。我得赶紧出去拨拨火。当家人就是有好多事要做，你不觉得吗？"

安妮从厨房回来，戴安娜正在喝第二满杯木莓甜酒，在安妮的恳请之下，她没怎么推辞就又喝了第三杯。平底杯容量可不小，而这木莓甜酒又实在味道好极了。

"这是我喝过的最好的酒，"戴安娜说，"比林德太太的酒好喝多了，她还吹牛她的酒如何如何好呢。这酒的味道跟她的一点儿不像。"

"我觉得玛丽拉的木莓甜酒可能比林德太太的强得多。"安妮忠心耿（gěng）耿[忠诚的样子]地说，"玛丽拉做吃的是出了名的。她试图教会我做饭，可是我向你保证，戴安娜，这活儿太难了。做饭这活儿一点想象空间都没有，你只能照规矩去做。上次我做蛋糕忘记了放面粉，我在编关于咱们俩的最最有趣的故事，戴安娜。我想象你得了天花，病入膏（gāo）肓（huāng）[意为病情严重，无法医治，借以比喻事情到了无法挽救的地步]，所有人都不要你了。只有我挺身而出，照顾护理你，使你重新恢复了健康，然后我又染上了天花死去了，被埋在墓地里的白杨树下，你在我的墓边种了丛玫瑰，用你的泪水来浇灌它：你永远永远不会忘记你儿时的这位为你牺牲了生命的朋友。啊，这故事实在太凄婉动人了，戴安娜。我搅拌蛋糕糊的时候，泪水就在我脸上流淌。可是我忘了加面粉，蛋糕做得一塌糊涂，你知道加面粉对做蛋糕是非常重要的。玛丽拉很恼火，我可以理解她的心情。我对她来说实在是个讨厌鬼。上星期布丁酱的事让她很丢面子。星期二晚上我们吃了葡萄干布丁，布丁没吃完剩了一半，还剩了一罐酱。玛丽拉说还够再吃一顿的，她让我把它放到食品室的架子上盖好。我真很想把它盖好,戴安娜,可是当我端着它往屋里走时,我想象着自己是个修女——当然啦,我是新教徒,可是我想象自己是天主教徒——我去当修女,隐居在修道院里,把我破碎的心埋葬在那儿。我把盖布丁酱的事全忘了。第二天早晨想起这事,赶紧跑到食品室去看。戴安娜,我看到一只老鼠淹死在布丁酱里了!你保准想象不出来我给吓成什么样儿了。我用勺子把耗子挑出来扔到院子里,然后把勺子洗了三遍。玛丽拉出门挤牛奶了,我很想等她回来时问她是不是该把酱倒给猪吃。可是她进来那会儿我正在想象我是个冰霜仙女,正穿过树林。把树木变成红色或黄色,它们想变成哪种颜色都行,所以就根本没有想起布丁酱的事,后来玛丽拉就叫我出去摘苹果了。嗯,那天上午切斯特·罗斯先生和他太太从斯潘塞维尔镇来了。你知道他们都很时髦,尤其是切斯特·罗斯夫人。玛丽拉叫我进去的时候,饭菜都准备好了,大家也都坐好了。我尽量显得很有礼貌,很端庄,因为我想让切斯特·罗斯夫人看我像个淑女,尽管我不漂亮。一切进展顺利,可就在这时我看到玛丽拉一手拿着葡萄干布丁,另一只手拿着那罐加了热的布丁酱走了出来。戴安娜,那一刻实在太可怕了,我一下子什么都想起来了,我就从座位上站起来,尖叫道:'玛丽拉,布丁酱不能吃,有只耗子掉在里面淹死了,我先前忘了告诉您。【名师点睛:安妮善良而纯真,常常冲动地做一些"不得体"的事。】'唉,戴安娜,我就是活到一百岁也不会忘记那可怕的一刻。切斯特·罗斯夫人就那么看着我,我羞得真想找个地缝钻进去。她是个很能干的主妇,想想她该怎样看我们呀。玛丽拉的脸变得通红,但是当时她什么也没说。她只是把酱和布丁端走,又端来些草莓酱,还给我盛了点儿呢,可是我一口也吃不下,我惭愧得不行。切斯特·罗斯夫人走后,玛丽拉狠狠地把我教训了一顿。喂,戴安娜,你怎么了?"

戴安娜晃晃悠悠地站了起来,然后又坐下了,把手支在头上。

"我——我难受极了,"她说,有点儿口齿不清,"我——我——得马上回家。"【名师点睛:此时的戴安娜的样子和口气说明她已经醉了。】

125

▶ 绿山墙的安妮

"噢,你可不能没吃茶点就想回家呀,"安妮失望地说,"我马上就端上来——我这就摆上茶。"

"我得回家。"戴安娜重复道,她昏昏沉沉但很坚决。

"好歹让我给你弄点儿吃的吧,"安妮乞求着,"我给你吃点儿水果蛋糕和樱桃酱。在沙发上躺一会儿你就会好些的,你哪儿不舒服呀?"

"我得回家。"戴安娜又说,她只能说这一句话了。安妮还在徒劳地乞求着。【名师点睛:戴安娜反复要求"回家",说明她身体已经很不舒服了。】

"我从来没听说过让客人没吃茶点就回家。"她伤心地说,"噢,戴安娜,你觉得你真的会染上天花吗?如果那样,我会去照顾你的,请放心,我绝不会抛弃你的,可我真希望你能吃过茶点再走。你哪儿不舒服?"

"我头晕得很。"戴安娜说。

确实,她走路都摇摇晃晃的。安妮眼里转着失望的泪珠,拿来戴安娜的帽子,一直把她送到巴里家院子的栅栏外面。然后她一路哭着回到绿山墙,她伤心地把剩下的木莓甜酒放回食品室,兴致索然地为马修和杰里备好茶。

第二天是星期天,从早到晚大雨倾盆,安妮在家待了一天。星期一下午玛丽拉有点儿事让她去林德太太家一趟,她没多大一会儿就从小路跑回来了,满脸是泪。她冲进厨房,痛不欲生地一头栽到沙发上。【名师点睛:"没多大一会儿""冲"等词语似乎暗示着安妮又受到委屈了。】

"又出什么事情了,安妮?"玛丽拉满腹狐疑地问,"我真希望你没又对林德太太无礼。"

安妮没有答话,只是号啕大哭。

"安妮·雪利,我问你话,你就该回答。马上坐起来告诉我你哭什么。"

安妮坐了起来,悲痛欲绝。

"林德太太今天去巴里太太家了,巴里太太正在大发雷霆。"她哭着说,"她说我星期六把戴安娜灌醉了,她回家时很不像样子。她说我肯定是一个坏透顶了的孩子,她永远永远也不让戴安娜跟我一起玩儿了。唉,玛丽拉,我真难过死了。"【名师点睛:安妮再次受了委屈,但她更担心的是要失去戴安娜这个朋友了。】

玛丽拉惊愕地瞪大眼睛。

"把戴安娜灌醉了!"她回过神来后说,"安妮,是你疯了还是巴里夫人疯了?你到底给她喝什么了?"

"只不过是木莓甜酒,"安妮哽咽着说,"我从来没想到木莓甜酒会把人灌醉,玛丽拉——即使有人像戴安娜那样喝三大杯,我也没想过他们会醉。噢,这听起来这么——这么像托玛斯太太的丈夫,可是我根本没想把她灌醉。"

"什么灌醉不灌醉的!"玛丽拉说着,大步走去看食品室。架子上有一瓶酒,她一眼就认出来那是她存放了三年的自制无核小葡萄干酒,她还因为这酒在埃文利受到过赞美,不过也有些古板人士,其中包括巴里太太,极不喜欢这酒。这时玛丽拉想起来她把那瓶木莓甜酒放在地窖里了,而不是像她告诉安妮的那样放在食品室里了。

她手里拿着那瓶酒回到厨房,脸不由自主地抽搐着。

"安妮,你可真能捅娄子。你给戴安娜喝的是葡萄干酒,不是木莓甜酒。你不知道它们不一样吗?"【名师点睛:"醉酒"的原因终于弄清了,可安妮明显不是故意的。】

"我一点儿没尝,"安妮说,"我以为是甜酒呢。我想表现得特别——特别——好客。戴安娜感觉很不舒服,只好回家了。巴里太太告诉林德太太说戴安娜醉得很厉害。她妈妈问她是怎么回事,她只知道傻笑,然后就睡着了,睡了好几个小时。她妈妈闻了闻她的呼吸,知道她是喝多了。她昨天头痛了一天。巴里太太气坏了,她会永远认定我是成心这么干的。"

"我倒觉得她更应该责备戴安娜不该这么贪杯,不管喝什么也不该喝三大杯。"玛丽拉立刻说,"哼,即使是甜酒她连喝三大杯也会不舒服的。行了,那些怨我酿出这种葡萄干酒的人,这回可有了话柄了,其实自

127

绿山墙的安妮

从我得知牧师不喜欢这种酒,我已经有三年没酿了。我留着这瓶只是为了治病。好了,好了,孩子,别哭了。我很遗憾发生了这种事,但是我觉得不该怪你。"

"我得哭,"安妮说,"我的心都碎了。命运总跟我作对,玛丽拉。我和戴安娜永远也不能相见了。噢,玛丽拉,当我们第一次为我们的友谊发誓的时候,我做梦也想不到会发生这种事。"【名师点睛:想起最初两人发誓的场景,现在的安妮肯定失望透顶了。】

"别犯傻了,安妮。巴里太太知道了实际上不是你的错,就会改变态度的。我猜她以为你是恶作剧什么的,你最好今天晚上去她家一趟告诉她事情的真相。"

"一想到要面对戴安娜受到伤害的妈妈,我就一点儿勇气都没了。"安妮叹了口气,"我希望您能去一趟,玛丽拉。您比我有身份多了,她可能更相信您说的话。"

"好吧,那我就去一趟。"玛丽拉说,也想这样做也许更明智些,"别再哭了,安妮,一切都会好的。"

玛丽拉从果园坡回来就明白了并不是一切都会好的。安妮在等她,一看见她便飞跑到门廊来迎接。

"噢,玛丽拉,从您的脸色我就能看出来没什么用。"她伤心地说,"巴里太太不肯原谅我?"【名师点睛:安妮非常在意结果,所以当她看到玛丽拉的表情时,感觉伤心极了。】

"巴里太太,哼!"玛丽拉厉声说,"所有我遇到过的不讲理的女人中,她是最不讲理的一个。我告诉她这件事完全是误会,不能怪你,可她就是不相信我。她翻来覆去地唠叨我的葡萄干酒,还说我总是如何如何声称它不会对任何人有任何伤害。我跟她直说了葡萄干酒并不是给人一次喝三大杯的,如果我的孩子这么贪嘴,我就狠狠揍她屁股让她清醒清醒。"

玛丽拉快步走进厨房,心里很烦,丢下个失魂落魄的安妮站在门廊里。安妮突然走了出去,帽子都没戴。秋天的傍晚很是寒冷,她步伐坚定地跨过木桥,走过干枯的苜蓿地,穿过云杉林。一弯苍白的低低悬挂在西天的月亮照着树林。巴里太太听到有人小心翼翼地敲了一下门,她出来开门,发现门口站着安妮,她嘴唇发白,目光急切,满脸哀求的神情。

巴里太太脸色顿时阴沉下来,她对别人的成见和憎恶是很深的,她的怒火常常憋在心里,因此很难熄灭。说句公道话,她确实认为安妮绝对是蓄意把戴安娜灌醉的,她是真的急于把自己的小女儿保护起来,免得和安妮这种孩子继续密切来往而受到毒害。【名师点睛:巴里太太态度恶劣,安妮会不会失去戴安娜这个最好的朋友呢?】

"你要干什么?"她生硬地问。

安妮的双手握在一起。

"噢,巴里太太,请原谅我吧。我没想把——把——戴安娜灌醉。我怎么会那么做呢?您可以想象如果您是个可怜的小孤女,被好心人收养了,而这世界上您只有一个知心朋友,您觉得您会故意把这个朋友灌醉吗?我以为那瓶酒是木莓甜酒呢,我坚信它是木莓甜酒。噢,求求您了,别说您再也不让戴安娜跟我玩儿了吧。如果您这么说,您就会给我的生活罩上一层悲哀的黑云的。"

这番话可能会使善良的林德太太心肠马上软下来,可是对巴里太太毫无作用,反倒使她火气更大了。【名师点睛:对比之下,巴里太太真是一个蛮不讲理、很难对付的人。】她怀疑安妮用的那些夸张的字眼和戏剧化的手势,以为这孩子在耍弄她,于是她冷酷地说:

"我觉得你不适合和戴安娜一起玩儿。你最好回家去,放规矩点儿。"

安妮的嘴唇颤抖了。

"您能让我再见戴安娜一面跟她道个别吗?"她哀求着。

"戴安娜跟她爸爸去卡莫迪了。"巴里太太说,她转身进屋关上了门。

安妮回到绿山墙,因绝望而变得平静下来。

"我的最后一线希望破灭了。"她告诉玛丽拉,"我去见巴里太太了,

▶ 绿山墙的安妮

她对我很厉害。玛丽拉,我不认为她是个有教养的女人。除了祈祷没别的办法了,可是我对祈祷也不抱什么希望,玛丽拉,我想上帝本人对巴里太太这么固执的人也不会有什么办法的。"

"安妮,你不该这么说。"玛丽拉训斥道,她努力克制自己不要笑出来,她真奇怪自己怎么这时候又想笑了。不过,她那天晚上对马修讲起这件事时,着实为安妮的忧伤大笑了一场。

可是她在睡觉前溜进东侧房时发现安妮是哭着睡着的,一种陌生的温柔浮上她的面颊。

"可怜的孩子。"她低声说,把一绺松软的卷发从孩子孩子泪迹斑斑的脸上撩开,接着俯下身去,亲了亲枕头上那张通红的小脸蛋。【名师点睛:玛丽拉看安妮的眼神越来越像一位母亲了。】

Z 知识考点

1. "下午茶风波"发生在星期_____的下午。戴安娜来安妮家中做客,安妮请她品尝甜酒,戴安娜认为玛丽拉酿的甜酒比_____的好喝。

2. 判断题。戴安娜认为安妮给她的木莓甜酒非常好喝,所以一连喝了几杯。(　　)

3. 为什么安妮从林德太太家回来后感觉"难过死了"?

_____
_____
_____

Y 阅读与思考

1. "下午茶风波"到底是怎么回事?

2. 关于戴安娜醉酒问题,玛丽拉是如何看待的?

第十七章

新的生活乐趣

名师导读

在巴里太太的阻止下,安妮失去了她最好的朋友戴安娜。失魂落魄的安妮只好重新返回学校,不过她依然受到同学们的欢迎和喜欢,这似乎让她暂时忘掉了一些烦恼……

第二天下午,安妮坐在厨房窗前,埋头做着针线活。她偶然向窗外瞥了一眼,发现戴安娜在树神泡泡泉边神秘兮兮地向她招手。眨眼间安妮就出了房子,飞快向山谷下跑去,表情丰富的脸上交织着惊奇和希望。【名师点睛:"眨眼间""飞快"等词写出了安妮飞奔出去的动作,她已经开始思念戴安娜了。】但是看到戴安娜一脸的忧伤,她的希望破灭了。

"你妈妈发善心了?"她气喘吁吁地问。

戴安娜沮丧地摇摇头。

"没有,唉,安妮,她说再也不许我和你一起玩儿了。我哭呀,哭呀,告诉她那不是你的错,可全都没用。我好不容易才说服她让我来跟你告个别。她说只能待十分钟,还给我掐着表呢。"【名师点睛:戴安娜的神情和语言"浇灭"了安妮的希望之火,她绝望透顶。】

"用十分钟道永别太短了。"安妮眼泪汪汪地说,"哦,戴安娜,你愿意发誓永远不忘记我,你儿时的朋友,不管你身边有多亲近的朋友对你好吗。"

"我当然愿意。"戴安娜抽泣着说,"我再也不会有别的知心朋友

▶ 绿山墙的安妮

了——我不想再有了。我不能像爱你一样爱任何人了。"

"噢,戴安娜,"安妮双手紧握在一起,喊了起来,"你爱我吗?"

"哦,我当然爱你啦,你难道不知道吗?"

"我不知道。"安妮深深吸了一口气,"我当然知道你喜欢我,可是我从来没指望你爱我。哦,戴安娜,我觉得谁也不会爱我的,从我记事起还没有人爱过我呢。噢,这太好了!你的爱是一道阳光,它将永远照亮与你分别后的道路,戴安娜。哎,请再说一遍爱我吧!"

"我真心真意地爱你,安妮,"戴安娜坚定地说,"相信我,我会永远爱你。"

"戴安娜,我也会永远爱妳,"安妮说,庄严地伸出手来,"就像我们一起刚读过的那个故事说的,未来的日子里,对你的怀念会像星辰一样照亮我孤寂的生活。戴安娜,在这分离的时刻,你能不能给我你的一绺黑发让我永远珍藏?"

"你有剪头发的东西吗?"戴安娜问。刚才安妮的一番话太感人了,戴安娜又泪流满面了,这时她擦掉泪水,回到实际问题上来。

"有的,还好我围裙兜里有做针线用的剪刀。"安妮说。她郑重其事地剪下了戴安娜的一绺卷发。"永别了,我的好伙伴。从今以后我们虽然彼此近在咫(zhǐ)尺[形容很近的距离]却要形同路人了,但是我的心将永远忠于你。"

安妮站在那儿看着戴安娜渐渐走远,每次戴安娜回过头来,安妮都伤感地向她挥手。然后安妮回到家里,没有从这次浪漫的分别中得到一丝安慰。

"全完了。"她告诉玛丽拉,"我再也不交朋友了。现在是我最倒霉的时候,我连凯蒂·莫里斯和维奥莱达都没有了。即便有也不一样了。不管怎么说,有过一位真正的朋友,梦中的女孩总归不能让人满足了。我和戴安娜在泉边道别的情景太感人了,在我记忆里,它将永远是神圣的。我用了我能想到的最富感情色彩的词,还说了'妳',这似乎比直接说'你'

132

浪漫多了。戴安娜送给我一绺头发,我要把它缝在一个小袋子里,一生一世挂在脖子上。请您把它同我埋葬在一起,我想我活不了太长。或许看到我死后冰冷地躺在那里,巴里太太会为她所做的事后悔,让戴安娜来参加我的葬礼。"

"安妮,只要你还能讲话,我就认为你不太可能因悲痛而死。"玛丽拉无动于衷地说。

下一个星期一,玛丽拉吃惊地看到安妮从她房间下楼来,胳膊上挎着书篮子,嘴唇坚定地抿成一条线。

"<u>我要回学校去上课,</u>"她宣布,"<u>既然我的朋友被无情地拖走了,我的生活中只剩下这件事好做了。在学校里我还可以看见她,重温以往的日子。</u>"【名师点睛:安妮的生活别无寄托,安妮只能重新回到学校,因为那里还能看到戴安娜。】

"你还是温习一下你的功课和算术吧!"玛丽拉说,掩饰着她对这一事态进展的喜悦,"如果你回学校上课,我可不希望再听到你用写字板砸人家脑袋之类的事情。好好上学,听老师的话。"

"我要争取做个模范生。"安妮无精打采地附和着,"我想,做个好学生没多大意思。菲利普斯先生说明尼·安德鲁斯是模范生,可是她一点儿想象力和生气都没有。她枯燥无味,死气沉沉,从来没痛痛快快地玩儿过。可我现在这么不快活,做个模范生不会难了。我走大路去学校,独自走白桦道,我可受不了。要是从那儿走,我会伤心落泪的。"

<u>安妮回到学校受到了热烈的欢迎。孩子们在做游戏的时候,非常怀念她的想象力;唱歌的时候,非常怀念她的嗓音;吃饭的时候,非常怀念她绘声绘色的朗诵。</u>【名师点睛:"孩子们的想念"是安妮最好的证明,她是一个非常优秀的学生。】在读圣约书时,鲁比·吉利斯偷偷塞给她三个青李子;埃拉·梅·麦克弗森给了她一张从花卉目录封页上剪下来的大黄蝴蝶花——在埃文利学校这种书桌饰物可是宝贝呢。索菲娅·斯隆提出教她织一种很漂亮的新式花边,做围裙的花边尤其好看。卡蒂·博

▶ 绿山墙的安妮

尔特送她一只香水瓶,用来装擦写字板的水。朱莉娅·贝尔在一张带扇形边的淡粉色纸上精心地抄写了下面一段充满情感的话:

　　致安妮,

　　当黑夜降下帷幕,

　　当夜空升起星辰,

　　请记住你有一个朋友,

　　虽然她可能浪迹天涯。

"受大家赏识真是太好了。"那天晚上安妮欢喜地对玛丽拉感慨道。

"赏识"安妮的不光是女生。她吃过午饭回到座位上时——菲利普斯先生让她和模范生明尼·安德鲁斯同桌——她发现桌上有个又大又香的"紫红苹果"。安妮抓起苹果刚要咬,忽然记起埃文利唯一长紫红苹果的地方是波光湖对岸的老布莱思果园。安妮扔掉苹果,好像那是一块烧红的炭,还惹眼地用手绢擦了擦手指。苹果一直放在她桌上没动,第二天早上,负责打扫卫生和生火的小蒂莫西·安德鲁斯把它当作外快独吞了。不过安妮倒是收下了查利·斯隆午饭后送来的石板笔,笔用花里胡哨的红黄条纸缠着,这种笔两分钱一支,而普通的只要一分钱。她很高兴,彬彬有礼地收下了,对查利报之一笑,谁知这一笑竟让这位对她倾心的少年乐得忘乎所以,听写错误百出,放学后被菲利普斯先生留下重写。

<u>安妮没有收到和格蒂·派伊同桌的戴安娜·巴里的任何东西,她也没和安妮打招呼,这给安妮小小的胜利添了几分苦涩。</u>【名师点睛:安妮和戴安娜并没有互赠礼物,她们的友谊似乎真的中断了。】

"戴安娜可能只对我笑了一下,我想。"她那天晚上悲哀地对玛丽拉说。可是第二天早晨,一张叠得非常仔细好看的字条和一个小包传到安妮手里。

字条上写道:

　　<u>亲爱的安妮,妈妈说就是在学校里我也不能和你一起玩儿,或者说话。这不是我的错,你别生我的气,因为我和以前一样爱</u>

134

你。我非常想你，想把我所有的秘密告诉你，我一点儿也不喜欢格蒂·派伊。我用红色香水纸给你做了个新书签，现在这种书签可流行了，学校里只有三个女孩儿会做。你看到书签时请记住我。【名师点睛：原来戴安娜没有忘掉自己，她还偷偷给安妮送来了一枚新书签。】

你忠实的朋友
戴安娜·巴里

安妮看完字条，吻了吻书签，然后迅速写了张字条传给另一边的戴安娜。

我亲爱的戴安娜：

　　我当然不会生你的气，因为你得听你妈妈的话。我们可以用心来交谈。我会永远保留你送给我的可爱的礼物。明尼·安德鲁斯是个很好的女孩儿——虽然她一点儿想象力也没有——可是在成了戴安娜的知心朋友以后，我不会做明尼的知心朋友。虽然我的拼写进步了不少，可还是不行，要是有错，请你原谅。

你的至死不分离的
安妮或者科黛拉·雪利

又及：我今晚要把你的信放在枕头下睡觉。【名师点睛：收到礼物的安妮，将礼物放在"枕头下睡觉"，珍爱之情可见一斑。】

安妮或者科黛拉·雪利

安妮重回学校后，玛丽拉一直悲观地等着发生新的麻烦，可是什么事也没发生。或许安妮从明尼·安德鲁斯那里学来了些"模范"精神，至少从那以后她和菲利普斯先生相处得非常好。她一心一意投入学习，下决心不让吉尔伯特·布莱思在任何一门功课上超过自己。他们之间的竞争很快便公开了，吉尔伯特倒是非常友善，可是恐怕安妮却持不同的态度，她无疑很记仇，这种顽固劲儿可不怎么样。她的恨和爱一样强烈。她不愿承认她想和吉尔伯特在功课上比个高低，因为那样就等于承认了

▶ 绿山墙的安妮

他的存在,安妮可是一直在否认他的存在的;但他们的竞争的确存在,一会儿他占上风,一会儿她又占上风。有时吉尔伯特在拼写上领先,有时安妮又甩着两条红辫子赛过了他。有一天早上,吉尔伯特做对了所有的算术题,名字上了黑板上的光荣榜;第二天早上,安妮又夺得第一,头天她和小数搏斗了整整一晚上。有一天他俩打了个平手,两人的名字一起上了黑板。【名师点睛:形象地写出了安妮和吉尔伯特互相竞争,难分胜负的竞争劲头。】这看上去几乎像"请注意"一样糟,安妮一脸屈辱,吉尔伯特则得意扬扬。在每月末举行的写作考试中,竞争就更加激烈了。头一个月吉尔伯特多得了三分,第二个月安妮以五分之差击败了他。可是吉尔伯特在全校同学面前向她表示热烈祝贺,这有损于安妮的胜利。要是他让失败弄得痛苦万分,她会高兴得多。

菲利普斯先生并不一定是个好老师,可像安妮这样下决心要好好学习的学生跟着任何老师都会进步很快的。学期末,安妮和吉尔伯特双双升入五年级,开始学习"副科"了——就是拉丁语、几何、法语和代数。几何可把安妮搞得焦头烂额。

"玛丽拉,这东西太难了,"安妮痛苦地说,"我敢说我永远也弄不明白了。里面一点儿想象空间都没有。菲利普斯先生说我是他教过的最笨的学生,可吉尔——我是说有些人却学得那么好,这太丢人了,玛丽拉。就连戴安娜都比我强,并不是她比我学得好,我就不高兴。虽然现在我们已经形同路人了,我仍然爱着她,这种爱是不会消失的。一想起她我就很伤心,可是说真的,玛丽拉,世界这么有趣,我们不会伤心很久的,是不是?"【名师点睛:每当想到戴安娜,安妮仍然伤心不已,她们什么时候才能重归于好呢?】

第十八章

大救星安妮

M 名师导读

新任的总理竞选者来镇上发表演讲了,这几乎吸引了埃文利地区的所有大人,巴里太太也去了,但那个晚上戴安娜的妹妹却犯了哮喘,戴安娜束手无策,只好向安妮求助……

大事小事总是相互关联的。乍一看,某位加拿大总理在竞选旅行中要在爱德华王子岛逗留,这个决定与绿山墙的安妮·雪利的命运似乎没什么关系,但是它却影响了安妮的命运。【名师点睛:这一段充满哲理和预言的叙说,是在暗示着什么呢?】

那是一月份,总理来了,在夏洛特敦举行的盛大集会上向他忠实的拥护者或自愿参加集会的非支持者发表演讲,埃文利大部分人都赞同总理的政治主张,所以开会那天晚上几乎所有的男人和很多女人都到三十里外的镇上去了。蕾切尔·林德太太也去了。她是个狂热的政治分子,虽然她与总理的政治意见相反,可还是觉得这样的政治集会不能没有她的参与。【名师点睛:蕾切尔太太对政治活动的热情就如同对别家人的"八卦"一样。】所以她带着丈夫托马斯一起到了镇上——看马用得着他——她还带了玛丽拉·卡斯伯特。玛丽拉私下里对政治也挺感兴趣,她还觉得这可能是她一生唯一能见到总理本人的机会,因此当下决定去镇上,第二天再回来,把马修和安妮留下看家。

玛丽拉和蕾切尔太太兴致勃勃地去参加集会了,而在绿山墙,马修

▶ 绿山墙的安妮

和安妮在厨房里享受自由自在的时光。古旧的滑铁卢式炉子里火光熊熊，窗玻璃上的冰花闪着幽幽蓝光。马修坐在沙发上，对着一张《农民主张报》打盹，安妮在桌边下了很大决心要好好做功课，尽管不时渴望地看看钟表架，那儿放着简·安德鲁斯那天借给她的一本新书。简向她保证那书要多惊险就有多惊险，或者她的保证大意是这样。安妮手心发痒，真想伸手把书拿过来，可是那将意味着明天会输给吉尔伯特·布莱思。【名师点睛：安妮被书的内容所吸引，但她为了超过吉尔伯特，竟"狠心"地转过身去，一心学习。】她转过身，背对着钟表架，假装它不存在。

"马修，您上学的时候学过几何吗？"

"噢，没有，我没学过。"马修从瞌睡中惊醒过来。

"您学过就好了，"安妮叹了口气，"那样您就能同情我了。您要是没学过，就不会给我适当的同情。它给我的整个生活罩上了一层阴影。马修，我学几何简直太笨了。"

"噢，这我倒不知道，"马修宽慰道，"我觉得你什么都学得挺好。上周在卡莫迪的布莱尔杂货店，菲利普斯先生对我说你是学校里最优秀的学生，你进步飞快。'进步飞快'，这是他的原话。【名师点睛：街坊邻居的话从侧面再次证明，安妮确实是一个很优秀的学生。】有人说特迪·菲利普斯的坏话，说他不是个好老师，可我倒觉得他还不错。"

谁夸安妮，马修就会认为谁"不错"。

"我敢肯定，要不是菲利普斯先生总用不同的字母，我几何会学得好一点的，"安妮抱怨道，"我能记住定理，可是他一把图画在黑板上，标上和书上不同的字母，我就晕头转向了。我觉得老师不该这么捉弄人，您说呢？我们现在正在上农业课，我终于知道这里的道路为什么是红色的了，我真开心。不知道玛丽拉和林德太太过得怎么样？林德太太说要是照渥太华的样子下去，加拿大非毁了不可，这对选民是个可怕的警告。她说如果让妇女参加选举，很快就会有转机的。您投谁的票，马修？"

"保守党。"马修马上说,投保守党的票是马修的一个信仰。【名师点睛:从马修的性格来看,信仰"保守党"派是很好理解的。】

"那我也投保守党,"安妮坚决地说,"我愿意投保守党,因为吉尔——因为学校里有些男生是自由党那边的。我猜菲利普斯先生也是,因为柏莉西·安德鲁斯的父亲就是自由党党员。鲁比·吉利斯说男人在追求女人时总得赞同女方母亲的宗教信仰和父亲的政治观点,是这么回事吗,马修?"

"嗯,我不清楚。"马修说。

"您没追求过姑娘吗,马修?"

"我吗,没有,我不记得追过。"马修说,他这辈子肯定根本没想过这件事。

安妮双手托着下巴陷入了沉思。

"马修,您不觉得这件事一定很有趣吗?鲁比·吉利斯说她长大要有一大串追求者,要让他们都为她发狂。可是我觉得那样太刺激了,我宁可只有一个头脑正常的男友。可鲁比·吉利斯对这事懂得特别多,因为她有好几个姐姐,林德太太说吉利斯家的女孩个个惹人喜爱。菲利普斯先生几乎每天晚上都去看柏莉西·安德鲁斯,说是帮她补习功课。但是米兰达·斯隆也准备考女王学校啊,而且我觉得她比柏莉西更需要帮助,因为她笨得多。可菲利普斯先生晚上根本不去给她补习。【名师点睛:从菲利普斯先生的行为来看,他是一个不合格的老师,有很大的私心。】马修,这世界上我不理解的事太多了。"

"嗯,我也不知道自己是不是都懂。"马修承认。

"哎,我想我得把功课做完,不做完我是不会让自己看简借给我的那本书的。可是,马修,它太诱人了,我就是背对着它,也还是能清清楚楚地看到它。简说她读的时候哭得可厉害了。我喜欢读能让我哭的书。不过,我想我还是把书拿到起居室把它锁在果酱橱里,把钥匙交给您。

▶ **绿山墙的安妮**

马修,我没做完功课,您可不能给我钥匙啊,就是我跪在地上求您,您也不能给我。说抗拒诱惑容易,其实如果拿不到钥匙,才更容易抵抗。马修,要不要我去地窖拿些苹果来?您不想吃几个吗?"

"可以吧。"马修从来不吃苹果,可他知道安妮很喜欢吃。

安妮刚端了一盘子苹果兴高采烈地从地窖出来,就听到外面结了冰的木板走道上传来急促的脚步声,接着"砰"的一声,厨房门被撞开了,戴安娜·巴里闯了进来,她脸色苍白,上气不接下气,围巾胡乱缠在头上。【名师点睛:戴安娜突然来访,而且一副狼狈相,发生什么事了呢?】惊讶中,蜡烛和盘子从安妮手中滑落,连同苹果一起顺着梯子滚落到地窖里去了,第二天玛丽拉在窖底发现苹果、盘子嵌在烧化的蜡油里,她把这些东西收拾上来,庆幸房子没着火。

"戴安娜,到底出了什么事?你妈妈终于发慈悲了?"安妮大叫。

"噢,安妮,快跟我来,"戴安娜紧张地央求她,"明尼·梅病了,很重——她得了哮喘,小玛丽·乔这么说的——爸爸妈妈到镇上去了,没有人去叫医生。明尼病得厉害极了,小玛丽·乔不知道该怎么办——噢,安妮,我怕极了!"

马修一句话也没说,便取了帽子和大衣匆匆从戴安娜面前走过,消失在漆黑的院子里。

"他是去套栗色母马到卡莫迪找医生,"安妮说着,匆匆戴上头巾,穿上外套,"他不说我也知道,我和马修心灵相通,不用说话我也知道他在想什么。"【名师点睛:听了戴安娜的讲述,马修二话不说便去套车,他非常善良。】

"我不相信他在卡莫迪能找到医生,"戴安娜抽泣着,"我知道布莱尔医生去镇上了,我想斯潘塞医生也去了,小玛丽·乔从没见过哮喘病人。林德太太也出去了。噢,安妮!"

"别哭,戴安娜,"安妮爽快地说,"我知道怎么对付哮喘。你忘了,哈蒙德太太有三对双胞胎。谁要是照看过三对双胞胎,就自然会学到很多经验。那三对孩子经常得哮喘。等等,我去拿瓶土根制剂来——你家可能没有。现在咱们走吧。"【名师点睛:情况十分危急,好在安妮是个有经验的人,她还有临危不惧的镇定。】

两个孩子手拉手出了家门,急匆匆穿过情人径,穿过冻得硬邦邦的田野,她们没办法抄林间小路,那儿的雪太厚。虽然安妮从心底担心明尼·梅的病,可她还是不能不敏锐地意识到此情此景的浪漫色彩以及再次和一个知音一同分享这份浪漫的甜蜜。【名师点睛:戴安娜来求助她,说明她还把安妮当朋友,因此安妮好像又"活"过来了。】

夜清新寒冷,四周黑影绰绰,积雪的山坡银光熠熠。硕大的星星在寂静的田野上空闪烁。黑色的尖顶杉树到处可见,枝头挂满积雪,风从树间呼呼吹过。安妮觉得和疏远了许久的知心朋友一起领略这神秘可爱的夜景真是太快活了。

三岁的明尼·梅真的病得很重。她躺在厨房沙发上,发着烧,不停地翻着身子,粗重的呼吸声整个房子都能听到。小玛丽·乔是从克利克来的法国女孩儿,健美活泼,宽脸庞,巴里太太不在家就雇她来陪孩子们。她此时束手无策,脑子里一团糟,根本想不起来该做什么,就是想到了也做不了。

安妮娴熟麻利地动手干了起来。【写作借鉴:对比,玛丽·乔的束手无策烘托出安妮的娴熟和镇定。】

"明尼·梅是得了哮喘,挺严重的,不过我见过比这更重的。我们得先多弄点儿热水。我敢说,戴安娜,壶里也就有一杯水。好了,我给灌满了,玛丽·乔,你可以给炉子加点儿柴。我不是说你,依我看,要是你有一点儿想象力,早该想到的。现在我来给明尼·梅脱衣服,把她放到床上,戴安娜,你去找些软绒布来,我先给明尼服一剂土根。"【名师点睛:临危不乱的安妮镇定地指挥着,体现了她能干的一面。】

明尼·梅不乐意吃药,但是安妮带大了三对双胞胎,知道该怎么办。在这漫长、焦虑的夜晚,她让明尼吃下了好几次药。她和戴安娜耐心地

141

绿山墙的安妮

看护受着煎熬的明尼，小玛丽·乔也尽心尽力地干活儿，她把炉火烧得旺旺的，还烧了很多热水，一个医院的哮喘病孩子也用不完。

三点钟马修请来了医生，他一直跑到斯潘塞维尔才找到一位医生。这时明尼已经不需要紧急救护了，她好多了，睡得正香。【名师点睛：一场危机终于被安妮化解，她会得到巴里太太的"另眼相看"吗？】

"我都快绝望了，"安妮说，"她病得越来越凶，后来病得比哈蒙德家的双胞胎还要厉害，甚至比最小的那对双胞胎还凶，我真以为她要给憋死了。我把瓶子里的土根制剂都给她吃了，最后一滴灌下去后，我对自己说——不是对玛丽·乔和戴安娜，她们够紧张的了，我不想让她们更担心，但是我必须告诉自己来放松一下神经——'这是最后一线希望，恐怕这次也没用。'可是大概不到三分钟，她就把痰咳出来，马上好转了。您真得想象一下我有多轻松，医生，因为我无法用语言来表达。您知道有些事的确无法用语言来表达。"

"是的，我知道。"医生点点头。他注视着安妮，好像在思考她身上一些无法用语言表达的东西。后来，他对巴里夫妇说了对安妮的看法。

"卡斯伯特家的那个满头红发的女孩子简直太聪明了。告诉你们，是她救了孩子的命，要是等我来就太晚了。对于像她这么大的孩子来说，她十分能干，遇事不慌。她给我讲病情的时候，我从未见过她那样的眼睛。"

安妮在美妙的白雪皑皑的早晨赶回家，由于一夜没合眼，她的眼皮直打架，可是她和马修一起穿过漫长洁白的田野，走在情人径那玲珑耀眼的枫树穹顶下的时候，还是说个没完没了。【名师点睛：安妮忙活了整整一夜，虽然很累，但能够帮助到自己的好朋友，她还是非常的开心。】

"哦，马修，今天清晨多美啊！这世界看上去就像是上帝为了让自己高兴想象出来的一样，不是吗？这些树，好像我吹口气就能把它们吹跑——噗！我真高兴生活在一个有白霜花的世界，您呢？说到底我还是很高兴哈蒙德太太生了三对双胞胎,要不然我就可能不知道拿明尼·梅怎么办了。哈蒙德太太生双胞胎时,我还冲她发过脾气呢,现在我真的后悔了。可是啊,马修,我困极了,今天不能上学了。我知道我会睁不开眼睛、直冒傻气的。可我又不愿意待在家里,因为吉尔——其他人会在班上领先的,再赶上去会很难的——不过当然啦,越是难,成功了就越高兴,您说是不是?"【名师点睛:安妮的头脑里既有浪漫的想法,又有充满哲理的"大道理"。】

"嗯,我想你能做好的。"马修看着安妮苍白的小脸、黑黑的眼圈说,"你回去就马上上床睡一大觉,所有的家务活儿都交给我。"【名师点睛:善良的马修很心疼安妮,但其实他也是一夜未合眼。】

安妮听话地上床去睡了,她美美地睡了一个长觉,醒来时已是阳光明媚的下午,她下楼来到厨房,这时玛丽拉已经回来了,正坐在那儿织毛线。

"嗨,玛丽拉,您见到总理了吗?他长得什么样?"安妮立刻问道。

"哦,凭长相他可根本当不上总理,"玛丽拉说,"他怎么长了那么个鼻子呀!可是他很会演讲。我很自豪自己是保守党的支持者。当然蕾切尔·林德是自由党党员,她对他没好感。安妮,你的饭热在烤炉里,你可以从食品室里拿些青李酱来吃,我想你一定饿了。马修告诉我昨晚的事了。我得说幸亏你知道怎么应付,要是我,会六神无主的,我从没见过得哮喘的病人。好了,吃完饭再讲话。看你那样儿,我知道你又有一肚子话要说,等会儿再说。"

玛丽拉也有话要对安妮说,可她没有马上说,她知道一旦说了,安妮会兴奋得把吃饭之类的事抛到九霄云外去的。所以等安妮吃完了一碟子青李酱,玛丽拉才说:

"巴里太太今天下午来过了,安妮。她想看看你,可我没叫醒你。她说你救了明尼·梅的命,还说上次葡萄酒的事她做得对不起你。她说她现在知道了你不是有意灌醉戴安娜的,她希望你能原谅她,和戴安娜重归于好。如果你愿意,今晚可以去她家玩儿,戴安娜昨晚感冒了,不能出

143

绿山墙的安妮

门。【名师点睛：巴里太太感激安妮，安妮也能和戴安娜重归于好，这是一个非常圆满的结局。】好了，安妮·雪利，看在上帝的分儿上，你可千万别高兴得忘乎所以了。"

看来这警告不是没有必要，安妮一下子跳了起来，神采飞扬，小脸上放射出激动的光芒。

"噢，玛丽拉，我现在就去——不洗碗了，行吗？我回来再洗吧。在这么令人激动的时刻，我没法安下心来干洗碗碟这种一点儿也不浪漫的活儿。"

"好的，好的，快去吧！"玛丽拉迁就地说，"安妮·雪利——你疯了吗？快回来，穿上衣服！【名师点睛：玛丽拉一连串的提醒，生动地刻画出安妮不顾一切的兴奋劲头。】我简直是白费口舌，她连帽子、头巾都没戴就跑了。看她蓬着头发跑过果园那模样！不得重感冒就谢天谢地了！"

在夕阳微紫的余晖中，安妮踏着积雪蹦蹦跳跳地回到家。白皑皑的旷野和黑黝黝的杉树谷上方，天空呈现出淡淡的金黄和绝美的玫瑰红，远处西南面的天空中，一颗星星银光闪烁，发出珍珠般的光芒。从白雪覆盖的山间传来叮叮当当的雪橇铃声，恰似小精灵演奏的音乐穿越寒冷的夜空，不过这乐曲可比不上安妮心头口中的歌儿优美动听。【名师点睛：星星照耀，山间飘荡的雪橇铃声，这一切都比不上安妮内心的欢快。】

"玛丽拉，我现在是个非常快活的人了，"安妮嚷着，"我快活极了——真的，虽然我的头发是红的，可是这会儿我不为它发愁了。巴里太太亲了我，还哭了，她说她太抱歉了，永远无法报答我。玛丽拉，我当时窘极了，可我还是尽量有礼貌地说：'巴里太太，我没生您的气。我最后再向您保证一次我没想灌醉戴安娜，今后我要忘掉过去的事。'这样回答还挺得体，是吧，玛丽拉？我觉得我的话使巴里太太觉得很惭愧。我和戴安娜下午玩儿得痛快极了，她教我一种新的钩针编法，

144

棒极了，是卡莫迪的姑妈教她的。埃文利只有我们俩会，我俩郑重发誓不告诉别人。【名师点睛：安妮和戴安娜的表现非常符合少年儿童的心态，天真而有趣。】戴安娜给我一张精美的卡片，上面印着玫瑰花环，还有两行诗：

如果你像我爱你一样爱我，

那么只有死亡才能让我们分离。

玛丽拉，这话千真万确。我们要去请求菲利普斯先生允许我们再做同桌，格蒂·派伊可以和明尼·安德鲁斯坐一起。我们吃了丰盛的下午茶，巴里太太拿出了最好的茶具，玛丽拉，好像我是贵客一样。我形容不出来当时我有多激动。以前从来没有人为我摆出过最好的茶具。我们吃了水果蛋糕、重油蛋糕、炸面包圈，还有两种果酱，玛丽拉。巴里太太问我喝不喝茶，还说：'他爸，你怎么不把饼干递给安妮吃呢？'玛丽拉，被当成大人就这么好，那么长成大人一定是非常好的事了。"

"那我倒不清楚。"玛丽拉轻叹一声说。【名师点睛：安妮不谙世事，但玛丽拉却知道人生最快乐的时光便是童年时期。】

"嗯，不管怎样，等我长大了，"安妮坚定地说，"我和小姑娘讲话时也要总是把她们当成大人，她们用大人的口气说话，我也不笑话她们。我从我自己伤心的经历中知道那很伤人感情。吃过下午茶，我和戴安娜一块儿做了太妃糖。做得不大好，我想是因为我俩从前没有做过吧。戴安娜让我搅拌糖，她往盘子上抹黄油，可我一时疏忽，糖给烧煳了。【名师点睛：照应上文，安妮果然是一个不擅长烹饪的女孩。】后来我们把糖在平台上晾凉，可猫踩了一只盘子，我们只好把它扔了，不过做糖还是很有趣的。后来我要回家时巴里太太让我常去玩儿，戴安娜站在窗口，一直到我走上情人径，她还在向我飞吻。玛丽拉，向您保证，今晚我真想祈祷，我要为庆祝这件事想出一套特殊的新祈祷词。"

▶ 绿山墙的安妮

Z 知识考点

1.一月份,某位加拿大总理在竞选旅行中在_____岛逗留,并在一次集会中发表演说,那天镇上好多人都去了,_____和_____也一同前往。

2. 判断题。查利·斯隆因为听写错误百出而被菲利普斯先生留下重写。(　　)

3.劳累了一夜的安妮,为什么还能在赶回家的路上说个没完呢?

_____

_____

_____

Y 阅读与思考

1.巴里太太为什么要主动来看望安妮?

2.巴里太太是如何招待安妮的?

第十九章

音乐会，闯祸和认错

M 名师导读

一波未平一波又起，安妮刚获得巴里太太的原谅，却又得罪了脾气古怪的巴里小姐——戴安娜的姑婆。好在安妮是一个勇敢又有着良好口才的孩子，她总有办法说服巴里小姐的……

"玛丽拉，我能过去看看戴安娜吗？就一会儿。"二月里的一天傍晚，安妮上气不接下气地从东侧房跑出来问道。【名师点睛：天黑了，戴安娜有什么事非要见安妮不可呢？】

"我不明白天黑了你还到处乱跑什么。"玛丽拉马上说，"你和戴安娜放学一起回来的，又在雪地里站了半个多小时，这么长时间你的嘴嘛里啪啦地就没闭上过，所以我觉得你没必要非再见她不可。"

"可是她想见我，"安妮乞求道，"她有重要的事儿要告诉我。"

"你怎么知道的？"

"因为她刚才从她家窗口向我发信号了。我们约定了用纸板和蜡烛发信号。我们把蜡烛放在窗台上，来回扇纸板，让蜡烛忽闪忽闪的，闪几下都有一定的意思。这是我想出来的，玛丽拉。"

"我就知道是你。"玛丽拉一字一顿地说，"你再搞什么发信号的鬼把戏，就该把窗帘点着了。"

"嗨，我们可小心了，玛丽拉，这很有趣。闪两下的意思是'你在那儿吗'？三下意思是'在'，四下是'不在'。五下是'快过来，我有重要的事

147

绿山墙的安妮

告诉你'。刚才戴安娜就给我打了五下信号。我真的很着急,想知道她要告诉我什么。"【名师点睛:戴安娜发出了非常重要的信号,看来一定是很重大的"突发事件"。】

"好了,你用不着着急了,"玛丽拉讽刺地说,"你可以去,但是记住,你得在十分钟之内回来。"

安妮确实记住了,她在限定时间里回来了,虽然也许永远没人知道她费了多大的劲儿才把和戴安娜的重要谈话控制在十分钟之内的。不过她至少是充分利用了这十分钟。【名师点睛:"准时回来"表明安妮是一个信守承诺的孩子。】

"噢,玛丽拉,您猜是什么?您知道明天是戴安娜的生日,嗯,她妈妈说她可以邀请我明天放学后跟她去她家,晚上住在那儿。她的表兄弟们要坐一辆大方箱雪橇从纽布里奇过来,明天晚上去听在礼堂举行的辩论社团音乐会,他们要带戴安娜和我去——我是说如果您让我去的话。您会让我去的,玛丽拉,对吗?噢,我真太激动了。"

"那么你可以冷静下来了,因为你不可以去。你最好还是待在家里,睡在你自己床上,至于那个社团音乐会,都是瞎胡闹,根本就不是小女孩儿去的地方。"【名师点睛:对于那些玛丽拉认定的"有危险"的聚会,她就会坚定地拒绝。这是她保护安妮的方式。】

"我保证辩论社团是个很有威望的组织。"安妮乞求道。

"我没说它不是。不过你现在还不能到什么音乐会去游荡,还在外面过夜。让孩子们干这种事,我真奇怪巴里太太居然会让戴安娜去。"

"可这次很特殊。"安妮伤心地说,马上就要哭出来了,"戴安娜一年只过一次生日,过生日可不是什么平常的事儿啊,玛丽拉。柏莉西·安德鲁斯要朗诵'晚钟今夜不要敲',这首诗有很深的寓意呀,玛丽拉,我相信听听会对我大有好处的。唱诗班还要演唱四首忧伤动听的歌,差不多会像圣歌一样好听。还有,噢,玛丽拉,牧师也要去,真的,他真的要去。他要发表演讲,这真跟布道差不多。求求您了,我不能去吗,玛

丽拉？"

"你听见我的话了，安妮，是不是？马上脱下靴子上床睡觉去，八点都过了。"【名师点睛：玛丽拉的话表明了她不容反驳的坚决态度。】

"还有一件事，玛丽拉。"安妮说，一副使出最后一着的劲头儿，"巴里太太告诉戴安娜说我俩可以睡在她家客房的床上。想想吧，您的小安妮将要荣幸地睡在别人家客房里了。"

"那你只好放弃这种荣幸了。上床睡觉吧，安妮，别再让我听见你说一个字。"

安妮腮上挂着泪珠，伤心地上楼去了。玛丽拉和安妮说话的时候，马修看上去在躺椅上睡得死死的，可这会儿他睁开眼睛，坚决地说：【名师点睛：对于安妮的事，马修总是默默地关注着，他用一种沉默的方式宠爱着安妮。】"嗯，玛丽拉，我认为你应该让安妮去。"

"那我更不能让她去了。"玛丽拉反驳道，"咱们俩到底是谁管教这孩子，你还是我？"

"嗯，是你。"马修承认道。

"那你就别插手。"

"嗯，我没插手，保留自己的看法不能算是插手。我的看法是你应该让安妮去。"【名师点睛：马修嘴上说着"不插手"，但其实他总是"偏向"于安妮。】

"如果安妮要到月亮上去，你也认为我该让她去的，我敢担保。"玛丽拉反驳说，语气缓和了许多，"要只是和戴安娜待一晚上，我倒可能同意，可是我不赞成参加什么音乐会。她去了十有八九会感冒的，而且脑子里又装满乱七八糟的玩意儿，兴奋得不得了，一个星期都静不下心来。我比你更了解这孩子的性格，更知道什么对她好，马修。"

"我想你应该让她去。"马修又坚决地重复了一遍。他不善于辩论，不过他很认死理儿。玛丽拉无可奈何地叹了口气，不再理他了。第二天早晨，安妮在食品室洗早饭的碗碟，马修往马厩那边去，半道上停下来又

▶ 绿山墙的安妮

对玛丽拉说：

"我想你应该让她去，玛丽拉。"

玛丽拉看上去快气炸了。如果这会儿她把想说的话说出来，那一定很刺耳。但既然这一切无可避免，她还是让了步，她尖刻地说：

"好吧，她可以去，只有这样你才能满意。"【名师点睛：在马修的一再坚持下，玛丽拉也不得不让步。】

安妮从食品室飞跑出来，手里拎着的洗碗布往下滴着水。

"噢，玛丽拉，玛丽拉，再说一遍那些让人高兴的话吧。"【写作借鉴：语言描写，玛丽拉同意了，安妮立即"转悲为喜"，兴奋起来。】

"我想那些话说一遍就足够了，这是马修的决定，和我不相干。如果你因为睡在别人家的床上或者半夜从很热的礼堂里出来得了肺炎，可别怪我，怪马修吧。安妮·雪利，你把油乎乎的水弄得满地都是，我从来没见过像你这么大意的孩子。"

"噢，玛丽拉，我知道我老惹麻烦，让您讨厌。"安妮悔恨地说，"我犯了那么多错，可是您再想想，我还可能犯好多别的错，可我没犯呀。我先去弄点沙子来把地板上的污点擦干净再去上学。噢，玛丽拉，我的心思全都飞到那场音乐会上去了。我这辈子还没听过音乐会呢，别的女生在学校里谈音乐会的事，我觉得一点儿都插不上嘴，您真不知道我心里是什么滋味。可您瞧马修就明白，马修理解我。能被人理解真是太好了，玛丽拉。"

安妮太兴奋了，她那天上午在学校根本静不下心来听课。吉尔伯特·布莱思拼写超过了她，在心算课上也把她远远地甩在了后面。可是，想到即将举行的音乐会和睡在客房里，安妮没觉得太丢人，她本来会感到无地自容的。她和戴安娜一整天都在嘀咕音乐会的事，要是碰上个比菲利普斯先生严格的老师，她俩就该倒霉了。【名师点睛：今天的安妮已经两次被吉尔伯特超过了，但她丝毫没有在意，可见音乐会在她心中的分量。】

安妮觉得如果她不能去参加音乐会,她会受不了的,因为那天音乐会在学校里是唯一的话题。埃文利辩论社团每两周聚会一次,已经办了几次小型文艺演出了,可这次规模挺大,入场券一角钱一张,给图书馆集资。埃文利的年轻人都排练了好几个星期了,学生们全都特别感兴趣,因为哥哥、姐姐们要去参加。九岁以上的学生都要去,只有卡莉·斯隆去不了,她爸爸在小孩子晚上去听音乐会的事情上和玛丽拉看法一样。卡莉下午语法课一直在哭,觉得活着没意思了。【名师点睛:音乐会成了孩子们心中最快乐的事,以至于不能参加的人都觉得"活着没意思了"。】

安妮真正的兴奋是从学校放学开始的,然后逐渐上升到高潮,最后在音乐会上发展成极度的狂喜。她们吃了一顿"绝对一流的下午茶",然后便在楼上戴安娜的小房间里满心欢喜地梳妆打扮起来。戴安娜把安妮前面的头发梳成新的高卷式发型,安妮把戴安娜的蝴蝶结打成一种只有她才会的特殊花样,而对于脑后的头发,她们试了至少六七种不同的梳法。她们终于准备好了,两个人的脸蛋都红扑扑的,眼睛激动得发亮。【名师点睛:为了这场音乐会,两个女孩子做了精心的打扮,虽然有些可笑,但也很可爱。】

说实话,当安妮把她那普普通通的黑色无檐圆帽和自家做的、没有什么样子、袖子窄窄的灰色布外套与戴安娜时髦的帽子和别致的小夹克相比时,她不能不觉得有点儿难受。不过,她及时地想到了她具有的想象力,可以利用它来弥补服装上的不足。

没多久,戴安娜的表兄弟们从纽布里奇来了,他们姓默里。大家全都挤在一个大方箱雪橇里,铺着稻草,盖着毛皮毯。去礼堂的路上,安妮喜气洋洋的,雪橇在锦缎般光滑的路面上滑行,积雪被压得咯吱作响。落日的景象很是壮观,白雪覆盖的山丘和圣劳伦斯湾幽深湛蓝的海水似乎被太阳的余晖镶上了光环,看上去像一只珍珠和蓝宝石制成的大碗,里面盛满了美酒和火焰。雪橇的铃声和朗朗的笑声从四面八方传来,仿

151

▶ 绿山墙的安妮

佛林中小精灵在欢叫。【名师点睛：美丽的景色，欢快的孩子们，交织成一幅最动人的画面。】

"噢，戴安娜，"安妮轻声说，在毛盖毯下捏了捏戴安娜戴着连指手套的手，"这一切难道不都像一场美丽的梦吗？我看起来和平常一样吗？我的感觉与平时大不相同，我似乎觉得我脸上也必定显露出来了。"

"你看上去漂亮极了，"戴安娜说，她的一个表兄刚刚夸了她几句，她觉得应该把这赞美传给安妮，"你脸色可爱极了。"【名师点睛：安妮虽然衣着朴素，但她的童真让人觉得她既可爱又漂亮。】

那天晚上的节目一次又一次地让人"激动"——至少对席中的一个小听众来说是这样的，安妮对戴安娜说她每一次激动都比上一次更强烈。柏莉西·安德鲁斯出场了，她身穿崭新的粉红丝绸背心，白皙光滑的颈项上戴着一串珍珠项链，头发上插着鲜石竹花——有人小声谣传那是菲利普斯先生请人大老远从城里给她买回来的——她"在一片漆黑中登上滑滑的梯子"的时候，安妮因极度同情而发抖。唱诗班唱起了"高悬在温柔的雏菊上"，安妮仰视着大厅的棚顶，好像上面画满了天使；萨姆·斯隆走上前为大家解释和表演"索克里让母鸡孵蛋"的故事，安妮笑得前仰后合，引得坐在她旁边的人也笑了起来，他们主要是给她逗笑的而不是给故事逗笑的，萨姆的那套东西即使在埃文利那样的地方都已经过时了。菲利普斯老师用一种最震撼人心的语调表演了麦克·安东尼在恺撒尸体前作的演讲——他每说完一句话都看一眼柏莉西·安德鲁斯——安妮觉得只要当时能有一个罗马公民揭竿而起，她就会马上参加战斗。

只有一个节目没有引起安妮的兴趣。吉尔伯特·布莱思背诵"莱茵河上的宾根"的时候，安妮拿起罗达·默里从图书馆借来的书看了起来，直到吉尔伯特的朗诵完毕，她还直挺挺一动不动地坐着，而戴安娜把手都拍疼了。【名师点睛：安妮和戴安娜的不同反应，说明了安妮依然没有原谅吉尔伯特。】

她们到家的时候已经是十一点了,虽然尽享了疯狂的欢乐,可是把音乐会从头至尾彻底谈论一番那极为甜蜜的欢乐还在后头呢。戴安娜家里的人好像都睡着了,整幢房子黑洞洞的,寂静无声。安妮和戴安娜踮着脚尖溜进客厅,这是间狭长的房间,通向客房。客厅很暖和,壁炉里的余烬发出少许微弱的亮光。

"我们就在这儿脱衣服吧,"戴安娜说,"这儿很暖和很舒适。"

"多么美好的时光啊!"安妮幸福地叹了口气,"在那儿站起来朗诵一定特别好,你说将来也会有人让我们去朗诵吗,戴安娜?"【名师点睛:美妙的音乐会结束了,但安妮和戴安娜依然陶醉在刚才的氛围之中。】

"当然啦,会有那么一天的。他们总是让大同学去朗诵,吉尔伯特·布莱思就经常被邀请去朗诵,他只比我们大两岁。噢,安妮,你怎么能装着不听他的朗诵呢?当他背到这一句时:'还有另外一位。不是姊妹,'他一直盯着你呢。"

"戴安娜,"安妮严肃地说,"你是我的知心朋友,可是我也不许你对我再说起那个人,你准备好睡觉了吗?我们来比比看谁先上床。"

这个主意吸引了戴安娜,于是两个穿着白衣服的小人儿飞快穿过狭长的客厅、进了客房,同时跃到床上。然后——有个东西——在她们身子下动了动,传来了喘息和叫声——有人用瓮声瓮气的腔调说:"我的老天爷!"【名师点睛:处于兴奋之中的安妮和戴安娜又惹起了新的"麻烦"。声音是谁发出的呢?】

安妮和戴安娜根本无法知道是怎么下了床出了屋子的,只知道在一阵狂奔之后,她俩又蹑手蹑脚、瑟瑟发抖地向楼上爬去。

"天哪,那是谁——那是谁呀?"安妮悄声说,她又冷又怕牙齿打颤。【名师点睛:突如其来的声音把两个小姑娘吓坏了,特别是安妮,连牙齿都跟着"打颤"。】

"是约瑟芬姑婆。"戴安娜说,笑得喘不上气来,"噢,安妮,是约瑟芬姑婆,她怎么睡到那儿去了,噢,我想她会火冒三丈的。那太可怕了——

153

▶ **绿山墙的安妮**

真是太可怕了——可是你听说过这么好玩儿的事儿吗,安妮?"

"约瑟芬姑婆是谁呀?"

"她是爸爸的姑妈,住在夏洛特敦,很老很老了——大概七十来岁了——我觉得她从来就没当过小姑娘。我们一直等着她来串门,可没想到她这么快就来了。她是个老古板,我知道她会为这事大吵大骂的。哎,我们只好和明尼·梅睡在一起了——你不知道她蹬人蹬得多凶。"

约瑟芬·巴里小姐第二天没出来吃早饭。巴里太太慈祥地对两个小姑娘笑着说:

"你们昨天晚上玩儿得开心吗?我本来想等到你们回来,好告诉你们约瑟芬姑婆来了,你们还得上楼去睡,可是我太累了就睡着了。我想你们没打扰姑婆休息吧,戴安娜。"

戴安娜小心翼翼,一声不吭,但是她和安妮隔着桌子互相狡黠地笑了笑。安妮一吃完早饭就匆匆忙忙回家了,所以十分幸运,她对巴里家出的大乱子一无所知,直到将近傍晚,她去林德太太家给玛丽拉办点儿事,才知道了一切。【名师点睛:巴里太太家发生了什么"大乱子"呢?】

"这么说你和戴安娜昨天晚上差点儿把可怜的老巴里小姐吓死?"林德太太严肃地问她,不过眼睛却闪闪发亮。"几分钟前,巴里太太去卡莫迪路过这里,她正为这事儿犯愁呢。老巴里小姐今天早晨起来以后大发脾气——我可以告诉你,约瑟芬·巴里的脾气可不是闹着玩儿的。她根本不搭理戴安娜。"

"不是戴安娜的错,"安妮后悔地说,"都怪我,是我提议比赛看谁先上床的。"【名师点睛:安妮是个坦诚也有担当的孩子,她没有因为约瑟芬脾气大就吓得不敢承认。】

"我就知道!"林德太太说,她为自己的未卜先知兴高采烈,"我就知道那主意是你想出来的。啊哈,你可闯了大祸了,就是这么回事。老巴里小姐本来打算来住一个月的,可她宣布她一天也不多待了,明天就回去,虽然明天是礼拜日,但是她也不管。如果今天他们能送她走,她今天就走了。她本来答应给戴安娜交三个月音乐课的学费的,可现在她决定什么也不给这个假小子了。嗯,我猜他们今天早晨一定很紧张。巴里夫妇一定很痛心,老巴里小姐很有钱,他们挺想讨好她的。当然了,巴里太太没跟我这么说,可我很了解人的本性,就是这么回事。"

"我真太不幸了,"安妮痛苦地说,"我自己老是惹麻烦,还给我最亲密的朋友——我愿意为之献身的朋友——带来麻烦。您能告诉我为什么会这样吗,林德太太?"

"我看是因为你太粗心大意、太容易冲动了,孩子,就是这么回事。你从来不停下来想一想——你想说什么就说什么,想做什么就做什么,一点也不考虑考虑。"【名师点睛:安妮诚心地向林德太太请教,而林德太太的话似乎也有一些道理。】

"噢,可这才是最好玩儿的呀。"安妮反驳说,"你脑子里闪过一个主意,那么令人激动,你必须马上去做。如果你停下来思考,就把它整个给破坏了。您从来没有这种感觉吗,林德太太?"

没有,林德太太可没有这种感觉。她一本正经地摇了摇头。【名师点睛:对于古板的"保守者"林德太太来说,她自然是不能理解安妮的。】

"你必须学着动点脑筋,安妮,就是这么回事。你应该遵循这条谚语'三思而后行'——尤其是在跳到客房床上去之前更该三思。"

林德太太为自己这个文绉绉的笑话而快活地笑了起来,可是安妮却忧心忡忡。在她看来这事很严重,她觉得没什么好笑的。她离开林德太太家,穿过冻得硬邦邦的田野,来到果园坡,戴安娜在厨房门口迎接她。

"你的约瑟芬姑婆为那件事大发脾气了,是吧?"安妮低声说。

"没错,"戴安娜回答,她憋住笑,从安妮肩上向关得紧紧的起居室的门担心地瞟了一眼,"她大发雷霆,安妮。噢,她数落得真厉害,她说我是她见过的最没教养的女孩儿,还说我爸妈把我教成这样应该感到羞耻。她说她不会在这儿待下去了。我保证不在乎,可是我爸妈挺在乎的。"
【名师点睛:对于天真的孩子来说,没有什么是比友情更重要的事。】

155

▶ 绿山墙的安妮

"你干吗不告诉他们都是我的错？"安妮问道。

"我会干这种事吗？"戴安娜十分轻蔑地说，"我可不是爱告状的人，安妮·雪利，而且不管怎么说，我跟你一样有错。"【名师点睛：戴安娜果然是一个可靠的人，值得安妮与之深交。】

"那我自己去对她说。"安妮坚决地说。

戴安娜又惊又怕。

"安妮·雪利，你千万不能去！天哪——她会把你活活吞掉的！"

"我已经够害怕的了，别再吓唬我了，"安妮乞求道，"我宁愿进炮筒也不愿意去见她，可我不能不这么做。戴安娜，是我的错，我就得承认，幸好我练习过承认错误。"

"那，她在屋里呢。"戴安娜说，"你要是愿意可以进去，我可不敢进去，我想你去了也没用。"

安妮鼓足了勇气，要去虎口拔牙。她坚定地向起居室走去，轻轻敲了敲门，里面传出一声尖厉的"进来"。

瘦骨嶙峋、古板苛刻的约瑟芬·巴里小姐正坐在炉火旁边使劲儿织着毛线活儿，她的怒气丝毫未减，双眼在金丝眼镜后面闪烁着怒火。【名师点睛：约瑟芬·巴里小姐的长相和表情似乎都暗示着安妮遇到了一块"硬骨头"。】她在椅子上转过身来，以为进来的是戴安娜，可是却看见一个脸色苍白的小姑娘，大眼睛里流露出不顾一切的勇气和畏畏缩缩的恐惧。

"你是谁？"约瑟芬·巴里小姐毫不客气地问。

"我是绿山墙的安妮，"这个小来访者颤抖着说，双手又习惯地握在一起，"我是来认错的，如果您愿意听的话。"

"认什么错？"

"昨天晚上跳到您床上去那件事都得怪我，是我出的主意。我敢担保戴安娜绝不会冒出这个鬼点子的。戴安娜是个淑女，巴里小姐，您必须知道怪罪她是很不公平的。"

156

"噢,我必须,是吗?可我想不管怎样戴安娜本人也跳了,在一个有教养的人家竟会发生这种事!"【名师点睛:约瑟芬小姐真是很难对付的一个人,不知道安妮要怎么才能求得她的原谅。】

"可我们只是闹着玩儿的,"安妮坚持说,"既然我们已经道歉了,我想您应该原谅我们,巴里小姐。不管怎么说,请您原谅戴安娜,让她上音乐课吧。戴安娜一心想上音乐课,巴里小姐,我太了解一个人渴望得到什么却又得不到是什么感觉了。如果您一定要发火,那就冲着我来吧,我以前早就习惯了人家对我发火,我比戴安娜更能忍受。"【名师点睛:安妮是一个会察言观色的聪明人,她懂得在适当的时候,展示自己的可怜,以博得同情。】

这时候,老太太目光中的怒气已经消失了大半,取而代之的是饶有兴味的闪闪亮光,但她还是严肃地说:

"我觉得你们只是闹着玩儿并不能作为借口,我小的时候,小姑娘们从来不那么闹着玩儿。你可不知道,我坐了那么久的车,又累又乏,正睡得香却有两个淘气的小姑娘蹦到身上把我吵醒了,那是什么滋味呀!"

"我是不知道,但是我可以想象。"安妮急切地说,"我相信那一定挺烦人的,可是我们也不是一点儿没理呀。您会想象吗,巴里小姐?如果您会,您就站在我们的角度想一想。我们根本不知道床上有人,您差点儿把我们吓死了。我们觉得可怕极了。再加上本来说好了我们睡在客房里的,结果又没睡成。我猜您是习惯于在客房睡的,可是您想象一下,如果您是个从来没享受过这种荣耀的小孤女,您心里是什么滋味。"

这时巴里小姐眼中的怒气全消失了,实际上她大笑起来——这笑声让站在外面厨房里焦急地默默等待的戴安娜长长地舒了口气。【名师点睛:经过安妮的一番"软磨硬泡",约瑟芬·巴里居然完全被安妮的口才征服了。】

"恐怕我的想象力有点儿迟钝了——我已经好久没用它了。"她说,"我敢说你和我一样非常想得到同情,这全取决于我们怎么看这件事了。

▶ 绿山墙的安妮

坐下来给我讲讲你自己的事儿。"

"很抱歉我不能给您讲，"安妮坚决地说，"我很愿意讲，因为您看上去像个很有趣的人，而且甚至可能成为我的知音呢，虽然您看上去不太像。可是现在我得回家去见玛丽拉·卡斯伯特小姐。玛丽拉·卡斯伯特小姐很善良，她收养了我，让我受到很好的教育。她在尽她最大的努力，但是这活儿可不容易。我跳到您床上去，您千万不能怪她。在我走之前，我真希望您能告诉我您会不会原谅戴安娜，并且按原计划在埃文利住一段时间。"

"我想如果你能时常过来跟我聊天，我可能会住下的。"巴里小姐说。【名师点睛：巴里小姐已经完全被安妮所吸引，她已经在不知不觉中同意了安妮的建议。】

那天晚上，巴里小姐送给戴安娜一只银手镯，还告诉家里的大人们说她已经决定留下来了。

"我决定留下来就是为了和那个叫安妮的小姑娘再认识认识，"她坦率地说，"她挺逗的，在我的生活里，挺逗的人可不多。"

玛丽拉听了这事后唯一的评论是："我早告诉过你。"这话是说给马修听的。【名师点睛：兄妹之间的斗嘴非常愉快，两个人都把安妮当作绿山墙的骄傲了。】

巴里小姐待了一个多月的时间，她这次比以往随和多了，因为安妮总是让她心情愉快，她们成了好朋友。

巴里小姐临走时说："记着，安妮，你进城就来看我，我让你睡我家最好的客房。"【名师点睛：短暂的相处，巴里已经喜欢上这个活泼的孩子了，还要请她去家里做客。】

"巴里小姐还真是我的知音，"安妮对玛丽拉说，"看着她你会觉得她不像，可是她是。开始看不出来，就跟开始我没看出马修是我的知音一样，可是过一段时间就看出来了。我以前以为知音难觅，看来倒不是这样。发现世上有这么多知音真是太美妙了。"

Z 知识考点

1.安妮和戴安娜之间若有重大消息宣布,就要闪_____下信号。若是闪_____下,意思就是"你在那儿吗?"闪_____下是"在"。

2.判断题。音乐会当天安妮兴奋极了,就连吉尔伯特表演的节目也让她感到兴奋。(　　)

3.巴里小姐邀请安妮去她家玩,还说把最好的客房留给她,这说明了什么?

_____

_____

_____

Y 阅读与思考

1.安妮用什么办法求得巴里小姐的原谅?

2.安妮是如何评价巴里小姐的?

绿山墙的安妮

第二十章
自讨苦吃

> **M 名师导读**
>
> 安妮的想象力过于丰富了,她甚至为了增加趣味,而凭空地想象出可怕的"鬼故事",但是玛丽拉决心改掉安妮的错误观念,逼着她勇敢地面对自己的"恐怖幻想"……

春天又回到了绿山墙——这是加拿大的一个美丽的春天,它变幻莫测,姗姗来迟,不紧不慢地一直从四月拖到五月。这段日子里万物复苏,春回大地,空气清新而寒冷,傍晚时落日总是把西天染成一片桃红。情人径两旁的枫树上冒出了红红的嫩芽,树神泡泡泉周围小棵的蕨菜弯弯曲曲地从土里钻了出来。【名师点睛:春天再次光临绿山墙,同时也暗示了安妮已经在此生活了一年了。】赛拉斯·斯隆先生家房后的荒野里,五月花竞相开放,褐色的叶子下面探出粉色、白色小星星似的芳香的花朵来。一个阳光灿烂的下午,学校里所有的孩子都去采摘花朵,他们在晴朗的落日余光的辉映中走回家去,怀里抱着鲜花,篮子里也装满鲜花。

"有些人住在没有五月花的地方,我为他们感到难过。"【名师点睛:对于生性浪漫的安妮来说,生活中是不能缺少花朵的。】安妮说,"戴安娜说他们也许有更美丽的东西,可是再没有比五月花更美丽的东西了,对吗,玛丽拉?戴安娜还说如果他们不知道五月花是什么样子,他们就不会感觉遗憾,可是我觉得那是所有事情中最悲惨的事情。玛丽拉,我觉得不知道五月花是什么样子而且不为没有它们而感到遗憾是很可悲的。

160

您知道在我心中五月花是什么吗,玛丽拉?我想它们一定是去年夏天死去的那些花儿的灵魂,而我们这儿是它们的天堂。噢,玛丽拉,今天我们玩儿得可真高兴。我们在一个大大的长满了苔藓的洼地里吃了午饭,旁边有口枯井——多么浪漫的地方呀。查利·斯隆想要将阿蒂·吉利斯的军,问他敢不敢从枯井上面跳过去。阿蒂就跳过去了,因为他不愿意被人将住,学校里谁也不愿意被别人将住。这阵儿将别人的军特时髦。菲利普斯老师把他采的所有的五月花都送给柏莉西·安德鲁斯了,我还听见他对她说'鲜花送给心上人'。他那句话是从书上学来的,这个我知道,不过这也说明他还有点儿想象力。也有人送给我五月花,但是我很轻蔑(miè)[藐视、小看、鄙弃]地拒绝了。我不能告诉您那个人的名字,我已经发誓再也不说那几个字了。我们用五月花做成花冠戴在帽子上。该回家了,我们就两人一组排着队,捧着花束戴着花冠走在大路上,还唱着'我的家在小山上'。噢,太激动人心了,玛丽拉。赛拉斯·斯隆家所有的人都跑出来看我们,路上的人也都停下来盯着我们看,我们可真风光了一回。"

"怪不得人家看你们!干这种傻事!"这就是玛丽拉的回答。【名师点睛:大人和儿童看待世界和理解世界的眼光是不同的,古板的大人是无法体会儿童的欢乐的。】

五月花开过之后紫罗兰又开了,开遍了紫罗兰谷。安妮上学路过这里,她总是脚步轻轻,目光虔诚,好像踏上圣地一般。

"不知怎么的,"她对戴安娜说,"我经过这儿的时候,真的不在乎是不是吉尔——我是说是不是有人在班上超过我了。可是一到了学校就完全不一样了,我还像平常一样在乎。我身上有这么多不同的安妮,有时候我想这就是我这个人老爱惹麻烦的原因吧。如果我身上只有一个安妮,那就省事多了,可也就没这么有趣了,一半都没有。"

六月里的一个傍晚,果园里又盛开出粉红的花朵,青蛙在波光湖源头的沼泽里清脆欢快地歌唱。空气中弥漫着苜蓿田和冷杉林散发出来

> 绿山墙的安妮

的清香,安妮正坐在自己房间的窗前。她刚才一直在温习功课,但天黑下来她看不清书上的字迹了,于是睁大眼睛又陷入了无边无际的遐想。【名师点睛:安妮具有超强的幻想能力,这似乎是她学习以外第二重要的事了。】她透过窗外"白雪皇后"的枝丫向远处望去,这时"白雪皇后"的枝头又开满了一簇簇的鲜花。

这个小小的东侧房基本上没有什么变化。墙还是那样雪白,针插还是那么坚硬,泛黄的椅子还像以前一样直挺挺地立在那里,但是小屋的气氛完全变了。屋里的一切都焕然一新、充满活力,这与一个女学生的书本、衣服、缎带,甚至桌上装满苹果花的裂了的蓝罐子都毫不相干。好像这个生气勃勃的屋主人的一切梦想,不管是睡着的还是醒着的,都是可以看得见的,虽然这些梦想不是实实在在的东西。梦想用彩虹和月光织成绚丽多彩的透明的薄纱,装点了光秃秃的小屋。这时玛丽拉轻快地走进屋来,拿着几件刚熨好的安妮的校裙。她把衣服搭在椅背上,坐下来轻轻叹了口气。那天下午她头痛的毛病又犯了,虽然现在头不痛了,但她感觉很虚弱,很"乏",她自己是这么说的。安妮用那双清澈的充满同情的眼睛望着她。

"我真希望我能替您头痛,玛丽拉,我会为了您愉快地忍受痛苦的。"【名师点睛:虽然不是"亲母女",但安妮非常爱玛丽拉,愿意为她分担痛苦。】

"我觉得你家务干得不错,我能多休息一点儿了。"玛丽拉说,"你好像进步很快,比以前犯的错误少多了。不过你完全没必要把马修的手帕浆得硬邦邦的!而且一般人把晚饭吃的馅饼放进炉子里烤,都是烤热了就拿出来吃,而不是把它扔在里面不管,烤得焦干。你平时好像不这样。"【名师点睛:安妮又犯了一些错误,看来又是"幻想"惹出来的。】

头痛常使玛丽拉有点儿爱挖苦人。

"噢,对不起。"安妮歉疚地说,"我把馅饼放进烤炉里就把它忘了,到这会儿才想起来,不过我本能地感觉到餐桌上缺了点儿什么东西。今天早晨您给我派活儿的时候，我就下决心不再想象任何东西，只把思想集中在活儿上。在把饼放进烤炉之前我都做得不错，可后来有一种不可抗拒的诱惑抓住了我，我想象我是位被施了魔法的公主，被关在一座孤零零的塔里，有位英俊的骑士骑着匹乌黑的骏马来救我，所以我就把馅饼的事儿忘了。我不知道我把手帕浆得太硬了。熨手帕的时候，我一直在想给戴安娜和我在小溪上游新发现的那个小岛起个名字。那是个最令人陶醉的地方，玛丽拉。岛上有两棵枫树，小溪绕着它流过。我终于想起来叫它维多利亚岛挺不错的，因为我们是在女王生日那天发现它的。戴安娜和我都忠于女王。噢，我真为馅饼和手帕这两件事抱歉。今天我想表现得特别好，因为今天是个纪念日。您还记得去年的今天发生了什么事吗，玛丽拉？"

"不记得了，我想不起来有什么特殊的事。"

"嗨，玛丽拉，那是我来到绿山墙的日子呀。我永远也不会忘记这一天的，这是我生命的转折点，当然这也许对于您来说不那么重要。我来这儿已经一年了，我一直非常快乐幸福。当然我也犯了些错误，但是我可以改呀。您留下我后悔吗，玛丽拉？"【名师点睛：时光飞逝，一年的相处让安妮对绿山墙产生了深厚的感情。】

"不，不能说后悔，"玛丽拉说，她有时想安妮来绿山墙之前她过的是什么样的日子呀。"不，一点儿不后悔。安妮，如果你功课做好了，我想让你到巴里夫人那儿去问问她能不能借给我戴安娜的裙样儿。"【名师点睛：虽然安妮惹祸不断，但她给绿山墙带来了生机，也给兄妹俩的生活带来了新的希望。】

"噢，——外面——外面太黑了。"安妮叫道。

"太黑了？唷，天刚有一点儿擦黑呀。天知道你天黑后跑去过多少趟。"

"我明天一早去吧，"安妮恳求道，"太阳一出来我就起来过去，玛丽拉。"

"你脑子里又在琢磨什么呢，安妮·雪利？今天晚上我想用那个样子为你裁新裙子。快点儿去，利索点儿。"

163

▶ **绿山墙的安妮**

"那我只好绕大路过去了。"安妮说,她不情愿地拿起帽子。

"走大路要浪费半个小时呀!那可不行。"

"我不敢穿魔鬼森林,玛丽拉。"安妮绝望地叫道。玛丽拉瞪大了眼睛。

"魔鬼森林!你疯了吗?魔鬼森林到底是什么东西?"

"小溪那边的云杉树林。"安妮小声说。

"胡扯!根本没有什么魔鬼森林这类东西。谁告诉你这些乱七八糟的东西的?"【名师点睛:玛丽拉是一个"现实主义者",她完全不相信"鬼"这类东西的存在,她甚至也不允许孩子的心里有这种错误的想法。】

"没人告诉我。"安妮坦白道,"戴安娜和我想象那个树林里有鬼。这周围的所有地方都太——太——平淡无奇了,我们就想出魔鬼森林来逗乐。我们四月份就开始这样想了。玛丽拉,闹鬼的树林真是太浪漫了。我们选择了那片云杉林,因为那里非常阴暗朦胧。噢,我们已经想象出最吓人的事儿了。晚上大概就在这个时候,一个白衣女人沿着小溪走着,双手绞扭在一起,发出凄厉的尖叫,谁家一有人死了,她就会出现。在旷野附近的拐角处游荡着一个被谋杀了的小孩儿的幽灵,它会蹑手蹑脚地跟在你身后,把冰冷的手指搭在你的手上——就像这样。哎,玛丽拉,一想起来我就禁不住打寒颤。还有个无头人在小路上悄无声息地来回踱步,骷髅在树枝中间怒视着你。噢,玛丽拉,无论如何天黑以后我都不去穿那片魔鬼森林,肯定有些白乎乎的东西会从树后伸出手来把我抓住。"

"谁听说过这种事!"玛丽拉惊叹道,她听得都入神了。【名师点睛:安妮总能把自己的幻想讲述得栩栩如生,而让玛丽拉陷入她的故事里。】

"安妮·雪利,你是想告诉我你相信所有那些自己想象出来的鬼话吗?"

"不完全相信,"安妮支吾着,"至少我白天不相信。可是玛丽拉,天黑了就不一样了,黑天是幽灵出游的时候呀。"

"世上没有幽灵这种东西,安妮。"

"不,有的,玛丽拉,"安妮急切地嚷道,"我认识一些见过幽灵的人,

164

他们都是很可信的人。查利·斯隆说他奶奶在他爷爷死了一年之后的一天晚上,又见着他赶着牛群回家了。您知道查利·斯隆的奶奶决不会编瞎话,她对上帝很虔诚。有一天晚上,托玛斯太太的爸爸跑回家,后面有一只浑身是火的羊羔追着他,羊头已经被割下来,就连着一点儿皮悬在那里。他说他知道那是他兄弟的灵魂,他还说那预示着他九天之内就得死。九天之内他没有死,可他两年之后死了,所以您看那确实都是真的。还有鲁比·吉利斯说——"

"安妮·雪利,"玛丽拉斩钉截铁地打断了她,"我决不想再听你说这些了。【名师点睛:纵然安妮的故事讲得"天花乱坠",玛丽拉依然丝毫不为所动。】我一直对你的想象很怀疑,如果这就是你想象的结果,那我不能再纵容这种行为了。你马上就去巴里太太家,从那片云杉林穿过去,这就是对你的教训和警告,再也别让我听你讲什么魔鬼森林的话了。"

安妮尽可以像平常那样又哭又求,因为她心里确实害怕。她已经控制不住自己的想象力了,天黑之后,她对云杉林充满了恐惧。【名师点睛:天真的儿童既能用幻想让自己获得乐趣,也能用幻想给自己带来"灾祸"。】可是玛丽拉很坚决。她把这个畏畏缩缩的魔鬼幻想家押送到泉水旁边,然后命令她径直过桥,走进那片阴暗的有哀号女人和无头幽灵藏身的树林里去。

"噢,玛丽拉,您怎么能这么狠心呢?"安妮哽咽着,"如果有个白东西真的把我抓起来扛走,您心里会是什么滋味儿?"

"我愿意冒这个险,"玛丽拉冷冰冰地说,"你知道我一向说到做到。让你想象出什么幽灵来,我得改掉你这个毛病。好,走吧。"【名师点睛:玛丽拉为了改掉安妮的错误观念,"狠心"地将她"推了出去"。】

安妮出发了。就是说,她跌跌撞撞地过了桥,战栗着走上远处幽暗恐怖的小路。安妮永远也不会忘掉这一段路,她真痛悔自己当初让想象力撒了缰。她身边的每一片阴影中都埋伏着她奇想出来的那些妖怪,它们伸出冰冷的枯柴一样的手来抓这个吓坏了的小姑娘——是她把这些

165

▶ 绿山墙的安妮

东西想象出来的。树林的泥土是褐色的,一条白色的桦树皮在一个土坑里爆裂开来,吓得她心都不跳了。两条枯树枝互相摩擦发出长啸,惊得她额头渗出成串的滴滴冷汗。蝙蝠在头顶上的黑暗处扑棱棱地飞,活像妖魔鬼怪的翅膀。她一走进威廉·贝尔家的田野就飞跑起来,好像后面有一队白色的东西在追赶她,跑到巴里家厨房门口她早就上气不接下气了,半天说不出来她是来借裙样儿的。戴安娜不在家,所以她也没有理由在那儿多待,她又得对付回去的那一段可怕的路程。安妮紧闭着眼睛往回走,宁愿冒着在树上撞破脑袋的危险也不愿看见任何白色的东西。当她终于磕磕绊绊地从木桥上下来时,她颤抖地吸了口长气。

"怎么样?没有什么东西抓住你吧?"玛丽拉毫不同情地说。

"噢,玛——玛丽拉,"安妮的牙齿还在打颤,"以后,我再不——不会认为平——平——平淡无奇的地方没意思了。"【名师点睛:这次"恐怖"的独行经历,改变了安妮的看法,她真的是被吓到了。】

第二十一章

一种新调料

M 名师导读

讨厌的菲利普斯先生就要离开埃文利了,但孩子们竟然有些不舍;好在又来了一对新的牧师夫妇,让孩子们暂时忘却了伤痛。玛丽拉一家就要宴请牧师夫妇了,安妮不会又惹出什么"乱子"吧?

"哎哟,这世上除了相聚和分离就没什么别的事儿了,就像林德太太说的那样。"六月最后那天,安妮悲哀地说,她边把石板和书放在厨房的桌上,边用一块湿手绢擦着发红的双眼,"玛丽拉,您说是不是幸好我今天多带了一块手绢去学校?我就预感到会用得着。"

"我从来没想到你那么喜欢菲利普斯先生,不就是他要走了嘛,你居然用两块手绢来擦眼泪。"玛丽拉说。【名师点睛:同学们都讨厌的菲利普斯先生要走了,但大伙的情绪都很悲伤。】

"我觉得我并不是因为真的非常喜欢他才哭,"安妮说,"只不过是别人都哭我也就哭了,是鲁比·吉利斯起的头。她以前老说讨厌菲利普斯先生,可是菲利普斯先生刚一站起来作告别演说,她就掉眼泪了。接着那些女生一个个全都哭开了。玛丽拉,我想忍住来着,我使劲去想那次菲利普斯先生让我和吉尔——一个男生坐一块儿;还有那次他在黑板上写我的名字少了"女"字旁;他还说我是他见过的几何学得最糟糕的学生,并且嘲笑我的拼写。他一向那么讨厌,那么好挖苦人。可是玛丽拉,不知怎么搞的,我想不下去,只能也哭。【名师点睛:安妮是一个善良又

167

▶ 绿山墙的安妮

感性的孩子,她不爱记仇。】简·安德鲁斯这一个月都在说要是菲利普斯先生走了,她会多么多么高兴,声称一滴泪也绝不会掉。好,她比我们谁都哭得厉害,只得向她弟弟借了块手绢——男生当然没哭——因为她没想到会用手绢,自己的没带来。噢,玛丽拉,那场面真让人伤心。菲利普斯先生的告别头开得那么动听,第一句是'离别的时刻到了',真是太感人了。他自己也含着眼泪呢,玛丽拉。噢,我在学校说过他许多坏话,在石板上画他的漫画,捉弄他和柏莉西,我真是懊悔死了。跟您说吧,我真希望像明尼·安德鲁斯那样当个模范生,她就不会觉得良心不安。我们女生从学校一路哭到家。卡莉·斯隆隔几分钟就说一遍,'离别的时刻到了',我们刚要破涕为笑,她这一说就又把我们惹哭了。【名师点睛:儿童总是纯真善良的,他们看重一切相聚,把分离当作最悲伤的事情。】玛丽拉,我真的觉得很难过。不过要是一个人想到马上就有两个月的假期,就不会觉得太绝望了,对不对,玛丽拉?再说,我们见到了从车站过来的新牧师和他的夫人。虽然菲利普斯先生要走了我很难过,可我还是忍不住对新牧师有点儿好奇。我怎么能不好奇呢?他的太太可漂亮了,当然啦,并不见得是那种高贵的美——我想一个牧师如果有一个王后般美丽的妻子也不合适,那样也许会带一个坏头的。林德太太说,纽布里奇的牧师太太影响就很不好,因为她老是打扮得花枝招展的。我们这位新牧师的太太穿着一条蓝色布裙,是可爱的灯笼袖,帽边上缀着玫瑰花。简·安德鲁斯说,她认为灯笼袖穿在一个牧师夫人身上显得太俗气,不过我可是一句这样的坏话也没说,玛丽拉,因为我知道渴望穿灯笼袖是什么感觉。再说,她当上牧师太太才刚多久呀,大家会体谅她的,是吧?【名师点睛:安妮喜欢一切美的事物,这位新来的牧师又会与安妮之间发生什么事情呢?】他们先在林德太太家搭伙,等安排好住处再走。"

那天傍晚,玛丽拉到林德太太家去了,如果不是像她自己说的那样,是去还去年冬天借的绣架,那么不论她去那儿是出于什么动机,都可以算作大多数埃文利人一个令人愉快的小毛病。林德太太从前借出去的很多东西,有时她根本不指望再见着了,那天晚上却全都被还回来了。新来了个牧师,而且是个带着太太的牧师,对于这个难得有新鲜事的僻静小乡村来说,可真是件让人好奇心大发的事。【名师点睛:看来,新来的牧师不仅引起了孩子们的注意,还引起了大人们的关注。】

本特利老先生在埃文利做牧师已经有十八年了,安妮觉得他缺乏想象力。他刚到任时是个鳏(guān)夫[无妻或丧妻的男人],现在还打着光棍儿,尽管每年都有传闻说他娶了这个,娶了那个的。今年二月份他辞了职,在人们的惋惜声中离开了。大多数人因为长期相处,对这位和善的老牧师有了感情,虽说他布道没什么吸引力。本特利先生走后,人们在埃文利的教堂里聆听许多牧师候选人和"代理牧师"的试验性布道成败与否由以色列的神父、嬷嬷来裁决,但是有个红头发小女孩儿,老是乖乖地坐在教堂里老卡斯伯特家座位的一角,对于传教人有她自己的看法,而且和马修讨论得十分详细,玛丽拉原则上却总是避免以任何形式评论牧师。

"我想史密斯先生当不了牧师,马修。"安妮最后总结道,"林德太太说他布道太差劲了,不过我认为他最大的毛病恰恰和本特利先生一样——也是没有想象力。特里先生的想象力又太丰富了,他浮想联翩,就像我想象魔鬼森林那次似的。还有,林德太太说特里先生的神学理论不扎实。格雷沙姆先生是个好人,也很虔诚,可是他老爱在教堂说笑话逗大伙儿,不够庄重,一个牧师必须有点儿尊严,是不是,马修?我觉得马歇尔先生确实有魅力,可林德太太说他没结过婚,连订婚也没订过。林德太太专门打听过,她说埃文利不能要个没结婚的年轻牧师,因为他可能娶教区里的某个姑娘,那可会出乱子的。林德太太是个很有远见的人,是吧,马修?现在他们找来了阿伦先生,我挺高兴的。我喜欢他,因为他的布道很有意思,他祈祷像是发自内心的,而不是出于习惯才祈祷的。【名师点睛:安妮内心纯真,因此,她喜欢那些真实的人。】林德太太说阿

169

▶ 绿山墙的安妮

伦先生也不是十全十美,不过她说她认为七百五十元的年薪别指望找到一个十全十美的牧师,再说不管怎么样,阿伦先生的神学理论是很过硬的,因为林德太太已经详细询问过阿伦先生所有的教规细则。她还认识他太太家的人,说他们都是最值得尊敬的人,那些女人都是持家的好手。林德太太说,男人有坚定的宗教信仰,女人善于当家,这两样加在一块儿就是理想的牧师之家了。"

新牧师和他的太太是一对面善的年轻夫妻,这会儿蜜月还没度完,他们对自己选择的终身职业充满了令人钦佩的热情。埃文利的人们一开头就对他们披心相付,老老少少都喜欢上了这个开朗热情、具有崇高理想的年轻人,也喜欢上了那位身为牧师宅女主人的聪明文雅、小巧玲珑的淑女。安妮立刻就全心全意地爱上了这位阿伦太太,她又找到了一位知音。

"阿伦太太真是太可爱了。"安妮在一个星期日的下午这么说,"她教我们班,课讲得棒极了。她一开始就说,不该老是由老师问学生问题,您知道吗,玛丽拉,我恰恰也一直有这个想法。【名师点睛:在那个保守的时代,能有一个如此开明的老师,自然是安妮最大的幸运。】她说我们随便问她问题,我就问了很多很多。这个我可拿手了,玛丽拉。"

"这点我信。"玛丽拉特意加重语气说。

"除了鲁比·吉利斯,别人都没问什么,鲁比问的是今年夏天会不会搞一次主日学校野餐。【名师点睛:阿伦太太真是一个好老师,即使学生们问了与课堂不相干的问题,她也不会生气。】我觉得这个问题提得不合适。因为和我们上的课没什么关系——课上讲的是丹尼尔在狮子洞穴里的故事——不过阿伦太太只是笑了笑说她觉得会搞一次野餐的。阿伦太太笑起来可甜了,她脸上有两个小巧的酒窝,我要是也有酒窝就好了,玛丽拉。我现在比刚来那会儿胖多了,可还是没有酒窝。如果我有的话,就可能对别人产生永久的影响。阿伦太太说我们应该对别人产生永久的影响,她把一切都说得那么美好。以前我从来不知道宗教会那么让人精神振奋，我一向以为宗教就是愁眉苦脸，可是阿伦太太不是这样。【名师点睛：一个人能在童年时代遇到一位既有思想又开明的老师一定会对人的一生产生良好的影响。】我愿意做个像她那样的基督徒，我不想做贝尔学监那样的教徒。"

"你这么说贝尔先生可不好，"玛丽拉严肃地说，"贝尔先生确确实实是个好人。"

"噢，他当然是好人，"安妮表示同意，"可是他好像并没有从中得到任何快乐。如果我样样都好，我就会整天又唱又跳，因为我为此感到高兴。我想阿伦太太年纪不小了所以不能又唱又跳的，当然了，连唱带跳对于一个牧师太太来说也会有失尊严。不过我确实能感觉到她很高兴当基督徒，即使她不是基督徒也能进天堂，她也很乐意当个基督徒。"

"我看咱们得赶快找个日子请阿伦先生和他太太过来喝茶，"玛丽拉若有所思地说，"除了咱家，他们差不多都转遍了。让我想想，下星期三请他们来挺合适的。你可千万别把这事告诉马修，如果他知道他们要来做客，他那天准得找个借口躲出去。他已经跟本特利先生熟悉了，不怕他了，可是他会觉得和一位新来的牧师认识很困难，而新牧师的太太非得把他吓死不可。"【名师点睛：玛丽拉的话听起来有些夸张，但再次证明了马修的害羞和保守。】

"我死都不会说的，"安妮保证道，"可是，玛丽拉，您能让我那天做块蛋糕吗？我很愿意为阿伦太太做点什么，您也知道现在我能做相当好吃的蛋糕了。"

"你可以做块夹心糕。"玛丽拉答应了。

星期一和星期二两天里，绿山墙在进行着大量的准备工作。请牧师和他太太来喝茶可是件既严肃又不同凡响的事，玛丽拉决心不能输给埃文利任何一位主妇。安妮兴奋快乐得发狂。星期二黄昏时分，她与戴安娜坐在树神泡泡泉边的大红石头上，用在冷杉树脂中浸过的小树枝在水

171

▶ 绿山墙的安妮

里划出七彩小圈圈,她把这事全对戴安娜说了。

"戴安娜,我们什么都准备好了,就差我明天早晨要做的蛋糕和玛丽拉要在下午茶前做的苏打饼干了。我向你保证,这两天我和玛丽拉可忙坏了。请牧师一家来用茶可是大事,我以前从来没经历过这种事。你真该去看看我们的食品室,可壮观了。我们准备了鸡肉冻和冻舌肉。我们要吃两种果冻,红色的和黄色的,还有掼奶油、柠檬饼、樱桃馅饼、三种小甜饼、水果蛋糕,还有玛丽拉专为牧师夫妇准备的极好的黄李子酱,还有重油蛋糕、夹心糕和刚才跟你说过的饼干。我们有新烤的面包,也有放了几天的,以防牧师会消化不良吃不了新鲜面包。【名师点睛:为了招待新牧师夫妇,绿山墙真的做了非常充分的准备,可以看出他们一家对客人的重视。】林德太太说大多数牧师都消化不良,可我觉得阿伦先生做牧师时间还不长,所以不会消化不良的。我一想到要做夹心糕,就浑身发抖。哎,戴安娜,要是我没做好怎么办呀!我昨天晚上做了个梦,梦见我被一个可怕的妖怪追得四处乱跑,这妖怪的头就是一大块夹心糕。"

"没什么,你会做好的。"戴安娜深信不疑地说,她可真是个会体贴人的朋友,"我觉得两星期前我们在旷野里吃的你做的那块蛋糕就实在好极了。"

"我知道,可是做蛋糕老是会出这种可怕的事:你越是希望它拿得出手,做出来的就越差劲,"【名师点睛:这为接下来的安妮做蛋糕"事故"做了铺垫。】安妮叹了口气,在水面上很平稳地放好了一根小树枝。"不管怎么样,我想我现在只能听天由命,放面粉的时候多加小心了。噢,看哪,戴安娜,多可爱的七彩圈圈呀!你看等我们走了以后,树神会出来拿它当围巾吗?"

"你知道根本没有树神之类的东西。"戴安娜说。她妈妈已经发现了魔鬼森林的事,气坏了。结果戴安娜不再跟安妮学去想象稀奇古怪的东西了,她觉得相信这类东西很傻,即便是毫无害处的树神也是如此。

"可想象这世上有树神是很容易的事呀。"安妮说,"每天晚上我上床前都要向窗外望望,我真想知道树神是不是真坐在那里,照着泉水梳理她的头发。有时候我在清晨的露水中寻找她的脚印,噢,戴安娜,你可不能放弃对树神的忠诚!"

星期三早晨来到了。太阳刚一出来安妮就起床了,她兴奋得根本睡不着。她头一天晚上在泉边玩水得了重感冒,但是除非得了肺炎,否则什么也别想压抑她做夹心糕的兴趣。吃过早饭,她便动手做夹心糕了。在终于把夹心糕放进烤炉关上炉盖时,她深深地吸了口气。

"我担保这次什么都没忘,玛丽拉,可是您觉得它会发起来吗?要是发酵粉有可能不好呢?我用的是那罐新发酵粉。【名师点睛:客人就要来了,安妮的心却一直悬着,她紧张透了,生怕自己犯错。】林德太太说,这年头什么东西都掺假,谁都难担保买的发酵粉好用。林德太太说政府该抓抓这事,可是她说保守党政府永远也不会抓这事的。玛丽拉,要是夹心糕没发起来可怎么办呀?"

"除了夹心糕我们还有好多吃的呢。"玛丽拉对这事倒挺沉得住气。

不过夹心糕发得挺好,从烤炉里拿出来像金色的泡沫一样松软。安妮高兴得满脸通红,一边给它夹上一层层鲜红的果冻,一边想象着阿伦太太吃着夹心糕,可能还再要一块呢!

"您当然要用那套最好的茶具,玛丽拉,"她说,"我可以在桌子上摆上些蕨菜和野玫瑰吗?"

"我看那全是胡闹,"玛丽拉嗤之以鼻,"依我看,吃的东西才是最重要的,乱七八糟的装饰有什么用?"

"巴里太太就把她的桌子装饰起来了,"安妮说,她鬼心眼儿可不少,"牧师对她大加赞扬,他说这样一来不仅使人饱了口福也饱了眼福。"【名师点睛:安妮非常聪明,知道怎么劝说才最有效,而玛丽拉果然被她说"动"了。】

"好吧,你随便弄吧,"玛丽拉说,她下决心不能比巴里太太或其他任何人落后,"不过要记住留下足够的地方放盘子和吃的。"

173

▶ **绿山墙的安妮**

安妮使出浑身解(xiè)数[指所有的本领，全部的技术手段]将餐桌装点得非常漂亮，无论是在风格上还是样式上都把巴里太太远远地甩在了后面。她用大捧大捧的玫瑰和蕨菜按照自己的艺术品位把餐桌布置得令人赏心悦目，牧师和他妻子在桌边一坐下，便交口称赞起来。

"这都是安妮布置的。"玛丽拉说，她挺公道，不过带着不赞成的味道。安妮觉得阿伦太太赞赏的微笑真是太美好了。【名师点睛：阿伦夫妇非常欣赏安妮的装饰，而安妮对阿伦太太的印象也非常好。】

马修也在场，他是怎样被哄来的只有上帝和安妮知道。他一直忸怩紧张得要命，玛丽拉对他完全绝望了，而安妮却有办法说服他。瞧，他穿着最好的那套衣服，系着白领，跟牧师饶有兴味地聊着。他没跟阿伦太太说一句话，不过大概谁也不会期望他这样做。

一切都在轻松愉快的气氛中顺利进行，接着安妮的夹心糕端上了桌子。阿伦太太已经品尝了使人眼花缭乱的各色各样的茶点，她婉言谢绝了夹心糕。玛丽拉看到安妮失望的神情，便微笑着说："噢，阿伦太太，您得尝一块，这是安妮专门为您做的。"

"这么说我还真得尝尝。"阿伦太太笑着说，自己拿了一个大三角块，牧师和玛丽拉也同样各取了一大块。

阿伦太太咬了一口，脸上突然掠过一种很奇怪的表情，但她一句话也没说，不动声色地吃了下去。玛丽拉捕捉到了她的神情，连忙尝了一口夹心糕。

"安妮·雪利！"她叫道，"你到底往蛋糕里掺了什么呀？"【名师点睛：显然，安妮又惹出了"麻烦"，不过阿伦太太的反应却反映了她有着良好的修养。】

"就是食谱上的调料呀，玛丽拉，"安妮叫起来，满脸痛苦的神情，"哎呀，有什么不对头吗？"

"对头！简直糟透了。阿伦太太，快别吃了。安妮，你自己尝尝，你加了什么调料？"

174

"香草,"安妮说,她尝了口蛋糕,羞得满脸通红,"我就加了香草,噢,玛丽拉,一定是发酵粉的问题。我早怀疑那发酵——"

"瞎扯!去把你用的那瓶香草拿来。"

安妮飞跑到食品室拿回来一个小瓶子,里面盛了一些褐色液体,瓶上发黄的标签上写着"上等香草"。

玛丽拉接过瓶子,拔开塞子闻了闻。

"天哪!安妮,你往蛋糕里加的是止痛搽剂。我上星期把装止痛搽剂的瓶子打碎了,就把剩下的止痛搽剂倒进了一个用过的空香草瓶子里。我想我也有一定责任——我该提醒你一下——可是天啊,你怎么就不先闻闻呢?"【名师点睛:忙中出错,安妮越是在意,"老天"就越是要给她点"颜色"看看。但玛丽拉勇于承担的态度也值得大人们学习。】

安妮大大丢了面子,情不自禁哭了起来。

"我闻不到——我感冒了!"她喊着逃回东侧房,一头扑到床上号啕大哭,谁的劝慰也不听。【名师点睛:安妮非常在意这次聚会,但她又丢脸了,所以她非常伤心。】

过了一小会儿,楼梯上传来轻轻的脚步声,有人进了屋。

"噢,玛丽拉,"安妮头也不抬地呜咽着说,"我没完没了地丢人现眼,人们永远忘不了我干的好事。这事会传出去的——在埃文利什么事都会传开。戴安娜会问我夹心糕做得怎么样,我只能对她说实话。别人以后会一直在背后指指点点,说我就是那个用止痛搽剂做夹心糕调料的姑娘。吉尔伯特——学校里的男生会永远拿这事取笑我。噢,玛丽拉,如果您发一点点基督徒的慈悲,那您就别让我现在下楼去洗碗。等牧师和他太太走了,我会去洗的,可是我再也没脸见阿伦太太了,没准儿她以为我要毒死她呢。林德太太说她知道有个小孤女就曾经试图毒死她的恩人。可是止痛搽剂是无毒的呀,本来就能内服——尽管不是掺在夹心糕里面。您能不能把这些转告阿伦太太,玛丽拉?"

"你跳起来自己告诉她吧。"一个快乐的声音说道。

▶ 绿山墙的安妮

安妮翻身跳了起来，发现阿伦太太站在床边，含笑看着她。

"可爱的小姑娘，千万别这么哭了，"她说，她看到安妮悲痛的样子深感不安，"哎呀，其实这只不过是个有趣的错误，谁都会犯的。"

"噢，不，只有我才会犯这种错误，"安妮愁眉苦脸地说，"我本来多希望给您做个香喷喷的夹心糕呀，阿伦太太。"

"这我知道，亲爱的。我向你保证不管夹心糕做得好坏我都一样感激你的善意，还有你的细心周到。好了，千万别再哭了。下楼领我去参观参观你的花园吧。卡斯伯特小姐说园子里有一小块地是你自己的，我想去看看，因为我很喜欢花。"【名师点睛：面对安妮的窘迫，阿伦太太能主动宽慰她，她真是一个善解人意的好人。】

安妮顺从地下了楼，心里得到了安慰，她想，阿伦太太是她的知音，这真是天意。再没人提起止痛搽剂夹心糕的事，客人们走了，安妮发现尽管发生了这个可怕的意外，她这天晚上却过得比预想的还要愉快得多。不过，她还是深深地叹了口气。

"玛丽拉，想到明天是新的一天，还一点儿错误都没有，这太好了，不是吗？"

"我相信你会犯好多错误的。"玛丽拉说，"安妮，我从没见过有谁比你更能犯错误。"

"是的，这点我很清楚，"安妮难过地承认，"可是您没发现我还有一个优点吗，玛丽拉？我从不再犯以前犯过的错误。"【名师点睛：是呀，谁没有犯过错误呢？最重要的是要有改正的勇气。】

"你老是犯新的错误，所以我看不出这优点有什么用。"

"噢，您不知道吗，玛丽拉？一个人能够犯的错误必定是有限的，等我把错误都犯完了，就不会再犯错误了。想起这个我就特开心。"

"行了，最好去把夹心糕喂猪吧，"玛丽拉说，"谁也吃不了，连杰里·伯特都不会的。"

Z 知识考点

1._____家房后的荒野里，五月花竞相开放。春天来了，这也暗示着安妮来到绿山墙已经有_____年了。

2.新来的牧师是(　　)。

A.阿伦先生　　B.马歇尔先生　　C.格雷沙姆先生

3. 作者为什么要不厌其烦地介绍绿山墙为迎接阿伦夫妇所做的食物？

_____

_____

_____

Y 阅读与思考

1.安妮认为她自己总爱惹麻烦的原因是什么？

2.对于大伙讨厌的菲利普斯先生的离开，安妮为什么要哭？

> 绿山墙的安妮

第二十二章

为尊严受苦

M 名师导读

安妮的同学们又在戴安娜家举行聚会了,为了调节气氛,大伙又玩起了那个"激将"的游戏,这个游戏可是非常考验人的勇气的,她们玩得怎么样呢?尤其是安妮,又惹祸了吗?

止痛搽剂蛋糕事件之后,安妮老实了两个多星期。现在这事过去快一个月了,安妮又该捅新娄子了,她小错不断,比如稀里糊涂地把该倒在猪食桶里的一锅脱脂牛奶倒在了食品室里的一筐纱线团上,在过木桥时满脑子奇思异想,结果从桥上掉进了小溪,这类事情实在数不胜数。

在牧师家喝过茶一周之后,戴安娜·巴里举办了一次聚会。

"是个小型聚会,参加的人都是经过挑选的,"安妮向玛丽拉保证说,"只有我们年级的女生。"【名师点睛:"吸取"了上次聚会的"经验"之后,安妮已经知道玛丽拉的担心是什么了,她的说辞是"无懈可击"的了。】

姑娘们玩得很开心,一点没出岔子,等到喝过茶,她们来到巴里家的花园,觉得有点玩儿腻了,就想换个口味,来点儿刺激的游戏,于是马上有人想到了"激将"游戏。

当时这种游戏在埃文利的孩子们中正流行。先是男孩子们开始玩儿,很快在女孩子中也兴起来。那个夏天埃文利发生的所有荒唐事都是肇(zhào)事者[直接引发事故的人]受别人将军[将军:象棋里的术语,是指将或帅处于被对方棋子攻击状态,必须进行化解和调整,否则就只能投子认输]才干出来的,这些事足以写满一本书了。

开头是卡莉·斯隆将鲁比·吉利斯的军,要她爬到正门前那棵大柳树的一个指定位置上去。树上长满了肉乎乎的毛毛虫,鲁比·吉利斯害怕得要命,还怕撕破了新布裙子妈妈会骂,但是她还是很灵活地爬上了那棵树,让卡莉好不难堪。

接着乔西·派伊将简·安德鲁斯的军,要她跳着左脚绕花园转一圈,中间不准停,右脚不准落地。简勇敢地跳开了,可是在第三个拐角就跳不动了,只好认输。

乔西的得意洋洋劲儿显然是过了头,于是安妮·雪利将她——要她从花园的木栅栏上一直走到东头。走栅栏可不是闹着玩儿的,没走过的人想象不出来,它需要大脑和脚跟灵活而稳定的配合。虽说乔西缺乏某些品格,人缘不大好,她却至少有一种天生的才能,这种能力得到了及时培养,使她走栅栏走得很好。乔西边走边做出一副无所谓的样子,好像在说这么点小事根本不值得将军。乔西的表演使其他女孩子虽然不情愿可也不得不佩服,她们当中许多人都试过,吃了不少苦头。乔西从墙上下来,兴奋得脸都红了,她挑衅地瞥了安妮一眼。安妮把红小辫一甩。

【名师点睛:面对乔西的"挑衅",安妮无所畏惧,一场"好戏"就要上演了。】

"我觉得在又小又矮的木栅栏上走没什么了不起。"安妮说,"我知道马里斯维尔有个女孩儿能在屋顶上走。"

"我不信,"乔西断然地说,"我不信有谁能在屋脊上走,反正你不行。"

"我不行?"安妮冲动地大叫起来。

"那你走呀,"乔西轻蔑地说,"我倒要看你有没有本事爬上去,在巴里先生家厨房的屋顶上走一趟。"【名师点睛:乔西的"激将"方式,非常危险,这会让安妮服输吗?】

安妮的脸色变得苍白,但是很明显没有别的选择了。她朝房子走去,墙边靠着一只梯子。五年级的所有女生都"噢"地叫了一声,一半出于兴奋,一半出于惊恐。

179

▶ 绿山墙的安妮

"别上去,安妮,"戴安娜恳求她,"你会掉下来摔死的。别理乔西·派伊,激别人干这么悬的事太不怎么样了。"

"我必须上去,我的名誉受到了威胁,"安妮神情庄重地说,"戴安娜,我要么从屋顶上走过,要么舍身成仁。如果我死了,我的珍珠戒指就归你。"【名师点睛:乔西的"激将"并没有吓到勇敢无畏的安妮,她甚至做好了"死"的准备。】

众人屏声静气看着安妮爬上梯子到了屋顶,她颤颤巍巍地站直了身子,开始向前走去,迷迷糊糊地觉得自己升到了空中,这滋味可不好受,她明白了走屋顶可不是件想象力可以帮上什么忙的事。不过安妮还是走了好几步,接着就出了事。她身子一偏,失去了平衡,脚下一绊,晃了晃就摔倒了,整个人从厨房的阳面屋顶滑了下来,稀里哗啦地砸过一堆五叶地锦爬藤掉了下去——房下惊慌失措的姑娘们还没叫出声来,这一切就发生了。【名师点睛:安妮的意外实在太突然,孩子们根本没有心理准备。】

如果安妮是从爬上去的那面掉下来的话,戴安娜可能当时就成了那枚珍珠戒指的继承人了。幸运的是,安妮是从另一面掉下来的,那面屋顶和门廊的屋顶斜坡状连在一起,屋檐离地面很近,所以从那儿摔下来不会很重。不过,当戴安娜和其他女孩子们疯了似的冲过屋子拐角的时候——除了鲁比·吉利斯,她像木桩似的钉在原处,吓得呆住不动了——发现安妮脸色苍白、毫无生气地躺在砸得乱糟糟的爬藤中间。

"安妮,你死了吗?"戴安娜扑通一声跪在安妮旁边尖叫道,"啊,安妮,亲爱的安妮,告诉我你是死是活,你倒是说句话呀。"【名师点睛:孩子们的担心非常真挚,但也有些"可笑"。】

这时安妮昏头昏脑地坐了起来,所有人见状都大大松了口气,尤其是乔西·派伊,虽说她缺乏想象力,可是也看到了未来的可怕景象,安妮·雪利小小年纪就惨死了,人们认为罪魁祸首就是她。安妮含含糊糊地说:"没死,戴安娜,我没死,不过我觉得失去了知觉。"

180

"哪儿？"卡莉·斯隆抽泣着问，"噢，安妮，你什么地方没有知觉了？"

安妮没答话，巴里太太已经到了跟前。安妮看见她，挣扎着想站起来，可是疼得尖叫一声又倒了下去。

"出了什么事？你哪儿伤着了？"巴里太太问。

"我的脚腕，"安妮气喘吁吁地说，"哦，戴安娜，请叫你爸爸来送我回家。我知道自己绝对走不回去了，我肯定一只脚也跳不了那么远，简直连绕花园跳一圈都不行。"

玛丽拉正在果园里摘一盆夏苹果，忽然看见巴里先生穿过木桥向山坡上走来，身边跟着巴里太太，后面还有长长一队无精打采的小女孩儿。安妮躺在他怀里，脑袋软绵绵地靠着他的肩膀。

此刻玛丽拉猛然意识到了什么。在恐惧像利刃一样刺向她心脏的一刹那，她突然意识到安妮对于她的意义。【名师点睛：玛丽拉的恐惧充分说明了她对安妮的爱是非常深厚的。】在此之前，她会承认她喜欢安妮——不，是很喜欢安妮。但是现在，在她不顾一切地冲下山坡的时候，她明白了安妮对于她来说比世上任何东西都要宝贵。"巴里先生，她怎么了？"玛丽拉气喘吁吁地问，多年来理智镇静的玛丽拉从没像现在这样脸色苍白，浑身发抖过。

安妮抬起头自己做了回答。

"别害怕，玛丽拉，我在屋顶上走，摔下来了，我想是扭了脚腕。可是玛丽拉，我本来有可能把脖子摔断的，咱们往好处想吧。"

"我早就该想到，让你去聚会，你肯定会捅出点儿娄子。"玛丽拉说，她松了口气就又变得尖刻暴躁，【名师点睛：只有确认安妮没有生命危险，玛丽拉才恢复了她的"尖刻暴躁"。】"巴里先生，把她抱过来，放在沙发上。我的天哪，这孩子昏过去了！"

玛丽拉说的没错，一阵伤痛袭来，安妮便不省人事了，她以前就希望能昏倒，现在这个愿望也算实现了。【名师点睛：安妮的愿望"总算"实现了，只是谁也没料到竟是这种惨状。】

181

▶ 绿山墙的安妮

马修被人急匆匆地从田里叫了回来,立刻就去请医生,不一会儿医生来了,他发现安妮的伤势比他们想象的要严重,她的脚踝骨折了。

那天夜里,玛丽拉走进东侧房,床上躺着一个脸色苍白的小姑娘,这姑娘悲哀地问:"难道您不为我难过吗,玛丽拉?"

"都怪你自己。"玛丽拉说,她拉上窗帘,点起了灯。

"这正是您该为我难过的原因呀!"安妮说,"一想到这事全是我的错,我就觉得太难过了。要是我可以怪别人,那我会觉得好过得多。不过,玛丽拉,要是有人叫阵,让您走房顶,您会怎么办呢?"

"我就牢牢地站在地上,让他们白叫。太荒唐了!"玛丽拉说。

安妮叹了口气。

"您的头脑真是太坚强了,玛丽拉。我就不行,我真觉得受不了乔西·派伊的嘲笑。她会一辈子向我呼喊示威的。我想我已经受了这么重的惩罚,您就不必大动肝火了,玛丽拉。【名师点睛:与玛丽拉的冷静相比,安妮显得过于"冲动",但这也是她自尊心强的表现。】昏过去毕竟是一点儿都不好受,医生给我接骨头弄得我疼死了。我六七个星期都下不了地,我会想新来的女老师的。等我能上学的时候,她就不是新的了。还有吉尔伯特——班上所有同学都要超过我了。哎哟,我真苦恼。不过只要您不生我的气,玛丽拉,我就会勇敢地面对现实的。"

"好啦,好啦,我不生气。"玛丽拉说,"你这孩子运气不好,这一点毫无疑问。不过你自己说了,要经受痛苦,那现在就想法吃一点儿饭吧。"【名师点睛:对于安妮的理论,玛丽拉并不完全认同,她只希望安妮快点好起来。】

"我有这样的想象力难道不是幸运的吗?"安妮说,"我希望它可以帮助我顺利渡过难关。玛丽拉,您说那些没有想象力的人要是折断了骨头,他们该怎么办呢?"

在接下来的枯燥乏味的七个星期中,安妮有充分的理由不止一次地庆幸自己有想象力,但是她并不是完全靠想象力度日的。来看她的人很多,每天都少不了有一个甚至几个女同学给她带来鲜花和书籍,还把埃文利的孩子们中间所发生的一切讲给她听。【名师点睛:同学们都非常担心安妮,这再次证明了安妮有"好人缘"。】

"每个人都那么好,玛丽拉。"安妮感叹道,语调中充满了快乐,这天她刚可以下地,一瘸一拐地走几步。"躺在床上是不大好受,不过也有好的一方面,玛丽拉,就是你会发现你有多少朋友。啊,就连贝尔学监都来看过我,他真是个大好人。当然啦,他不是我的知音,不过我还是很喜欢他,我真后悔以前批评过他的祈祷。现在我相信他的祈祷都是真的,只不过他讲话的习惯让人觉得他言不由衷。如果他下点儿工夫就会改掉这个缺点,我给了他相当明确的暗示。我给他讲了我是怎么下功夫把自己的祈祷做得有趣一些的。他给我讲了他小时候折断踝骨的事。贝尔学监居然曾经是个小男孩儿,这真是不可思议,连我的想象力也不够用了,我真想象不出来这个。我使劲想象他小时候的样子,我看见他长着灰胡子,戴着眼镜,就跟他在主日学校一样,只不过个头小一点儿。嗯,想象阿伦太太小时候的模样就很容易。阿伦太太来看过我十四次,这难道不是值得骄傲的事吗,玛丽拉?一个牧师太太有多少事要做啊!而且她每次来看我的时候都是高高兴兴的,她从来不说这都怪我自己,也不说她希望因为这件事我能变得更乖。林德太太来看我的时候就总是这么说,可是她的语气让我觉得她只是希望我变得更乖,可实际上并不相信我能做到。【名师点睛:阿伦太太非常喜欢安妮,而在林德太太的对比之下,阿伦太太的优点就更明显了。】连乔西·派伊也来看过我。我尽量客客气气地对她,因为我想她激我走屋顶,她自己也很后悔。要是我摔死了,她准得痛苦后悔一辈子的。戴安娜始终是忠诚的朋友,她每天都来帮我排遣寂寞。不过等我能去上学,我还是会很高兴,我已经听说了新老师那么多有趣的事。所有女生都认为新老师可爱极了。戴安娜说老师的金色卷发最漂亮,眼睛也非常迷人。她的衣着也很美丽,她衣服上的灯笼袖比埃文利任何人的衣服上的灯笼袖都大。每逢礼拜五下午

▶ 绿山墙的安妮

她都上朗诵课，课上每人都要背诵一段诗或是表演一段对话。噢，想起来就高兴。乔西·派伊说她讨厌朗诵课，其实都怪她自己没有想象力。戴安娜、鲁比·吉利斯和简·安德鲁斯正在准备一段对话，叫作'清晨来访'，下周五表演。星期五下午不上朗诵课的时候，斯塔西小姐就把他们带到树林里上'实习'课，学习蕨类植物、花草和鸟类的知识。他们每天早晚还上体育课。林德太太说她从来没听说过这种事，这都是因为新来了个女老师。不过我想这些活动肯定很棒，而且我相信我会发现斯塔西小姐是我的知音。"

"有一点很清楚，安妮，"玛丽拉说，"那就是你从巴里家屋顶掉下来一点也没伤着你这张嘴。"【写作借鉴：玛丽拉的话很有幽默感，体现了安妮乐观的性格，也为二人的相处增加了趣味。】

第二十三章

准备音乐会

> **M 名师导读**
>
> 学校新来的斯塔西小姐因其新颖独特的教学方法受到了学生们的热烈欢迎。她提议让学生们组织一场音乐会,安妮在音乐会上有朗诵的节目,她为此高兴不已。

等到安妮伤愈返校时已经又是十月份了。这是个绚丽多彩的十月,满目金黄,清晨的山谷笼罩在一层柔和的薄雾之中,仿佛秋天的精灵特意倾泻出这些雾气让阳光吸收。雾色忽而暗紫,忽而珠灰,忽而银白,忽而浅红,忽而又似轻烟般幽蓝。田野里露水很重,在阳光下像一块银线织成的锦缎闪闪发光。【名师点睛:绿山墙的四季景色各异,但无论是哪个季节,都是美不胜收的。】长满灌木林的山谷中堆满了沙沙作响的落叶,孩子们可以从上面轻快地跑过。白桦道上面形成了一道金黄的穹顶,路上的蕨菜已经枯黄了。空气中散发着一种独特的气味,使得小姑娘们的心欢蹦乱跳,她们脚步轻快、风风火火、满心欢喜地去上学,一点儿也不磨蹭。安妮真是高兴呀,她又能回到那张棕色的小课桌旁和戴安娜坐在一块儿,鲁比会隔着过道跟她点头,卡莉会给她递纸条,朱莉亚·贝尔会从后面座位塞给她一块口香糖。【名师点睛:活泼的安妮赢得了不少人的友谊,与同学们的情谊非常深厚。】她削好铅笔,把图片在书桌里放整齐,快活地深深吸了口气。生活真是太有趣了。

安妮又找到了一位真诚有益的朋友,这就是新老师斯塔西小姐。她

▶ 绿山墙的安妮

是个头脑聪明、善解人意的年轻姑娘,颇有能力赢得学生们的爱戴,展现他们精神风貌中的闪光点。在这种有益的影响下,安妮像花朵一样开放了,她给赞赏的马修和挑剔的玛丽拉带回家的是对学校教育及其宗旨栩栩如生的描述。

"我对斯塔西小姐的爱是全心全意的,玛丽拉。她的一举一动都那么文雅,说话的声音特别好听,她叫我名字的时候,我感觉到她说的'妮'是带'女'字旁的。【名师点睛:新老师斯塔西小姐是一个非常细心又懂得尊重学生的人。】今天下午我们又上朗诵课了。要是当时您在场听我背'玛丽,苏格兰女皇'就好了,我把全部精力都投入进去了。鲁比·吉利斯在回家的路上对我说,我背'现在为了我父亲的权力,她说,我这妻子的心和你永别'这句时的样子,使她不寒而栗。"

"好啊,你哪天背给我听听,到外面的谷仓里背。"马修说。

"我当然愿意了,"安妮若有所思地说,"不过我知道背不了那么好了,不会像在学校那样激动人心了,在学校所有人都在你面前屏住呼吸倾听呢。我知道我没法让您浑身发抖。"

"林德太太说,上个星期五她看见那些男孩子爬到贝尔家山上的大树顶上去掏乌鸦窝,那才让她不寒而栗呢。"玛丽拉说,"我真奇怪斯塔西小姐怎么会鼓励他们这么干。"【名师点睛:鼓励学生大胆"实践",看来斯塔西小姐真是一位与众不同的老师。】

"可是我们上自然课要用一个乌鸦窝,"安妮解释说,"是在下午实习课上用。实习课棒极了,玛丽拉。斯塔西小姐每样东西都讲解得妙极了。我们得写实习课的作文,我写得最好。"

"你自己这么说是自夸,这话最好由老师来说。"【名师点睛:玛丽拉总在平时的聊天中给安妮灌输一些"世俗社会"的规则。】

"可她是这么说的,玛丽拉,我真的没自夸。我的几何学得这么糟糕,我怎么会自夸呢?不过我现在学几何也真有点儿开窍了,斯塔西小姐讲解得很清楚。不过我对这门课永远不会精通的,我向您保证,这想法让我自卑。不过我爱写作文。斯塔西小姐让我们自选题目,可是下周我们要写一篇关于某个名人的作文。留存在人们记忆中的名人这么多,要挑选一个来写可真不容易。做个名人,死后有很多人写你,难道这不风光吗?哟,我真想当名人啊。我想我长大后要当一名受过训练的护士,和红十字会一起作为仁爱的使者到战场上服务。要是我没有作为传教士出国的话,那就当护士上战场。当传教士一定很浪漫,但是人必须非常好,这点我可能做不到了。我们每天还上体育课,它会使人变得举止优雅,还能促进消化。"

"促进个鬼!"玛丽拉说,她打心眼儿里觉得这全是胡闹。

然而,到了十一月份,斯塔西小姐提出了一项新计划,这项计划使周五的实习课、朗诵课以及每天的体育锻炼都黯然失色:埃文利学校的学生们要准备一场音乐会,圣诞之夜在礼堂演出,目的是值得称赞的——为学校集资做面国旗。【名师点睛:斯塔西小姐不仅会教学,想法也很浪漫,她竟然要举办一次很有纪念意义的音乐会。】学生们全都虔诚地执行这个计划,立刻开始准备节目了。在被选中参加表演的激动不已的学生当中,没有谁比安妮更兴奋了,尽管玛丽拉不赞成这个活动还阻拦安妮参加,安妮还是全身心地投入准备工作中。玛丽拉认为这一切都愚蠢透顶。

"这种事只会让你胡思乱想,把应当用于学习的时间都浪费了。"玛丽拉嘟囔着,"我不赞成让孩子们办音乐会,每天忙着排练节目,这样他们会变得爱虚荣、浮躁、游手好闲的。"

"可是您想想这事多有价值呀,"安妮恳求地说,"国旗可以激发爱国精神呀,玛丽拉。"

"胡扯!你们才不是为了爱国呢,你们就是想玩儿。"

"哦,要是能又爱国又开心,这不是挺好的吗?【名师点睛:孩子们的小心思被大人一语揭穿,安妮只得赶忙转移话题,令人莞尔。】当然啦,准备音乐会真是太好了。我们要表演六支合唱,戴安娜有个独唱。我参加

187

▶ 绿山墙的安妮

表演两段对白,一段是'打击闲言碎语协会',另一段是'仙后'。男生也要表演一段对白。我还要背诵两段诗,玛丽拉。我一想到这个就发抖,不过是激动的颤抖。最后我们还要做个舞台造型——'忠诚、希望和仁慈'。我和戴安娜、鲁比参加演出,我们都穿着白衣服披着长发。我演'希望',两只手握在一块儿——就像这样——然后眼睛往上看。我要到阁楼上去练习诗朗诵去了,要是听见我哀叹,别大惊小怪。有一声哀叹必须令人柔肠寸断。要发出一声艺术水平很高的哀叹真不容易,玛丽拉。乔西·派伊很不高兴,因为她在表演中没得到她想演的角色。她想演仙后,这太可笑了,谁看过像乔西那么胖的仙后?仙后必须很苗条。简·安德鲁斯演仙后,我演她的一名宫女。乔西说她觉得红发仙女和胖仙后一样可笑,不过我不在乎她说什么。到时候我在头上戴一个白玫瑰花环,鲁比要把她的拖鞋借给我,因为我自己没有。仙女必须穿拖鞋,您知道的。您不能想象一个穿着靴子的仙女吧,是吧?尤其是穿着包着铜头的靴子。我们要用云杉藤和冷杉枝装饰礼堂,还要在上面挂满粉红色的纸玫瑰花。观众落座以后,我们就踏着进行曲一一入场,埃玛·怀特用风琴给我们伴奏。噢,玛丽拉,我知道您对这些事不像我那么感兴趣,可是难道您不希望您的小安妮拔尖出众吗?"

"我只希望你规矩点儿。等这些乱七八糟的事完了,你能安下心来了,那我才打心眼儿里高兴呢。这会儿你满脑子都塞满了对话呀、哀叹呀、舞台造型呀,就什么也干不了。也怪了,你这张嘴怎么就一点儿累不坏呢?"

安妮叹了口气,起身来到后院,一弯新月穿过光秃秃的白杨树枝从苹果绿的西天照射下来,马修正在院中劈柴。安妮坐在一块木头上跟马修聊起了音乐会的事,她相信至少这下有了个理解、欣赏她的听众。【名师点睛:马修一直以自己无言的行动默默地支持着安妮,他是安妮最忠实的"听众"。】

"嗯,我想这场音乐会会相当不错,我希望你能演好。"【名师点睛:马

188

【修果然是安妮最忠诚的支持者,他一切出发点都是希望安妮好。】马修低头瞧着安妮那热情活泼的小脸儿,笑眯眯地说。安妮也对他笑了笑。他们俩是最好的朋友,马修常常感谢老天爷,安妮用不着他来管教,玛丽拉全都包了。如果让马修来做这事的话,那他常常会很为难——是让安妮随心所欲呢还是履行管教她的职责呢?实际上,用玛丽拉的话说,他是想怎么"娇惯"安妮就怎么"娇惯"。不过这么个管法倒也不错,在世上,适当的"欣赏"对于培养孩子有时可以和认真谨慎的"管教"一样有益。

Z 知识考点

1. 乔西让安妮到_____家的屋脊上走一趟。而男孩子们到贝尔家山上去掏乌鸦窝一事,是_____太太告诉玛丽拉的。

2. 实习课的作文,写得最好的人是(　　)。
   A. 卡莉　　　　B. 戴安娜　　　C. 安妮

3. 马修为什么觉得安妮能演好?

_____

_____

_____

Y 阅读与思考

1. 安妮为什么要接受乔西提出的走屋顶的挑战?
2. 安妮对玛丽拉的意义是什么?

绿山墙的安妮

第二十四章

马修非要灯笼袖不可

M 名师导读

圣诞节就要到了,音乐会也随之而来,马修决定给安妮一个惊喜——为她买一件梦中的"连衣裙"。为此,马修克服了好多困难,终于在圣诞节和音乐会之前把礼物送给了安妮。

马修正在挨过难熬的十分钟。这是十二月一个灰暗阴冷的傍晚,他刚才走进厨房,坐在木箱的角上,脱掉沉重的靴子。他没有觉察到安妮和她的一群同学正在客厅里排练"仙后"。不一会儿,她们三五成群地穿过门厅,说笑着走进厨房。她们一边戴帽子,穿外套,一边谈论对话和音乐会的事,没有发现马修怯怯地缩在木箱那边的阴影里,一只手提着靴子,另一手拿着鞋拔子,腼腆地看了她们十分钟。安妮站在孩子们当中,像所有的孩子一样眼睛发亮,神采飞扬,但是马修忽然发现她有些地方与众不同,而且令马修感到不安的是安妮不该和其他孩子不一样。同其他孩子相比,安妮的脸色更光彩照人,眼睛更大而明亮,相貌更加美丽清秀。即使是天性羞怯、感觉迟钝的马修也注意到了这些特点,不过他不是因此而不安。那么问题到底出在哪儿呢?【名师点睛:马修虽然腼腆迟钝,但是关于安妮的问题,他却变得敏感起来。】

姑娘们早就手挽着手,沿着长长的冻得硬邦邦的小路走了,安妮也一头扎进了书本里,马修却仍然被这个问题困扰着。【名师点睛:一段时间过去了,马修依然在独自思考着安妮的问题,可见他对安妮的重视程度。】他不能对玛丽拉提这件事,他觉得她肯定会轻蔑地哼一下鼻子,说安妮和其他女孩子唯一的区别就是别人有时还能安静会儿,而安妮的嘴巴从来都闲不住。马修觉得跟玛丽拉说了也没有用。

那天晚上,马修边抽烟边思考这个问题,玛丽拉对此非常反感。他抽了两小时的烟也绞了两小时的脑汁,终于找到了答案,安妮的那身打扮和别的女孩不同!【名师点睛:马修是一个完全不懂女孩子的中年男人,所以,他想了很久才想出来。】

马修越琢磨越觉得安妮从来没有打扮得像其他姑娘那样——自从她来到绿山墙以来就从来没有过。玛丽拉一直给她穿单调难看的衣服,所有的衣服都是一成不变的老样子。如果说马修知道服装有新式样这么一说,那么他知道的也就是这些了,但是有一点他可以肯定,安妮的衣服袖子看上去与其他姑娘的截然不同。他想起了那天晚上围在安妮身边的那群小姑娘——全都穿着红的、蓝的、粉的和白色的上衣,看上去都那么漂亮——他觉得纳闷,为什么玛丽拉总把安妮打扮得这样死板啊。

当然,这样做肯定没错。玛丽拉最清楚该怎么办,是她在抚养安妮,也许她是深谋远虑的,可是让孩子穿一件漂亮衣服——像戴安娜·巴里经常穿的那种肯定不会有什么害处。马修打定主意送安妮一件新衣服。玛丽拉肯定不会反对的,不会说他乱插手安妮的教育。离圣诞节只有两个星期了,一件漂亮的新衣服是最合适的礼物。马修满意地舒了一口气,把烟斗放到一边睡觉去了。玛丽拉赶紧敞开所有的门透透新鲜空气。

第二天晚上马修就去卡莫迪买衣服了,他决心再难也得把这事办了。他心里清楚,此行会受不小的罪。【名师点睛:马修做了决定,便立即执行,并且冒着"受罪"的风险也要去,可见他对安妮的爱和付出。】有些东西马修会买,他还是一个讨价还价的老手呢,可是他知道要买一件小姑娘穿的衣服,就全得听售货员的摆布了。

经过反复思考,马修决定去塞缪尔·劳森商店,不去威廉·布莱尔商店了。卡斯伯特家的人确实总是到威廉·布莱尔的商店去买东西,他

191

▶ 绿山墙的安妮

们觉得好像这才是应该的,就像参加长老会教会和投保守党的票一样。不过威廉·布莱尔的两个女儿经常在店铺里卖货,马修很怕她们。如果他确切知道他要买什么并且能指出来他要买的东西,他就能千方百计地对付她们,但是在需要解释和咨询的情况下,马修觉得他必须找一个男人站柜台的店铺。所以他要到劳森的店铺去,塞缪尔或他的儿子会在那儿的。

糟啦!马修不知道塞缪尔最近生意做大了,也雇了位女店员,她是店主妻子的侄女,这姑娘神气十足,头发向后梳起,又松垂下来,棕色的大眼睛滴溜溜的,满脸都是迷人的笑容。她衣着俏丽,戴着好几个手镯,手一动,镯子就闪闪发光、叮当作响。马修一看到她站在那儿方寸就全乱了,那些手镯一下把他的头脑全给搅乱了。【名师点睛:马修"千方百计"地躲避着女性,但没想到还是遇上了一位女售货员,他的窘迫可想而知。】

"今天晚上您要买点儿什么,卡斯伯特先生?"露西拉·哈里斯小姐双手拍打着柜台,用活泼而讨人喜欢的语气问道。

"你们有——有——有——呃,我是说有草耙子吗?"马修结结巴巴地说。【写作借鉴:马修不善于和女性打交道,"心口不一""结结巴巴"都表现出他的困窘。】

哈里斯小姐听到有人大冬天的要买草耙子,显得有些吃惊,这也难怪。

"我想我们还剩一两把,"她说,"但是在楼上的仓房里,我上去看看。"

趁她不在,马修又费了一番力气理清他那乱糟糟的思绪。

哈里斯小姐拿着草耙子回来了,笑盈盈地问:"还要别的东西吗,卡斯伯特先生?"马修鼓起勇气回答说:"噢,既然你这么问,那我就再——买——就是——看看——买一些——一些草籽吧。"

哈里斯小姐早就听说马修·卡斯伯特是个怪人,这会儿她断定他整个是个疯子。

"我们只在春天留草籽,"她傲慢地解释说,"现在我们手头没货。"

"呃,当然——当然——你说得对。"马修结结巴巴、闷闷不乐地说,抓起草耙子向门口走去。到了门口他想起来还没有付草耙子钱,又可怜兮兮地返回来了。哈里斯小姐点钱的时候,他重新振作起精神,不顾一切地做最后的一搏。

"呃——如果不是太麻烦的话,——我还想——就是——想买一些——买一些糖。"【名师点睛:"重新振作精神"的马修并没有好转,反而干了更"蠢"的事情。】

"白糖还是红糖?"哈里斯小姐耐心地问。

"嗯——噢——红糖。"马修有气无力地说。【名师点睛:到这时,马修已经彻底"败下阵来"。】

"那儿有一桶红糖,"哈里斯小姐说,手镯对着红糖摇晃着,我们只有这种红糖。"

"我要——我要买九千克。"马修说,脑门上渗出了汗珠。

等马修回过神儿来,他还有一半路就到家了。这是一次恼人的经历,不过马修自认倒霉,谁叫他自己跑到一个陌生商店去的。到了家,他把草耙子藏到工具房里,只把红糖交给了玛丽拉。【名师点睛:老实木讷的马修也会有"耍心眼"的时候,令人捧腹。】

"红糖!"玛丽拉惊叫起来."你怎么买了这么多?你知道除了给雇工煮粥或做黑水果蛋糕,我从来不用红糖。杰里走了,我好久不做蛋糕了。这糖也不好——又粗又黑——威廉·布莱尔一般不卖这种糖。"

"我——我想可能会用得着的。"马修边说边溜走了。

马修对这件事思考了一番,决定请个女人来买衣服。玛丽拉是不可能的,马修断定她会马上对他的想法泼冷水。剩下的只有林德太太了,在埃文利,马修不敢去找别的女人,于是他就去了林德太太那儿,这位好心的女人立即解决了马修的难题。

"替你挑选一件衣服送给安妮?我当然可以办到。明天我去卡莫迪,我会留心这件事。你有什么具体要求吗?没有?好吧,那我就看着办

▶ 绿山墙的安妮

了。我觉得漂亮的深棕色会适合安妮的，威廉·布莱尔有一些新的丝绸，漂亮极了。也许你想让我为她做一件衣服，如果玛丽拉去做就会走漏风声，安妮就得不到那份惊喜了？好吧，我来做。不，这一点儿也不麻烦，我喜欢做衣服。我就比照着我侄女詹尼·吉利斯做，她和安妮的身材一模一样。"

"好啊，我真是太感谢了，"马修说，"还有——还有——我不懂——但是我想——我觉得现在的袖子做得跟以前不一样了。要是不添麻烦的话，我——我想把袖子做成新式样。"【名师点睛："新式样"是马修唯一能想到的形容词了，其实他想要的不过是安妮一直以来的愿望"灯笼袖"而已。】

"灯笼袖？当然行。你一点儿都不用操心，马修。我会按最时兴的样子做的。"林德太太说。马修已经走了，她还在喃喃自语："看到那个可怜的孩子头一回要穿上件像样的衣服真是太好了。玛丽拉把她打扮得太可笑了，就是这么回事，我多次想直言相告，可是始终没吱声，我看得出来玛丽拉不想听劝告。【名师点睛：玛丽拉保守又固执，她有自己相信的一套方式，所以很难听进别人的建议。】她认为，虽然她是个老姑娘，但在培养孩子的问题上懂得比我多。可是事情总是这个样子，带过孩子的人都知道世界上没有适应每个孩子的现成法子。可那些从来没有带过孩子的人却认为带孩子像做算术题一样简单——知道几加几或几减几，就准知道得多少。但是人不能用数学方法来对待，玛丽拉的毛病就是出在这儿。我想她把安妮打扮成那样，是要千方百计培养安妮谦卑的品格，其实这更容易培养出妒忌和不满。我看这孩子一定发觉了她跟别的孩子穿戴不一样了。真没想到马修居然注意到了这个问题！这个人昏睡了六十多年，现在总算苏醒过来了。"

在后来的两个星期里，玛丽拉明知马修心里有事儿，可她猜不出到底是什么事儿，直到圣诞节前夜林德太太把新衣服拿来她才明白。虽然玛丽拉很可能不相信林德太太圆滑的解释，什么她做这件衣服是因为马修担心由玛丽拉来做安妮会过早发现秘密,但总的来说玛丽拉的表现非常得体。

"马修两个星期以来一直显得很诡秘,还咧着嘴冲自己笑,看来这就是原因了,是不是?"她说话的态度有点儿严厉,但不乏宽容,【名师点睛:虽然马修一直瞒着自己,但因为是为安妮送礼物,所以玛丽拉并没有过分责备他。】"我看他真够愚蠢的。哦,我得说我认为安妮不需要再添衣服了,今年秋天我给她做了三件好看、暖和、耐用的衣服,再多就纯属浪费了。这两个袖子的布料足够做一个腰身了,我敢说够了。马修,你只会纵容安妮的虚荣心,她现在就像孔雀一样翘尾巴了。好啦,我希望她这下该满意了。【名师点睛:玛丽拉本身节俭持家,另一方面,她很担心安妮养成虚荣的习惯。】我知道自打灯笼袖一流行,她就追求这种无聊的袖子,虽然她从来没提起过。这种袖子越做越大,越来越可笑,这会儿活像个大气球了。到明年穿这种袖子的人就得侧着身进门了。"

圣诞节的清晨,大地披上了美丽的银装。十二月的天气一直很温暖,人们盼望着过一个绿色的圣诞节,然而雪花在夜间轻柔地飘落下来,使埃文利变了模样。安妮双眼闪着喜悦的光芒,从结了霜的窗户向外望去。魔鬼森林中的冷杉全都披上了羽毛似的雪片,显得妩媚动人;珍珠般的冰珠勾画出了白桦和樱桃树的轮廓;新耕的田野里是一片片白雪覆盖的畦地;令人心旷神怡的空气中弥漫着一种清新的气息。安妮唱着歌跑下楼梯,歌声在绿山墙回荡开来。

"圣诞快乐,玛丽拉!圣诞快乐,马修!真是一个可爱的圣诞节呀!我真高兴能过上个白色的圣诞节。别的样子的圣诞节不像真的圣诞节,是吧?我不喜欢绿色的圣诞节。其实也不是绿色的——是难看的淡棕灰色。人们怎么说成是绿色的呢?噢——噢——马修,那是给我的吗?噢,马修!"

马修已经局促不安地打开了纸包,把衣服展开,他祈求宽恕地看了玛丽拉一眼,而她假装灌茶壶,一脸不屑一顾的神情,其实她十分关注地

▶ **绿山墙的安妮**

用眼角的余光注视着这一幕。

安妮捧着衣服,虔诚地看着一声不吭。啊,太漂亮了——美丽柔软的棕色丝绸,闪着丝绸的光泽;裙子上有讲究的荷叶边和抽褶;腰身按最时髦的样子精心抽了细褶;颈部镶着一圈小巧的细缎带花边。还有袖子——真是无与伦比!袖口很长,一直到肘部,上面是两只华丽的灯笼袖,有一行行的抽褶和棕丝带蝴蝶结。

"安妮,这是给你的圣诞礼物,"马修腼腆地说,"呃——呃——安妮,你喜欢吗?好啦——好啦。"【名师点睛:马修精心准备了很久,可"事到临头"时,他却没什么可表达的。】

因为这时安妮的眼眶突然间充满泪水。

"喜欢!噢,马修!"安妮把衣服放在椅子上,双手紧紧握在一起,"马修,这件衣服太美了。噢,我真是太感激了。瞧这袖子!啊,我觉得,这肯定是一个美丽的梦。"【名师点睛:相比之下,安妮实在是能言善道,她把自己的兴奋之情表达得淋漓尽致。】

"好了,好了,吃早饭吧。"玛丽拉打断了他们的谈话,"安妮,我必须说,我认为你并不需要这种衣服,可是既然马修给你做了,你就要好好地爱护。林德太太还给你留下一条棕色发带,是配这件衣服的。过来,坐下吧。"

"我怎么吃得下呀,"安妮如醉如痴地说,"在这样令人激动的时候,早饭显得太没意思了。我宁愿好好地看看这件衣服,饱饱眼福。灯笼袖仍然时髦,我太高兴了。要是我还没穿上灯笼袖它就过时了,我真会难过死了。你们看我还从来没有这么满足过。林德太太给了我这条发带,她真好。我觉得我真的应当成为一个好姑娘,这会儿,我很遗憾自己不是一个模范生,我总是决心以后要做一个好孩子。但是不知怎么的,只要不可抗拒的诱惑一出现,就很难执行所做的决定了。不过从今以后,我真得加把劲儿了。"

刚刚吃过这顿平淡无味的早餐,戴安娜就来了。【名师点睛:安妮此刻的心思全在她的新衣服上,因此早饭自然显得"平淡无味"了。】这个快乐的小人儿穿着一件深红色的粗呢大衣,穿过山谷中的白色木桥,安妮跑下山坡去迎接她。

"戴安娜,圣诞快乐!啊,多美的圣诞节呀。我有一件好东西给你看。马修送给我一件最漂亮的衣服,那种灯笼袖的。我都想象不出来比这更漂亮的东西了。"

"我也有件东西送给你呢,"戴安娜上气不接下气地说,"给你——这个盒子。约瑟芬姑婆寄给我们一只大箱子,里面装了许多东西——这个是给你的。我应当昨天晚上送过来,可是天黑以后才收到,摸黑穿过魔鬼森林我总是提心吊胆的。"

安妮打开盒子往里看,先看到一张写着"送给安妮姑娘,圣诞快乐"的贺年卡,接着一双极为雅致的儿童拖鞋映入眼帘,鞋尖是用小珠子装饰的,还有绸缎蝴蝶结和闪闪发光的鞋扣。【名师点睛:刚刚收到梦寐以求的新裙子,紧接着又收到一双时髦的新拖鞋,安妮真是"双喜临门"。】

"噢,"安妮说,"戴安娜,这礼物太贵重了。我一定是在做梦呢。"

"我看这是天意,"戴安娜说,"现在你不必去借鲁比的拖鞋了,这是上帝的赐福,鲁比的拖鞋比你的脚大两号,一个仙女拖着脚走也太可怕了,乔西·派伊该乐了。告诉你,前天晚上罗布·赖特排练后和格蒂·派伊一起回的家。你听说过这种事吗?"

那天埃文利所有的学生都十分激动,他们要布置礼堂,举行最后一次大彩排。

音乐会在晚上举行了,取得了巨大的成功。小礼堂挤得水泄不通,所有的演员都表现得很出色,但是安妮是音乐会上格外引人注目的明星,就连乔西·派伊也不敢否认这一点,虽说她忌妒安妮。【名师点睛:安妮的精彩表演得到了所有人的认可。】

"噢,多么美妙的夜晚啊!"安妮感叹着,此时曲终人散。她和戴安娜在繁星点点的夜空下一起走回家去。

▶ 绿山墙的安妮

"一切顺利，"戴安娜很实际地说，"我想我们一定赚了十元钱了。你知道吗，阿伦先生要把音乐会的报道寄给夏洛特敦报社。"

"哎，戴安娜，我们真能在报纸上看到我们的名字吗？这太让我激动了。戴安娜，你的独唱实在太好了，观众要你再唱的时候我比你还骄傲呢。我对我自己说，这位这么受尊重的人是我亲爱的知心朋友。"

"好啦，安妮，你的朗诵真是博得了满堂喝彩。那首伤感的诗实在美妙极了。"【名师点睛：两个好朋友互相分享，快乐也变成了双倍的。】

"哎，戴安娜，我好紧张哟。阿伦先生报出我的名字那会儿，我真不知道是怎么上台的。我觉得好像有无数只眼睛在盯着我，要看穿我，有一阵我都肯定自己张不开嘴了。后来我想起了美丽的灯笼袖，又鼓起了勇气。戴安娜，我觉得我必须配得上灯笼袖才对，所以我开始朗诵了，我的声音似乎是从遥远的地方飘过来的。我真觉得像只鹦鹉。幸好，我经常爬上阁楼练习朗诵，不然的话，我根本朗诵不好。我声音好听吗？"

"好听。真的，你的声音很好听。"戴安娜十分肯定地说。

"我坐下来的时候，看到年迈的斯隆夫人在擦眼泪。我打动了人们的心灵，这真是太好了。参加音乐会真浪漫，对不对？令人难忘啊。"

"男生的对白也不错，是吧？"戴安娜说，"吉尔伯特·布莱思就表演得非常好。安妮，我的确觉得你对待吉尔伯特可真不怎么样。听我说，仙女对话那段完了你跑下台时，你头上戴的一朵玫瑰花掉下来了。我看见吉尔伯特捡起来插到了自己的胸兜上。你瞧瞧，你是很浪漫的，我想你应当为此感到高兴。"

"那个人做什么与我无关。"安妮傲慢地说，"戴安娜，我连想都不会想他的。"

那天晚上，玛丽拉和马修也去听音乐会了，这是他们二十年来第一次听音乐会。安妮上床后，他们在厨房的火炉旁坐了一会儿。

"呃，我看我们的安妮表演得不比别人差。"马修骄傲地说。

"是呀，她表演得不错。"玛丽拉承认，"马修，她是个聪明的孩子。她

198

看上去也真讨人喜欢。我一直不大赞成举办这次音乐会,但是我想它毕竟没有什么害处。不管怎样,今晚我还是为安妮感到骄傲,不过我不会对她说这些。"【名师点睛:安妮精彩的表演赢得了观众的掌声,也让马修兄妹感到了别样的骄傲和自豪。】

"呃,我为她骄傲,她上楼前我就对她说了。"马修说,"玛丽拉,我们现在应该想想能为她做些什么了。我想她过些日子从埃文利学校毕了业,得接着上学。"

"有的是时间考虑这个问题。"玛丽拉说,"她到三月份才满十三岁,不过今天晚上我一下子发觉她都快长成大姑娘了。林德太太做的衣服有点儿长,安妮穿上显得很高。她学东西很快,我想我们能为她做得最好的事情就是以后送她去女王学校学习。但是一两年之内没有必要和她说这些。"

"呃,时常想着点儿这事不会有坏处的。"马修说,"这种事,多想想总有好处。"【名师点睛:安妮已经成了绿山墙未来的希望了,马修兄妹都认为安妮会有一个美好的未来的。】

绿山墙的安妮

第二十五章
成立故事俱乐部

名师导读

写作文是每个孩子都要面对的，但对于不善于想象的戴安娜来说，这却是令她感到为难的"苦差事"。为了培养戴安娜的想象力，安妮决定成立一个"故事社"。这个"故事社"会写出什么样的故事呢？

埃文利的年轻人不愿意过单调平淡的日子了。特别是安妮，她在兴奋了好几个星期之后，觉得一切都平淡无奇，百无聊赖。她还能像音乐会之前那样去过悠闲快活的日子吗？开始的时候，正如她和戴安娜说的那样，她真认为不可能了。【名师点睛：斯塔西小姐给埃文利带来了新的风气，这感觉太美好了，孩子们一直沉浸在回忆中。】

"戴安娜，我敢肯定生活绝对不会再和过去一样了，"她忧伤地说，仿佛是在说至少五十年前的一段日子，"也许过一段时间我会习惯这种生活的，但是恐怕音乐会扰乱了人们的日常生活。我想这就是玛丽拉反对音乐会的原因。玛丽拉真明智。做明智的人当然好，可是我仍然觉得我并不想真的成为明智的人，因为明智的人太不浪漫了。林德太太说我不可能变成明智的人，可谁知道呢。我现在倒觉得我可能变成明智的人，但是也许这只是因为我累了。昨天夜里有很长时间我怎么也睡不着，我就躺在床上一遍一遍地想象着音乐会。这种活动就是有这个好处——回忆起来真是美妙极了。"【名师点睛：不管将来怎么样，儿童时期最美好的回忆总是极为珍贵的。】

然而埃文利学校还是悄悄地恢复了老样子,孩子们又重新捡起了从前的兴趣。毫无疑问,音乐会留下了印迹。鲁比·吉利斯和埃玛·怀特为争台上的一个好位置吵了嘴,不再坐同桌了,保持了三年的很有发展前途的友谊破裂了。乔西·派伊和朱莉娅·贝尔三个月没"讲话",因为乔西·派伊告诉贝西·赖特说,朱莉娅·贝尔起立朗诵时鞠的躬像鸡抻脖子,而贝西把这话传给了朱莉娅。斯隆家的孩子不理贝尔家的孩子了,因为贝尔家的人说斯隆家的人在音乐会上大出风头,而斯隆家的人反驳说,贝尔家的人连芝麻大点儿的事也做不好。还有,查利·斯隆和穆迪·斯珀吉翁·麦克弗森打起来了,原因是穆迪·斯珀吉翁说安妮·雪利朗诵的时候摆架子,而他"吃亏了",因此穆迪的姐姐埃拉·梅一冬天没理安妮。除了这些小摩擦之外,斯塔西小姐带领的这个小小"王国"一切都井井有条,进展顺利。

冬日悄悄逝去。这是一个异常温暖的冬天,雪下得很少,安妮和戴安娜差不多天天都能走白桦道去上学。安妮生日那天,她们脚步轻盈地穿过小路,叽叽喳喳地说着话,眼睛和耳朵却始终留着神,因为斯塔西小姐说了她们必须尽快写一篇"冬日林中漫步"的作文,她们得注意观察才行。

"戴安娜,你看,我今天都十三岁了,"安妮用一种严肃的语调说,"我简直没有意识到我是一个青少年了。我今早醒来的时候,似乎觉得一切都变了。你满十三岁已经一个月了,我想你大概不像我一样觉得那么新鲜了。生活似乎变得更有趣了。再过两年,我就真的长大了。一想到那时候我就能像大人那样说话,又没人嘲笑我,我心里就舒服极了。"【名师点睛:安妮对一切事物都满怀憧憬,尤其是未知的将来。】

"鲁比·吉利斯说她打算一到十五岁就交个男朋友。"戴安娜说。

"鲁比·吉利斯除了男朋友什么也不想。"安妮鄙夷地说,"看到有人在她的名字旁边写上'请注意'几个字,别看她表面上非常生气,实际上却美滋滋的。这样说恐怕太刻薄了。阿伦太太说我们说话不应该尖酸

▶ 绿山墙的安妮

刻薄,但经常是你连想都没想,话就走了嘴,是吧?说起乔西·派伊我就没好话,所以我根本就不提她。你可能注意到这一点了吧。我正在努力,学阿伦太太的样儿,我觉得她很完美。【名师点睛:榜样的力量是无穷的,而安妮所选的榜样更是一个人人称赞的人。】阿伦先生也这样认为。林德太太说他非常赞赏她的看法,她认为牧师把慈爱过多地施与普通人其实不好。戴安娜,实际上牧师也是人,人人都有难改的恶习,牧师也不例外。上星期天下午,我和阿伦太太就这个问题谈了一次话,可有意思啦,只有几件事适于在星期天谈论,恶习问题就是其中之一。我难改的恶习是想象过于丰富和把该干的事忘了,我正竭尽全力克服这个缺点,现在我已经满十三岁了,我也许会有进步的。"

"再过四年,我们就能把头发盘到头上了。"戴安娜说,"艾丽丝·贝尔只有十六岁,就把头发盘起来了,我觉得那样子很可笑。我要等到十七岁再盘。"

"如果我长着艾丽丝那样的鹰钩鼻子,"安妮很坚决地说,"我决不会——算了,不说了!我不说我要梳成什么样了,这太刻薄了。另外,我把她的鼻子和我的鼻子比,这就是自负了。【名师点睛:安妮以阿伦太太为榜样,不是嘴上说说的,而是真的在践行自己的想法。】自从很久以前我听到有人夸奖我的鼻子,恐怕我就对鼻子想得太多了。鼻子对我真是一个莫大的安慰。噢,戴安娜,瞧,那儿有一只兔子。我们该想想森林作文的事了。我真的认为冬天的森林和夏天一样可爱。森林是这样的洁白、静谧(mì)[安静],仿佛睡着了,做着美丽的梦。"

"我不怕写这篇作文,"戴安娜叹了口气,"我会描写森林,可怕的是星期一要交的那篇。斯塔西小姐是要我们写一篇自己动脑子想出来的故事!"

"哎呀,那就像眨眼睛一样容易啊!"安妮说。【名师点睛:对于天生富有想象力的安妮来说,编故事可谓是"信手拈来"了。】

"你是觉得容易,你富有想象力啊,"戴安娜反驳道,"但是如果你生

202

来就没有想象力,那该怎么办呢?我猜你的作文都写完了吧?"

安妮点点头,努力做出一副不卑不亢的样子。

"我上星期一晚上写的。题目叫作'爱妒忌的对手',或者叫'死也不分离'。我读给玛丽拉听,她说那是胡说八道。后来我又读给马修听,他说故事很好。这种评语我才喜欢呢。这是一个悲哀而又甜蜜的故事。我一边写一边像孩子一样哭着。故事说的是两个美丽的少女,她们叫科迪莉亚·蒙莫朗西和杰拉尔丁·西摩,她俩住在一个村子里,彼此心心相印。科迪莉亚长得高贵庄重,皮肤微黑,漆黑的头发上戴着冠状头饰,眼睛又黑又亮。杰拉尔丁则像王后一样美丽,金丝般的头发,天鹅绒般的紫色眼睛。"

"我从来没见过谁长着紫色眼睛。"戴安娜半信半疑地说。

"我也没见过,是我想象的。我希望不落俗套。杰拉尔丁还长着白石膏般的额头,我已经知道什么是白石膏般的额头了。长到十三岁就是有这个好处,你知道的东西要比十二岁时多多了。"

"行了,科迪莉亚和杰拉尔丁怎么样了?"戴安娜问,她开始对她们的命运非常感兴趣了。【名师点睛:才讲了短短的几句话,戴安娜就被安妮的故事所吸引了。】

"她们长到了十六岁,出落得楚楚动人。后来伯特伦·德弗雷来到了她们住的村子,爱上了美丽的杰拉尔丁。他救了她的命,当时她坐的马车失去控制了,她在他的怀里晕了过去,他走了三里路送她回了家,因为你知道,她的马车完全成了一堆破烂。我发现很难想象求婚这一幕,因为没有经验。我问鲁比·吉利斯她是否知道有关男人如何求婚的事,我认为她很可能是这方面的专家,她好几个姐姐都嫁了人。鲁比告诉我马尔科姆·安德鲁斯向她姐姐苏珊求婚时,她就藏在门厅的食品储藏室里。她说马尔科姆对苏姗说,他爸爸已经把庄园给了他,并以他的名义命名。他还说:'亲爱的宝贝儿,如果我们今年秋天结婚,你有什么意见?'苏姗回答说:'哦——不——我不知道——让我想想,'——他们就

203

▶ 绿山墙的安妮

是这样，订婚订得这么快。但是我觉得这种求婚不太浪漫，所以我只好自己尽量想象出一个完美的求婚场面。我把它编得绚丽多彩，富有诗意。伯特伦跪了下去，尽管鲁比·吉利斯说如今人们不这样做了。杰拉尔丁接受他的求婚时说了一大通话。告诉你，我编那段话可费劲了。我改写了五次，我觉得那是我的杰作。【名师点睛：即使是自己编的故事，安妮也非常认真，追求完美。】伯特伦送给她一只钻戒和一条红宝石项链，对她说他们将去欧洲旅行结婚，他非常有钱。可是，唉，道路开始变得一片昏暗。科迪莉亚悄悄地爱着伯特伦，杰拉尔丁对她讲了订婚的事，特别是她看到项链和钻戒，顿时勃然大怒。她对杰拉尔丁所有的爱都变成了刻骨的恨，她发誓决不能让杰拉尔丁嫁给伯特伦，不过她装成和以前一样，仍然是杰拉尔丁的朋友。一天晚上，她们站在桥上，桥下是湍急的溪流，科迪莉亚以为没人看见，一把将吉拉尔丁推入水中，狂笑起来：'哈，哈，哈。'但是伯特伦目睹了这一切，他立即跳入激流，大叫：'我来救你，我最亲爱的杰拉尔丁。'可是天哪，他忘了他不会游泳了。他们紧紧拥抱在一起，双双被淹死了。没过多久他们的尸体被冲上了岸。戴安娜，人们把他俩合葬在一个墓穴，他们的葬礼太令人难忘了。故事中葬礼结尾要比以婚礼结尾浪漫千百倍。至于科迪莉亚，她因悔恨而精神失常了，关在疯人院里。我认为她这是罪有应得。"

"多优美动听呀！"戴安娜感叹道，她和马修看法一致，"安妮，我真不明白你怎么能编出这样激动人心的情节。要是我的想象力像你一样丰富该多好呀。"

"只要你去培养想象力就会有的，"安妮鼓励她，"戴安娜，我刚才想了一个计划。我和你成立一个完全属于我们自己的故事俱乐部练习写故事吧。我会帮助你的，直到你能够独立编故事。【名师点睛：为了帮助好朋友戴安娜培养想象力，安妮又想出了一个新办法——成立故事社。】你知道，你应该培养自己的想象力。斯塔西小姐也是这样说的。可是我们必须采取正确的方式。我对她讲了魔鬼森林的事，但她说我们那样用

204

想象力不对。"

　　这就是故事俱乐部诞生的过程。开始俱乐部只有戴安娜和安妮两个成员,但很快就扩大了,吸收了简·安德鲁斯、鲁比·吉利斯和另外一两个孩子,她们都觉得需要培养想象力。【名师点睛:看来安妮的故事社一定十分有效,以至于越来越多的孩子们都要加入进来。】男孩子不允许加入——虽然鲁比·吉利斯认为接纳男孩可以使俱乐部更富有活力——每个成员每周必须写一个故事。

　　"真是太有趣了,"安妮告诉玛丽拉,"每个人得朗读自己的故事,然后我们一起讨论一番。我们要好好保存所有故事,好读给子孙后代听。我们每个人都用笔名写作,我的笔名是罗莎蒙德·蒙特莫伦西。【名师点睛:安妮为自己起了一个很复杂的笔名,其中的寓意一定也是充满了想象力的。】大家都写得非常好。鲁比·吉利斯可温柔多情了。她的故事中爱情太多了,您知道太多比太少还糟糕。简从来不写爱情,她说朗读爱情的情节太可笑了。简的故事非常理智。还有戴安娜,她的故事凶杀情节泛滥。她说她经常不知道怎样处理故事中的人物,只好一杀了之。我总得告诉她们写些什么,不过这不难,因为我有数不清的主意。"

　　"我倒觉得这种编故事的事最蠢不过了,"玛丽拉嘲笑道,"你又弄得满脑子胡思乱想,把学习时间都浪费了。看小说就不是什么好事,写故事就更不像话了。"【名师点睛:安妮和玛丽拉又产生了分歧,玛丽拉只看重成绩,并不关注安妮的兴趣。】

　　"但是我们非常注意每个故事都有寓意,玛丽拉,"安妮解释说,"是我坚持要这样的。好人全都得到了奖赏,坏蛋全都受到了应有的惩罚。我肯定这样会有好处的。寓意是崇高的, 是阿伦先生说的。我给阿伦夫妇读了我写的一个故事,他们都承认故事的寓意很好,不过他们在不该笑的地方笑了。我更喜欢人们掉眼泪。每当我讲到哀婉动人的地方,简和鲁比几乎总是泪流满面。戴安娜给她约瑟芬姑婆写信,讲了我们

▶ 绿山墙的安妮

俱乐部的事,约瑟芬姑婆回信要我们寄一些自己写的小说给她。我们已经选了四篇最好的寄出去了。约瑟芬·巴里小姐回信说她有生以来还从没读过这么好笑的故事。我们有点儿摸不着头脑,因为这些故事全都非常伤感,几乎所有的主人公都死了。不过我很高兴巴里小姐喜欢它们。【名师点睛:故事社的作品充满了儿童的想象,受到了很多人的表扬,这给安妮带来了更大的动力。】这说明我们的俱乐部做的事情到底是有益的。阿伦太太说这应当成为我们做一切事情的目标。我的确非常想使它成为我的目标,可常常是一玩儿得高兴就把它给忘了。我希望我长大以后能有点儿像阿伦太太。玛丽拉,您看这种可能性大吗?"

"要我看可能性不太大,"玛丽拉的回答还是挺鼓舞人心的,"我肯定阿伦太太小时候才不会像你这样傻乎乎的,什么都忘呢。"

"对,可是她也不总是像她现在这样好吗,"安妮认真地说,"她亲口跟我说的——就是,她说她小时候也是个非常讨厌的小淘气,总是捅娄子。我听了这话真是大受鼓舞。【名师点睛:阿伦成长为一个非常优秀的人,那么,安妮,她长大了会是什么样的人?】玛丽拉,听到别人曾经调皮捣蛋干坏事儿反倒兴高采烈,我是不是很坏呀?林德太太说是这样的。她说听到谁以前干过坏事,不管他那时年纪多小,她总是感到惊讶。她说她曾经听一个牧师承认自己小时候从姑姑的食品储藏室里偷过一个草莓馅饼,她从此再也不尊重那位牧师了。哎,我不会这样的。我会觉得他承认这件事其实说明他很高尚,我想,如果那些现在调皮捣蛋但又很后悔的男孩子知道长大后仍然有可能当牧师,那该多受鼓舞啊。【名师点睛:安妮虽以阿伦太太为榜样,但她仍然保留着自己独立的思考和判断。】玛丽拉,这就是我的感受。"

"安妮,我现在的感受是,"玛丽拉开了口,"你应当马上去洗碗了。你已经多聊了半个小时了,学着先干活儿后说话。"

Z 知识考点

1.马修发现安妮和别的女孩的不同之处在于_____。于是,马修打算在圣诞节送给安妮一件礼物,礼物是_____。当他去商店里买礼物时,接待马修的售货员是一位_____店员。

2.判断题。看了别的女孩子之后,马修认为玛丽拉将安妮打扮得过于死板了。( )

3.约瑟芬·巴里小姐很喜欢安妮的故事,这对安妮有什么意义?

_____
_____
_____

Y 阅读与思考

1.马修为什么非要买一件灯笼袖的裙子?
2.安妮为什么提议成立"故事社"?

绿山墙的安妮

第二十六章
自负与烦恼

M 名师导读

一向以自己的红头发为"耻"的安妮终于做了一个大胆的决定——给自己染了一头绿色的头发；可是她失败了，这令她绝望，根本不敢出门见人。为了摆脱痛苦，她只好一刀剪短了自己的头发。

四月末的一个傍晚，玛丽拉开完劝助会回家，她发现冬天过去了，春天又一次给所有人——老人和孩子、快乐的人和悲伤的人——带来欣喜。玛丽拉可不喜欢分析自己的思想感情，她很可能认为她正在想劝助会、教会的慈善捐助箱，还有祈祷室里的新地毯，不过潜意识里她还是注意到这样一番和谐的景象：夕阳西下，红色田野上的缕缕轻烟升入淡紫色的暮霭；尖顶冷杉那细长的树影横跨小溪，落在对面的草地上；静静地萌发着深红叶芽的枫树环绕着林中如镜的池塘。世界正苏醒过来，草地下面似乎有脉搏的怦怦跳动。<u>春天降临在这块土地上</u>，玛丽拉那中年人特有的沉稳步伐也因为深深的喜悦而变得轻盈敏捷起来。【名师点睛：玛丽拉在安妮的感染下，也能够被童话般美好的风景打动了。】

她深情地凝视着掩映在树影中的绿山墙，房上的窗户反射着太阳的光芒，灿烂耀眼。玛丽拉在潮湿的小路上小心翼翼地走着，想到自己要回家守着一炉旺旺的噼啪作响的炭火，坐在摆好茶点的桌旁，再也用不着像在安妮来绿山墙之前那样，傍晚开完劝助会只得到些冷冰冰的慰藉了，心情愉快极了。

因此当玛丽拉走进厨房,发现星火全无,根本看不到安妮的影子时,她又失望又生气。【名师点睛:安妮为什么又一次"爽约"了呢?发生了什么?】她已经告诉安妮一定要在五点钟把茶点准备好,可眼下她只好赶紧脱掉身上那件第二好的衣服,亲自动手,在马修犁地回来之前准备好吃的。

"等安妮小姐回来了,我得好好收拾她。"玛丽拉一边使劲用柴刀劈木柴,一边气呼呼地说。马修回到了家,耐心地坐在角落里准备用茶。【名师点睛:马修对于安妮的宠爱是非常明显的,他从不责怪安妮的错误。】"她正和戴安娜在哪儿逛悠呢,写故事啦,练习对话啦,尽干傻事,压根儿没想到几点了,该干什么了。该教训教训她了。我可不管阿伦太太说没说安妮是她认识的最聪明最可爱的女孩儿。她也许是够机灵可爱的,但是满脑子胡思乱想,你根本不知道她接着又会闹出什么花样。她的怪点子一个接一个的。算了,不说了!我跟你说说今天劝助会上的事吧。蕾切尔·林德的话把我气坏了,幸好阿伦太太站出来替安妮讲话,要不我知道我会当众让蕾切尔下不来台的。安妮是有很多毛病,老天作证,这一点我绝不否认。【名师点睛:玛丽拉虽然经常批评安妮,但她不允许别人挑安妮的"刺"。】但是是我在抚养安妮,而不是蕾切尔·林德,就是加百列天使住在埃文利,她也能挑出他的毛病。安妮也没有理由这个样子,我告诉她今天下午待在家里做家务,她却跑出去了。我必须说,尽管她有那么多缺点,但我以前从没发现她不听话或者靠不住,我很遗憾现在发现她这样。"

"呃,我不知道。"马修说,他显得耐心而明智,而最主要的是他饿了。他凭经验知道,最好的办法就是让玛丽拉尽情发泄愤怒,只要别不看时候跟她争,她手头的活儿都不会耽误的。"玛丽拉,也许你的判断下得太早了。你现在还不能肯定她不听话,先不要说她靠不住。也许这一切都可以解释清楚——安妮可会解释呢。"

"我告诉她在家待着,可她没在家。"玛丽拉反驳道,"我看她这次不

209

▶ 绿山墙的安妮

容易把这事解释清楚了。【名师点睛:"这件事"到底是怎么回事呢?安妮不会又惹了什么麻烦了吧?】当然我知道你会向着她,马修。可是我在抚养教育她,不是你。"

晚饭好了,天都黑了,可是仍然不见安妮的踪影,看不到她匆匆穿过木桥或情人径回来,跑得气喘吁吁,对自己忘掉职责后悔不已。玛丽拉洗了盘子,狠狠地推到一边。她想找一根蜡烛照着下地窖,就到东侧房取那根通常插在安妮桌子上的蜡烛。她点亮了蜡烛,转身发现安妮躺在床上,脸朝下埋在枕头里。

"天哪,"玛丽拉惊叫道,"安妮,你一直在睡觉吗?"

"没睡。"安妮闷声闷气地回答。

"那你病了?"玛丽拉一边焦急地问,一边向床边走去。【写作借鉴:语言、动作描写,玛丽拉早就决定要好好"修理"安妮一番,但当她看到躺在床上的安妮时,却只剩下"担心"了。】

安妮的头更深地埋在枕头里,仿佛希望永远躲过人们的眼睛。

"没病。可是求求您,玛丽拉,走吧,别看着我。我绝望死了,再也不在乎谁在班里得了第一,谁写了最好的文章,谁在主日学校唱合唱了。这些小事现在都不重要了,因为我想我将永远不能再到任何地方去了。我的前途完了。玛丽拉,请您走吧,别看我了。"【名师点睛:安妮这一通"绝望"的演讲,是因为什么呢?她为什么不让玛丽拉看她呢?】

"谁听过这种事?"玛丽拉迷惑不解,很想知道实情。"安妮·雪利,你这是怎么回事?你都做了什么?马上起来告诉我。对了,马上。好了,怎么回事?"

安妮绝望地服从了,溜到地板上。

"玛丽拉,看我的头发。"她小声说。

于是,玛丽拉拿起蜡烛,仔细查看安妮瀑布般滑落到后背上的头发。没错,头发看上去很怪。

"安妮·雪利,你的头发是怎么弄的?啊,是绿色的!"

也许可以称之为绿色，如果可以算是一种颜色的话——这是一种奇特的、晦暗的铜绿色，中间还丝丝缕缕夹杂着原本的红色，更显得可怕。玛丽拉这辈子从没见过这么难看的颜色。【名师点睛：真是虚惊一场，原来安妮是因为自己的头发染得太难看而逃避一切了。】

"嗯，是绿色的，"安妮呜咽着说，"我原来以为什么东西都不会像红头发那样难看。可现在我知道了，绿头发比红头发难看得多。唉，玛丽拉，您不知道我有多倒霉呀。"

"我不知道你是怎么弄成这个样子的，不过我倒是想知道，"玛丽拉说，"立刻下楼到厨房去——这里太冷了——把你干的事统统告诉我。我有时候还真想听一些怪事。你有两个多月没惹麻烦了，我肯定又该有麻烦了。好了，你的头发是怎么弄的？"

"我染的。"

"染的！染头发！安妮·雪利，你不知道染头发是件坏事吗？"

"知道，我知道这样做不大好，"安妮承认道，"不过我想，只要能摆脱红头发，就是有点坏也值得，玛丽拉，我考虑过的。另外，我想在其他方面表现得更好些，来扯平这件事。"【名师点睛：安妮一直对自己的头发很不满意，即使别的方面优秀，她也无法忘记自己的"劣势"。】

"好呀，"玛丽拉讥讽地说，"如果我认定染头发是值得的，我也至少会把它染成一种像样的颜色。我不会把它染成绿色的。"

"玛丽拉，可我不想把它染成绿色的呀，"安妮沮丧地反驳道，"就算我坏，我也是为了某种目的才干坏事。【名师点睛：从安妮的反驳之中，我们似乎可以看出她也是有"苦衷"的。】他说我的头发会染成漂亮的乌鸦黑——一个劲儿保证会的。玛丽拉，我怎么能不相信他的话呢？我知道受人怀疑是什么滋味。阿伦太太说我们不该怀疑别人没有对我们讲实话，除非我们有证据。我现在有证据了——绿头发够作证的了。但是当时我没有证据呀，我绝对相信他说的每个字。"

"谁说的？你在说谁？"

211

绿山墙的安妮

"今天下午来这儿的一个小贩。我从他那儿买的染料。"

"安妮·雪利,我跟你说过多少次了,决不要放意大利人进屋!根本就不该让他们到这儿来。"

"噢,我没让他进屋。我记着您的嘱咐呢。我走了出去,小心关上门,在台阶上看他的货。另外,他不是意大利人——他是一个德国犹太人。他有一个大箱子,装满了各种非常有趣的东西,他对我说他卖力干活儿,好赚够了钱,把老婆孩子从德国接出来。他谈起亲人很动感情,我很受感动。【名师点睛:安妮买染发剂,一方面是为了给自己染发,另一方面也是同情那个小贩。】我想买他一点东西,帮他实现这个美好的计划。我忽然看到了装染发剂的瓶子。小贩说它保证能把各种颜色的头发染成美丽的乌鸦黑色,而且洗不掉。有一瞬间,我看到自己披着一头美丽的黑发,这种诱惑真没法抗拒呀。但是这瓶染发剂要七毛五,我的零花钱只剩下五毛了。我觉得这个小贩心地非常善良,因为他说看着我的面子,五毛钱也卖了,简直是白送。所以我就买了,他刚一走,我就上楼按照说明用一把旧发刷染发。我用完了一整瓶,唉,玛丽拉,跟您说吧,看到头发染成这种可怕的颜色,我悔不该这么无法无天。打那会儿起我一直在后悔。"

"好,我希望你没有白后悔,"玛丽拉严厉地说,"看看虚荣心把你害成什么样了,安妮。天知道该怎么办。我想先得把你的头发好好洗一洗,看管不管用。"【名师点睛:虽然嘴上一直在批评安妮,但玛丽拉还是急忙帮安妮想办法补救。】

于是安妮开始洗头发,使劲用肥皂和水搓,但是唯一的结果是她把那几缕红发洗得更显眼了。小贩说染料洗不掉,这话不假,不过他别的话可就是骗人的了。

"唉,玛丽拉,我该怎么办呢?"安妮含着泪水问道,"我永远不能弥补这次的过失了。人们把我犯的错误都忘得差不多了——比如做搽剂蛋糕,灌醉戴安娜,还有对林德太太发脾气。可是这次他们绝不会忘掉的。他们会认为我不值得尊重。唉,玛丽拉,'我们首次行骗,编织了一张多么混乱的网啊'。这是一句诗,但却是真实的。唉,乔西·派伊会怎样笑话我呀!玛丽拉,我无法见乔西·派伊了。我是爱德华王子岛上最不幸的女孩儿。"【名师点睛:在安妮的心目中,这次捅的"娄子"简直让她没脸见人,超越了以往的任何一次错误。】

安妮的不幸持续了一个星期。这期间她哪儿也没去,每天都要洗头发。外人只有戴安娜知道这个要命的秘密,她郑重保证决不泄密,目前可以说她信守了诺言。那个周末,玛丽拉果断地说:"安妮,没有用。要是世上有不褪色的染料的话,这个就是了。你的头发必须剪掉,没有其他办法了。现在这个样子你没法出门。"

安妮的嘴唇颤抖着,可她知道玛丽拉的话虽难听,却句句是真。她闷闷地叹了口气,找剪刀去了。

"玛丽拉,把头发立刻剪了吧,让这事快点儿结束吧。唉,我觉得我的心都碎了。这种痛苦一点儿不浪漫。【名师点睛:安妮实在没办法了,她宁可剪掉头发也不愿意披着一头"难看"的头发出门。】书中的姑娘们都是一时冲动剪掉头发,要不就是为行善卖头发,我如果像她们似的,哪怕只有那么点儿意思,也肯定不会在乎剪头发的。但是如果剪头发是因为把头发染成了可怕的颜色,那就一点儿安慰也没有了。是不是?要是不碍事,您一边剪头发我一边哭吧。这似乎太悲惨了。"

接着安妮就哭开了,但是后来她上楼照镜子时却因为绝望而显得平静了。玛丽拉毫不留情地下了剪子,头发得剪得尽量短。效果不太好,这评论是好听的了。安妮赶紧把镜子扣到了墙上。

"在头发长长之前,我决不,决不再看自己一眼。"她激动地叫道。然后她突然又把镜子翻了过来。"不,我还要照镜子。我干了坏事,活该受罪。我每次回房间都要照照镜子,看看自己有多丑。【名师点睛:这次"事故"给安妮一个很好的教训,她决心引以为戒。】我也不去把这副模样想没了。我怎么也想不到我会为自己的头发自豪,可现在我为自己浓密

213

▶ 绿山墙的安妮

卷曲的长发而自豪了,尽管它是红色的。我希望下一步我的鼻子会发生某种变化。"

星期一上学时安妮的短发引起了轰动,但是她松了一口气,因为没人猜到她剪头的真正原因,就连乔西·派伊也没猜到,不过她没有忘记告诉安妮,她看上去活像一个稻草人。

"乔西对我说这话时,我一句话也没说。"安妮当天晚上对玛丽拉吐露说。玛丽拉这会儿刚犯完头痛,正躺在沙发上。"因为我想这也是对我的惩罚的一部分,我应当耐心忍受。有人说你像个稻草人,这滋味可真不好受,我都想回敬几句了,但是我没说。我只是轻蔑地看了她一眼,就原谅了她。原谅了别人会使你觉得自己挺崇高的,是不是?经过这件事以后,我会使出全身的劲去做一个乖孩子,再不想方设法臭美了。乖比漂亮当然要好得多,这我知道。【名师点睛:"染发事件"给安妮带来了很多教训,她甘心接受惩罚,也不再虚荣了。】不过有时你很难相信一件事,即使你知道是那样。玛丽拉,我真想做个好人,就像您、阿伦太太和斯塔西小姐一样,长大后能为您争光。戴安娜说要是我的头发长长了,就系上一根黑天鹅绒缎带,边上打一个蝴蝶结。她说她觉得这样会非常好看的。我要把它叫作发套帽——听上去真够浪漫的。玛丽拉,我说的太多了吧?让您头痛了吧?"

"我的头现在好多了。不过今天下午头痛得很厉害。我的头痛病越来越重了,得找个大夫看看。至于你说个没完,我想我不介意——我已经习惯了。"

玛丽拉这是表示她喜欢听安妮讲话。

214

第二十七章

不幸的百合姑娘

> **M 名师导读**
>
> 为了追求浪漫,安妮和几个同学突发奇想,排演起诗中的情节,然而意外再次发生,安妮乘坐的木船漏水了,幸亏吉尔伯特路过,并毫不犹豫地救了她。

"安妮,你理所当然是伊莱恩了。"戴安娜说,"我根本不敢漂到那里去。"

"我也不敢。"鲁比·吉利斯打了个寒战说,"如果我们两三个人一起坐在这只平底船上,我就不怕漂流,挺好玩儿的。但是躺下来装死——我不行。我会吓死的。"

"肯定挺浪漫的。"简·安德鲁斯承认,"但是我知道我保持不了镇静。我差不多每分钟都要跳起来看看漂到哪儿了,是不是漂得太远了。安妮,你知道,这样会破坏效果的。"

"<u>可是让红头发的人当伊莱恩也太可笑了。</u>"安妮叹着气说,"<u>我倒不怕漂流,也愿意当伊莱恩,但这照样很可笑。应该让鲁比当,因为她皮肤这么白,还长着漂亮的金色长发</u>——你们知道伊莱恩'那头金发漂在水面上'。【**名师点睛**:安妮和同学们准备演戏,但安妮却把主角让给了别人,因为她知道鲁比更符合这个角色的形象。】伊莱恩是百合姑娘。噢,长红头发的人不能当百合姑娘。"

"你的肤色像鲁比一样白。"戴安娜恳切地说,"而且你的头发比剪掉之前黑了好多呀。"

215

▶ 绿山墙的安妮

"噢,你真的这么想?"安妮敏感地叫了起来,高兴得满脸通红,【写作借鉴:细节描写,安妮开始注重自己的外表了,这暗示着她已经长大了。】"我有时自己也这么想——可我不敢问别人,因为害怕她告诉我不是这么回事。戴安娜,你觉得现在能把它说成茶赭(zhě)色吗?"

"能,我觉得它真的很好看。"戴安娜说,羡慕地看着安妮一头短短的、浓密而柔软的鬈发,一条漂亮的黑天鹅绒缎带恰到好处地束住了头发,还扎了蝴蝶结。

她们这时正站在果园坡下的池塘边上,那里有一小块白桦环绕的陆岬从岸边突了出去,岬角[向海中突出的夹角状的陆地]上有一个架在水中为渔民和猎鸭人提供方便的小木台。时值盛夏,鲁比和简正与戴安娜一起打发下午的时光,安妮也跑过来和她们一起玩儿。

这个夏天,安妮和戴安娜把大部分娱乐时间都消磨在池塘里和池塘附近了。到旷野玩是过去的事情了,今年春天,贝尔先生毫不留情地砍倒了他牧场上的那一小圈树林。安妮想起了那里的浪漫情调,不禁坐在树墩中间哭了,但是她很快就想开了,因为正如她和戴安娜所说的,她们毕竟是十三四岁的大姑娘了,不适合再玩过家家这类孩子游戏了。池塘周围有的是更有意思的活动。【名师点睛:转眼,安妮已经长成一个大姑娘了,她也有了更强的适应能力。】跨过小桥去钓鲑鱼就挺有趣,两个姑娘还学会划着巴里先生用来打鸭子用的平底船四处转悠。

排演伊莱恩是安妮的主意。去年冬天他们在学校里学了丁尼生的诗歌,学监规定其为爱德华王子岛学校英语课程的内容。他们分析了诗歌,研究了语法,总之把诗掰开揉碎,致使他们怀疑起这首诗对于他们究竟还有什么意义。但是至少美丽的百合姑娘、兰斯洛特、格温纳维尔和亚瑟王活生生地出现在他们面前,安妮心中暗暗叫苦,遗憾没有生在卡米洛。她说那些日子比现在不知要浪漫多少倍。

大家为安妮的计划热情欢呼。【名师点睛:安妮的每一个建议都能得到孩子们的拥护,可见她的想象力之丰富。】姑娘们发现,如果把小船从停泊处推开，船就会顺着水流漂到桥下，最后在下游池塘拐弯处的另一块岬角搁浅。她们经常这样漂下去，扮演伊莱恩可方便了。

"好吧，我当伊莱恩。"安妮不情愿地让步了，虽然她特愿意扮这个主角。但是她的艺术品位要求这个角色得由合适的人选来扮，她觉得自己有缺陷，无法胜任这个角色。"鲁比，你得当亚瑟王，简当格温纳维尔，戴安娜当兰斯洛特。但是一开始你们必须是兄弟和父亲。<u>我们不能要老哑巴仆人了，要是有一个人躺着，船里就装不下两个人了。</u>我们还得在整个船上铺上漆黑的锦缎。戴安娜，你妈妈那块旧的黑披巾正好能用。"【名师点睛：虽然只是孩子们之间的排演，但安妮依然有着很高的"艺术追求"。】

黑披巾弄来了，安妮打开铺在船上，然后躺在船底，闭上眼睛，两手交叉在胸前。

"<u>哦，她看上去真像死了。</u>"【名师点睛：鲁比·吉利斯的话从侧面证明了安妮演得非常逼真，非常投入。】鲁比·吉利斯望着那张在摇曳的白桦树影子里的宁静苍白的小脸，紧张地低声说，"这样子让我觉得很可怕，姑娘们。你们觉得演这种玩意儿好吗？林德太太说演什么戏都不好。"

"鲁比，你不应当谈论林德太太。"安妮一脸严肃地说，"把效果都破坏了，因为这可是林德太太出生前几百年的事。简，你来负责这事。伊莱恩死了还说话，真是荒唐。"

简真的负起责任来了。没有黄布罩单，不过一块旧的黄色日本绸钢琴罩布成了很好的代用品。这会儿找不到白百合花，但是把一枝细长的蓝蝴蝶花插在安妮叠压着的手里，也就是最理想的了。

"行了，一切都好了。"简说，"我们应当吻她宁静的额头，戴安娜，你说：'妹妹，永别了。'鲁比，你说：'永别了，亲爱的妹妹。'你们两个人要尽量做出悲痛欲绝的样子。安妮，看在上帝分儿上，微笑一点儿。你知道伊莱恩'躺着，仿佛在微笑'。这样好些了。现在把船推开。"

<u>于是船被推走了，在行进过程中重重地从水里的一根旧木桩上擦过。</u>【名师点睛："重重擦过"为后文的漏水事故埋下伏笔。】戴安娜、简和鲁比

217

▶ 绿山墙的安妮

  等了一小会儿，一看到小船顺流漂走了，就朝小桥奔去，然后急匆匆地穿过树林，跨过小路，直奔下游的岬角，在那里她们作为兰斯洛特、格温纳维尔和亚瑟王，做好了迎接百合姑娘的准备。

  有那么一会儿，船漂得很慢，安妮尽情享受了这份浪漫。可后来发生的事就一点儿也不浪漫了。船开始漏水了。伊莱恩不得不匆忙爬起身来，抓起黄罩布和黑锦缎罩单，木然凝视着船底的一条大裂缝，水正钻过裂缝咕嘟咕嘟地灌进来。岸边的那根尖木桩划开了钉在船底的带状毡层。<u>安妮不知道这些，但是她很快就意识到自己的处境十分危险。水进得这么快，船没漂到下游的岬角就早沉底了。桨在哪儿呢？噢，桨落在岸边的木台上了！</u>【名师点睛：船漏水了，而木桨又忘了拿，情况十分危急了。】

  安妮发出了一声没人能听到的轻微短促的惊叫，嘴唇都吓白了，但是并没有失去理智。有一个机会——只有一个。

  "我被吓坏了。"第二天她告诉阿伦太太说，"船向小桥漂去那会儿真像过了好几年，水在不停地涌进来。阿伦太太，我开始祈祷，真诚极了，但是我没有闭上眼睛祈祷，我知道上帝能够救我的唯一方法是让船漂到紧靠桥桩的地方，我好爬到桩子上去。你知道桥桩不过是些老树干，上面有许多疙疙瘩瘩的树结和树杈。祈祷一定得做，但是我还得密切注视前方，这一点我很清楚。我只是一遍又一遍地说：'亲爱的上帝，让船靠到桥桩旁边吧，别的由我来做。'在这种情况下，你不可能死抠字眼儿，把祷告做得漂亮。很快小船一下子撞到了木桩子上，停住了。我赶快把披巾和钢琴罩披在身上，承蒙老天保佑，前边有个大树墩子，我爬了上去，全身上下一点儿也不敢动。后来我发现自己正从滑溜溜的桩子上渐渐向下滑，只好用手紧紧地抓住它，当时的那种处境与浪漫的剧情正相反，可是我已经顾不了那些了，我得小心避免被水淹死，浪漫不浪漫已经无所谓了。我只好又接着祈祷，然后就用力紧紧抓住木桩，可是要想回到陆地上，必须有人来救我才行呀。"

  小船抛下安妮，独自漂流而去，最后沉到了水里。正在下游等候安妮的三个人,看到漂到眼前的船渐渐沉到了水里,吓得大叫起来,她们以为安妮也一起沉到水里了。刹那间,三个人面色苍白,惊恐得全身像冻僵了一般,直挺挺地站着一动不动。过了一会儿三个人才清醒过来,大声叫着向树林拼命跑去,横穿过街道,然后在桥的四周查看有没有安妮的身影。

此时的安妮处境异常危险,必须紧紧抓住木桩不松手。她看到了鲁比等三人朝着她的方向哭喊着跑过来,她想不久她们就会来救她的,现在必须咬牙坚持住。时间一分一秒地过去了,这个不幸的百合姑娘,一分一秒地数着时间。"她们几个为什么没来呢?跑到哪里去了呢?三人难道都吓昏过去了吗?如果这样谁也不来救我的话……"安妮的手、脚都变得僵硬了,浑身疲惫不堪,眼看再也抓不住了……怎么办呀!

安妮的脚下忽然有什么东西的影子在蠕动着,周围还有可怕的绿水。她的身体颤抖着,最初她决定不惊动它们,并开始展开临终前各种各样的想象。就在安妮的手腕和手指尖疼痛得几乎要忍受不住的时候,吉尔伯特·布莱思划着安德鲁斯家的小船从桥的下边朝这边划了过来。他突然看到了脸色苍白、正在水中挣扎着的安妮。危难之时安妮的脸上仍浮现着轻蔑的表情,灰色的大眼睛睁得大大的,他大吃一惊。

"安妮·雪利!你怎么竟然跑到那儿去了?"吉尔伯特·布莱思叫道。

<u>没等安妮回答,他就把船靠近了木桩,伸出手。</u>【名师点睛:吉尔伯特发现了安妮的危险,二话不说,立即伸出援手,他真是一个聪明又善良的孩子。】实在没办法了,安妮只好紧紧抓住吉尔伯特·布莱思的手,爬进了小船。她气哼哼地坐在船上,衣服脏兮兮的,怀里揣着湿淋淋的披巾和罩布。在这种情况下要保持尊贵高雅实在是太难了!

"安妮,出了什么事?"吉尔伯特边举起桨边问。

"我们在演伊莱恩。"安妮冷冰冰地说,连看都没看救命恩人一眼,"我得乘船漂到卡米洛——我是说那只平底船。船开始漏水了,我爬到了桥桩上,姑娘们求救去了。你能发发善心把我送到小木台吗?"

吉尔伯特热心地把船划到了小木台,安妮不屑理会吉尔伯特的帮

绿山墙的安妮

助,敏捷地跳上了岸。

"非常感谢你。"她傲慢地说着,转身走了,可是吉尔伯特也从船上跳上了岸,一只手抓住安妮的胳膊。【名师点睛:吉尔伯特成了自己的救命恩人,但安妮依然对他不理不睬。】

"安妮。"他急促地说,"喂,我们就不能成为好朋友吗?那次我拿你的头发开玩笑,真是太对不起了。我不是想气你,只是想开个玩笑。再说,这也是很久以前的事了。我觉得你的头发现在非常好看——我说的是真心话。我们做朋友吧。"

安妮犹豫了片刻。她的尊严是受到过伤害,不过此刻她有一种奇异的感觉,她觉得吉尔伯特淡褐色眼睛中那半是羞涩半是渴望的神情很好看。她的心很快地奇怪地动了一下。【名师点睛:面对吉尔伯特一再的"求和",安妮似乎已有所触动。】但是宿怨的苦涩立刻坚定了她开始动摇的决心。两年前的那一幕活灵活现地回到她的记忆中,仿佛是昨天发生的事。吉尔伯特叫她"胡萝卜",让她在学校丢尽了脸。尽管别的孩子和大人们可能会觉得她的愤怒很可笑,就像两年前那事一样可笑,但是这愤怒好像丝毫不会因时间流逝而平息和缓解。她恨吉尔伯特·布莱思!她永远不会原谅他!

"不。"她冷冷地说,"我决不做你的朋友,吉尔伯特·布莱思,我不想做!"

"好吧!"吉尔伯特跳进小船,满脸怒色,"我决不会再求你做朋友,安妮·雪利。我也不在乎!"

他挑战般飞快地荡起船桨离开了,安妮踏上枫树林中陡峭的长满蕨菜的小路。她的头昂得高高的,但是却有一种奇怪的后悔的感觉。她几乎在想要是答应了吉尔伯特·布莱思的请求就好了。【名师点睛:安妮虽然做出一副高傲的样子,但只有她自己知道内心的懊悔。】当然,他曾经极大地羞辱过她,但是……不管怎么说吧,安妮觉得坐下来痛痛快快哭一场才舒服呢。她心烦意乱,不免感觉到惊惧和紧张。

走到半路,她碰上简和戴安娜,她们正飞跑回池塘,情绪仍然极度激动。她们在果园坡没有找到人,巴里夫妇都不在那儿。这时,鲁比·吉利斯突然失控了,她被留了下来,尽力恢复常态,而简和戴安娜则飞快地穿过魔鬼森林,跨越小溪,直奔绿山墙。她们在那儿也没找到人,因为玛丽拉去了卡莫迪,马修在后面的地里晒干草。

"哦,安妮。"戴安娜喘着气,她不偏不倚地扑到了安妮的脖子上,宽慰而高兴地哭了,"哦,安妮——我们想——你——淹死了——我们觉得自己像杀人犯一样——因为是我们让——你当——伊莱恩的。鲁比被吓傻了——哦,安妮,你是怎么逃命的?"

"我爬上了一根桥桩。"安妮有气无力地说,"吉尔伯特·布莱思划着安德鲁斯先生的船经过那儿,把我送上了岸。"

"啊,安妮,他多好啊!啊,这太浪漫了!"简终于攒足了气力说了起来,"打这以后,你当然会跟他说话了。"

"当然不会。"安妮一下子恢复了老样子,"简·安德鲁斯,我再也不想听到浪漫这个词了。姑娘们,你们被吓成这样,我真觉得对不起。这都怪我。我确实觉得我生来命就不好。我做的每件事不是让我就是让我最好的朋友倒霉。【名师点睛:虽然自己刚刚死里逃生,但安妮依然主动关怀和安慰其他的同学们。】戴安娜,我们毁掉了你爸爸的船,我有一种预感,大人不会让我们再在池塘里划船了。"

安妮的这个预感真够准的。这天下午的事传出以后,巴里家和卡斯伯特家大惊失色。

"安妮,你什么时候能长点儿脑子呀?"玛丽拉气恼极了。

"噢,能,我想我能,玛丽拉。"安妮信心十足地回答。安妮已经独自在东侧房痛哭了一场,这会儿神经已经放松了,恢复了平日的欢乐。"我想和以前比,我现在变明智的希望更大了。"

"我看不出来。"玛丽拉说。

"这个嘛,"安妮解释说,"我今天学了很有意义的新课。自从来到绿山墙,我就一直在犯错误,每次错误都帮助我克服一个严重的缺点。紫水晶胸针的事治了我乱动不属于我自己的东西的毛病,魔鬼森林的事治

221

▶ 绿山墙的安妮

了我想入非非的毛病,搽剂蛋糕的事治了我做饭心不在焉的毛病,染发的事治了我的虚荣心。我现在根本不想我的头发和鼻子了——至少很少想了。今天出的错会治好我过分浪漫的毛病。【名师点睛:看来安妮已经深深地懂得了"过犹不及"的道理。】我已经得出了这样的结论,想在埃文利浪漫是没有好处的。几百年前在塔楼高耸的卡米洛可能浪漫成风,可现在已经没人欣赏浪漫了。玛丽拉,我坚信您会很快看到我在这方面有很大进步的。"

"我当然希望这样。"玛丽拉不无怀疑地说。

一直一声不吭地坐在角落里的马修呢,等玛丽拉出去之后,他把一只手搭在了安妮的膀上。

"安妮,别把所有的浪漫情调都丢了。"他羞涩地低声说道,"有一点儿是件好事——当然不要太多——只是保留那么一点点,安妮,保留一点点。"【名师点睛:马修欣赏安妮,他明白正是"浪漫"使安妮成为她自己。】

Z 知识考点

1. 安妮将自己的头发染成了_____色。而卖染发剂的小贩是一个_____国人,他说他赚钱的目的是要把老婆孩子从_____接出来。

2. 扮演百合姑娘伊莱恩的人是(　　)。
  A. 戴安娜　　　　B. 鲁比　　　　C. 安妮

3. 安妮为什么要购买染发剂?

_____

_____

Y 阅读与思考

1. 安妮为什么一直躲在屋里不出来?

2. 吉尔伯特为什么会主动救安妮?

第二十八章

女王学校预考班

> **M 名师导读**
>
> 斯塔西小姐忽然造访绿山墙,原来她是向玛丽拉征求意见的——她要开一个升学辅导班,问安妮是否参加。随后玛丽拉向安妮征求了意见,安妮希望自己能继续深造,将来成为一名老师。

玛丽拉把毛线活儿放到腿上,向后靠进椅子里,她觉得眼睛累了,有点想下次进城换副眼镜,最近她的眼睛常常觉得疲劳。【名师点睛:时光飞逝,玛丽拉一年比一年老了,身体也渐渐衰弱下去。】

天差不多黑了,十一月昏暗的暮光笼罩了绿山墙,厨房里唯一的光线来自壁炉里跳动的红红的火苗。

安妮跪在壁炉前的地毯上,凝视着欢快的火光,枫木柴正把多年蕴涵的热能释放出来。刚才她在读书,这会儿书已经滑落到地板上,她又在做梦了,微启的嘴唇上挂着一丝微笑。闪闪发光的西班牙城堡渐渐从她如雾如虹的幻觉中清晰显现出来,她正在仙境中经历美妙而迷人的探险——这种探险总是以成功告终,从不会像实际生活那样落个进退两难。

火光和阴影柔和地交织在一起,玛丽拉望着安妮,目光亲切温柔,在光线明亮的地方,她可是从不流露这种温情的。爱应当轻松地用语言和表情来表达,这一课玛丽拉从来没有学会,但是她学会了用矜持寡言的方式更深沉更强烈地去爱这个瘦瘦的灰眼睛的小姑娘。她真担心她的爱会宠坏了安妮。【名师点睛:玛丽拉对安妮的爱越来越深厚,但她不愿

223

绿山墙的安妮

表露，因为她不想宠坏了安妮。】她有一种不安的感觉，她觉得一个人把全部心血全都倾注到另一个人身上，就像她对安妮那样，是一种罪过。也许是出于这个原因，她下意识地表示了一种悔过，那就是对安妮的严格和苛刻，要是她不是像现在这么强烈地爱安妮，她倒不至于如此严格了。当然，安妮自己并不知道玛丽拉有多爱她，她有时愁眉不展地想，让玛丽拉高兴太难了，她对人很缺乏同情和理解，但是一想起玛丽拉给她的一切，又总是谴责自己的这种想法。

"安妮。"玛丽拉突然说，"斯塔西小姐今天下午来了，当时你和戴安娜出去了。"

安妮吃了一惊，她叹了口气，从另一个世界回到现实中来。【名师点睛：斯塔西小姐突然造访，是为了什么呢？】

"她来了？啊，太遗憾了我不在。玛丽拉，您为什么不叫我呢？我和戴安娜就在魔鬼森林那边。现在树林里美极了。所有的小植物——像蕨菜啦，缎光叶啦，还有野草莓啦——都睡着了，就像有人给它们盖了个树叶毯子，等春天来了再掀开一样。我想是小灰精灵干的，昨晚她披着彩虹围巾，借着月光蹑手蹑脚地来干了这事。戴安娜是不会多说这种话了，她不会忘记想象魔鬼森林中的幽灵而挨了她妈妈一顿骂的事。这件事对她的想象力影响很坏，打击了她的想象力。林德太太说默特尔·贝尔就是一个受过打击的人。我问鲁比·吉利斯，默特尔受了什么打击，鲁比说她猜是因为她的男朋友把她甩了。鲁比·吉利斯除了男朋友之外什么也不想，而且是年纪越大这种情况越明显。在适当的时候谈论男朋友没什么不好，可事事都扯到男朋友就不大好了，是吧？【名师点睛：安妮并没有到谈恋爱的年纪，但她的思想很成熟，很独立。】我和戴安娜正认真考虑要相互保证永远不结婚，只做端庄的老姑娘，永远生活在一起。不过戴安娜还没有完全下决心，她想要是嫁给一个粗野而潇洒的坏小子，把他给改造好要更高尚些。您知道，我和戴安娜现在谈论很多严肃的问题。我们觉得我们比以前大多了，不该再谈论小孩子的事了。玛丽拉，快到十四岁了是一件非常严肃的事。上星期三，斯塔西小姐把我们这些十几岁的姑娘全都带到了小河边，跟我们谈了这个问题。她说我们对十几岁形成的习惯和产生的愿望要非常当心，因为到了二十岁的时候，性格就定型了，为今后一生奠定了基础。她说如果基础打不牢，我们就根本不可能在上面建造任何真正有价值的东西。我和戴安娜放学回家时讨论了这件事，我们认为事关重大，玛丽拉。我们认定的确应当格外谨慎小心，要努力形成良好的习惯，学习一切知识，尽可能通情达理，这样到了二十岁的时候，就会形成良好的性格，玛丽拉。二十岁想起来真是太可怕了，听着那么老那么成熟。对了，斯塔西小姐今天下午怎么到这儿来了？"【名师点睛：显然，安妮的"滔滔不绝"并没有因为年龄增长而有所收敛。】

"安妮，你可让我插话了。我想说的就是这件事。她在说你呢。"

"说我？"安妮看上去很害怕。然后她红着脸叫道："噢，我知道她说什么了。我本想告诉您的，玛丽拉，我真的想告诉您，可是我给忘了。昨天下午我在学校看《本·赫尔》，被斯塔西小姐抓住了，当时我该看加拿大历史书。【名师点睛：安妮以为斯塔西小姐是来向玛丽拉告状的，所以"不打自招"了。】《本·赫尔》是简·安德鲁斯借给我的。我吃饭的时候读来着，开始上课的时候，我正好读到马车比赛。我坚信本·赫尔必胜，可还是迫不及待地想知道结果如何，因为要是他输了，那就太不公正了。所以，我就把历史书摊在桌盖上，把《本·赫尔》塞在桌子和膝盖之间。您知道，这样看上去我好像是在读加拿大历史书，其实是一直陶醉在《本·赫尔》里。我完全被这本书迷住了，根本没注意到老师顺着过道过来了，后来我猛地一抬头，才发现她正用责备的目光望着我。玛丽拉，我说不出我当时有多羞愧，玛丽拉，特别是听到乔西·派伊咯咯直笑的时候。斯塔西小姐把书拿走了，但是当时一句话也没说。课间休息时她把我留下来跟我谈了话。她说我在两个方面做得很不对：第一，我浪费了学习时间；第二，我在弄虚作假欺骗老师，表面上看好像在读历史

▶ 绿山墙的安妮

书,实际上却在读故事书。玛丽拉,在这之前我根本没有认识到我的行为是欺骗性的。我很吃惊,痛哭起来,请求斯塔西小姐原谅我,我再也不会做这种事了。我还提出要惩罚自己——就是整整一个星期不看《本·赫尔》,就连马车比赛的结局如何也不看。可是斯塔西小姐说她不需要我这样做,她爽快地原谅了我。我想她来您这儿说这事,可不够宽宏大量。"【名师点睛:安妮认为斯塔西小姐"背叛"了她,对她产生了误解。】

"安妮,斯塔西小姐根本没对我提这件事,你这么猜是你的自责心理在作怪。你不该把故事书带到学校去,你读的小说也太多了。我是小姑娘的时候,大人瞧都不让我瞧小说一眼。"

"噢,您怎么能把《本·赫尔》说成是小说呢?它实际上是一本宗教书。"安妮抗议道,"当然这本书是有点过于刺激,不适合星期天读,我只是在平常日子读啊。我现在只看斯塔西小姐和阿伦太太认为适于十三岁零九个月的女孩读的书。斯塔西小姐要我保证做到这一点。有一天她看到我在读名字叫《鬼堡骇案》的书,是鲁比·吉利斯借给我的,噢,玛丽拉,这本书太吸引人了,真是令人毛骨悚然[身上毛发竖起,脊梁骨发冷,用来形容十分恐惧],我血管里的血都凝固住了。可是斯塔西小姐说这是一本很无聊……"

"行了,我想我得点灯干活儿了。"玛丽拉说,"我知道你不想听斯塔西小姐跟我说了什么,你对自己说的话才是最感兴趣的。"【名师点睛:玛丽拉非常了解安妮,她知道怎样说才能引起安妮的兴趣。】

"噢,玛丽拉,我想听,我想听呢。"安妮后悔地大叫起来,"我不说话了——一句也不说了。我知道我说的太多了,可我真的正在努力克服这个毛病呢,虽然我都成话篓子了,不过我还有好多话想说,可是没说呀,您要是知道这一点,您就会认为我还是有一点儿优点的。玛丽拉,请告诉我吧。"

"好吧,斯塔西小姐想把打算温课参加女王学校入学考试的尖子生组成一个班。她想放学以后给他们多讲一个小时的课。她来问我和马修是否想让你参加。安妮,你自己是怎么想的?【名师点睛:玛丽拉并没有单方面替安妮做决定,她非常尊重安妮的意见,所以要问问她。】你愿意去女王学校,上学以后当个教师吗?"

"噢,玛丽拉!"安妮一下挺直了身子,两手紧紧握在一起,"这一直是我的理想啊——有半年时间了,自从鲁比和简开始谈论复习考试的事,我就有这个理想了。但是我根本没提一个字,因为我觉得那样做一点儿用都没有。我愿意当一名老师,可是这不是得花很多很多钱吗?安德鲁斯先生说他供普里西念书一共花了一百五十块钱,普里西学几何可不笨。"

"我想你用不着为钱担心。当初我和马修收养你的时候就决定要尽最大努力让你受到良好的教育。我认为一个女孩子要为独立谋生做准备,不管她是不是得独立谋生。只要我和马修在这儿,你在绿山墙就有家,可是谁也不知道在这个变化无常的世界里会发生什么事,要做好准备才好。所以安妮,如果你愿意,你可以参加预考班。"

"噢,玛丽拉,谢谢您。"安妮一下伸出双臂抱住了玛丽拉的腰,抬起头热切地望着她的脸,"我真感激您和马修。我会拼命学习,尽量为你们争光。【名师点睛:安妮已经长大了,她已经懂得了马修兄妹俩在抚养她的过程中付出了很多的心血。】我提醒您不要对我的几何成绩期望过高,但是我想如果努力,其他功课会学得不错。"

"我敢说你会学好的。斯塔西小姐说你既聪明又勤奋。"玛丽拉怎么也不会把斯塔西小姐对安妮的评价原原本本告诉她,那样会滋长她的虚荣心。"你用不着太玩儿命,把自己累垮。不用急,一年半以后才考试呢。不过斯塔西小姐说早早动手打好基础倒是应该的。"

"现在该对学习更感兴趣才对。"安妮兴高采烈地说,"因为我有生活目标了。阿伦先生说每个人都应当有生活目标。还要虔诚地去追求它。不过他说我们必须首先保证这是一个崇高的目标。我想当一个斯塔西小姐那样的老师,这是一个崇高的目标,【名师点睛:安妮的亲生父母是

227

▶ 绿山墙的安妮

老师,而现在她也把当老师作为自己的人生理想。】玛丽拉,您觉得呢?我认为这是一个非常崇高的职业。"

预考班如期成立了。吉尔伯特·布莱思、安妮·雪利、鲁比·吉利斯、简·安德鲁斯、乔西·派伊、查利·斯隆和穆迪·斯珀吉翁参加了这个班。戴安娜·巴里没参加,因为她父母不想送她上女王学校。在安妮看来,这简直是一场灾难。自从那天晚上明尼·梅得了哮喘以来,她和戴安娜不论干什么都从没分开过。预考班第一次补课那天晚上,安妮看见戴安娜慢慢地和其他同学走了出去,独自穿过白桦道和紫罗兰谷回家,安妮唯一能做的是坐在位子上,克制住追赶好朋友的冲动。她的喉咙哽住了,赶紧把脸藏到拉丁语法书后面,来藏住满眼的泪水。【名师点睛:从没分开的一对好朋友,就要分道扬镳了,安妮又伤心得哭了起来。】无论如何不能让吉尔伯特·布莱思或乔西·派伊看见她的泪水。

"可是,噢,玛丽拉,我看到戴安娜孤零零地走了出去,真觉得感受到死亡的痛苦了,就像阿伦先生上星期天布道时说的那样。"她那天晚上悲哀地说,"我想要是戴安娜也参加预考班,那该有多好哇。可是正像林德太太说的,在这个不完美的世界上我们无法让事情变得十全十美。【名师点睛:成长的代价也包含着接受当下的不完美。】林德太太有时候说话不太好听,但是她说了很多真话,这一点没有什么可怀疑的。我觉得预考班会非常有趣的。简和鲁比就要为当老师而学习了,这是她们的雄心壮志。鲁比说她毕业以后只打算教两年书,然后就结婚。简说她会把终生献给教育事业,绝对绝对不嫁人,因为教书有人会付给你工资,而丈夫什么也不会付给你,就连要点儿买鸡蛋和奶油的钱,他也要怒气冲冲地抱怨。我想简的话是痛苦的经验之谈,林德太太说她爸爸是一个十足的老怪物,比铁公鸡还一毛不拔。乔西·派伊说她上学就是为了受教育,她不必赚钱养活自己,她说当然靠救济金生活的孤儿就不同了——他们得拼命挣钱才行。穆迪·斯珀吉翁要当一个牧师。林德太太说他叫这么个名字,做别的也不适合。玛丽拉,一想起穆迪·斯珀吉翁要当牧师我就直想笑,这不能怪我吧。他长得很滑稽,大胖脸,小蓝眼睛,扇耳支棱着。不过说不定他长大了会显得聪明些。查利·斯隆说他要从政,当一名议员,但是林德太太说他不会成功,因为斯隆家全都是老实人,如今政界只有流氓恶棍才得势。"【名师点睛:作者借虚构人物之口,辛辣地讽刺了当时的政治局面。】

"吉尔伯特·布莱思要做什么呢?"玛丽拉问,这会儿安妮正在翻看《恺撒大帝》这本书。

"我可不知道吉尔伯特·布莱思的志向——就算他有志向的话。"安妮轻蔑地说。【名师点睛:安妮总是"强迫"自己去无视甚至是"蔑视"优秀的吉尔伯特。】

现在吉尔伯特和安妮之间的竞争公开化了。原来是安妮一个人在争,但是现在吉尔伯特无疑下决心要像安妮一样在班上争第一了。他可是安妮值得一搏的劲敌。班上的同学心里都清楚他们的优势,谁也不想跟他们争高低。

那天安妮在池塘边上拒绝了吉尔伯特的求和,打那以后,吉尔伯特除了决心争第一以外,还公然无视安妮·雪利的存在。他和其他女孩子说说笑笑,交换书本和习题,讨论功课和计划,有时还和某个女孩从祷告会或辩论社团一起回家,可就是不理安妮·雪利。安妮发现被人忽视原来是件挺难受的事,她摇摇头对自己说:"我才不在乎呢。"可这是白费力气。【写作借鉴:细节描写,安妮是一个善于反省自己的孩子,她似乎开始体会到吉尔伯特的痛苦了。】在她那少女的心灵深处,她知道自己是在乎的,要是再有一次波光湖事件,她的回答会截然不同。忽然,她发现素日对他的仇恨似乎消失了——恰恰在她最该恨他的时候消失了,这让她暗暗吃惊。她回忆那个难忘的场合的每一个细节和当时的情感,试图去感受曾经使她感到满足的愤怒,但还是于事无补。池塘那天是她最后一次对吉尔伯特发泄愤怒。安妮意识到自己已经在不知不觉中原谅了吉尔伯特,忘记了仇恨。但是太晚了。

▶ 绿山墙的安妮

至少吉尔伯特，还有其他人，甚至包括戴安娜，都不会猜到她有多么懊悔，她多希望自己不是这样傲慢和讨厌啊！她决定"把自己的感情深深地埋在心底"，暂且可以说她做得很成功，吉尔伯特——实际上他并不像表面上那么冷漠，他高兴不起来，是因为他以为安妮没有觉察到他报复性的蔑视。他得到的唯一的可怜安慰是查利·斯隆继续含冤受到安妮毫不留情的冷落。

除此之外，冬天在愉快的活动和学习中过去了。安妮觉得日子就像岁月这条项链上的金珍珠一样纷纷滑落了。【写作借鉴：比喻生动，形象地刻画出时光飞逝的场景。】她无忧无虑，热情洋溢，兴趣盎然；功课要学，荣誉要争；轻松愉快的书要读；主日学校唱诗班的新曲目要排练；还要在阿伦太太家和她度过愉快的周末下午。时光飞逝，还没等安妮有所觉察，春天就又来到了绿山墙，整个世界又一次鲜花盛开，生机勃勃。

接下来，学习就有点儿令人厌烦了，其他同学都沿着绿茸茸的乡间小路、枝叶茂密的林间小道或是绕着草场小径回家了，而预考班的学生还留在学校里，他们愁眉苦脸地望着窗外，发现不知怎么搞的，拉丁词汇和法语练习已经不像寒冬时分那么有趣了。就算是安妮和吉尔伯特也没精打采，感觉越来越没劲了。【名师点睛：有得必有失，暂时放弃休假的权利是为了更好地达成自己的目标。】当学期结束，愉快的假期如花似锦地展现在面前的时候，老师和学生们一样兴高采烈。

"这一年你们确实学得不错。"斯塔西小姐最后一天晚上对学生们说，"你们该过个称心如意的假期。到大自然里去痛痛快快地玩儿，养精蓄锐地迎接下个学年。下学年可是关键了，你们知道——这是入学考试前的最后一年了。"

"下学年你还回来吗，斯塔西小姐？"乔西·派伊问。

乔西·派伊提问题从来都是毫无顾忌，班里其他人都为此感谢她，因为没人敢问斯塔西小姐这个问题，但又都想知道，因为这一段时间校园里谣言四起，说斯塔西小姐下学年不回来了——她家附近的小学给她提供了一个位置，她打算接受，一时间人心惶惶。预考班的同学屏声静气地等待着她的回答。

"哦，我想我会回来的。"斯塔西小姐说，"我考虑过选择另一所学校，但是我已经决定还是回到埃文利来。说实话，我对这里的学生非常感兴趣，我发现我离不开你们了。因此，我要留下来帮助你们通过考试。"【名师点睛：斯塔西小姐也能感受到孩子们的眷恋，而她也很喜欢这群孩子，所以她留下来了。】

"好哇！"穆迪·斯珀吉翁叫道。他以前从来没有这么忘乎所以过，有一周的时间，每当他想起这件事就羞愧难当。

"噢，我太高兴了。"安妮说，眼睛闪闪发光，"亲爱的斯塔西小姐，如果您不回来，那真是太可怕了。要是别的老师来教我们，我想我就不想接着学了。"

那天晚上安妮一回到家，就把所有的课本堆放到阁楼上的一只旧箱子里，上了锁，把钥匙扔进了放杂物的盒子里。【名师点睛：劳累了一个学期的安妮决定给自己放一个假，好好休息一段时间。】

"假期我连看都不会看课本一眼的。"她告诉玛丽拉，"我努力学了整整一个学期，吃奶的劲儿都使出来了。我绞尽脑汁学几何，第一册书里的每个命题都背得滚瓜烂熟，就是变了字母我也不怕了。我对所有一板一眼的东西都烦透了，我要让我的想象力自由驰骋一个夏天。噢，别紧张，玛丽拉。我只让它在合理的范围内驰骋。可是我想在今年夏天痛痛快快地玩玩儿，也许这是我小时候的最后一个夏天了。林德太太说如果我明年还跟今年一样长得这么快，我就得穿长些的裙子了。她说我会长得又高又瘦，眼睛也会越来越大。要是我穿上了长裙子，我就会觉得应该配得上长裙子，得显得非常端庄。那时候，恐怕连小精灵都不该相信了，因此今年夏天我要全心全意地相信它们一回。【名师点睛：安妮也明白，自己终究要长大，总要与小时候的"天真烂漫"告别了。】我想我们会度过一个非常愉快的假期。鲁比·吉利斯不久就要举行生日

▶ 绿山墙的安妮

聚会了，下个月还有主日学校野餐和教会音乐会。巴里先生说他要找一个晚上带戴安娜和我到白沙滩饭店去吃饭。您知道，他们晚上常在那儿吃饭。简·安德鲁斯去年夏天去过一次，她说她看到了电灯、鲜花，所有的女宾都穿着非常漂亮的衣服，真让人眼花缭乱。简说这是她第一次看到奢侈的生活，至死都不会忘掉。"

林德太太第二天下午来了，想弄清玛丽拉为什么没去参加星期四的劝助会。玛丽拉一不到会，人们就知道绿山墙出了岔子。

"马修星期四有一阵心脏不好。"玛丽拉解释说，"我不想离开他。哦，是的，他现在又好了，可是犯病要比过去频繁了，我很担心。【名师点睛：马修的频繁发病，为后文的情节做了铺垫。】医生说他必须小心，要避免激动。这倒不难，马修从来不爱凑热闹，问题是什么重活他也不能干了，可让他不干活儿等于让他别呼吸。来，蕾切尔，把东西放到一边。坐下来喝点茶吗？"

"好吧，你这么热情，我还是坐会儿吧。"蕾切尔夫人说，她本来也没想做别的事。

蕾切尔太太和玛丽拉舒舒服服地坐在客厅里，安妮备了茶，做了热乎乎的小甜饼，这点心精巧洁白，连蕾切尔太太也挑不出毛病来。【名师点睛：安妮已经长大了，懂得照顾两位长辈了，她不会再犯错误了。】

"我必须说安妮已经出落成一个很能干的姑娘了。"蕾切尔太太承认道，这时已是落日时分，玛丽拉陪着她走到小路尽头，"她一定成了你的好帮手。"

"是啊。"玛丽拉说，"她现在很稳当，很可靠。我过去常常担心她永远改不掉浮躁的毛病，可是她改了，现在我可以完全信赖她了。"

"三年前我在这儿第一次见到她时，根本不会想到她会变得这么有出息。"蕾切尔太太说，"说良心话，我怎么能忘掉她发脾气的事呢！那天晚上一回家，我就对托玛斯说：'记着我的话，托玛斯，玛丽拉·卡斯伯特会后悔她走的这步棋。'可是我错了，我为此感到很高兴。玛丽拉，我

232

可不是那种永远不承认自己错误的人。不,感谢上帝,那绝不是我的处世方法。我当时没把安妮看准,不过这也难怪,再也没有哪个孩子比安妮更怪了,就是这么回事。我们没法用衡量其他孩子的标准来衡量她。这三年她发生的变化简直是奇迹,特别是在相貌上。她确实出落成一个漂亮姑娘了,虽然我对这种皮肤苍白的大眼睛孩子不能说特别喜欢。我更喜欢活泼的面色红润的孩子,像戴安娜·巴里或者鲁比·吉利斯。鲁比·吉利斯长得真出众。但是不知怎么的——安妮和她们在一起的时候,虽然要说漂亮她连她们的一半都赶不上,可她却使其他孩子显得有点儿俗气,有点儿太漂亮了——就像是把被她叫作水仙花的六月白百合和大红牡丹并排摆在一起似的,就是这么回事。"【名师点睛:安妮虽然不是最漂亮的,但她却有着独特的引人注目的气质。】

Z 知识考点

1. 安妮在历史课上偷看的书是_____,但斯塔西小姐并没有怪罪她。斯塔西小姐还建议安妮不要看_____一类的书,因为那很无聊。

2. 判断题。斯塔西小姐专门来绿山墙,就是为了告安妮的状的。(　　)

3. 对于安妮,就连蕾切尔太太也挑不出毛病来了,这说明了什么?

_____

_____

_____

Y 阅读与思考

1. 斯塔西小姐是一个怎么样的老师?

2. 安妮为什么不知道吉尔伯特的志向?

▶ 绿山墙的安妮

第二十九章

人生的转折点

M 名师导读

　　新学期又开始了，安妮再次投入紧张的复习中。现在的安妮长大了，话少了很多，也变得更加成熟冷静，她经常思考一些大人的问题，但对于现阶段的她来说，最重要的就是即将到来的入学考试。

　　安妮痛痛快快地玩儿了一个暑假。她和戴安娜整天不着家，陶醉在"情人径""树神泡泡泉""柳树塘"和"维多利亚岛"给予她们的一切欢乐之中。玛丽拉没有反对安妮这么疯玩儿。【名师点睛：向来要求严格的玛丽拉也不约束安妮了，这不仅是因为宠爱，还因为后文医生的建议。】因为刚放假时的一个下午，从斯潘塞维尔来的那位给明尼·梅治过哮喘病的大夫在一个病人家里遇见了安妮，他用犀利的目光打量了安妮一番，抿着嘴唇，摇了摇头，然后让别人给玛丽拉捎了张便条。上面写着：让你那红头发的女孩儿在外面玩一个夏天，等脚步变得轻快了再看书。

　　这个条子把玛丽拉吓坏了。她对条子的理解是，除非她不折不扣地照办，否则安妮会累死的。结果，安妮撒着欢玩儿，享受了一个最美好的夏天。她散步、划船、采浆果，尽情地幻想。秋天到来的时候，她两眼放光，敏捷活泼，迈着会让那位斯潘塞维尔大夫满意的轻盈步伐，再一次充满雄心和热情。

　　"我真想玩儿命学习。"她一边把书从阁楼上拿下来一边宣布说，"喂，你们这些老朋友,又一次见到你们真诚的面孔我真高兴——对,就是你几何也一样。【名师点睛:新学期开始了,安妮如约拿出书本,她要再一次投入疯狂的备考复习之中了。】玛丽拉,我过了一个非常美好的夏天,现在我特兴奋,就像要参加赛跑的棒小伙儿似的,阿伦先生上星期天这么说的。阿伦先生布道真绝了!林德太太说他每天都有进步,还说有个城里的教堂要把他挖走,那样,我们就没人管了,还得找个新手来培养。不过我看杞人忧天没什么用,您说呢,玛丽拉?我想还不如趁阿伦先生在这儿抓紧享受他的布道呢。要是我是男人,我想我会当牧师的。如果牧师的神学理论是正确的,他们就会对人产生深远的影响。布道做得精彩动人一定是很令人激动的。为什么女人就不能当牧师呢,玛丽拉?【名师点睛:安妮的想法大胆而奇特,打破世间约定俗成的观念。】我问了林德太太这个问题,她很吃惊,她说女人做牧师会弄出乱子的。她说美国可能有女牧师,她相信那儿有,但是感谢上帝,我们加拿大还没有糟成那样,她希望我们永远没有女牧师。但是我不明白为什么。我认为女人也会成为出色的牧师。联谊会、教堂茶会或者其他募捐活动就是靠女人举办的呀。我相信林德太太完全能祷告得和贝尔学监一样好,我一点儿都不怀疑她稍加练习也能布道。"

"是的,我相信她行。"玛丽拉干巴巴地说,"她做了很多非正式布道。有蕾切尔监督,埃文利人出错的机会不多。"【名师点睛:在这个问题上,玛丽拉与安妮的看法一致,她也是一个开明的人。】

"玛丽拉,"安妮突然信心十足地说,"我想告诉您一件事,看看您怎么想。每到星期日下午我就发愁——那是我专门想烦心事的时候。我真的想变好。每当我和您、阿伦太太或斯塔西小姐在一起,我就更想变好,我只想做让你们高兴和你们同意做的事。可是如果我和林德太太在一起,我就常常觉得自己很坏,好像总想去做她告诉我不应当做的事,我感到一种不可抗拒的诱惑力。哎,您说我怎么会有这种感觉呢?您认为这是因为我真的很坏很顽固吗?"【名师点睛:不同的人站在不

▶ 绿山墙的安妮

同的立场上,因此会对安妮产生完全不同的评价,这让安妮感到迷茫和痛苦。】

玛丽拉有一会儿看上去犹豫不决,然后她笑了起来。

"安妮,如果你很坏很顽固的话,我想我也是,因为蕾切尔也经常让我产生那种感觉。我有时想她会对人产生深远的影响,就像你说的,如果她不老是唠叨着要别人循规蹈矩的话,应当制定一条反对唠叨的特殊法令。算了,不说了,我不该这样说。蕾切尔是个善良的基督徒,她的本意是好的。埃文利没有人比她更善良了,她从不逃避她那份工作。"

"您有同样的感觉我很高兴。"安妮肯定地说,"这太鼓舞人了,从此以后我不会为这件事发那么大愁了。但是我敢说会有其他事情来烦我。烦心事总是会不断出现,您知道。你刚解决了一个问题,另一个问题又冒出来了。人开始长大的时候,有那么多事情要考虑和决定。我整天忙着考虑这些问题,决定怎样做才对。长大成人是一件很严肃的事,是不是,玛丽拉?既然我有像您、马修,还有阿伦太太和斯塔西小姐这样的好朋友,我就应当好好地成长,如果别人说我不好,那肯定是我自己的错。我觉得责任重大,因为我只有这一次机会。要是我错过了这次机会,时间不可能为我而倒流。【名师点睛:任何人都避免不了要走向成年,在这一过程中我们都会遇到很多问题,但这都是为了让我们长成一个更好的人,成为最好的自己。】今年夏天我长高了五厘米,玛丽拉。鲁比生日聚会上吉利斯先生给我量了身高。我很高兴您把我的新衣服做长了一些。墨绿的那件很美,您真好,还给镶上了荷叶边。当然,我知道不一定要加荷叶边,可是荷叶边今年秋天很时兴,乔西·派伊所有的衣服上都镶了荷叶边。我知道有了荷叶边,我能学习得更好,我心里感到十分舒服。"

"荷叶边能让你觉得舒服这就好。"玛丽拉承认道。【名师点睛:现在的玛丽拉已经开始懂得"时尚"了,她会主动为安妮做一些流行的裙子。】

斯塔西小姐回到了埃文利学校,发现所有的学生又都对学习充满了热情。预考班的学生更是做好了拼搏的准备,明年年底那决定命运的"入学考试"正在逼近,给孩子们头上笼罩了一层黯淡的阴影。一想到入学考试,所有学生的心情都沉重极了。要是考试通不过怎么办呢!这年冬天,只要安妮醒着,这个念头就必定萦绕在她的心头,包括星期日下午在内,她几乎没工夫去想道德和神学方面的问题了。她在噩梦中常常梦到自己正痛苦地盯着入学考试录取名单,吉尔伯特·布莱思的名字赫然列在榜首,而她却名落孙山。【名师点睛:备考期的安妮紧张极了,连梦境也都是令人恐惧的。】

但是这也是个快乐、繁忙、转瞬即逝的冬天。功课和以前一样有趣,竞争和以前一样激烈。思想、感情和理想的新世界,还有那迷人的有待探索的新知识似乎正在如饥似渴的安妮面前敞开大门。

丘陵连着丘陵,高山连着高山。

这一切大多因为斯塔西小姐教导有方。她让学生自己去思考、去探索,鼓励他们离经叛道,这使林德太太和校董们大为震惊。他们对斯塔西小姐的革新满腹狐疑。

除了学习之外,安妮增加了社交活动,玛丽拉牢记斯潘塞维尔那位大夫的建议,不再阻止安妮时常到外面去活动。辩论社团红火了起来,举行了好几场音乐会,有一两次聚会几乎接近了成年人聚会的水平,还多次组织了滑雪橇和溜冰活动。

安妮的个子蹿得很快,有一天她和玛丽拉并肩站在一起,玛丽拉吃了一惊,发现安妮长得比自己都高了。【名师点睛:安妮的成长不仅是身高上的变化,更是心理上的日渐成熟,玛丽的感慨是很多做母亲的人才有的想法。】

"哟,安妮,你怎么长这么高了呀!"她说,几乎不敢相信。接着,她叹了一口气。玛丽拉有一种很奇怪的感觉,她对安妮长个子很遗憾。她已经爱上的那个孩子好像不见了,取而代之的是这个神情严肃的十五岁

▶ 绿山墙的安妮

少女，她高高的个子，眼眉中透着沉思，骄傲地抬着可爱的小脑袋。玛丽拉像爱那个孩子一样深深爱着这个姑娘，但是她有一种奇特的令人痛苦的失落感。那天晚上安妮和戴安娜一起去祷告会的时候，她独自坐在冬日的暮色中，任凭软弱的泪水尽情流淌。马修提着灯进了屋，发现玛丽拉在哭，他惊恐万状地盯着她，弄得她忍不住破涕为笑。

"我正在想安妮的事呢。"她解释说，"她已经长这么大了——明年冬天可能要离开我们了。我会想死她的。"【名师点睛：玛丽拉的话反映出她对可能要去外地求学的安妮的万分不舍。】

"她会经常回家的。"马修安慰道，对于他来说，安妮仍然是并且将永远是四年前那个夏夜他从布赖特河火车站领回家的那个满怀热望的小姑娘。"到那时候，铁路支线就会修到卡莫迪了。"

"她常回来和她一直在这儿可不一样。"玛丽拉忧郁地叹了口气，她还是止不住地伤心，"算了，不说了——男人搞不懂这些事情！"

安妮不光个子长高了，其他方面也有明显变化。比如，她变得安静多了。也许她思考得更多了，而且和以前一样爱幻想，但她的话确实少多了。【名师点睛：安妮变得越来越成熟，但这却让玛丽拉感到不习惯了。】玛丽拉注意到了这一点，还对此发表了意见。

"安妮，你现在说的话连过去的一半都不到，也不学大人的口气说话了。你这是怎么啦？"

安妮脸红了，微微笑了笑，这时她放下了书，出神地凝视着窗外，那里圆鼓鼓的红色花蕾正在爬藤植物上面竞相绽放，以回报春天诱人的阳光。【名师点睛：安妮沉稳内敛了许多，一改过去模仿大人说话的习惯，这种变化被细心的玛丽拉看在眼里，正如这段话所描述的那样，安妮如红色花蕾一般终将绽放，释放自身的美丽，而她也懂得了感恩，必将要报答善待她的人。】

"我不知道——我只是不想多说话。"她说，若有所思地用食指顶着下巴，"思考一些高尚美好的东西，宝贝似的把它们藏在心里，这样要好些。我不愿意人们耻笑或怀疑这些想法。我有点不想用大人的口气说话了。这可以说是一个遗憾。是不是？如果我真想用大人的口气说话，现在确实可以用了。快长成大人在某些方面是挺有意思的，但是这种乐趣不是我想要的，玛丽拉。要学要做要考虑的东西太多了，没有时间用学大人的口气说话。另外，斯塔西小姐说简练的语言更有力，更好。她要求我们所有文章都写得简单扼要。开始时真够难的。过去我习惯把所能想到的漂亮词儿都堆在一块儿——我能想出好多好多词呢。但是现在我习惯了简明扼要，也觉得这样要好得多。"【名师点睛：安妮的思维方式已经接近一个成年人了，成年人总是不爱表露自己的内心。】

"你们的故事俱乐部怎么样了？我好久没听你提它了。"

"故事俱乐部已经散了。我们没有时间——反正我觉得大伙儿都腻了。什么爱情呀、谋杀呀、私奔和秘闻呀，真够傻的。【名师点睛：安妮从幻想中走向现实，她在思考更有现实意义的人生了。】斯塔西小姐有时候让我们写小说练笔，但是她只让写埃文利现实生活中可能发生的事。她批评起作文来可尖锐了，还让我们做自我批评。在自己给自己挑错之前，我从没想到我的文章会有那么多错。我觉得无地自容，真想放弃算了，可是斯塔西小姐说，只要我真的把自己训练成最苛刻的自我批评家，就能写出好文章。我正在努力呢。"

"你再过两个月就要考试了。"玛丽拉说，"你觉得能通过吗？"

安妮打了个哆嗦。【写作借鉴：细节描写，可以看出安妮对这次考试非常看重。这也是决定她命运的考试。】

"不知道。我有时候想我会通过的——接着我又很害怕。我们学习很刻苦，斯塔西小姐又对我们进行了全面训练，但是就这样，我们也可能通不过。我们每个人都有自己的弱点。我的当然是几何了，简是拉丁文，鲁比和查利是代数，乔西是算术。穆迪·斯珀吉翁说他凭直觉知道自己要在英国历史上砸锅。斯塔西小姐六月份要考我们一次，难度和入学考试一样，打分也同样严格，这样大家心里就有点儿数了。要是都考

▶ 绿山墙的安妮

完了该多好呀,玛丽拉,我整天提心吊胆的。有时半夜醒来我都在想要是没考上我该怎么办。"

"嗨,明年接着上,再考一次呗。"玛丽拉毫不在乎地说。

"噢,我觉得我可没有勇气这样做。考不上太丢人了,特别是如果吉尔伯特——如果别人都考上了。我对没把握的考试特紧张,要是我跟简·安德鲁斯一样沉着就好了。没有什么事能让她乱了阵脚。"

安妮叹了口气,恋恋不舍地收回了眼光,又毅然一头扎进了书本。窗外是迷人的春天的世界,清风拂面,天空湛蓝,花园里的草木郁郁葱葱,一片青翠。春天还会有的,但是如果通不过入学考试,安妮确信她就再也恢复不过来,再也不能享受美好的春天了。【名师点睛:安妮自尊心强,她不能容许自己的失败。那她到底会取得怎么样的成绩呢?】

第三十章

录取名单公布了

> **M 名师导读**
>
> 安妮和同学们一同参加了女王学校的录取考试,但从走进考场到结果出来,大伙的心都是悬着的,直到戴安娜的消息传来——安妮被录取了,还是第一名,这让绿山墙的马修和玛丽拉感到自豪无比。

六月底学期结束了,斯塔西小姐在埃文利学校的任职也到了期。那天晚上安妮和戴安娜回家时心情确实沉重。红红的眼睛,湿乎乎的手绢说明斯塔西小姐的告别演说一定像菲利普斯先生三年前的告别演说一样真挚感人。戴安娜从云杉山脚下回头遥望校舍,深深地叹了口气。

"真好像一切都结束了,是不是?"她说,语调很凄凉。

"我的感觉比你糟多了。"安妮一边说,一边徒劳地在手绢上寻找一块干的地方,"明年冬天你还会回来上课,我呢,我想我已经和亲爱的母校永别了——要是我运气好的话。"【名师点睛:随着学期的结束,安妮和戴安娜再一次面临人生的分别,但现在的她们似乎有着更强的接受能力了。】

"那可大不一样了。斯塔西小姐不在这儿了,你、简,还有鲁比可能也走了。我只好一个人坐了,你走了,我不愿意和别人同桌。啊,我们度过了多么美好的时光呀,安妮。想到这一切全都结束了真可怕呀。"

两滴大大的泪珠从戴安娜鼻子旁边滑落下来。

"你不哭了,我才能不哭。"安妮哀求说,"我刚要把手绢收起来,你又

绿山墙的安妮

流眼泪了,惹得我又要哭了。正像林德太太说的:'就算你心里不高兴,也要尽量做出高兴的样子'。反正我敢说我明年还会回来上学的。我有很多次感觉到自己通不过考试,现在我又这么想了。这种感觉越来越频繁了,真让人心惊胆战。"

"可是,你在斯塔西小姐的模拟考试中成绩很好呀。"【名师点睛:安妮的成绩一向优异,这为她考上女王学校做了铺垫。】

"是啊,可是那些考试我不紧张。在我想起真正的考试的时候,你想象不出我这心里有多慌多怕。还有,我的号码是十三,乔西·派伊说特不吉利。我并不迷信,我知道十三不十三倒没什么,不过我还是希望不是十三号。"

"我要是能和你在一起该多好。"戴安娜说,"那我们会多高兴呀!我猜你晚上又要开夜车了吧。"

"不,斯塔西小姐要我们保证一本书都不看。她说晚上背书我们会筋疲力尽,头脑混乱,我们应当出去散步,根本不想考试的事,还要早早睡觉。这个建议倒是很好,只是我看很难照办,我觉得好的建议往往做起来不容易。普里西·安德鲁斯告诉我,考试那星期她要每天都熬到半夜,玩儿命猛学,我也决心至少熬得跟她一样晚才睡。约瑟芬姑婆真好,等我进城,她就请我住在比奇伍德。"

"你在城里会给我写信的,是吧?"

"我星期二晚上给你写信,告诉你第一天的情况。"安妮保证道。【名师点睛:虽然要面临不同的人生道路,但安妮与戴安娜的友情永远是那么真挚感人。】

"我星期三会去邮局看几趟。"戴安娜也发誓说。

到了星期一,安妮进了城。星期三戴安娜信守承诺跑了好几趟,收到了安妮的来信。【名师点睛:戴安娜信守承诺去了邮局,而她也果然收到了安妮的来信,两个人都是讲信用的人。】

"最最亲爱的戴安娜,"安妮写道,"现在是星期二晚上,我正在比奇伍德的图书馆里写这封信。昨天晚上我独自一人待在屋里,我多么希望你和我在一起呀。我不能'玩儿命'了,因为我答应斯塔西小姐不这样做,但是现在让我不看历史书就像过去让我不看上一篇小说就做功课一样难。

"今天早上,斯塔西小姐找我去女王学校,路上叫上了简、鲁比和乔西。鲁比让我摸她的手,她的手竟凉得像冰一样。乔西说,我看上去好像一分钟都没睡,就算我真的考过了,她也认为我不够强壮,干不了教书这份苦差。就是过上百八十年,我觉得也没法喜欢上乔西·派伊!

"我们赶到学校的时候,那里聚集了几十个来自全岛各地的学生。我们遇到的第一个人是穆迪·斯珀吉翁,他正坐在台阶上喃喃自语。简问他到底在搞什么名堂,他说他正反复背诵九九表,为的是稳定情绪。他要我们行行好,不要打扰他,因为他一停就会心惊胆战,把知道的东西全忘了,只有九九表能把他脑子里的东西全给稳住!【名师点睛:第一次参加人生大考的孩子们各个都紧张透顶。】

"斯塔西小姐必须在我们分考场时离开。我和简坐在一起,她非常沉着,我都忌妒她了。简精明、稳当、能控制自己,根本用不着背九九表!我很想知道我看上去是不是和我的感觉一样,别人是不是在考场另一头就能听到我的心怦怦直跳。接着一个男人走了进来开始分发英语试卷。我接过卷子两手变得冰凉,头晕目眩。那真是可怕的一瞬间——戴安娜,我的感觉和四年前完全一样,当时我问玛丽拉我可不可以留在绿山墙——接下来脑子又清楚了,心又开始跳动——我忘了说我的心刚才根本不跳了!——因为我知道我还是能对付那张卷子的。【名师点睛:这次考试是安妮人生重要的转折点,就如同四年前初到绿山墙一样,这是改变安妮命运的机会。】

"中午我们回去吃午饭,接着又去参加下午的历史考试。历史题很难,我把日期都给弄混了。尽管如此,我觉得我今天考得还不错。可是啊,戴安娜,明天就考几何了,一想到这儿,我本来今晚不看几何课本的

243

> 绿山墙的安妮

决心就全没了。如果我觉得九九表能对我有所帮助,我情愿从现在一直背到明天早晨。

"今天晚上,我去看其他女生。路上遇到了穆迪·斯珀吉翁,他正魂不守舍地四处游荡。他说他知道他历史考砸了,他命中注定只能让父母失望,他要乘早晨的火车回家,还说无论如何当木匠也要比当牧师容易。我鼓励他,说服他留下来坚持到底,因为他走了,对不起斯塔西小姐。有时候,我希望自己是个男孩儿,可是一看到穆迪·斯珀吉翁,我就总是庆幸我是个女孩儿,而且不是他的姐妹。

"我来到鲁比她们宿舍的时候,鲁比在不停地懊恼,她刚刚发现她英语犯了一个致命错误。等她平静下来,我们到住宅区吃了一份冰激凌。我们多么希望你也在这儿啊!【名师点睛:虽然考试很紧张,但孩子们只要吃到好吃的,心情就会高兴起来。】

"哎,戴安娜,要是几何考完了该有多好呀!算了,不说了,因为林德太太会说,不管我几何考得好不好,太阳都将继续升落。这是真的,但是让人听着不太舒服。我想如果我考坏了,我宁愿太阳不再升落!

你忠实的
安妮"

几何考试和其他各门考试都如期结束了,安妮星期五晚上回到了家,她筋疲力尽,但是隐隐露出成功的喜悦。【写作借鉴:再次铺垫,"隐隐露出成功的喜悦"暗示安妮会被成功录取。】她一到家,戴安娜就跑到绿山墙来了,她们见面时好像分离了多少年似的。

"我的老朋友,看到你又回来了真是太好了。你进城好像都好久了,哎,安妮,你考得怎么样啊?"

"挺不错的,我想,除了几何,每门都很好。我不知道我是不是能通过几何考试,我有一种通不过的可怕预感。哦,回到家里有多么好啊!绿山墙是世界上最亲爱、最美丽的地方。"

"其他人怎么样啊?"

"姑娘们说她们觉得自己没考好,但是我觉得她们考得不错。乔西说几何太容易了,连十岁的小孩子都能做！穆迪·斯珀吉翁仍然认为他历史考砸了,查利说他代数没考好。其实我们也不知道到底考得怎么样,只有等录取名单公布了才知道。【名师点睛:孩子们对于考试结果的猜想总是过于悲观。读到这里,你是否感觉很亲切呢？看来古今中外的学生的心理经历都是类似的。】用不了两个星期,想到要提心吊胆地熬两个星期,我真希望能蒙头大睡,一觉睡到半个月过去再醒。"

　　戴安娜知道问吉尔伯特·布莱思考得怎么样等于白问,于是她只是说:"嗯,你会顺利通过的。不要担心。"

　　"要是名次排得不太理想,还不如根本没考上。"安妮突然说,她说这话的意思是——戴安娜知道她的意思——如果她没有考到吉尔伯特·布莱思前面,就是通过了也是不完美的、令人痛苦的。

　　因为有这种想法,安妮在考试中每根神经都绷得紧紧的。吉尔伯特也是一样。他们在街上碰面十几次了,却丝毫没有流露出相互认识的样子,安妮每次都把头扬得高高的,更加渴望当初吉尔伯特求她原谅的时候,她和他成了朋友,同时也更加坚定地发誓要在考试中超过他。她知道埃文利所有的学生都想知道谁将得第一名,她甚至知道吉米·格洛弗和内德·赖特就这个问题打了赌,乔西·派伊已经说了,吉尔伯特得第一是天经地义的事。她觉得如果她败下阵来,她将无法忍受那种耻辱。【写作借鉴:设置悬念,两个多年的竞争对手,到底谁更幸运呢？】

　　但是她希望考得出色还出于另一个更为高尚的动机。她希望为了马修和玛丽拉而"出类拔萃"——特别是为了马修。马修对她说他深信安妮"将击败全岛的对手"。安妮觉得,即使做最疯狂的梦,这种想法也是愚蠢可笑的。但是她确实热切地希望她至少能进入前十名,这样,她就可以看到马修和善的棕色眼睛闪露出为她的成绩而骄傲的光芒。【名师点睛:安妮知道马修对自己特别好,所以她想用优异的成绩回报马修。】她觉得这的确将是对她苦学枯燥无味的方程式和词形变化的甜蜜回报。

245

▶ 绿山墙的安妮

到了两周快过完的时候,安妮也"常跑"邮局了,她由心烦意乱的简、鲁比和乔西陪伴着,用颤抖的手打开夏洛特敦日报,颓丧的心情就像考试那周体验到的一样糟。查利和吉尔伯特也来翻看,但是穆迪·斯珀吉翁坚决不露面。

"我可没有勇气跑到邮局去,没事人儿似的看报纸。"他告诉安妮,"我只是想等着,等到突然有人来告诉我是否考上了。"【名师点睛:与安妮这一班女生相比,穆迪似乎是更为缺乏勇气。】

三个星期过去了,录取名单还是没有登出来,安妮开始觉得她真的再也受不了这种压力了。她茶饭不思,对埃文利发生的事情失去了兴趣。林德太太想看看人们对保守党学监还能抱什么希望。马修注意到安妮脸色苍白,神情冷漠,还发现她每天下午从邮局回家时都脚步沉重,他开始认真地想下次选举是不是该投自由党的票了。

但是一天晚上消息传来了。安妮正坐在敞开的窗前,暂时忘却了考试的痛苦和世事的烦恼,她被夏日黄昏的美景迷住了。下面的花园飘来芬芳的花香,杨树轻轻摇曳,树叶沙沙作响。由于西边晚霞的反射,东边杉树林的上空也微微泛红。安妮幻想着颜色的灵魂是否也是这个样子,就在这时,她看到戴安娜飞也似的冲过杉林,跨过木桥,爬上山坡,手里挥动着一张报纸。

安妮霍地立起身来,立刻就知道了报纸的内容。录取名单公布了!她头晕目眩,心跳快得难受。她一步都迈不开。【名师点睛:成绩终于揭晓,安妮紧张到极点了。】她觉得似乎过了一个小时之久戴安娜才穿过门厅,她门都没敲就冲进了安妮的房间,激动得忘乎所以。

"安妮,你通过了。"她大叫着,"得了第一名——你和吉尔伯特两个人——你们俩分数一样——但你的名字排在前面。我太骄傲了!"【名师点睛:安妮终于"如愿以偿"了,甚至"超过"了老对手,这让戴安娜兴奋极了。】

戴安娜把报纸扔到桌子上,一下子扑到安妮的床上,上气不接下气,

246

再也说不出更多的话了。<u>安妮点上灯,她的手一直在颤抖,先是把火柴盒打翻了,然后划了差不多六根火柴才好歹把灯点着。</u>【名师点睛:安妮激动又兴奋,以至于双手和大脑都不能好好地配合工作了。】接着她一把抓过了报纸。是的,她通过了——报上有她的名字,位居二百人录取名单的榜首! 这一时刻是值得盼望的。

"你考得太棒了,安妮。"戴安娜气喘吁吁地说,她缓过劲来,坐起来开了口。安妮两眼闪闪发光,面露欣喜,却默默无语。"十分钟之前,爸爸把报纸从布赖特河站带回家——是乘下午火车来的,你知道,邮递的话得明天才能到这儿呢——我一看到录取名单就发狂似的冲过来了。你们都通过了,每个人都过了。穆迪·斯珀吉翁也通过了,尽管他历史考得不好。简和鲁比考得也很好——她们排在中间——查利也是。乔西只多了三分也勉强通过了,不过她肯定会趾高气扬的,好像她得了第一似的。斯塔西小姐能不高兴吗? 噢,安妮,看到你的名字排在最前面,你是什么感觉呀? 要是我呀,我肯定得乐疯了。现在我都快疯了,可是你却像春天的夜晚一样静悄悄、冷飕飕的。"

"我心里都激动得不行了。"安妮说,"我想说好多好多话,可是又找不到词儿。我从来没有想到会是这种结果——对了,我也想过,只有一次! 我允许自己想过一次,'要是我得了第一名是什么样呢'? 心惊胆战的,你知道,因为想自己能考全岛第一似乎太骄傲太放肆了。<u>戴安娜,对不起,请等一会儿,我必须马上到地里告诉马修。然后,我们出去把好消息告诉大伙儿。</u>"【名师点睛:安妮终于成了绿山墙的骄傲,特别是马修的骄傲,所以安妮要最先告诉马修。】

她们飞奔到谷仓下面的草田里,马修正在那儿捆干草,碰巧林德太太正在田篱旁和玛丽拉说话。

"嗨,马修。"安妮叫道,"我考上了,得了第一名——或者说并列第一! 我不是骄傲,我只是觉得高兴。"

"好哇,我一直是这么说的嘛。"马修说,高兴地盯着录取名单看,"我

247

▶ 绿山墙的安妮

知道你能一举击败他们。"

"安妮，你确实考得不错。"玛丽拉说，她不敢流露出无比自豪的心情，免得林德夫人挑刺。但是善良的林德太太却真诚地说："我就猜到她考得不错，我不怕讲明这一点。安妮，你给朋友争了光，就是这么回事，我们全都为你自豪。"

那天晚上，安妮跑到阿伦太太家和她一本正经地谈了一会儿，度过了一个愉快的夜晚。夜深人静，她惬意地跪在打开的窗前，沐浴在明亮的月光里，低声祈祷着，述说着从心底涌出的感激和渴望，她衷心地感谢了过去，虔诚地祈祷了未来。后来她枕着雪白的枕头进入了梦乡，做了许多最美妙最欢乐的少女之梦。【名师点睛：安妮终于放松了，连梦境都跟着美好起来。】

Z 知识考点

1.安妮在迎接考试之前学习非常刻苦，但在学习之外，她也增加了社交活动，参加了_____和_____，还多次组织了滑雪橇和溜冰活动。

2.判断题。安妮疯玩儿了一个暑假，玛丽拉居然没有阻止她。（   ）

3.为什么玛丽拉也不反对安妮在暑假里疯玩了？

_____
_____
_____

Y 阅读与思考

1.对于安妮外出求学，玛丽拉和马修的心情如何？

2.安妮和吉尔伯特的身上有哪些共同点？

第三十一章
饭店音乐会

> **M 名师导读**
>
> 安妮要登上重要的表演舞台了，可她居然怯场了，但吉尔伯特的"关注"却令她产生了逆反心理，有了勇气。当表演结束时，安妮居然收获了热烈的掌声，人们还请求她再表演一次。

"安妮，你一定要穿上白纱裙。"戴安娜用坚定的口吻建议说。【名师点睛：戴安娜为什么要建议安妮穿上"白纱裙"呢？又要发生什么事呢？】

她们一起待在东侧房里，窗外是一片苍茫的暮色——一种柔美的黄绿色，衬着湛蓝无云的天空。一轮又圆又大的月亮悬挂在魔鬼森林的上空，颜色逐渐从暗淡的苍白转为耀眼的银白：世间充满了甜美的夏天的声响——倦鸟的啁啾声，奇异的微风声，以及从远处传来的虫鸣和笑声。在安妮的房间里，窗帘拉了下来，灯也点上了，屋里的人正在精心地梳妆打扮。

东侧房和四年前那个夜晚大不相同了，当时安妮觉得这个光秃秃的房间冒着寒气，直往她的灵魂深处钻。变化是一点一点发生的，玛丽拉默许了这一切顺其自然发展，房间就渐渐变成年轻姑娘最渴望的那种甜蜜精美的小窝了。【名师点睛：在安妮到来之前，玛丽拉一直都觉得漂亮和装饰都是虚无的，而现在，她却接受了安妮的浪漫和装饰。】

当然，房间里根本没有安妮以前幻想的织有粉红色玫瑰花的割绒地毯和粉红色的丝绸窗帘，不过她的梦想是和她的成长并驾齐驱的，仅仅

249

▶ 绿山墙的安妮

感到遗憾可不够了。于是地上铺上了一块美丽的草席,用来装饰高大的窗户的是块淡绿色薄纱窗帘,微风吹来,窗帘飘动。墙上没有挂金银线织锦挂毯,但是糊了一张雅致的苹果花壁纸,上面还贴了几张精美的图片,那是阿伦太太送给安妮的。斯塔西小姐的照片占据了显著的位置,安妮总要心存感激地在照片下面的托座上摆上鲜花。【名师点睛:斯塔西小姐是改变安妮命运的人,因而会有显著的位置。】今晚一穗白百合花在屋里散发着淡淡的幽香,恍如芬芳的梦境。屋里没有"红木家具",但是有一个漆成白色摆满书籍的书架,一把铺了垫子的柳条摇椅,一张镶了白纱边的梳妆台,一面古老别致的镶有镀金框架的镜子,其拱形的顶部还画有胖乎乎的可爱的丘比特和紫色葡萄,这面镜子本来是挂在客房里的,房间里还有一张低矮的白色的床。

安妮正在为参加白沙滩饭店音乐会化妆。【写作借鉴:照应前文,解释了戴安娜建议的原因。】客人举办这场演出是为了帮助夏洛特敦医院集资,为了使音乐会顺利进行,他们找了附近所有的文艺爱好者。白沙滩浸礼会唱诗班的伯莎·桑普林和珀尔·克莱被邀请唱一支二重唱;纽布里奇的米尔顿·克拉克将表演一段小提琴独奏;卡莫迪的温尼·阿德拉将唱一支苏格兰民歌;斯潘塞维尔的劳拉·斯潘塞和埃文利的安妮将表演朗诵。

正如安妮曾经说过的那样,这将开辟"她生活的新纪元",她为这激动人心的时刻而兴奋。马修对安妮获得的荣誉心满意足,骄傲至极,玛丽拉也相差无几,不过她是死也不会承认这一点的。她说她认为一群年轻人跑到饭店闲逛,没人负责,这不太合适。

安妮和戴安娜要同简·安德鲁斯和她哥哥比利一起乘坐他家的双排座轻便马车走,埃文利其他一些姑娘小伙儿也要去。城里会有些人来参加音乐会,音乐会结束之后,还要招待演员吃一顿晚餐。

"你真的觉得白纱裙最好看吗?"安妮焦急地问,"我觉得它不如我的蓝花布裙好看——也肯定不如蓝花布裙时髦。"

"但是白纱更适合你。"戴安娜说,"它非常柔软,有很多褶,还贴身。布裙硬邦邦的,使你显得花枝招展的。白纱好像就是长在你身上似的。"

【名师点睛:戴安娜认为只有白纱才能映衬出安妮纯洁无瑕的气质。】

　　安妮叹了口气让了步。戴安娜已经因梳妆打扮品位高雅而享有美名,她对穿戴的建议是十分受重视的。在这个特别的夜晚,她身穿一件美丽的野玫瑰红连衣裙,看上去非常漂亮。安妮是穿不了粉红色了,不过戴安娜不演出,所以她的外表不大重要。她所有的心思都在安妮身上,她发誓,为了埃文利的荣誉,一定要把安妮打扮得完美无缺。【名师点睛:面对安妮这样优秀的朋友,戴安娜并没有忌妒之心,她反而以安妮为骄傲。】

　　"把褶边再拉长一点——就这样。嘿,我来给你系腰带,现在穿上拖鞋。我要用两根粗发带扎你的头发,中间打几个大蝴蝶结一别,一绺鬈发都别拉到额头上来——头发得梳得自然舒展。你头发梳成这个样子再好不过了,安妮,阿伦太太说你头发分成这样看上去像圣母玛利亚。我把这朵小白香水月季插在你耳后。我家的灌木丛中只有一朵,我给你留下了。"

　　"我戴上我的珍珠项链好吗?"安妮问,"马修上星期从城里给我买了一串儿,我知道他喜欢看见我戴它。"【名师点睛:对于马修的礼物,安妮总是格外珍视。】

　　戴安娜噘起嘴唇,将长着黑发的头歪向一边审视着,最后宣布她喜欢这串珠子,于是这串珍珠项链就系在了安妮纤细洁白的脖子上。

　　"安妮,你身上有种特殊的气质。"戴安娜用毫无妒意的羡慕口吻说,"你昂着头,可真神气。我想你就是这种身材。我可是个矮胖墩儿。我一直在担心这一点,现在我知道就是这样了。哎,我想我也只能听之任之了。"

　　"但是你长着这么好看的酒窝呀。"安妮说,对着这张和她挨得很近的美丽活泼的面庞深情地微笑着,"多可爱呀,像奶油上的两个小窝窝。

▶ 绿山墙的安妮

我已彻底放弃长酒窝的希望了。我的酒窝梦永远不会实现了,不过我的好多梦想都实现了,也不能再抱怨什么了。现在都好了吗?"

"好了。"戴安娜很有把握地说,这时玛丽拉在门口出现了,她身体瘦削,白发比以前更多了,棱角仍然十分分明,但是面孔显得柔和多了。【名师点睛:"白发比以前更多了"说明玛丽拉越来越老了,但她的脾气却变得柔和了许多。】"快来看看我们的朗诵家,玛丽拉。她看上去很漂亮吧!"

玛丽拉应了一声,既像是对此嗤之以鼻,又像是在咕哝什么。

"她看上去整洁得体。我喜欢这种发式。但是我想这套衣服非毁了不可,路上会沾上灰尘和露水的,而且这衣服也显得太单薄了,这些天晚上很潮湿呢。不管怎么说,白纱是世界上最不经穿的东西了,马修买来我就这样说的。可是最近跟他说什么他都听不进去。过去他还能听我的话,可现在,他只是不顾一切地给安妮买东西,卡莫迪的售货员都知道他们能把什么都卖给他。只要他们对他说一种东西又好看又时髦,马修就会扔钱去买。【名师点睛:安妮长大了,而马修似乎越来越肆无忌惮地宠着她了。】你一定要当心裙子别被轮子弄脏了,安妮,套上件厚夹克吧。"

然后玛丽拉大步走下楼梯,心里得意地想安妮看上去有多么可爱啊,她还要朗诵呢。

她后悔不能去音乐会亲耳聆听这孩子的朗诵了。

"天气对我的衣服来说是不是太潮了呀?"安妮焦急地问。

"一点儿不潮。"戴安娜边说边拉起了窗帘,"夜色多美呀,一滴露水也不会有的。看看那月光吧。"

"我很高兴我的窗户朝东,能看到日出。"安妮说着朝戴安娜走去,"太阳爬上透迤的山冈,光芒穿过锋利的杉林尖顶,真是太美了。每天早晨世界都是崭新的,我觉得沐浴着太阳的光芒,灵魂也仿佛得到了净化。噢,戴安娜,我真是太爱这个小房间了,不知道下个月进城不住这间房子了我该怎么活。"【名师点睛:热爱自己的房间,实际上体现了安妮对绿山墙的迷恋。】

"今天晚上不准提你要走的事。"戴安娜乞求说,"我不愿意想这件事,想起它我就感到很难过,我特别想开开心心地玩儿一晚上。你要朗诵什么,安妮,你紧张吗?"

"一点儿不紧张。我在公开场合朗诵了那么多次了,现在根本不在乎了。我打算朗诵'少女的誓言'。这首诗非常富有感情色彩。劳拉·斯潘塞要朗诵一首欢快的诗歌,但是我宁愿让人们哭,而不是笑。"

"如果大家要你再来一个,你朗诵什么?"

"他们不会要我再来一个的。"安妮嘲笑地说,她暗地里并不是不希望观众请她加演,而且已经想象出她第二天早晨在餐桌上一五一十地给马修讲观众如何欢迎她了。【名师点睛:安妮已经是一个大姑娘了,她也开始变得内敛了起来。】"啊,比利和简来了——我听到车轮声了,走吧。"

比利·安德鲁斯坚持安妮应当和他坐在前排座位上,她只得很不情愿地爬了上去。她更愿意和姑娘们坐在后面,在那儿她可以尽情地说笑。和比利坐在一起既不能笑也没什么话说。比利是个二十岁的小伙子,又高又胖,木呆呆的,长着一张圆圆的毫无表情的脸。他极不善辞令,但是他很钦佩安妮,想到在前往白沙滩的路上有这位苗条挺拔的美人儿坐在旁边,心中得意极了。【名师点睛:安妮是一位漂亮又聪明的大姑娘了,她收获了很多人的喜欢。】

安妮得转过头去和姑娘们说话,有时对比利说句客气话以示礼貌——他只是咧着嘴笑,根本不知如何回答,等想出词来也已为时太晚了——尽管这样,安妮还是享受了旅途的愉快。【名师点睛:比利·安德鲁斯真是一个木讷的小伙子。】这是一个欢乐的夜晚,路上挤满了马车,都是到饭店去的,银铃般清脆的笑声在马路上回荡盘旋。他们到达饭店的时候,到处灯火通明。音乐会组委会的女士们迎接了他们,其中一个人把安妮带到演员化妆室去,那里挤满了夏洛特敦交响乐俱乐部的成员,在他们中间安妮忽然觉得自己土里土气的,又羞又怕。她的衣服在东侧房看上去那么精美,这会儿却显得简朴了——太简朴了,她想,她的周围都

▶ 绿山墙的安妮

是闪闪发光、咝咝作响的丝绸衣裙啊。她颈上佩戴的珍珠项链和身旁那位高大俊美的小姐的钻石相比又算得了什么呢？她那朵小小的白香水月季和其他人戴的温室鲜花相比显得多么寒酸呀！安妮把她的帽子和夹克收起来，痛苦地缩在角落里。她多希望自己马上回到绿山墙的白房间里去。

等安妮上了饭店大音乐厅的舞台，情况就更不妙了。电灯使她目眩，香水味和哼唱声弄得她晕头转向。【名师点睛：遭遇了一连串的"心理打击"，安妮还能演好吗？】她真希望自己正同戴安娜和简坐在观众当中，她们可能正在后排享受呢。她被挤在两个人中间，一个是穿着粉绸子衣服的胖女人，另一个是穿着白色网眼裙，一脸轻蔑神情的高个子姑娘。那个胖女人有时把头转过九十度透过眼镜仔细打量安妮，盯得安妮觉得实在受不了了，真想尖叫出来。那个穿白裙子的女孩大声地和旁边的演员谈论着观众中的"乡巴佬儿"和"漂亮村姑"，懒洋洋地说乡下演员的表演肯定得出"笑话"。安妮觉得她到死都会恨那个穿白裙子的女孩。

安妮不走运，一位专业朗诵演员正住在这家饭店，答应朗诵诗歌。她体态轻盈，长着一双黑眼睛，穿着一件漂亮的灰色长袍，那袍子闪闪发光，像是用月光织成的，脖子上和黑头发上戴着宝石首饰。她有惊倒四座的柔美嗓音和非凡的表现力，观众对她的节目都发了狂。安妮一时完全忘记了自己的存在和烦恼，瞪着明亮的眼睛凝神倾听着。朗诵结束的时候，她突然用手捂住了脸，她根本不可能在她后面朗诵了——绝不可能。她以前真的以为自己会朗诵吗？唉，要是现在就回到绿山墙该有多好呀！【名师点睛：沉浸在专业演员的朗诵中，安妮忘记了自己的烦恼；可当她回过神来，又觉得尴尬无比，她怯场了。】

在这个倒霉的时候，她的名字被报出了。安妮没有注意到那个白裙女孩微微吃了一惊，颇有点儿不好意思，即使她注意到了，也理解不了其中隐含的赞美之意。她晕头晕脑地站了起来，糊里糊涂地走到了台前。她是那么苍白，台下观众席中戴安娜和简由于紧张和同情紧紧抓住了对方的手。

恐惧劈头盖脸地袭来,安妮怯了场。尽管她常常当众朗诵,但她以前从未面对过今天这样的听众,这种场面令她浑身瘫软。一切都是这么奇特,这么华丽,这么令人眼花缭乱——一排排身着晚礼服的女士,挑剔的面孔,环绕在她身边的富有和文明的气氛。这与辩论社团的简易长凳大不相同。那里全是朋友和邻居们朴实可爱的面孔。她觉得台下这些人会是冷酷无情的批评家。也许像白裙女孩一样,他们盼着从她"乡巴佬式"的表演中获取笑料。她十分痛苦,感到绝望、无助和羞愧。她的膝盖在颤抖,心在狂跳。一阵可怕的眩晕袭了上来,她一个字也说不出来,马上就要从台上逃跑了,尽管她觉得如果这么干,耻辱一定会永远伴随着她。【名师点睛:安妮的怯场真实地表现了一个乡村小女孩面对全场观众时的胆怯心理。】

但是,当她瞪大受惊的双眼凝视观众的时候,她突然看到吉尔伯特·布莱思站在大厅的后面,向前倾着身子,脸上挂着笑容——一种在安妮看来既得意又讥讽的笑容。实际上根本不是这么回事。吉尔伯特笑仅仅是因为他欣赏这场音乐会的整体气氛,尤其是安妮苗条的白色身影和圣洁的面庞衬着棕榈树的布景而产生的效果。乘他的车来的乔西·派伊坐在他身边,她的面部表情当然是得意的和讥讽的。可是安妮没看见乔西,即使看见了也不会在意。她深深吸了一口气,骄傲地把头一扬,勇气和决心像一阵电击使她浑身一震。她不会败在吉尔伯特·布莱思面前——决不能让他嘲笑自己,决不能,决不能!她的恐惧和紧张消失了,开口朗诵起来,清脆甜美的声音传到了大厅最远的角落。声音没有颤抖,十分流畅。【名师点睛:在"老对手"吉尔伯特的"刺激"下,安妮忽然变得镇定了,这表现出她倔强、不服输的性格。】她完全恢复了镇静,似乎是与那瞬间的软弱无力针锋相对,她做了一段从未有过的精彩朗诵。话音刚落,场下就爆发出热烈的掌声。【名师点睛:安妮表演得如何?场下"热烈的掌声"就是答案。】安妮回到自己的座位,脸由于害羞和高兴涨得通

▶ 绿山墙的安妮

红,她发现自己的手给那个穿粉色绸衣的胖女人抓住摇着。

"亲爱的,你朗诵得太好了,"她喘息着,"我像孩子似的一直在哭,真的。瞧,他们正要求你再来一个呢——他们一定要你返场!"

"噢,我不能去。"安妮心慌意乱地说,"可是——我又必须去,不然的话马修会失望的。他说过他们会要我再来一个的。"

"那就别让马修失望。"穿粉衣服的女人笑着说。

安妮轻盈地返回了舞台,红红的脸上挂着笑意,眼睛清澈明亮,她朗诵了一个奇特有趣的选段,进一步征服了听众。【名师点睛:得到观众的肯定,安妮不再怯场,表情也轻松极了。】在晚上余下的时间里安妮颇为春风得意。

晚会结束的时候,那位胖胖的粉衣女士——一位美国百万富翁的妻子——用胳膊搂着她,把她介绍给每一位来宾,所有人都对她非常友好。专业朗诵家埃文斯夫人走过来和她聊天,对她说她有一副迷人的嗓子,完美地"体现"了诗歌的内容。就是那个白裙女孩儿也懒洋洋地对她略加赞美。他们在一个装潢精美的大餐厅里吃了晚饭,戴安娜和简也被邀请共进晚餐,因为她们是跟安妮一起来的,可是哪儿也找不到比利,他非常害怕此类邀请,于是临阵脱逃了。吃完了饭,三个姑娘快活地来到静谧的银色月光下,却发现比利正站在马车旁等候她们。安妮深深吸了口气,穿过黑压压的杉树枝望着晴朗的夜空。

啊,又一次站在这纯美静寂的夜空下多好啊! 一切是多么美妙,多么寂静,多么令人愉快呀,耳旁传来大海的喃喃低语,远处黑魆魆的悬崖像令人生畏的巨人守卫着迷人的海岸。【名师点睛:音乐会演出成功,孩子们的心情都无比畅快,景色自然看起来也更美了。】

"今晚多么美好啊!"他们上路的时候,简感叹道,"我真希望我是一个有钱的美国人,能够在饭店消暑,戴珠宝首饰,穿领口开得很低的裙子,每天都吃冰激凌和鸡味沙拉。我肯定这要比教书有趣多了。安妮,你朗诵得真是太棒了,虽然我开始时想你根本张不开嘴了,但我觉得你比埃文斯夫人朗诵得都好。"

"噢，不，不要这样说，简。"安妮赶快说，"这听起来很荒唐。我不可能比埃文斯夫人朗诵得好，你知道，她是一个专业演员。而我只是个知道点儿朗诵技巧的女学生。如果人们还喜欢我的朗诵，我就很知足了。"

【名师点睛：安妮已经懂得谦虚和内敛了，她似乎也受到了玛丽拉的影响。】

"我听到赞美你的话，安妮。"戴安娜说，"至少从那个男人说话的口吻看，我认为他是赞美你。不管怎么说，在某种程度上是这样。有一个美国人坐在我和简的后面——一位相貌非常浪漫的男人，头发和眼睛乌黑乌黑的。乔西·派伊说他是一个杰出的艺术家，住在波士顿的乔西母亲的表妹，和那个人的同班同学结婚了。喔，我们听到他说——是吧，简？——'台上那个长着漂亮的提香头发的女孩是谁啊？我倒愿意给她的脸画张像。'你瞧，安妮。可是提香头发是什么意思啊？"

"翻译过来它的意思是纯红，我想。"安妮笑道，"提香是一位非常著名的艺术家，他喜欢画红头发女人。"

"你看见那些太太小姐们戴的各种各样的钻石首饰了吗？"简叹息着说，"真是令人眼花缭乱。你们就不喜欢变成富翁吗，姑娘们？"【名师点睛：音乐会结束了，每个人都有不同的收获，但简却总是盯着有钱人的打扮，这反映了不同的人生志趣。】

"我们很富有啊。"安妮不让她说下去，"喏，我们年方十六，令人羡慕，我们像女王一样快乐，我们多多少少都具备了想象力。姑娘们，看看那片大海吧——光影交织，若隐若现。如果我们有成百万的美元和成串的钻石首饰，我们就不会再欣赏大海的美丽了。就算变富，也不要变成那些女人中的任何一个。你愿意是那个白裙女孩儿，一辈子一脸尖酸刻薄的表情，好像你生来就该目空一切吗？你愿意是那个粉衣太太，尽管仁慈善良，但是因为太矮太胖，实际上风姿全无吗？你愿意成为埃文斯夫人，眼睛里流露出那么一种悲哀的神情吗？她这副模样，一定是有时候特别不开心。你知道你不会愿意的，简·安德鲁斯！"

▶ 绿山墙的安妮

"我不太知道。"简不相信地说,"我觉得钻石首饰会让人非常开心的。"

"噢,我只想当自己,不想当别人,即使我会因为没有钻石首饰一辈子不舒服,"安妮断然道,"成为绿山墙的安妮,戴着这串珍珠项链,我就非常满意了。我知道马修通过这串项链给我的爱比得上粉衣太太的宝石给她的安慰。"【名师点睛:安妮已经懂得人生中最重要和最珍贵的东西是什么了,那就是亲人之间的爱。】

Z 知识考点

1. 戴安娜建议安妮在音乐会上穿_____。安妮佩戴的珍珠项链是_____送给她的。

2. 判断题。戴安娜把优秀的安妮当作自己的骄傲。(　　)

3. 对于东侧房四年来的变化,玛丽拉的心态有什么不同?

_____

_____

_____

Y 阅读与思考

1. 为什么戴安娜说安妮身上有种"特殊气质"?

2. 安妮在音乐会上的表现如何?

第三十二章

女王学校的姑娘

> **M 名师导读**
>
> 第一次离开绿山墙的安妮感到孤独、寂寥,她经常思念家乡。好在还有从前的朋友的慰藉,才能支撑着她。现在安妮又有了新的目标,她要争取获得艾弗里奖学金,她又焕发了活力了。

在随后的三个星期里,绿山墙变得忙碌起来,安妮正准备去女王学校,有一堆针线活儿要做,还有很多事情要商议安排。安妮的行李又多又好,是马修置办的,这次与往常不同,无论马修提出买什么或拿出什么,玛丽拉都没有反对。而且,有一天晚上她去了东侧房,怀里抱着一大块雅致的淡绿色布料。

"安妮,这儿有一块布可以给你做件漂亮的浅色礼服。我不认为你真的需要它,你有了好几件好看的上衣,可是我想如果你晚上应邀外出,参加城里的聚会或诸如此类的活动,你也许想穿件真正时髦的衣服。我听说简、鲁比和乔西都有了'晚礼服',她们就是这么叫的,我觉得你不应当落在她们后面。【名师点睛:如今的玛丽拉也转变了,她竟然主动给安妮做起了漂亮衣服。因为她不希望自己的女儿输给别人。】上星期我请阿伦太太帮我在城里选了这块布料,我们请埃米莉·吉利斯给你做这件衣服。埃米莉有眼光,她做的衣服合身,没人能和她比。"

"啊,玛丽拉,这块布真好看呀。"安妮说,"太谢谢您了。我觉得您不应当对我这样好——这让我越来越舍不得走了。"【名师点睛:分别即将

绿山墙的安妮

到来,但马修兄妹对安妮太好了,她甚至都不想走了。】

绿礼服做好了,按埃米莉的审美趣味,衣服上有很多褶和花边。一天晚上,安妮穿上这件衣服给马修和玛丽拉看,在厨房里给他们朗诵"少女的誓言"。玛丽拉望着她欢快的、生气勃勃的脸庞和优美的动作,思绪飞回了安妮刚来绿山墙的那个夜晚,脑海里重新浮现出那鲜明的一幕:那个奇怪的吓得心惊胆颤的孩子穿着怪里怪气的黄褐色棉绒裙子,含泪的眼睛流露出悲痛欲绝的神情。回首往事,泪水涌上了玛丽拉的双眼。

"我宣布,您被我的朗诵感动哭了,玛丽拉。"安妮快活地说,她俯在玛丽拉的椅子前,轻轻地吻了一下她的面颊。"好,我把这叫作大获全胜。"【名师点睛:玛丽拉哭了,安妮认为这是她终于被诗歌打动的标志。】

"不对,我不是因为你的诗哭的。"玛丽拉说,她一向鄙视因为听了几句"诗"就柔肠百转,不能自已,"我只是情不自禁想起了你小时候的样子,安妮。我希望你总是小姑娘,别长大,即使你所有的怪习惯都保留着。现在你长大了,要走了。你穿上这套衣服显得那么高,那么漂亮,那么——那么——穿着这套衣服你完全变了——好像你根本就不属于埃文利——想到这些,我真觉得孤单寂寞啊。"【名师点睛:安妮早已成为绿山墙的一员,他们一家人的感情也越来越深。】

"玛丽拉!"安妮坐在玛丽拉穿着方格裙的腿上,双手捧起她布满皱纹的脸,严肃而温柔地望着她的眼睛,"我一点儿都没变——真的没变。我只是一棵树,在修剪后又长出枝条来了。真正的我——这里边——是完全一样的。无论我走到哪儿,或者外表发生了多大的变化,都不会变的,在心里都永远是你们的小安妮,她一天天在长大,她对您和马修,还有亲爱的绿山墙的爱也一天天在加深。"

安妮把她鲜嫩年轻的面颊贴在玛丽拉憔悴的脸上,伸出一只手轻轻拍拍马修的肩膀。这时,玛丽拉要是有安妮那种用语言表达感情的本事,她可以说上许多,但是天性和习惯使她什么也说不出来,她只能紧紧抱着她的孩子,慈爱地把她搂在胸口上,希望她永远也不离开。

马修起身出了门,两眼湿湿的,心神不宁。【写作借鉴:细节描写,一向沉默木讷的马修在这种伤感场面的刺激下,也只能躲到门外去了。】在蓝色的夏夜星空下,他激动地穿过庭院向杨树下面的大门走去。

"好啦,我看她没有被宠坏。"他骄傲地喃喃自语着,"我想我有时是多管闲事,但毕竟从来都没坏过事。她聪明美丽,而且有爱心,这比什么都强。她是上帝赐给我们的宝贝,世上从来没有哪种错误比斯潘塞夫人犯的错误更幸运了——如果这是运气的话。我看不关运气的事。我想,这是天意,因为上帝看到我们需要她。"【名师点睛:一向不善言辞的马修居然说了这么多,可见他真是把安妮当作自己的女儿一样。】

安妮必须进城的这一天终于到了。在九月一个晴朗的早晨,安妮跟戴安娜和玛丽拉告别后就和马修上路了,她和戴安娜告别时流了泪,和玛丽拉告别时没有流泪,显得很理智——至少玛丽拉是这样。安妮走了以后,戴安娜擦干泪水,和她卡莫迪的几个堂兄弟一起到白沙滩参加海滩野餐去了,她在那儿过得还算愉快;而玛丽拉则一头扎进没有必要做的家务活儿里,拼命干了一整天,心情痛苦到了极点——这是一种灼人的痛苦,泪水也无法将它缓解。【名师点睛:玛丽拉"拼命干活儿"是因为她内心空虚,思念安妮。】那天晚上玛丽拉睡觉的时候,强烈而痛苦地意识到门厅尽头的东侧房里再也没有活泼可爱的年轻姑娘和轻柔的呼吸了,她把脸埋在枕头里,为了她的安妮而剧烈地抽噎起来。等她平静下来,她惊愕地想为了有罪的人类魂灵中的一个而痛哭流涕真是太不该了。

安妮和埃文利的其他学生及时进了城,赶到了女王学校。第一天很愉快地在激动中度过了。和所有的新学生见了面,认识了各科教师,还编了班。安妮打算上二年级的课,是斯塔西小姐建议她这么做的,吉尔伯特·布莱思选了相同的课程。这就是说,如果他们通过了,就能用一年而不是两年时间获得一级教师证书,但这也意味着要付出更多更艰苦的努力。简、鲁比、乔西、查利和穆迪·斯珀吉翁可没有这么雄心勃勃,

261

▶ 绿山墙的安妮

他们心甘情愿地选了二级教师的课程。当安妮发现自己和另外五十名学生坐在一间教室里,除了坐在教室另外一边那个长着褐头发的高个子男孩儿,她一个也不认识,她感受到一阵孤寂的痛苦。【名师点睛:新的班级居然只有吉尔伯特一个"老同学",安妮孤独而寂寞,他们两个之间还会像以前那样竞争吗?】安妮悲观地认为就她和他的关系,他在这儿她也好受不了多少。但是她不能否认自己很高兴他们在一个班里,过去的竞争又能够继续了,如果没有了这种竞争,安妮都快不知道该怎么办了。

"没有对手,我会觉得不对劲儿的。"她想,"吉尔伯特看上去十分坚决。我想他现在正打定主意获得奖章。他长着一个多么漂亮的下巴呀!我以前从未注意到这点。我真希望简和鲁比也到这个班学习。我想等我跟大家熟了,就不会像现在这样觉得自己好像是一只奇怪的阁楼里的猫似的。不知道班里哪些女孩能成为我的朋友。猜猜这事还挺有意思的。当然,我答应过戴安娜,我跟女王学校的任何女孩都不会像跟她那么好,无论我是多么喜欢这个姑娘。【名师点睛:安妮是一个信守承诺的人,她答应过戴安娜的事就永远不会忘记。】但是我可以倾注给她很多第二好的感情。我喜欢那个长着褐眼睛、穿着红背心的女孩的长相,她显得很活泼,肤色像玫瑰一样红润;那儿有一位皮肤白皙、头发金黄的姑娘,她正凝视着窗外,她的头发真美,看上去仿佛喜欢梦想。我想认识她们俩——和她们非常熟——熟到能用胳膊搂着她俩的腰走路、喊她们绰号的分上。可是现在我不认识她们,她们也不认识我,可能还特别不想认识我。唉,真孤单呀!"

那天黄昏,安妮独自一人待在宿舍里时,她更是感到孤单了。【名师点睛:第一次离开家,周围又没有认识的人,此刻的安妮倍感孤独,她一定非常想念绿山墙。】她没有和其他姑娘住在一起,她们在城里都有亲戚疼她们。约瑟芬·巴里小姐想为安妮提供伙食和宿舍,但是比奇伍德离学校太远了,到那儿去住不可能,因此,巴里小姐找了一个供伙食的宿舍,向马修和玛丽拉保证这地方特别适合安妮。

"这间宿舍的女主人瘦瘦的,很有教养。"巴里小姐解释说,"她丈夫是个英国军官,她对房客的人品很在意。安妮在她家里不会遇到讨厌的人。伙食很好,房子在学校附近,四周很安静。"

所有这些可能说得都非常对,事实也的确如此,但是却帮不了头一次害思乡病的安妮。她忧郁地望着狭小的房间,壁纸色彩黯淡,一张画也没有,小小的铁床,空空的书橱。一团可怕的东西塞住了她的喉咙,她想起了绿山墙她自己的白色房间。在那儿她会愉快地知道屋外仍然是浓浓的绿色,香豌豆长在花园里,月光洒进果园,小溪在山坡下流淌,云杉的树枝在从远处吹来的夜风中摇曳,头顶是繁星闪烁的广袤夜空,戴安娜窗上的灯光从树林的缝隙中照射出来。这儿却什么都没有。安妮知道她的窗外是一条硬邦邦的马路,密密的电话线网遮天蔽日,耳畔是陌生人的脚步,无数盏灯光照亮的是更为陌生的面孔。她知道自己要哭了,赶紧强忍住。

"我不能哭。这太傻了——太软弱了——第三滴眼泪从我鼻子旁边掉下来了。有更多的眼泪要流下来了!我得想些滑稽的事来止住它们,可除了和埃文利有关的事,别的什么都没意思,这只会把事情弄得更糟——四滴——五滴——我下星期五回家,可是那似乎还要等一百年呢。噢,马修这会儿差不多到家了——玛丽拉站在门口,顺着小路张望——六滴——七滴——八滴——唉,数眼泪有什么用! 现在泪如泉涌了。【名师点睛:安妮无法忍住思乡的念头,她也无法忍住思乡的眼泪。】我高兴不起来——我不想高兴起来。悲痛还好受些!"

要不是这时候乔西·派伊来了,泪水肯定会滚滚而来的。安妮高兴地看到一张熟悉的面孔,忘记了她对乔西从来就没有多少好感。作为埃文利生活的一部分,即使是乔西,安妮也是欢迎的。【名师点睛:安妮一向讨厌乔西,可此刻,乔西是唯一与家乡有关的人,因此,她居然高兴起来了。】

"你来我真高兴。"安妮真诚地说。

263

▶ 绿山墙的安妮

"你一直在哭啊。"乔西很是同情地说,"我猜你想家了——有些人在这方面自制力很差,我可以告诉你,我不会想家的。在又小又破的埃文利生活过就觉得城市太舒服了。我奇怪我怎么在那儿过了那么久呢。你不应当哭,安妮,这样不好看,你的鼻子和眼睛都红了,你整个人都红彤彤的了。我今天在学校过得可美了。我们的法语老师真可爱,他的胡髭真让人动心。安妮,你这儿有吃的吗?我真饿。哦,我猜玛丽拉可能给你带了点心,所以我就来了。不然我就会和弗兰克·斯托克利去公园听乐队演奏了。他和我住在一个地方,是个体育爱好者。他今天在班上注意到你了,问我那个红头发的女孩儿是谁。我告诉他你是卡斯伯特家收养的孤儿。人们不大知道你来他家之前的情况。"【名师点睛:乔西·派伊不讨人喜欢是有原因的,她从不考虑别人的感受,随意泄露别人的隐私。】

安妮开始想有乔西做伴可能还不如独自寂寞流泪呢。这时简和鲁比也来了,每人在外衣上骄傲地别着一节女王学校的彩色缎带——是紫色和深红色的。因为乔西当时正好不跟简"说话",她只好退到一边,不再烦安妮了。

"唉,"简叹了口气说,"我觉得从早上到现在好像都过了好几个月了。我该在房间里看维吉尔的诗了——那个可怕的老教师给我们留了二十行诗明天早晨学。可是今天晚上我死活坐不下来念书。安妮,我想我看到了泪痕。如果你哭了,就承认了吧。这样能恢复我的自尊心,鲁比来之前,我正痛哭流涕呢。【名师点睛:第一次离开家的孩子们都在默默品尝着思乡的"苦涩"。】如果别人是傻瓜的话,我就不那么在乎自己也是傻瓜了。点心?你能给我一小块,是吧?谢谢你,它是真正的埃文利风味。"

鲁比发现女王学校的校历放在桌子上,她想知道安妮是否打算努力获得金质奖章。

安妮脸红了,承认她正在考虑这件事。

"哟,我想起来了。"乔西说,"女王学校终于要获得一份艾弗里奖学金了。消息是今天传来的。弗兰克·斯托克利对我说的——他叔叔是董事会成员,你们知道。明天学校将宣布这个消息。"

艾弗里奖学金!安妮感到她的心跳得更快了,她理想中的地平线仿佛被魔力移动了,拓宽了。【名师点睛:随着阅历的加深,安妮的眼界被拓宽了,她的志向也更加高远了。】在乔西披露这个消息之前,安妮的最高志向是在年底获得省里的一级教师证书,或许获得奖章!但是现在安妮刹那间看到自己获得了艾弗里奖学金,在雷德蒙学院学习一门艺术课程,毕业时身穿长袍,头戴学士帽。乔西话音未落,这些幻想就都出现了,这是因为艾弗里奖学金是为英语而设的,安妮觉得此时她又回到了埃文利。

新不伦瑞克的一位富有的制造商死后,留下部分财产设立了一大笔奖学金,这笔奖学金根据学校各自的标准,在滨海诸省各个中学和大学分发。是否应当分给女王学校一份奖学金一度很成问题,但是问题终于得到了解决,年底在英语和英国文学课程上获最高分的毕业生将获得该奖学金——去雷德蒙学院学习,一年二百五十元,连续发四年。【写作借鉴:插叙,交代艾弗里奖学金的产生背景。】难怪安妮那天晚上睡觉时脸激动得通红!

"如果努力学习能管事的话,我会得到那份奖学金的。"她打定了主意,"要是我得到学士学位,马修能不骄傲吗?啊,胸怀大志真是令人愉快。我很高兴我有这么多理想。它们似乎根本就没个完——这是最妙的。你刚实现了一个理想,就会看到另一个在更高处闪闪发光。这的确能把生活变得妙趣横生。"【名师点睛:在安妮看来,人生的意义就在于通过拼搏实现自己的一个个理想,然后继续奋斗。】

> 绿山墙的安妮

第三十三章

女王学校的冬天

M 名师导读

> 时间过得真快，现在的安妮已经适应了女王学院的紧张生活。她每天都过得很充实，为了实现目标，得到艾弗里奖学金，她再次拿出了拼搏的劲头，但她对结果似乎并不那么执着了。

安妮渐渐不想家了，主要是因为周末回家弄得人困马乏。只要天气还暖和，埃文利的学生们就每星期五晚上离校，坐新开通的铁路支线到卡莫迪去。戴安娜和埃文利其他几个年轻人通常都去接安妮他们，他们一群人快乐地朝埃文利走去。他们呼吸着清新怡人的空气，一边说说笑笑，一边翻过秋日的群山，远处闪烁着埃文利住家的灯光，安妮觉得星期五晚上是整整一周中最美好和最宝贵的时光。【名师点睛：虽然走上了不同的人生道路，但童年伙伴的友谊依然纯真，这令安妮感到兴奋。】

吉尔伯特·布莱思差不多总是和鲁比·吉利斯一起走，还替她拿书包。鲁比是个非常漂亮的姑娘，她觉得自己现在是个大人了。实际情况也的确如此，只要妈妈允许，她就穿裙子，在城里还把头发高高地盘起来，不过回家的时候得放下来。她的蓝眼睛又大又亮，皮肤润泽，体态丰满，十分引人注目。她笑口常开，心情愉快，脾气很好，真诚地享受着生活的快乐。

"可是我认为她不是吉尔伯特喜欢的那种姑娘。"简悄声对安妮说。安妮也有同感，但是为了艾弗里奖学金她不会这样说。【名师点睛：现在的安妮有了新的目标,她不会让任何事情打扰自己的奋斗。】她还忍不住想,有吉尔伯特这样一位朋友开玩笑,聊天,交换对书本、学习和理想的看法会非常愉快。她知道,吉尔伯特有理想,而鲁比·吉利斯似乎不是那种可以与之讨论理想问题的合适人选。

安妮对吉尔伯特的看法是正确的。她很少想起男孩子,就算是有时候想起来,他们顶多也就能做好伙伴。如果她和吉尔伯特是朋友,那她也不会在乎他有多少其他朋友,也不关心他和谁一起走。她有建立友谊的才能。她有很多女朋友,但是她隐约意识到跟男孩子建立友谊可能也是件好事,它能使人对友谊的理解更全面,还能提高判断力和比较能力。当然安妮还不能得出这么清晰的结论。但是她想,如果吉尔伯特要是下了火车能和她一起走回家,穿过清新的田野和长满蕨菜的小路,他们可能会有很多快乐而有趣的谈话,谈论展现在他们面前的崭新的世界以及他们寄予其中的希望和理想。【名师点睛:安妮和吉尔伯特都是很优秀的年轻人,他们在对方心里的印象都是一样的。】吉尔伯特是个聪明的小伙子,他有自己的见解,有决心战胜生活并且使生活变得更美好。鲁比·吉利斯告诉简·安德鲁斯,吉尔伯特的话她有一半听不懂,他谈起话来就像安妮深思熟虑时说话的样子,对她来说,她认为在没有必要为功课或者诸如此类的事发愁的时候却为之愁眉苦脸一点儿意思也没有。弗兰克·斯托克利更有活力,可是他长得不好,连吉尔伯特的一半都赶不上,她真无法确定她最喜欢谁了!

在学校里,安妮的身边逐渐聚集了一小圈朋友,这些人都像她那样善于思索、富有想象力、志向远大。【名师点睛:一个热爱生活、激情洋溢的年轻人,无论走到哪,都会吸引到同样优秀的人做朋友的。】她很快就同"玫瑰般红润"的女孩儿斯特拉·梅纳德和"梦幻姑娘"普里西拉·格兰特熟悉起来了,她发现这位肤色洁白、相貌圣洁的普里西拉满肚子都是坏水,特爱恶作剧,而活泼的长着黑眼睛的斯特拉心中却充满了强烈的梦想,它们像安妮的梦想一样虚无缥缈,五彩缤纷。

▶ 绿山墙的安妮

度过圣诞节假期后,埃文利的学生星期五不再回家了,他们定下心来发奋学习。这时女王学校的学生们名次已经排定了,各班鲜明独特的班风也都表现出来了。某些事实已经得到了公认。人们承认奖章的竞争者实际上已经缩减到三个人——吉尔伯特·布莱思、安妮·雪利和刘易斯·威尔逊;艾弗里奖学金就更难以预测了,有六个人有希望。大家认为数学的铜牌差不多会被一个胖胖的滑稽可爱的内地小男孩儿夺走,他前额饱满,穿一件打了补丁的外套。学生在更为广阔的学校生活中都能各显身手。

安妮一直在努力学习。她同吉尔伯特的竞争像在埃文利学校一样激烈,虽然总的来说班里知道的人不多,但是那种激烈程度已经有所显露。安妮想赢不再是为了击败吉尔伯特,而是为了获得彻底击败一个劲敌的那种自豪感。赢当然很好,不过她不再认为如果她输了,日子就过不下去了。【名师点睛:安妮依然在努力,但结果已经不是那么重要了,她变得更加成熟了。】

尽管功课繁忙,学生们还是能忙里偷闲。安妮在比奇伍德度过了很多业余时间,星期天通常在那里吃饭,和巴里小姐一起去教堂。正如巴里小姐所说,她衰老了,但是她那双黑眼睛仍然明亮,说起话来仍然伶牙俐齿,不过她从来不对安妮说尖刻的话,安妮仍然是这个爱挑剔的老太太的宠儿。

"安妮这孩子不断在进步。"她说,"我讨厌别的姑娘——她们老是一个样子,烦死人了。安妮像彩虹一样多姿多彩,每一种色彩呈现出来都是最美的。我认为她现在不像小时候那样逗人了,但是她招我喜欢,我喜欢那些招我喜欢的人。我用不着费劲让自己去喜欢上他们。"【名师点睛:在巴里小姐的眼中,安妮是一个有趣的人、能够吸引她的人,而巴里小姐本身也是一个非常有个性的人。】

接下去,人们还没有意识到,春天就来了。在埃文利,粉红色的五月花在依然覆盖着白雪的光秃秃的土地上露出头来,树林和山谷笼罩上一层"绿色薄雾",但是在夏洛特敦,女王学校疲惫的学生们想的和谈的全都是考试。【名师点睛:这体现了女王学院优良的学风,学生们把学习看得尤为重要。】

"学期好像不该就快结束了似的。"安妮说,"哎,去年秋天我觉得好像要过很长时间才能放假呢——要上整整一冬天的课,结果下礼拜就要考试了。姑娘们,有时我觉得那些考试似乎就是一切,但是一看到栗树枝头圆鼓鼓的花蕾,街道尽头雾蒙蒙的蓝天,就觉得考试似乎一点儿也不重要了。"

来串门的简、鲁比和乔西不接受这种观点。对她们来说,即将来临的考试始终是很重要的——要比栗树的花蕾和五月时节的雾霭重要多了。安妮当然可以得意地轻视考试了,她至少有把握全及格,但是如果你的整个命运都取决于考试成绩——姑娘们就是这样认为的——你就不可能冷静地看待考试了。

"上两个星期我已经花了七磅钱了。"简叹息着说,"说别愁也不管用,我愿意发愁,发愁还有点儿用——发愁也算在干活儿没闲着。要是我在女王学校上了一冬天学,花了这么多钱,结果连证书也没得上,那可太要命了。"

"我不在乎。"乔西·派伊说,"如果我今年没考过,明年我还来学。我爸爸能供得起我。安妮,弗兰克·斯托克利说特里梅因老师说吉尔伯特·布莱思肯定能得奖章,埃米莉·克莱可能能得艾弗里奖学金。"

"这话可能使我明天感觉很糟,乔西。"安妮笑着说,"可是现在我真的觉得只要我知道紫罗兰正在绿山墙下面的山谷里开成一片紫色,小蕨菜正在情人径上探出头来,得不得艾弗里奖学金都没什么。我已经尽了最大努力,我开始理解'奋斗的快乐'这句话的含义了。努力并且成功当然最好,其次就是努力但是失败了。姑娘们,别说考试了!【名师点睛:安妮明白了奋斗的意义,只要在完成这件事的过程中付出了全部的努力,那么,即使后果很糟,也是值得骄傲的。】看看那些房屋上边淡绿色的

269

▶ 绿山墙的安妮

天空吧,想象一下埃文利后面暗紫色的山毛榉林现在该是一幅什么景象吧。"

"简,你穿什么参加毕业典礼?"鲁比很实际地问。【名师点睛:鲁比的反应更加印证了她与安妮和吉尔伯特都不是一路人,她没有那么多远大的理想志趣。】

简和乔西两人立刻做了回答,谈话转到衣服上去了。安妮呢,她胳膊肘支在窗台上,柔软的面颊靠在握住的拳头上,眼神中充满了憧憬。她的目光漫不经心地掠过城中的房顶和塔尖,飞向落日时分壮丽的天穹。她以年轻人特有的充满希望的金色薄纱编织着未来,很可能变为现实的未来。所有的未来都属于她,在今后的岁月里她的美梦都有可能逐个实现——每一年都有一朵希望的玫瑰花编进一顶流芳百世的花冠里。

Z 知识考点

1.安妮要去读的学校是_____学校,她的行李又多又好,是_____置办的,而玛丽拉请人为安妮做了一件_____的礼服。

2.判断题。安妮就要上学了,马修激动地当着她的面说了好多心里话。(　　)

3.鲁比很关注同学们的着装问题,这说明了什么?

_____
_____
_____

Y 阅读与思考

1.安妮去上学了,为什么玛丽拉不停地干活儿?

2.安妮考上女王学校,马修的内心是怎么想的?

第三十四章

荣誉和梦想

M 名师导读

安妮如愿地拿到了艾弗里奖学金,她带着骄傲回到绿山墙,但马修兄妹的身体已大不如前。安妮非常自责,但马修告诉她,他从不后悔,因为安妮是马修的骄傲,是多少个男孩都换不来的。

这天早晨,安妮和简一起走在街上,各门考试的成绩今天要贴到女王学校的布告板上了。简正开心地微笑着,考试结束了,她至少有及格的把握,不用再担心什么了,她没有什么雄心壮志,所以也不会受雄心壮志的困扰。在这个世界上我们是要为我们所索取的一切付出代价的。胸怀大志固然很好,但雄心壮志可不容易实现,需要艰苦努力和克己精神,还会给人带来忧虑和挫折。安妮脸色苍白,默默无语,再过十几分钟她就会知道谁获得奖章,谁获得奖学金了。这时,好像只有这十分钟才能称为是"时间"。【名师点睛:等待结果的时间是最让人焦虑的,让人根本无法忽略它的流逝。】

"不管怎么说,你肯定能获得其中一样。"简说。要是安妮获不了奖,简该不明白校方怎么会这么不公平了。【名师点睛:从简的话语中,我们可以听出,安妮的优秀是有目共睹的。】

"我没有希望得艾弗里奖学金了。"安妮说,"人们都说埃米莉·克莱会得到。我不想到布告板那儿去,在众人面前看布告了。我没有勇气。我要直接到女生更衣室去。简,你一定要看布告,然后回来告诉我。看

► 绿山墙的安妮

在我们多年友谊的分儿上求求你快点儿去吧。如果我没得上,就如实说,别拐弯抹角的,无论如何都不要可怜我。答应我,简。"

简郑重地答应了,不过这个保证恰恰没有必要。她们登上校门口的台阶,发现大厅里挤满了男孩子,他们正把吉尔伯特·布莱思扛在肩膀上兜圈子,声嘶力竭地喊着:"布莱思万岁!奖章得主!"

刹那间,安妮感受到一阵钻心的疼痛,那是失败和失望引起的。这么说她输了,吉尔伯特赢了!啊,马修会难过的——他是那么肯定她会赢。【名师点睛:尽管没有得到确切的消息,但别人获奖的消息已经让安妮倍感失落了。】

紧接着!

有人大喊:"为雪利小姐,艾弗里奖学金得主欢呼三次!"

"噢,安妮。"简呼吸急促地喊道,此时她们在热情洋溢的欢呼声中逃向女生更衣室,"噢,安妮,我太骄傲了!太棒了!"

接着姑娘们把她俩围了起来,欢笑着,祝贺着,安妮成了中心。姑娘们用力捶她的肩膀,跟她握手,把她推来扯去,拥抱她。在这中间,安妮还是设法对简小声说:

"哎,马修和玛丽拉能不高兴么!我必须马上写信回家报告这个消息。"【名师点睛:安妮的每一次荣誉,关乎的是整个绿山墙的"声誉"。】

接下来的一件大事是毕业典礼。典礼在学校的大礼堂举行。典礼上发表了演说,宣读了论文,唱了歌,还当众颁发了毕业证书、奖品和奖牌。

马修和玛丽拉出席了典礼,他俩的眼睛和耳朵只关注台上的一个学生——穿淡绿色礼服、两颊微红、眼睛闪闪发亮的高个姑娘,她宣读了最佳论文,人们低声议论,说她就是艾弗里奖学金得主。

"玛丽拉,我想你很高兴我们抚养了她吧?"马修悄声说,这是他迈进礼堂后第一次开口,此时安妮已经读完了她的论文。

"我这不是头一回高兴了,"玛丽拉反驳道,"你总是喜欢翻老账,马

修·卡斯伯特。"【名师点睛：每当安妮获得荣誉，马修总是更激动一些，因为他总认为这体现了他的"先见之明"。】

巴里小姐坐在他们身后，她俯过身用阳伞捅捅玛丽拉的后背。

"你不为安妮姑娘骄傲吗？我可为她骄傲。"她说。

那天晚上安妮同马修和玛丽拉一起回到了埃文利的家。四月份以后她就没回过家，她觉得一天都不能再等了。苹果花开放了，世界一派生机盎然。戴安娜已经在绿山墙等她了。在她的白色房间里，玛丽拉已经在窗台摆了一枝盛开的香水月季，安妮环视四周，快乐地长长地舒了一口气。

"哦，戴安娜，又回到家真是太好了。看到那些尖尖的冷杉树刺向粉红色的天空真是太好了——还有那白色的果园和昔日的白雪皇后。绿薄荷的芳香多好闻呀！还有这枝香水月季——啊，这花既是一支歌，又是一个希望，还是一个祈祷。又见到你真好，戴安娜！"【名师点睛：在安妮的眼中，绿山墙的一切都是最美的风景。】

"我想，你更喜欢那个斯特拉·梅纳德吧。"戴安娜责备道，"乔西·派伊告诉我你更喜欢她。乔西说你被她迷住了。"

安妮笑了，用一枝枯萎了的"六月百合"来打戴安娜。

"除了一个人以外，斯特拉·梅纳德是世界上最可爱的姑娘。你就是那个人，戴安娜。"她说，"我比以往任何时候都更喜欢你——我有那么多事情要告诉你。可是现在我觉得好像坐在这儿看着你就够高兴的了。我累了，我想——我讨厌用功学习和雄心壮志了。明天我想至少在外面果园的草地上躺两个小时，绝对什么也不想。"

"你学得真好，安妮。我想既然你获得了艾弗里奖学金，你就不会教书了吧？"

"是的，九月份我要去雷德蒙。真挺棒的，是吧？等三个月最美妙的假期过完了，我就会有一大堆新的雄心壮志了。【名师点睛：安妮通过自己的奋斗，获得了更好的机会，她的未来更加美好了。】简和鲁比要去教

273

绿山墙的安妮

书了。想到我们都通过了考试，连穆迪·斯珀吉翁和乔西·派伊也通过了，真是开心啊！"

"纽布里奇校董已经请简去他们学校。"戴安娜说，"吉尔伯特·布莱思也要去教书。他爸爸毕竟没那么多钱送他明年上大学，所以他想自己奋斗。如果艾姆斯小姐决定走的话，我想他会到这儿的学校教书。"

安妮隐隐有一种奇怪的不安的感觉。她不知道这件事，她以为吉尔伯特也要去雷德蒙。没有他们之间激动人心的竞争，她该怎么办呢？即使是在一所男女同校、将来真能得到学位的大学里，没有她的这位敌人朋友，学习也不免太平淡无味了吧？【名师点睛：安妮之所以感到失落，一是失去了自己的竞争对手；二是她心里已经有了吉尔伯特的位置。】

第二天早晨吃早饭的时候，安妮突然发现马修气色不好。他的脸色确实比一年前苍白多了。

"玛丽拉，"马修刚一出去安妮就不安地说，"马修还好吧？"【名师点睛：安妮越来越懂事了，也越来越细心，她很快就发现了马修的"气色不好"，这体现了她对马修兄妹的关心。】

"不，他不太好。"玛丽拉苦恼地说，"今年春天他的心脏病犯了好几次，很严重，可是他却一点儿都不爱惜自己。我真替他担心，不过这一段好些了，我们雇了个能干的伙计，我希望这样他能休息一下，恢复健康。现在你在家他也许会好的，你能让他高兴。"【写作借鉴：只有安妮能让马修高兴，这为后文情节做了铺垫。】

安妮俯身探过桌子，双手捧住玛丽拉的脸。

"您看上去也不像我所希望的那样好，玛丽拉。您显得有些劳累。恐怕您干活儿太累了。既然我回来了，您就该休息休息。我只用今天一天时间去看看那些亲爱的老地方，找找我过去的梦想，然后就该您歇着，我来干活儿了。"

玛丽拉深情地冲她的安妮笑了。

"不关干活儿的事——是我的头闹的。我现在三天两头头痛——眼睛后面痛。斯潘塞大夫总说是眼镜的问题,可是配了眼镜还是一点用也没有。六月底有一位著名的眼科专家要到岛上来,大夫说我得找他看看。我看我是得去。现在我根本不能舒舒服服地看书或者做针线了。哦,安妮,我得说你在女王学校学得真好。一年就拿下了一级证书,还获得了艾弗里奖学金——对了,对了,林德太太说骄者必败,她根本不相信妇女应该受高等教育,她说从妇女的特点来看,她们不适合受高等教育。<u>这话我一个字也不信。</u>【名师点睛:玛丽拉有着普通家庭妇女所没有的开明和远见。】说到蕾切尔我想起来了——安妮,最近你听说艾比银行的事了吗?"

"我听说这家银行出问题了。"安妮回答说,"怎么了?"

"是蕾切尔说的。上个星期有一天她到这儿来了,说外面传着一些有关这家银行的风言风语。马修很担心,我们省下的钱都存在这家银行里了——每分钱。最初我想让马修把钱存到储蓄银行,可是老艾比先生是爸爸的挚友,马修总是把钱存进他的银行。<u>马修说不管哪家银行,只要老艾比管事,就错不了。"</u>【写作借鉴:马修非常相信他的老朋友,这也为后面的"悲剧"打下伏笔。】

"我想许多年来他只是名义上管事了。"安妮说,"他已经很老了。实际上他的侄子们掌管了这家银行。"

"嗯,蕾切尔一告诉我们这件事,我就想让马修立即把钱取出来,可是他说他要考虑一下。拉塞尔太太昨天告诉他银行什么事也没有。"

安妮和大自然做伴度过了美好的一天。她永远忘不了这一天:【名师点睛:这个难忘的一天之后,安妮的生活轨迹被打破了。绿山墙会遭遇什么呢?】阳光明媚,天空晴朗,万里无云,鲜花盛开。安妮在果园里度过了一段宝贵时光;她还去了树神泡泡泉、柳树塘和紫罗兰谷;拜访了牧师家和阿伦太太进行了惬意的谈话;最后在傍晚和马修一起穿过情人径到后面的牧场看了奶牛。夕阳温暖的光辉泻过西面的山峡,树林里洒

绿山墙的安妮

满落日的金光。马修低着头慢慢走着,安妮蹦蹦跳跳地跟着他,她高高的个子,身材挺拔。

"马修,您今天干得太累了。"安妮责备地说,"您为什么不能放松一些呢?"

"呃,我好像做不到。"马修说,他打开院门,把牛放进去,"不过我是老了,安妮,总是忘了自己的岁数。好啦,我习惯了使劲干活儿,宁肯在干活儿的时候死掉。"

"要是我是那个您本来想接的男孩儿,"安妮沉思着说,"我现在就能给您帮大忙了,就能让您省好多劲。就是因为这个,我心里真希望我是男孩儿。"

"噢,安妮,我宁可要你一个,也不要一打男孩儿。"马修轻轻拍拍她的手说,"请你记住——我不要那一打男孩儿。呃,我想得艾弗里奖学金的不是男孩儿吧?是个姑娘——我的姑娘——我为之骄傲的姑娘。"

【名师点睛:羞于表达的马修终于勇敢地说出了心里话,他的女孩儿是最棒的。】

他走进院子的时候冲她羞涩地笑了笑。那天晚上她回到自己房间的时候,还一直想着马修的微笑。她在敞开的窗前坐了很久,思考着过去,梦想着未来。外面的白雪皇后在月光下白茫茫的。青蛙在果园坡那边的沼泽地里歌唱。那个银色的夜晚永远留在安妮的记忆中,那一夜安宁而美丽,令人心醉。这是悲剧降临到她生活之中的前夜,一旦那冷酷无情而又不可抗拒的打击降临在头上,生活就永远不会再是过去那个样子了。【名师点睛:绿山墙的宁静要被打破了,到底会发生什么样的"悲剧"呢?】

知识考点

1.安妮不敢去看布告,她打算委托_____帮她看。而艾弗里奖学金的获得者是_____。

2.吉尔伯特·布莱思不能上大学了,他准备去做一名(　　)。

A. 牧师　　　　　B. 教师　　　　C. 校长

3.吉尔伯特放弃了读书的机会,安妮为什么感到不安呢?

_____

_____

_____

阅读与思考

1.当马修兄妹出席安妮的毕业典礼时,他们的心情是怎样的?

2.马修为什么认为安妮比"一打男孩儿"还要强?

绿山墙的安妮

第三十五章

死神降临

> M 名师导读
>
> 一天早上,在看到存有自己全部家产的银行倒闭后,马修去世了。玛丽拉和安妮因为马修的去世悲痛不已,但她们依然坚强地走了出来,继续着平淡的生活。

"马修——马修——你怎么了?马修,你病了吗?"

是玛丽拉在说话,惊慌得每个字都在颤抖。安妮穿过门厅进来,手捧着白色的水仙花——后来过了很久安妮才又爱上白水仙的美丽和芬芳——就在这时她听到玛丽拉的惊叫声,看见马修站在走廊门口,手里拿着一张折叠的报纸,他的脸在奇怪地扭曲、变白。【写作借鉴:马修发生了意外,手上还拿着报纸,为后文情节做铺垫。】安妮扔掉手里的花,和玛丽拉同时飞快地穿过厨房向他奔过去。她们两个人都晚了,她们还没有跑到马修身边,他就横躺在门槛上了。

"他昏过去了。"玛丽拉上气不接下气地说,"安妮,去喊马丁——快,快!他在牲口棚。"

马丁,雇来的伙计,刚从邮局赶车回家,就又立刻动身去请医生。顺路在果园坡把巴里夫妇喊来了。林德太太正在那儿有点事,也跑来了。他们发现安妮和玛丽拉像发了疯似的想唤醒马修。【名师点睛:马修出事了,最担心他的两个人就是安妮和玛丽拉了,她们的痛苦可想而知。】

林德太太轻轻把她们推到一边，摸了摸马修的脉搏，接着又把耳朵贴到他的心脏上。她悲哀地望着她们焦急的面孔，泪水涌上了眼眶。

"唉，玛丽拉，"她严肃地说，"我看——一切都没有用了。"

"林德太太，您不是说——您不是说马修——他——"安妮说不出那个可怕的字眼，她全身发软，脸色煞白。

"孩子，是的，恐怕是这样的。看他的脸。如果你像我一样常常会看到这种面容，你就会知道这意味着什么了。"

安妮望着那张宁静的脸，上面看得出死亡的征兆。

医生赶来了，他说是猝死，可能毫无痛苦，十有八九是由某种突然打击引起的。人们在马修拿着的报纸上发现了秘密，报纸是马丁那天早晨从邮局取来的，上面登有艾比银行破产的报道。【写作借鉴：照应上文，交代马修突然去世的原因。】

消息很快传遍了埃文利，整整一天绿山墙挤满了人，朋友和邻居们来来往往，对死者和家属表示慰问。腼腆沉默的马修·卡斯伯特头一回成了一位头等重要的人物。白色的死神已经降临到他的身上，像是给他戴上了王冠，使他与众不同。

宁静的夜悄悄来到绿山墙，此时这座旧宅没有一点儿声响。马修·卡斯伯特躺在客厅的棺木里，长长的灰白头发衬托着温和的面容，脸上露出一丝亲切的微笑，他仿佛睡着了，做着开心的梦。他的身边鲜花环绕——芬芳的老式鲜花，这花是他母亲新婚时在住宅花园里种下的，马修对它总是有一种神秘的无言的爱。【名师点睛：马修木讷的外表下，藏着一颗火热的心，他爱所有的亲人。】花是安妮采了送到他身边来的，她那双痛苦却又无泪的眼睛在苍白的脸上燃烧着，这是她能为他做的最后一件事情了。

巴里一家和林德太太那天晚上和她们在一起。戴安娜去了东侧房，轻轻地对站在窗前的安妮说："安妮，亲爱的，你愿意我今晚和你一起睡吗？"

▶ 绿山墙的安妮

"谢谢你，戴安娜。"安妮诚恳地望着朋友的脸，"如果我说我愿意一个人待着，你不会误解我吧。我不害怕。马修去世后，我一分钟都没有安静过——我想静一静。【名师点睛：安妮正在经历极致的痛苦，这是任何人都无法分担的。】我想彻底安静下来，尽力去认识现实。我无法认识现实。有一半时间我似乎觉得马修不可能已经死了，另一半时间，似乎他一定死去很长时间了。他死去以后，我心里一直隐隐作痛。"

戴安娜没有完全理解。玛丽拉撕心裂肺的悲哀，暴风骤雨般地打破了她生性的拘谨和一辈子的习惯，与安妮无泪的痛苦相比，戴安娜更能够理解玛丽拉的感情。【名师点睛：相依为命的哥哥走了，玛丽拉再也无法收敛她的情感，她终于爆发了。】但是她平和地走开了，留下安妮一个人度过她第一个悲哀之夜。

安妮希望泪水能在孤寂中流淌。对她来说，她不能为马修流一滴眼泪似乎是件可怕的事情，她对马修的爱是那么深，马修待她是那么好，马修昨晚日落时还和她一起走路，现在却躺在下面那个黑暗的房间里，脸上的表情极为平静。但是起初眼泪没有流下来，即使她在黑暗中跪倒在窗前祈祷，仰望群山那边的繁星，也没有流泪，只有那可怕的悲伤的隐痛依然折磨着她，直到她睡着为止，一天来的痛苦和激动把她累垮了。

夜里她醒了，静寂和黑暗包围着她，白天的事又重新想起，像悲哀的巨浪扑打过来。她能看见马修正朝她微笑，就像前一天晚上他们在门口分手时那样——她听见他说："我的姑娘——我为之骄傲的姑娘。"接着，泪水喷涌而出，安妮哭得死去活来。【名师点睛：夜深人静，安妮不得不接受马修已经死了的事实；回忆起前一天晚上的话，安妮的情绪崩溃了。】玛丽拉听到她的哭声，悄悄进来安慰她。

"好了——好了——别这样哭了，亲爱的。泪水不能使他复活。这——这——这样哭不好。我今天明白了这一点，可是当时我忍不住。对我来说，他一直是那么一位仁慈善良的好哥哥——上帝最清楚了。"

"唉，就让我哭吧，玛丽拉。"安妮呜咽着说，"眼泪对我的伤害不如那

280

种隐痛厉害,在这儿陪我待一会儿吧,搂着我——就这样。我不能让戴安娜留在这儿,她善良、体贴人——可是这不是她的悲伤——她是外人,不能够紧紧贴着我的心来帮助我。这是我们的悲伤——您的和我的。【名师点睛:越是危难的时候,越能看出亲情的意义,这是只有家人才能理解的痛苦。】噢,玛丽拉,没有他我们可怎么办呀?"

"我还有你,你也还有我,安妮。我不知道如果你不在这儿——如果你根本就没来的话,我该怎么办。啊,安妮,我知道我对你也许一直有点儿严厉无情——但是尽管如此,你也一定不要认为我爱你爱得不如马修深,现在趁我能说出来,我想告诉你。直抒胸臆,对我来说从来就很困难,但是在这种时候要容易得多。我非常爱你,好像你是我自己的亲骨肉,从你来到绿山墙起,你一直是我的快乐和安慰。"

两天以后,他们把马修抬出了家门,离开了他耕种的土地、他喜爱的果园和他栽种的树木,【名师点睛:绿山墙的一切都有马修的痕迹,可他现在却要永远离开这里了,令人悲伤。】然后,埃文利恢复了往日的平静,即使在绿山墙,生活也悄悄回到原来的轨道,像以前一样按部就班,干该干的事。尽管总是有一种"迷失在所熟悉的一切中"的痛苦感觉。从来没有经历过悲痛的安妮,以为事情能够成为这个样子——没有马修,她们也能照老样子继续生活——几乎是可悲的。她发现每当她看到太阳从杉林后面升起来,淡粉色的花蕾在园中绽放,心田里就会注入往日的欢乐——戴安娜的看望总是让她感到愉快,戴安娜欢乐的谈吐和举动使她欢笑——总之,拥有鲜花、爱和友谊的美好世界丝毫没有失去其满足她的想象力和震撼她的心灵的力量,生活仍然经常执着地召唤着她,她对此感到有些羞愧和自责。【名师点睛:悲伤总要过去,活着的人依然要向前走。】

"马修已经走了,我还为这些事情高兴,这好像对他有些不忠。"一天晚上她愁眉不展地对阿伦太太说,她们这时一起待在阿伦太太家的花园里。"我非常想念他——一直在想——阿伦太太,可是对我来说世界和

281

▶ 绿山墙的安妮

生活似乎仍然非常美好有趣。今天戴安娜讲了一些有趣的事,我发现我笑了。我以前以为马修去世了,我再也不会笑了。我似乎不应当笑。"

"马修活着的时候,他喜欢听到你笑,他高兴知道你为身边快乐的事情感到高兴。"阿伦太太慢声细语地说,"现在他只是离开我们了,他还是愿意知道你快乐。我肯定我们不应当关闭心扉,不让大自然来治愈我们心灵的创伤。【名师点睛:阿伦太太的话既是在点悟安妮,也是在提示读者,无论我们遭遇了什么,我们都应该接受生活的治愈。】不过我理解你的感情。我想我们都会有同样的想法。我们认为当我们热爱的人不在了,不能与我们分享欢乐了,可我们却还能高兴起来,这太不该了;当我们发现自己对生活重新感兴趣了的时候,差不多觉得仿佛自己没有真正悲哀似的。"

"我下午去过墓地了,在马修的墓旁种了一丛玫瑰。"安妮出神地说,"我带去了一根低矮的白苏格兰玫瑰枝,那是很久以前他妈妈从苏格兰带来的,马修一向最喜欢那些玫瑰——它们长在带刺的枝干上,小小的,非常香。我很高兴能在他的墓旁栽种它——把这种花带到他身旁,好像是一件必定会让他高兴的事。我希望他在天堂有像它们一样的玫瑰。也许多年以来他喜爱的那些小白玫瑰的灵魂都飞到天堂与他见面去了。我现在必须回家了。玛丽拉一个人在家,她在黄昏时会感到寂寞的。"

【名师点睛:马修不在了,安妮更懂得家的意义,她不愿让玛丽拉一个人孤独着。】

"我担心你再离家去上大学的时候,她会更寂寞的。"阿伦太太说。

安妮没有回答,她道了晚安,慢慢走回绿山墙。玛丽拉正坐在门前的台阶上,安妮在她旁边坐了下来。门在她们身后开着,一只巨大的粉红色的海螺壳卡住了门,它那光滑旋转的内壁使人想起大海上的晚霞。

安妮采来一些浅黄色的忍冬枝插在头发上。她喜欢忍冬怡人的幽香,每当她移动脚步,某种梦幻般的祝福便在她的头上飘动。

"你出去的时候,斯潘塞大夫来了,"玛丽拉说,"他说那位眼科专家明天到城里去,他一定要我进城检查眼睛。我想我最好去详细查查。要是这位大夫能给我配一副合适的眼镜,那我可谢天谢地了。我不在的时候,你一个人留在家没事吧?马丁得赶车送我去,你可以熨衣服,烤些糕点。"【名师点睛:安妮已经是个大孩子了,可是要出门的玛丽拉依然不放心她。】

"没有问题,戴安娜会过来跟我做伴。我能把衣服熨好,糕点烤得香喷喷的——您不必担心我又把手绢熨得硬邦邦的,或者用药水给糕点调味。"

玛丽拉笑了。

"那些日子你可是真能惹祸啊,安妮。你总是捅娄子。我过去的确认为你着了魔了。你记得你染头发那次吗?"

"哦,当然记得。我不会忘记这件事的。"安妮笑了,摸了摸盘得很漂亮的粗辫子,"现在一想起我曾经为头发犯了那么大的愁,我就忍不住笑一下——不过我不大笑,因为当时那的确是一个天大的麻烦。我的确为我的头发和雀斑感到非常苦恼。我的雀斑真的消了。大家很好心,他们告诉我现在我的头发是赭色的——所有的人,除了乔西·派伊。她昨天告诉我她真的认为我的头发比过去更红了,或者至少是我的黑裙子使它显得更红了,她问我长红头发的人是不是对红头发都习惯了。玛丽拉,我差不多已经决定不再试着去喜欢乔西·派伊。我费了好大劲去喜欢她,真可以说是九牛二虎之力,但是乔西·派伊太不招人喜欢了。"

"乔西是个典型的派伊家的人。"玛丽拉一针见血地说,"因此她不免惹人讨厌。我想这类人在社会上也有他们的用处,但是我必须说我对他们有什么用知道不多,和我对蓟(jì)[一种植物]的用途了解得差不多。乔西要去教书吗?"

"不,明年她要回到女王学校去。穆迪·斯珀吉翁和查利·斯隆也要回去。简和鲁比要去教书,她们两人都找到了学校——简到纽布里奇,鲁比在西部的某个地方。"

283

▶ 绿山墙的安妮

"吉尔伯特·布莱思也要去当老师,是吗?"

"是的。"——回答简单扼要。

"他是一个多么英俊的小伙子啊。"玛丽拉心不在焉地说,"我上星期天在教堂看见了他,他看上去真高,像个男子汉。他很像他父亲年轻时候的样子。约翰·布莱思是个好小伙儿。我们过去是真正的好朋友,我和他。人们说他是我的情郎。"

安妮立刻来了兴趣,抬起头来。

"噢,玛丽拉——出了什么事?——您为什么没有——"

"我们吵了一架。他求我,可我不肯原谅他。我是想过一段再原谅他——我很生气,我想先惩罚他。他再也没有回来——布莱思家的人都非常独立。但是我总觉得——很遗憾。可以这么说,我想要是他求我的时候我原谅了他该多好。"【名师点睛:原来如此,怪不得玛丽拉经常问起吉尔伯特的消息呢!】

"这么说您在生活中也有点浪漫呢。"安妮轻声说。

"是的,我想你可以这么说。看我这个人的样子你不会这样想的,是吧?但是你可不能凭外表判断一个人。【名师点睛:玛丽拉总能交给安妮一些朴素又正确的人生道理。】大家已经忘掉了我和约翰的事,我自己也忘了。但是上星期天看见吉尔伯特的时候,一切全都想起来啦。"

第三十六章

峰回路转

M 名师导读

马修的离世给他的亲人带来了不小的打击,而玛丽拉也将面临失明的危险。她打算卖掉绿山墙,安妮却阻止了她,因为她已经做了新的决定……

玛丽拉第二天进了城,晚上才回来。安妮和戴安娜去了果园坡,回来时发现玛丽拉在厨房里,她坐在桌旁,头支在手上。这副沮丧的样子使安妮心头一阵发凉。她从来没见过玛丽拉这样无精打采。【名师点睛:玛丽拉的样子似乎暗示着她的情况很糟糕。】

"玛丽拉,您很累吧?"

"啊——不——我不知道。"玛丽拉有气无力地说,她抬起头来,"我看我是累了,不过我还没有想到累不累。不是因为这个。"

"您看了眼科大夫了吗?他说什么了?"安妮焦急地问。

"哦,我见到他了。他检查了我的眼睛。他说如果我一点儿不读书,不做针线或者任何累眼睛的活儿,并且注意不哭,戴上他给我配的眼镜,他认为我的眼睛就可能不会再恶化,头痛也能治好。但是如果我做不到,他说我肯定会在六个月内失明。失明!安妮,想想看吧!"

安妮先是惊叫了一声,然后沉默了片刻。【名师点睛:安妮的反应似乎说明,她已经有了办法。】她好像说不出话来了。接着她勇敢地开了口,但是声音有一点儿哽咽:"玛丽拉,别想这件事了。您知道他给了您

绿山墙的安妮

希望。如果您注意,就不会完全丧失视力,如果他配的眼镜治好了您的头痛,这可是一件大好事。"

"我看不出有多大希望。"玛丽拉痛苦地说,"若是我既不能看书,也不能做针线或干任何类似的活儿,活着还有什么意思呢?——还不如瞎了——或者死了算了。至于哭,我一感到孤单寂寞,就禁不住流泪。算了,不说了,说也没有用。你能给我倒杯茶吗?谢谢你。我快要累死了。眼下无论如何不要对任何人提这件事,一个字也别说。乡亲们会跑到这儿来询问,表示同情,议论纷纷的,我受不了。"【名师点睛:玛丽拉也是一个自尊心很强的人,她受不了别人的怜悯和同情。】

玛丽拉吃过饭后,安妮说服她上床睡觉,然后自己回到了东侧房,一个人摸黑在窗旁坐了下来,她泪水涟涟,心情沉重。自从她回家的那天晚上坐在窗边以来,事情发生了多么悲惨的变化啊!那时候,她心中充满了希望和喜悦,前途一片光明。安妮觉得好像已经过了好几年了,但是在上床睡觉之前,她的嘴角露出了笑意,心也平静下来。她已经无所畏惧地面对自己的责任,还发现它是一个伙伴——当我们坦率地面对责任的时候,它总是一个伙伴。【名师点睛:安妮做出了什么决定呢?她要怎样承担起自己的责任?】

几天后的一个下午,玛丽拉慢慢地从院子里走回屋,她刚才一直在院子里和一个男人谈话,安妮见过这个人,知道他是卡莫迪的约翰·萨德勒。她感到奇怪,他说了些什么使玛丽拉的脸色变成这个样子了?

"玛丽拉,萨德勒先生想做什么?"

玛丽拉坐在窗户旁边看着安妮。她不顾医生的劝阻,两眼又饱含了泪水,声音嘶哑地说:"他听说我要卖掉绿山墙,他想买它。"

"买它!买绿山墙?"安妮怀疑她是不是听错了,"噢,玛丽拉,您不是真的要卖掉绿山墙吧!"【名师点睛:面对玛丽拉的新决定,安妮震惊不已。】

"安妮,我不知道还有什么办法。我已经仔细考虑过了,如果我的眼睛好,我能够留在这儿,和一个好伙计一起尽量料理家务,但是像现在这个样子我就不行了。我可能完全失明,不管怎么说,我管不了事了。"

"哎,我从来没想到会落到比亲手把自己的家卖掉还孤单寂寞的。我们在一起,我和您,我们会真正舒服快乐的。"【名师点睛:安妮已经决心要陪着玛丽拉一起生活,她不要去深造了。】

玛丽拉倾听着,仿佛是在做梦。

"哦,安妮,如果你在这儿,我会过得很快活的,我知道。但是我不能让你为了我而牺牲你自己。这可糟糕透了。"

"瞎说!"安妮快活地笑了,"没有什么牺牲不牺牲的。没有什么事能比失去绿山墙更糟糕的了——没有什么事能更伤我的心了。我们必须留着这个可爱的老地方。玛丽拉,我的主意已经定了。我不去雷德蒙了,我要留在这里教书。您一点都别为我担心。"

"可是你的抱负——和——"

"我完全像过去一样雄心勃勃,我只是改变了奋斗目标。我要当一位好老师——我要保住您的眼睛。另外,我打算在家里学习,自学一点儿大学课程。嘿,我有好多计划呢,玛丽拉。我用了一个星期想出了这些计划。我要把我生命中最好的东西奉献给这里,我相信这里也会给我最好的礼物作为回报。我离开女王学校的时候,前途似乎像一条笔直的大路在眼前伸展开来,我觉得在这条路上我会有许多里程碑。现在路上出现了一个拐弯,我不知道拐弯处有什么,但是我相信是最好的东西。拐弯处有它自己的魅力,玛丽拉。【名师点睛:经历了一连串打击的安妮,还有着与童年时期的她一般的乐观和开朗。】我想知道拐过弯路是什么样子——那里是不是一片青翠呢,有没有柔和的光和影互相辉映呢——有没有新的画面呢——有没有新的美景呢——有没有曲折的道路和群山峡谷向前延伸呢?"

"我觉得我好像不应该让你放弃它。"玛丽拉说,她是在说奖学金。

"可是您阻止不了我。我十六岁半了,'倔得像头骡子',就像林德太

▶ 绿山墙的安妮

太曾经说过的。"安妮笑了,"噢,玛丽拉,您千万不要可怜我。我不喜欢被人可怜,没有必要这样。留在亲爱的绿山墙,一想起来我就打心眼里高兴。没人能像我和您一样爱它——因此我们必须留住它。"【名师点睛:倔强的安妮已经下定决心,她要同玛丽拉一起守护绿山墙。】

"你这个鬼丫头!"玛丽拉说,她让步了,"我觉得好像你给了我新的生命。我想我应当挺住,让你上大学——但是我知道我不行,所以我就不去费劲了。但是我会补偿你的,安妮。"

安妮·雪利放弃了上大学的想法,打算留在家里教书的消息沸沸扬扬地在埃文利传开了,人们对此议论纷纷。大多数好心人不知道玛丽拉得了眼病,认为安妮是冒傻气。阿伦太太不这样想。她对安妮说,她支持她,安妮高兴得热泪盈眶。可敬的林德太太也没说她傻,【名师点睛:安妮并不是"孤立无援"的,有人能理解她的"傻气"。】一天傍晚她来了,发现安妮和玛丽拉坐在门前享受温暖芬芳的夏日黄昏。当暮色降临的时候,她们喜欢坐在那儿,此时白蛾在花园中翩翩飞舞,清新的空气中弥漫着绿薄荷的芳香。

门旁有条石凳,后面种着一排高高的开着粉花和黄花的蜀葵,蕾切尔夫人重重地坐到凳子上,吐了一口混合着疲倦和宽慰的长气。

"我宣布我很高兴能坐会儿。我已经站了一天了,两条腿撑着一百六十斤的身体走来走去真是够劲儿。苗条真是件大好事,玛丽拉。我希望你也同意。哎,安妮,我听说你不打算上大学了。我真高兴听到这个消息。你现在受的教育已经够多了,对一个女人来说正合适。我认为姑娘们和男人一起上大学,脑子里塞满了拉丁文、希腊文和各种乱七八糟的东西没有好处。"

"但是我还是要学拉丁文和希腊文呢,林德太太。"安妮笑着说,"我要在这儿,就在绿山墙,自修文科课程,学习大学里能学到的各种知识。"

【名师点睛:安妮虽然放弃了读大学的机会,但她没有放弃对自己的要求。】

林德夫人惊恐万状地举起了双手。

288

"安妮·雪利,你会把自己累死的。"

"一点儿也不会累。我会长得壮壮实实的。噢,我不会劳累过度的。就像'约西亚·艾伦的妻子'说的,我会长成'大力神'的。但是在漫长的冬夜我会有很多闲暇,我干不了什么特殊工作。您知道,我要到卡莫迪去教书。"

"我不知道这件事。我以为你要在这儿教书,就在埃文利。校董们已经决定接受你了。"

"林德太太!"安妮惊讶地跳起来叫道,"哎呀,我还以为他们已经答应接受吉尔伯特·布莱思了呢!"【名师点睛:中途申请的安妮居然获得了教师的职位?这是怎么回事呢?】

"他们是答应了,但是吉尔伯特一听说你提了申请,就去找他们了——他们昨天晚上在学校开了个会,你知道——他对他们说他撤销申请,建议他们接受你的申请。他说他要到白沙滩教书。当然他放弃这所学校只是为了帮你的忙,因为他知道你多么想同玛丽拉在一起,我得说我觉得他真好,真照顾别人,就是这么回事。这也是真正的自我牺牲,他在白沙滩得付伙食和住宿费,大家都知道他得靠自己赚钱上大学。就这样校董决定要你了。托玛斯回家告诉我这个消息,我都高兴死了。"【名师点睛:吉尔伯特为了安妮能够实现陪伴玛丽拉的愿望,毅然放弃了自己的机会,他真是一个善良可靠的人。】

"我觉得我不应当接受这个工作。"安妮低声说,"我是说——我认为我不应当让吉尔伯特为——为我做出这么大的牺牲。"

"我想现在你不能阻止他了。他已经同白沙滩校董签了约。因此,如果你现在拒绝的话,对他也不会有任何好处。你当然应该选这所学校。你会一切顺利的,学校里没有派伊家的人上学了。乔西是他们家的最后一个,这是件好事,就是这么回事。二十年来,总是有派伊家的人上埃文利学校,我想他们的生活使命就是让学校的老师们记住有派伊家的人在,就没别人的好。我的天哪!巴里家山墙上一闪一闪的,那是什么

289

▶ 绿山墙的安妮

意思？"

"戴安娜正给我打信号让我过去呢。"安妮笑了，"你知道我们保留着老习惯呢。请原谅，我跑过去看看她有什么事。"

安妮像一头小鹿一样跑下苜蓿坡，消失在魔鬼森林冷杉树影里了。林德太太宠爱地目送她离去。

"她在某些方面还是个孩子呢。"

"她在更多的方面是个大人了。"玛丽拉反驳道，她一时间又恢复了过去那种尖刻劲。

但是尖刻不再是玛丽拉最突出的特点了。林德太太那天晚上对托玛斯说："玛丽拉变得温和了，就是这么回事。"【名师点睛：从前的玛丽拉一直处于保护安妮的位置上，不自觉地养成了强势的习惯；而现在她需要安妮的照顾了，又对安妮形成了依赖，因此她变得更加温柔了。】

第二天晚上，安妮去了小小的埃文利墓地，在马修墓上摆放了鲜花，还给苏格兰玫瑰丛浇了水。天擦黑时才恋恋不舍地离去，她喜欢这个地方的宁静肃穆，杨树发出的沙沙声像亲切的低语，飒飒摇曳的青草在墓间滋长。她终于离开墓地，走下长长的一直延伸到波光湖的山坡。这时太阳落了山，沉浸在梦幻般的余晖中的埃文利出现在她面前——"一块源远流长的和平栖息地"。风儿吹过香甜的苜蓿地，空气清新怡人。灯光不时地在房屋周围的树林中闪闪烁烁。远处是雾蒙蒙的紫色大海，波涛的低语不绝于耳，萦绕在人心头。西边各种柔和的色彩交织在一起，绚丽动人，这些色彩投射在池塘里，变得更加柔美。壮丽的景色打动了安妮的心，她向大自然敞开了心扉，充满感激。

"亲爱古老的地球啊。"她喃喃自语，"你真可爱呀，我真高兴生活在你的怀抱里。"

半山腰，一个高个儿小伙子吹着口哨出现在巴里家门前。是吉尔伯特，他认出是安妮，口哨在嘴唇上停住了。他彬彬有礼地抬了抬帽子，但是若不是安妮站住伸出手来，他会一言不发擦身而过的。【名师点睛：吉

尔伯特也是一个非常有自尊心的人,他不肯在安妮的面前屈服。】

"吉尔伯特。"她说,两颊涨得通红,"我要感谢你为我放弃了在这儿教书。你真好——我想让你知道我很感激你。"【名师点睛:安妮终于不再倔强,她主动表达了对吉尔伯特的感激。】

吉尔伯特热情地握住了那只伸过来的手。

"我根本算不上特别好,安妮。我很高兴能够为你做一些小事。从今以后我们会成为好朋友吧? 你已经真的原谅我的过错了吧?"

安妮笑了,想抽回她的手却没有成功。

"你把我从池塘救上岸那一天我就原谅你了,尽管我当时没有意识到。我是一个多么固执的小傻瓜呀。我一直——我还是彻底坦白吧——我一直很后悔。"

"我们要成为最好的朋友。"吉尔伯特喜气洋洋地说,"我们命中注定是好朋友,安妮。你已经和命运抗争了很长时间了,我知道我们在许多方面可以互相帮助。你要继续坚持学习,是吗? 我也是。来,我陪你回家。"【名师点睛:两个志同道合的人终于交换了心意,他们终于成了彼此最好的朋友。】

安妮走进厨房的时候,玛丽拉好奇地打量着她。

"安妮,和你一起从小路上走过来的人是谁呀?"

"吉尔伯特·布莱思。"安妮回答说,她恼火地发现自己的脸红了,"我在巴里家的山坡上碰到了他。"

"我看你和吉尔伯特·布莱思还没有要好到能在门口聊上半个小时啊。"玛丽拉说,脸上挂着干巴巴的笑容。

"我们一直不是——我们一直是真正的对手。不过我们已经决定将来成为好朋友更为明智。我们真的在那儿站了半个小时吗? 好像只有几分钟嘛。可是您知道,我们有五年的话要说啊,玛丽拉。"

晚上,安妮在窗前坐了很久,心里感到满足。风儿在樱桃枝间低语,薄荷香气扑鼻,群星在山谷中尖尖的杉林上闪烁,戴安娜家的灯光还在

291

绿山墙的安妮

老地方闪烁。

她从女王学校回来后那天晚上曾经坐在窗边,从那以后前方的路就堵住了,但是她知道如果她脚下的道路是狭窄的,路旁也会开满静谧幸福的花朵。勤恳工作所带来的快乐、令人尊重的志向和真诚的友谊将属于她。任何东西都不能剥夺她与生俱来的想象的权利和她理想的梦幻世界。人生的道路既有山穷水尽,也有柳暗花明。【名师点睛:虽然安妮经历了诸多的磨难,但她依然保持着阳光乐观的心态和宏伟的志向,以积极的态度面对生活,她不会害怕任何打击了。】

"只要上帝在天堂里,世上就会一切平安。"安妮柔声低语。

Z 知识考点

1. 马修死时,手上拿着一张_____。马修的死导致安妮崩溃,这时候,陪伴她的人是_____。

2. 判断题。马修去世了,安妮非常痛苦,为此,她拒绝了戴安娜的陪伴。(   )

3. 一向尖刻的玛丽拉为什么变了?

_____

_____

_____

Y 阅读与思考

1. 安妮为什么放弃了继续深造的机会?
2. 安妮有着怎样的人生观?

《绿山墙的安妮》读后感

　　高尔基说过:"书籍是人类进步的阶梯。"书在我们生活中十分重要,书也是百宝箱,里面蕴含着很多道理。书使我们增长见识,让我们变得有修养。

　　我最喜欢读的书是《绿山墙的安妮》,里面有亲情、友情。这本书的作者是露西·蒙哥马利,她从小擅长编故事。1904年春天,蒙哥马利一时灵感迸发,以自己生活过的卡文许迪村为背景,花费了两年时间,创作了《绿山墙的安妮》。小说写完后,一开始没有出版社愿意出版,一直到1908年,才有出版商愿意出版这本书,图书上市后,立即引发了畅销狂潮,蒙哥马利因此备受世人瞩目。露西的小说处女作《绿山墙的安妮》俘获了众多女孩子的心。大文豪马克·吐温的金贵文字也挤在成堆的信件中,吐温晚年身体虚弱,晚景凄凉,安妮的故事照亮了他的苦境。他激动快乐地写道:"安妮是继不朽的爱丽丝之后最令人感动和喜爱的儿童形象。"不错,《绿山墙的安妮》的吸引力的确很大,我会反复阅读,不断领会书中的道理,正好印证了那句"书读百遍,其义自见"。

　　这本书主要讲述了一对上了年纪的兄妹在绿山墙生活,他们打算从孤儿院领养一个男孩当他们的帮手,可是孤儿院却送来了一个红头发的女孩,还长着一脸雀斑,她就是安妮,好心的兄妹俩依然收留了她,安妮在绿山墙发生了一连串有趣的故事,也认识了最好的朋友——戴安娜,她的冤家——吉尔伯特……

　　在这本书中,我最喜欢的是安妮,虽然她长得不漂亮,又总是喋喋不休。但她身上有许多值得让人学习的优点,她热情,纯洁善良,

绿山墙的安妮

积极向上,不怕困难,有孝心。

  这本书也带给我许多感动,安妮与马修、玛丽拉不是亲人胜似亲人。当他们发现孤儿院错送了一名女孩到他们家,善良的马修并没有把安妮送回孤儿院,在他的坚持下,玛丽拉才最终把安妮留在了绿山墙,他十分疼爱安妮,把她当作自己的女儿。玛丽拉虽然外表古板严肃,对安妮很严厉,但是心里却很喜欢安妮。安妮也十分孝顺,当玛丽拉的眼睛有问题,安妮放弃了读大学的好机会,留在家里照顾玛丽拉。虽然他们兄妹俩与安妮没有血缘关系,但亲得像一家人一样。同样让我感动的还有安妮与戴安娜之间的友情,她们有福同享,有难同当,令我感动不已。

  读了《绿山墙的安妮》,我有很多感触,也带给我很多感动,让我受益匪浅,希望大家可以读一读,一定会有意外的收获。

编 者
2021 年 3 月

参考答案

第一章

知识考点

1.埃文利　罗伯特·贝尔

2.×

3.马修岁数越来越大,精力不如从前,他需要一个帮手来打理农田。

第二章

知识考点

1.铁灰　棕　二十

2.A

3.作者多次渲染环境,用意在于将美丽多姿的环境与小女孩兴奋期待的心情交融在一起,突显小女孩的兴奋之情。

第三、四章

知识考点

1.安妮·雪利　两　樱桃树

2.√

3.马修准备雇佣一个法国小工。

第五、六章

知识考点

1.教师　十一　托玛斯

2.√

3.安妮出生在一个教师之家,父亲和母亲都是教师。她出生没多久,父母便因染上热病而死亡。

第七、八章

知识考点

1.留在绿山墙　姑妈

2.×

3.在这之前,安妮的心情是极度紧张和忐忑的,当听到好消息后,她又感觉自己很幸福,甚至激动得哭了起来。

第九章

知识考点

1.清泉　蕾切尔　玛丽拉

2.√

3.安妮也毫不客气地给予反击,这让

绿山墙的安妮

蕾切尔太太感到难堪,不过玛丽拉却有点想笑。

第十章

知识考点

1.第二天早上　马修

2.√

3.马修的话,流露出他长久以来对蕾切尔太太的不满。

第十一、十二章

知识考点

1.三　罗杰森　贝尔

2.C

3.主日学校的每一位老师都是死板的,枯燥的教学方式只能令人烦躁。

第十三、十四章

知识考点

1.三　紫水晶胸针　玛丽拉

2.B

3."全身发冷"写出了安妮濒临极致的激动状态,她对野餐会期待已久。

第十五章

知识考点

1.白　乔西·派伊　吉尔伯特

2.C

3.安妮是一个勇敢的孩子,她敢爱敢恨,就算吉尔伯特不断道歉,也难以消除她的恨意。

第十六章

知识考点

1.六　林德太太

2.√

3.巴里太太大发雷霆,认为安妮不是好孩子,但安妮更担心的是要失去戴安娜这个朋友了。

第十七、十八章

知识考点

1.爱德华王子　蕾切尔太太　玛丽拉

2.√

3.安妮忙活了整整一夜,虽然很累,但能够帮助到自己的好朋友,她还是非常开心。

第十九章

知识考点

1.五　两　三

2.×

3.短暂的相处,巴里已经喜欢上这个

活泼的孩子了,所以会把自己最好的东西给她。

第二十、二十一章

知识考点

1.赛拉斯·斯隆　一

2.A

3.为了招待新牧师夫妇,绿山墙真的做了非常充分的准备,可以看出他们一家对客人的重视。

第二十二、二十三章

知识考点

1.巴里先生　林德

2.C

3.马修是安妮最忠诚的支持者,他一切出发点都是希望安妮好,并且他对安妮信心十足。

第二十四、二十五章

知识考点

1.打扮　新衣服　女

2.√

3.故事社的作品充满了儿童的想象,受到了很多人的表扬,就连约瑟芬·巴里小姐都赞不绝口,这说明安妮的故事写得很好,这给安妮带来了更大的动力。

第二十六、二十七章

知识考点

1.绿　德　德国

2.C

3.安妮买染发剂,一方面是为了给自己染发,另一方面也是同情那个小贩。

第二十八章

知识考点

1.《本·赫尔》《鬼堡骇案》

2.×

3.安妮已经长大了,懂得照顾两位长辈了,她不会再犯错误了。

第二十九、三十章

知识考点

1.辩论社团　音乐会

2.√

3.向来要求严格的玛丽拉也不约束安妮了,这不仅是因为宠爱,还因为医生的建议。

第三十一章

知识考点

1.白纱裙　马修

2.√

297

绿山墙的安妮

3.在安妮到来之前,玛丽拉一直都觉得漂亮和装饰都是虚无的,而现在,她却接受了安妮的浪漫和装饰。

第三十二、三十三章

知识考点

1.女王　马修　淡绿色

2.×

3.鲁比的反应更加印证了她与安妮和吉尔伯特都不是一路人,她没有那么多远大的理想志趣。

第三十四章

知识考点

1.简　安妮

2.B

3.安妮之所以感到失落,一是失去了自己的竞争对手;二是她心里已经有了吉尔伯特的位置。

第三十五、三十六章

知识考点

1.报纸　玛丽拉

2.√

3.从前的玛丽拉一直处于保护安妮的位置上,不自觉地养成了强势的习惯;而现在她需要安妮的照顾了,又对安妮形成了依赖,因此她变得更加温柔了。